VOOR WAT

Eerder verschenen van Sophie Kinsella

Shopaholic grijpt in
Shopaholic naar de sterren
Ik krijg je wel
Mag ik je nummer even?
Mini shopaholic
Wat spook jij uit?
Ken je me nog?
Shopaholic & baby
Aanpakken!
Shopalicious!
Hou je mond!
Shopaholic! zegt ja
Shopaholic! in alle staten
Shopaholic!
Mijn niet zo perfecte leven
Verras me

Als Madeleine Wickham

Slapeloze nachten
De cocktailclub
Dubbel feest!
Zoete tranen
Het zwemfeestje
De vraagprijs
De tennisparty

Sophie Kinsella

Voor wat, hoort wat

the house of books

Oorspronkelijke titel: *I Owe You One*
Oorspronkelijk uitgegeven door: Bantam Press an imprint of Transworld Publishers, London 2019

Omslagontwerp Nederlandse uitgave: Peter de Lange
Omslagontwerp: Eileen Carey
© Omslagbeeld: Jenny Kroik, Richard Ogle
Foto auteur: © John Swannell
Typografie: Crius Group, Hulshout

ISBN 978 90 443 5577 2
ISBN 978 90 443 5578 9 (e-book)
NUR 302

www.thehouseofbooks.com
www.overamstel.com

OVERAMSTEL
uitgevers

The House of Books is een imprint van Overamstel uitgevers bv

Voor Joy Terekiev,
mijn vriendin en redacteur

1

Mijn probleem is dat ik dingen niet kan loslaten. Ze zitten me dwars. Als ik een probleem zie, wil ik het oplossen, op stel en sprong. Ik word niet voor niets Fixie genoemd.

Ik bedoel, het kan ook iets goeds zijn. Toen ik op de huwelijksreceptie van mijn beste vriendin Hannah aankwam, zag ik bijvoorbeeld meteen dat er op de helft van de tafels geen bloemen stonden. Ik sloofde me uit om het in orde te maken voordat de andere gasten kwamen en Hannah bedankte me in haar toespraak voor het aanpakken van de 'bloemenbottleneck'. Dat was dus goed.

Maar er was ook die keer dat ik een draadje van het been van een vrouw veegde die naast me bij het zwembad zat op een wellnessdag. Alleen was het geen draadje, maar een schaamhaar die halverwege haar dij groeide. En toen maakte ik het nog erger door te zeggen: 'Sorry! Ik dacht dat het een draadje was,' en toen werd ze min of meer paars en twee andere vrouwen keken naar ons...

Ik had mijn mond moeten houden. Dat zie ik nu wel in.

Maar goed. Dit is dus mijn eigenaardigheid. Dit is mijn valkuil. Dingen zitten me dwars. En wat me op dit moment dwarszit, is een colablikje. Het ligt op de bovenste plank van de speelgoedafdeling van onze winkel, voor een rechtop gezet schaakbord. Dat niet alleen; er zit ook nog eens een bruine vlek op het schaakbord. Het is wel duidelijk dat iemand het blikje te woest heeft opengetrokken of neergezet, zodat de cola alle kanten op is gespoten en dat diegene het niet heeft schoongemaakt. Wie?

Ik tuur met toegeknepen ogen door de winkel. Greg, de verkoper die het langst bij ons in dienst is, is mijn hoofdverdachte. Greg drinkt de hele dag wel iets. Als hij geen blikje omklemt, is het wel afgrijselijke filterkoffie in een isolatiebeker met camouflageprint en een net eromheen, alsof hij in het leger zit en niet in een huishoudwinkel in Acton werkt. Hij laat dat ding altijd slingeren en soms drukt hij het zelfs een klant in de hand met de woorden: 'Hou even vast,' als hij een steelpannetje uit de etalage moet pakken. Ik heb tegen hem gezégd dat hij dat niet moet doen.

Nou ja, dit is niet het moment voor verwijten. Wie dat colablikje daar ook heeft achtergelaten (Greg, kan niet anders), het heeft een gemene vlek gemaakt, net nu ons belangrijke bezoek elk moment kan arriveren.

En ja, ik weet dat het op een hoge plank staat. Ik weet dat het niet opvalt. Ik weet dat de meeste mensen het los zouden laten. Dat ze zouden zeggen: zo belangrijk is het niet, relativeer een beetje.

Ik ben nooit zo goed geweest in relativeren.

Ik doe mijn best om er niet naar te kijken en me op de rest van de winkel te focussen, die er blinkend schoon uitziet. Een beetje rommelig misschien, maar dat is de stijl van onze familiewinkel-in-alles. (FAMILIEBEDRIJF SINDS 1985, staat er op de etalageruit.) We hebben ook echt heel veel verschillende dingen, van messen tot schorten tot kandelaars, en we moeten het allemaal een plekje zien te geven.

Opeens valt mijn blik op een oude man in een regenjas op de afdeling keukenartikelen. Hij reikt met een trillende hand naar een effen witte mok, en ik haast me erheen om de mok voor hem te pakken.

'Alstublieft,' zeg ik met een vriendelijke glimlach. 'Ik zal hem voor u naar de kassa brengen. Wilt u meer mokken? Of kan ik iets anders voor u doen?'

'Nee, dank je, kind,' zegt hij met beverige stem. 'Ik hoef alleen maar die ene mok te hebben.'

'Is wit uw lievelingskleur?' vraag ik door, want ik vind het ondraaglijk dat iemand maar één effen witte mok koopt.

'Tja.' Zijn blik dwaalt weifelend over het schap. 'Ik vind bruin ook wel mooi.'

'Deze misschien?' Ik pak een bruine aardewerken mok die hij waarschijnlijk buiten beschouwing heeft gelaten omdat hij te ver buiten zijn bereik stond. Het is een degelijke mok met een lekker ruim oor. Het lijkt me een knusse mok voor bij de open haard.

De ogen van de man lichten op en ik denk: *ik wist het wel.* Als je een klein leventje leidt, wordt zoiets als het uitkiezen van een mok enorm groot.

'Hij is wel een pond duurder,' zeg ik. 'Hij kost vier pond negenennegentig. Is dat goed?'

Want je vindt nooit iets vanzelfsprekend. Je veronderstelt niets. Dat heb ik van pap geleerd.

'Dat is goed, kindje.' Hij glimlacht terug. 'Dat is goed.'

'Mooi! Nou, komt u maar mee...'

Ik loods hem zorgzaam door het smalle gangpad, waarbij ik bedacht blijf op gevaren. Wat niet helemaal het onbaatzuchtige gebaar is dat het lijkt: deze man is een omstoter. Dat zie je meteen. Bevende handen, onzekere blik, die sjofele oude boodschappentrolley die hij achter zich aan trekt... alle kenmerken van de klassieke omstoter. En het laatste waar ik op zit te wachten, is een vloer vol serviesscherven. Niet nu Jakes bezoek elk moment kan komen.

Ik lach stralend naar de man om mijn diepste gedachten te verbergen, al verkrampt mijn maag van de zenuwen bij de gedachte aan de naam Jake alleen al. Het is altijd hetzelfde verhaal. Ik denk aan Jake en mijn maag verkrampt. Ik ben er nu wel aan gewend, al weet ik dat het niet normaal is. Ik weet niet hoe andere mensen over hun broers en zussen denken. Mijn hartsvriendin Hannah is enig kind en het is geen vraag die je zomaar aan wildvreemden stelt, hè? 'Hoe voelt u zich als u aan uw broers en zussen denkt? Beklemd, gespannen en argwanend?' Toch is dat precies hoe ik me voel als ik aan mijn broer Jake denk. Bij Nicole voel ik me niet gespannen, maar wel vaak beklemd en vaak krijg ik ook zin om tegen iets aan te stompen.

Al met al bezorgen ze me geen van beiden een góéd gevoel.

Misschien komt het doordat ze allebei ouder zijn dan ik en het niet meeviel om tegen die twee op te boksen. Toen ik op mijn elfde naar de middelbare school ging, was Jake zestien en de held van het voetbalteam. Nicole, die vijftien en beeldschoon was, was als model gescout. De hele school wilde met haar bevriend zijn. Mensen vroegen me vol ontzag: 'Is Jake Farr jouw bróér? Is Nicole Farr jouw zús?'

Nicole was toen al net zo zweverig en vaag als nu, maar Jake trad juist altijd op de voorgrond. Hij was gefocust. Alert. Snel boos. Ik zal nooit die keer vergeten dat hij ruzie had met mam, de straat op ging en daar een blikje voor zich uit schopte terwijl hij tegen de nachtlucht vloekte en tierde. Ik keek naar hem door het raam, gefascineerd en een beetje bang. Ik ben nu zevenentwintig, maar je laat je innerlijke elfjarige nooit helemaal achter je, of wel?

En er zijn natuurlijk andere redenen waarom ik me waardeloos voel naast Jake. Tastbare redenen. Financiële redenen.

Waar ik nu níét aan ga denken. In plaats daarvan glimlach ik nog eens naar de oude man in een poging hem het gevoel te geven dat ik alle tijd van de wereld heb. Zoals pap gedaan zou hebben.

Morag slaat het bedrag aan en de man haalt een oude leren portemonnee tevoorschijn.

'Vijftig...' hoor ik hem zeggen terwijl hij naar een munt tuurt. 'Is dat vijftig pence?'

'Zal ik eens kijken?' zegt Morag op die geruststellende manier van haar. Morag werkt nu zeven jaar bij ons. Ze was al klant en ze solliciteerde toen ze een advertentie op een kaartje in de winkel zag. Nu is ze assistent-bedrijfsleider en koopt ze alle wenskaarten in; ze heeft er kijk op. 'Nee, dat is tien pence,' zegt ze vriendelijk tegen de man. 'Hebt u misschien nog een pond?'

Mijn ogen glijden weer naar het colablikje en het bevlekte schaakbord. Geeft niet, zeg ik tegen mezelf. Er is nu toch niets meer aan te doen en de bezoekers zien het niet. Ze komen om ons hun assortiment olijfolie te laten zien, niet om de zaak te inspecteren. Niet op letten, Fixie.

Niet op letten.

O, god, dat kan ik niet. Ik word er tureluurs van.

Mijn ogen schieten telkens omhoog. Mijn vingers doen wat ze altijd doen als ze jeuken om iets te fiksen, als ik knetter word van het een of ander: ze trommelen koortsachtig op elkaar. En mijn voeten maken een rare danspas: voor-gekruist-achter, voor-gekruist-achter.

Zo ben ik al van jongs af aan. Het is groter dan ikzelf. Ik weet dat het gestoord zou zijn om een trap te pakken, een emmer met water te vullen en die vlek te gaan boenen terwijl het bezoek elk moment kan komen. Dat wéét ik.

'Greg!' Hij duikt op vanachter het glaswerk en mijn stem schiet uit voordat ik er erg in heb. 'Snel! Pak een trap. Ik moet dat schaakbord schoonmaken.'

Greg volgt mijn wijzende vinger en schrikt als hij het colablikje ziet, wat maar bewijst dat hij inderdaad de schuldige is.

'Dat heb ik niet gedaan,' zegt hij prompt. 'Echt niet.' Dan zwijgt hij even en voegt eraan toe: 'Ik bedoel, als ik het heb gedaan, dan heb ik het niet gezien.'

Greg is heel loyaal aan de winkel en hij maakt lange dagen, dus kan ik veel van hem door de vingers zien.

'Het maakt niet uit wie het heeft gedaan,' zeg ik kortaf. 'Als we het maar schoonmaken.'

'Oké...' zegt Greg alsof hij het op zich laat inwerken. 'Ja. Maar kunnen die lui niet elk moment komen?'

'Ja, daarom moeten we snél zijn. We moeten ópschieten.'

'Oké,' zegt Greg weer, zonder een vin te verroeren. 'Ja. Helder. Waar is Jake?'

Dat is een uitstekende vraag. Jake is tenslotte degene die heeft aangepapt met die olijfolielieden. In een café, naar het schijnt. Hij is degene die deze afspraak heeft gemaakt. En nu is hij er niet.

Mijn familietrouw weerhoudt me er echter van om hier hardop iets over te zeggen. Trouw speelt een belangrijke rol in mijn leven. Misschien wel de belangrijkste. Sommige mensen laten zich leiden door de woorden van de Here Jezus; ik hoor mijn vader vlak voor zijn dood met zijn platte accent zeggen: 'Familie is alles, Fixie. Familie is wat ons drijft. Alles draait om familie.'

Familietrouw is min of meer onze religie.

'Hij laat een ander altijd alles opknappen,' pruttelt Greg. 'Je weet nooit of hij komt opdagen. Hij is niet betrouwbaar. En we zijn nog onderbezet ook vandaag, nu je moeder een vrije dag heeft genomen.'

Het zal allemaal wel waar zijn, maar ik hoor paps stem weer in mijn hoofd: de familie gaat voor alles, Fixie. In het openbaar kom je voor je familie op. Vecht het later maar uit, onder vier ogen.

'Jake deelt zelf zijn uren in,' wijs ik Greg terecht. 'Het is allemaal volgens afspraak.'

Wij Farrs werken allemaal in de winkel: mam, ik, Jake en mijn zus Nicole, maar alleen mam en ik voltijds. Jake noemt zich onze 'consultant'. Hij heeft zelf nog een bedrijf en hij doet online een MBA, en hij komt wanneer hij maar kan. En Nicole volgt van maandag tot en met vrijdag een cursus yogadocent, dus die kan alleen in het weekend komen. Wat ze soms ook doet.

'Hij zal wel onderweg zijn,' voeg ik er bruusk aan toe. 'Maar goed, we moeten het oplossen. Kom op! Trapje!'

Terwijl Greg met een trapje door de winkel zeult, haast ik me naar de ruimte achter de zaak en laat een emmer vol warm water lopen. Ik hoef alleen maar dat trapje op te vliegen, die vlek weg te boenen, het blikje te pakken, er weer af te springen en alles op te ruimen voordat het bezoek er is. Eitje.

De speelgoedafdeling lijkt een beetje uit de toon te vallen, zo tussen de theedoeken en de starterssets om zelf jam te maken, maar pap heeft het zo ingedeeld, dus hebben we het nooit veranderd. Pap hield wel van een bordspelletje. Hij zei altijd dat bordspelen net zo onmisbaar zijn in een huishouden als lepels. Klanten die voor een fluitketel kwamen, gingen de deur uit met Monopoly.

En sinds zijn overlijden, nu negen jaar geleden, doen we ons best om de winkel precies zo te houden als hij hem had gemaakt. We verkopen nog steeds Engelse drop. We hebben nog steeds een klein assortiment ijzerwaren. En we hebben nog steeds die speelgoedafdeling met gezelschapsspelen, ballen en waterpistolen.

Het knappe van pap was dat hij iedereen alles kon aansmeren. Hij was een charmeur, maar geen patserige smiecht van een charmeur; hij was oprecht. Hij geloofde in alles wat hij verkocht. Hij wilde mensen blij maken. Hij máákte ze blij. Hij schiep gemeenschapszin in dit hoekje van West-Londen (hij was in East End geboren en noemde zich een 'immigrant') en die is nog steeds voelbaar, ook al zijn er elk jaar minder klanten die pap nog hebben gekend.

'Oké,' zeg ik, terwijl ik met de emmer de winkel in ren. 'Dit is zo gepiept.'

Ik rep me het trapje op en begin de bruine vlek weg te schrobben. Onder me zie ik Morag een schilmesje demonstreren aan een klant en ik bedwing de neiging me in het gesprek te mengen. Ik weet alles van messen, ik heb een koksopleiding gevolgd, maar je kunt niet overal tegelijk zijn en...

'Daar zijn ze,' meldt Greg. 'Er rijdt een auto de parkeerplaats op.'

Jake was degene die erop stond dat we onze enige parkeerplaats vrijhielden voor die olijfolieliedeen. Ze zullen wel gevraagd hebben: 'Hebben jullie parkeerplaatsen?' en toen wilde hij natuurlijk niet zeggen dat we er maar eentje hebben, want in zulke dingen is hij een snob, dus zal hij wel luchtig: 'Natuurlijk!' hebben gezegd, alsof we een ondergrondse parkeergarage hebben.

'Geen punt,' hijg ik. 'Ik ben klaar.'

Ik mik het doekje in de emmer en klim snel naar beneden, met het colablikje in mijn hand. Zo. Dat was in een mum van tijd klaar en nu heb ik er geen last meer van en...

'Voorzichtig op die trap.'

Ik hoor Gregs stem onder me, maar hij bestookt ons constant

met stomme arboregels die hij op internet heeft gelezen, dus blijf ik in hetzelfde tempo afdalen, tot hij echt paniekerig uitroept: 'Stop!'

'Fixie!' gilt Stacey vanachter de kassa. Zij werkt ook als verkoopster bij ons en haar neuzelige snerpstem laat zich niet negeren. 'Kijk uit!'

Ik kijk bliksemsnel om en het duurt even voordat ik begrijp wat er aan de hand is. Mijn mouw is achter een netbalring blijven haken en die is blijven steken achter het handvat van een enorme mand vol stuiterballen. En die kiepert nu van de plank… en ik kan er niets tegen doen. Shit…

'O, mijn god!'

Ik steek de hand met het blikje op om me te beschermen tegen een stortvloed aan rubberen balletjes. Ze stuiteren van mijn hoofd en schouders door de hele winkel. Waarom hebben we eigenlijk zovéél van die rotdingen?

Onder aan de trap aangekomen kijk ik ontzet om me heen. Het is een wonder dat er niets aan scherven is gevallen, maar de vloer ligt wel bezaaid met stuiterballetjes.

'Snel!' instrueer ik Greg en Stacey. 'Teamwerk! Oprapen! Ik ga het bezoek ophouden.'

Terwijl ik me naar de deur spoed, zie ik dat Greg en Stacey allesbehalve een team vormen; ze zien er zelfs meer uit als een antiteam. Ze botsen telkens vloekend tegen elkaar op. Greg propt jachtig balletjes in zijn overhemd en zijn broekzakken en ik gil: 'Stop ze terug in de mánd!'

'Ik had die colavlek niet eens gezien,' zegt Stacey ongevraagd als ik langs haar kom, en ze haalt haar schouders op op die manier van haar. 'Was er toch afgebleven.'

'Wat koop ik daarvoor?' wil ik terugkaatsen, maar dat doe ik niet. Stacey is een harde werker en het is de moeite waard om haar aan onze kant te houden. We moeten de SOM's (Staceys Ongepaste Momenten), zoals mam en ik het noemen, maar voor lief nemen.

De echte reden waarom ik niets zeg, is natuurlijk dat ze gelijk heeft. Ik had eraf moeten blijven. Ik moet gewoon alles fiksen. Dat is mijn valkuil. Zo ben ik nou eenmaal.

2

De bezoekers zien er deftig uit. Vanzelfsprekend. Mijn broer Jake gaat graag met deftige mensen om. Hij is altijd ambitieus geweest, van kinds af aan. Eerst had hij alleen de ambitie om in het voetbalteam te komen. Daarna, zo tegen het eind van zijn tienerjaren, begon hij om te gaan met rijkeluiskinderen, en opeens vond hij alles te min: ons huis, onze vakanties en zelfs, een afschuwelijke keer, paps accent. (Het werd weer dikke ruzie. Mam was erg van streek. Ik herinner me nog hoe hun harde stemmen van beneden door de vloer omhoogkwamen.)

Tot een jaar of drie terug, toen hij zijn eigen bedrijf begon, was hij makelaar in Fulham en daar straalde de deftigheid nog meer op hem af. Jake gaat graag om met lui die gaatjesschoenen dragen en allemaal hetzelfde kapsel en een aardappel in hun keel hebben. Eigenlijk baalt hij ervan dat hij niet in Chelsea is geboren. Dat hij niet zo'n kakker van de tv is die feestviert met leden van de koninklijke familie en zes keer per jaar met vakantie gaat. Dat is hij dus niet, maar hij kan wel naar pubs in King's Road gaan met gasten die Rupert heten.

De twee mannen die nu uit hun Range Rover stappen komen duidelijk ook uit die kringen, met hun polo's en bootschoenen en gebruinde huid. Ik vind zulke types eerlijk gezegd een beetje intimiderend, maar ik zeg tegen mezelf: 'Kin omhoog, Fixie,' en stap op ze af. Ik zie een van de twee met een kritische frons op zijn gezicht naar de winkel kijken en zet mijn stekels op. Oké, het is niet de mooiste winkelpui (we zitten in een functioneel gebouw uit de jaren zeventig), maar de etalageruiten blinken en het keukentextiel ligt prachtig uitgestald. We hebben best veel ruimte voor een winkel in een hoofdstraat en die gebruiken we goed. We hebben een aantal toontafels voorin en drie gangpaden, en het klopt allemaal.

'Hallo!' begroet de langste van de twee me. 'Clive Beresford. Ben jij Felicity?'

Veel mensen die 'Fixie' horen, denken 'Felicity'. Ik ben het wel gewend.

'Fixie.' Ik glimlach en geef hem een hand. 'Welkom bij Farrs.'

'Simon.' De andere man, die een zwaar uitziende doos uit de Range Rover trekt, steekt een hand naar me op. 'Gevonden! Leuke locatie hebben jullie hier.'

'Ja,' zeg ik met een knikje. 'We hebben geboft.'

'Maar het is niet bepaald Notting Hill, hè?'

'Notting Hill?' herhaal ik verbaasd.

'Jake zei dat het familiebedrijf in Notting Hill zat.'

Ik klem mijn lippen op elkaar. Echt iets voor Jake. Natuurlijk heeft hij gezegd dat we in Notting Hill zaten. Hij heeft waarschijnlijk ook gezegd dat Hugh Grant een van onze vaste klanten was.

'Nee, dit is Acton,' zeg ik beleefd.

'Maar jullie zijn van plan binnenkort uit te breiden naar Notting Hill?' vraagt Clive door terwijl we naar binnen lopen. 'Dat zei je broer.'

Uitbreiden naar Notting Hill? Wat een kletskoek. Ik weet dat Jake gewoon indruk wilde maken op een paar onbekenden in een café, maar ik hoor paps stem in mijn hoofd: familie gaat voor, Fixie.

'Misschien,' zeg ik minzaam. 'Wie weet?' Ik loods ze de winkel in en spreid dan mijn armen in een gebaar dat alle steelpannen, plastic bewaardozen en tafelkleden omvat. 'Dus, dit zijn wij.'

Het blijft even stil. Ik voel dat het niet is wat ze verwachtten. Simon tuurt naar een uitstalling van weckpotten. Clive zet een paar passen naar voren en kijkt verwonderd naar een Monopoly-spel. Even later valt er een rood stuiterballetje op zijn hoofd.

'Au!' Hij kijkt op. 'Wat de...'

'Sorry!' zeg ik snel. 'Geen idee hoe dat kan!'

Shit. Er moet nog een balletje op de rand hebben gebalanceerd.

'Dus jullie overwegen de overstap te maken naar een luxe delicatessenzaak?' vraagt Simon weifelend. 'Hebben jullie eigenlijk wel levensmiddelen?'

Ik voel mijn stekels weer overeind komen. Ik weet niet wat Jake hem heeft wijsgemaakt, maar daar kan ik ook niets aan doen.

'Absoluut.' Ik knik. 'Olie, azijn, specerijen, dat soort dingen. Zet je doos toch neer.'

'Perfect.' Hij zet de doos op een toonbank die we van tevoren leeg hebben gemaakt. (Normaal gesproken waren we naar het kantoortje gegaan, maar dat staat vol dozen met geurkaarsen die we nog moeten uitpakken.) 'Goed, ik zal je iets vertellen over wat we doen. We hebben een tamelijk speciaal assortiment olijfolie gescoord.' Hij zegt het op die bekakte manier: *assortimànt.* 'Proef maar.'

Terwijl hij praat, pakken de mannen allebei grote flessen olijfolie uit houten kistjes in de doos. Simon zet kordaat sausschaaltjes neer en Clive tovert dobbelsteentjes brood tevoorschijn.

Hij heeft het over een olijfoliegaard in Italië, maar ik luister niet echt, want ik kijk vol afgrijzen naar Greg. Die net mijn gezichtsveld in komt lopen, en zijn zakken zitten nog propvol stuiterballetjes. Zijn hele kruis ziet er enorm uit, bobbelig en... bizar. Waarom heeft hij ze niet gedumpt?

Ik rol woest met mijn ogen naar hem om te zeggen: waarom heb je je zakken nog vol stuiterballetjes? Greg rolt gespannen met zijn ogen terug en het is duidelijk dat hij bedoelt: daar is een goede reden voor, neem dat maar van mij aan.

Ik geloof hem absoluut niet. Greg is te goeder trouw, daar twijfelt niemand aan, maar zijn logica is verontrustend en uit de lucht gegrepen. Hij is net een computer die op zijn laatste benen loopt en het perfect doet, tot hij opeens besluit je hele postvak in naar Venezuela te sturen.

'Wil je proeven?'

Opeens besef ik dat Clive klaar is met zijn verkoopriedel en me nu dobbelsteentjes brood en olijfolie aanbiedt.

Terwijl ik doop en proef, denk ik: typisch Jake om dit zo te organiseren dat het net op die ene dag valt dat mam niet in de winkel is. Wat denkt hij, dat dit haar waakzame blik zal ontgaan? Dat ze het niet zal merken? Mam merkt alles. Elke verkoop, elke teruggave, elke e-mail. *Alles.*

Het dringt tot me door dat de twee kakkers telkens steelse blikken op Gregs bultige kruis werpen. Ik bedoel, ik kan het ze niet kwalijk nemen. Het biedt een beangstigende aanblik.

'Neem Greg zijn vreemde uiterlijk niet kwalijk,' zeg ik met een ontspannen lachje. 'Zo ziet hij er normaal niet uit! Hij heeft alleen...'

'Een hormonale stoornis,' kapt Greg me met een laconiek knikje af en ik verslik me bijna in mijn brood. Waarom... Wat bedóélt hij eigenlijk met... hormonale stoornis? 'Een ernstige,' voegt hij er suggestief aan toe.

Ik ben wel gewend aan Gregs grillen, maar soms maakt hij zelfs mij sprakeloos.

'Gek verhaal,' vervolgt Greg, gestimuleerd door de aandacht, 'mijn broer is geboren met maar een halve alvleesklier. En mijn moeder heeft een brakke nier...'

'Dank je wel, Greg,' onderbreek ik hem radeloos. 'Bedankt voor... Dank je.'

De twee kakkers zijn nu helemaal ontzet, en Greg werpt me een zelfvoldane blik toe waarmee hij wil zeggen: ik heb de boel weer gered, hè?

Voor misschien wel de honderdste keer vraag ik me af of we Greg niet naar een cursus kunnen sturen. Een cursus Niet-Greg-Zijn.

'Maar goed!' zeg ik terwijl Greg wegloopt. 'Die olijfolie is geweldig.' Ik zeg het niet uit beleefdheid; het is waar. Alle soorten hebben een volle, aromatische, heerlijke smaak, vooral die donkergroene, die iets peperigs heeft. 'Wat zou de verkoopprijs zijn?'

'Ik heb alle prijzen hier,' zegt Simon, die me een uitdraai aanreikt.

Ik laat mijn blik over de bedragen glijden... en sla bijna letterlijk steil achterover. Meestal hou ik het hoofd koel in dit soort situaties, maar nu hoor ik mezelf hijgen: 'Vijfennégentig pond?'

'Dit is natuurlijk een heel luxe, hoogwaardig product,' zegt Clive gladjes. 'Zoals we al hebben uitgelegd, is het een heel bijzondere olijfgaard, met een uniek procedé...'

'Maar niemand geeft toch vijfennegentig pond uit aan een fles olijfolie?' Ik schiet bijna in de lach. 'Niet in deze winkel. Sorry.'

'Maar als jullie in Notting Hill beginnen?' mengt Simon zich in het gesprek. 'Een heel andere markt. Wij vinden "De Notting Hill Familiedeli" een geweldige naam, trouwens.'

Ik probeer mijn ontzetting te maskeren. De wát? Onze winkel heet Farrs. Zo is hij genoemd door onze vader, die Michael Farr heette, en die naam zal nooit veranderen.

'Dit is de olijfolie die wij op voorraad hebben.' We schrikken allemaal op van Gregs stem. Hij zet een fles olijfolie op de toonbank. 'Kost vijf negenennegentig.' Hij neemt de kakkers kritisch op met zijn bolle grijze ogen. 'Ik zeg het maar even.'

'Ja,' zegt Simon na een korte stilte. 'Tja, dat is natuurlijk een heel ander product dan het onze. Ik wil niet onbeleefd zijn, maar als jullie allebei eens proeven, zullen jullie het verschil in kwaliteit opmerken tussen de beide soorten. Sta me toe.'

Het valt me op hoe behendig hij Greg bij het gesprek betrekt. Nu schenkt hij onze olijfolie van vijf negenennegentig in een schaaltje en doopt er dobbelsteentjes brood in. Ik proef en begrijp wat hij bedoelt. Onze olijfolie heeft een schralere smaak.

Maar je moet je klanten kennen. Je moet weten waar hun grenzen liggen. Net als ik Simon wil vertellen dat wij praktische, pragmatische klanten hebben en dat er geen schijn van kans is dat ze ooit vijfennegentig pond zullen uitgeven aan olijfolie, gaat de buitendeur open en zie ik Jake de winkel in benen.

Hij ziet er indrukwekkend uit, zoals altijd. Hij heeft paps krachtige kaaklijn en twinkelende ogen en hij heeft echt mooie kleren aan. Deftige makelaarskleren. Marineblauwe blazer, stropdas, dure glimmende schoenen. Manchetknopen.

En zodra ik hem zie, word ik bestookt door de oude gevoelens, als fladderende raven. *Ontoereikend. Schuldig. Inferieur. Waardeloos.*

Het is niets nieuws. Mijn grote broer maakt die gevoelens altijd bij me los en waarom zou dat ook niet zo zijn? Als er iets is waar ik net zoveel waarde aan hecht als aan familie, is het wel eerlijkheid. Ik ben altijd eerlijk en rechtvaardig, hoe pijnlijk het ook is.

En de pijnlijke waarheid is dat Jake een succes is en ik een mislukking. Hij is degene die zonder een cent van een ander een importexportbedrijf begon. Hij is degene die een smak geld verdiende aan een soort huidkleurige, naadloze slips die hij aan een discountwinkel verkocht. Hij is degene met de opzichtige auto, de visitekaartjes en de MBA (bijna).

Ik ben degene die geld leende van mam ('onze erfenis', noemt Jake het altijd), probeerde een cateringbedrijf op te zetten en de mist in ging. En die dat geld nog steeds niet heeft terugbetaald.

Ik ben niet het zwarte schaap van de familie. Dat zou glamoureus en interessant zijn. Ik ben alleen het stomme, onnozele schaap dat nog steeds een voorraad donkergroene schorten onder haar bed heeft liggen, allemaal met haar eigen logo erop geborduurd: *Farr's Food.* (De rest heb ik allemaal verkocht, maar die schorten wilde niemand hebben.) En als ik bij Jake in de buurt ben, voel ik me nog stommer en onnozeler. Zelfs letterlijk stom, want ik doe zelden mijn mond open en als ik het toch doe begin ik te stotteren.

Ik heb meningen, ik heb ideeën. Echt waar. Als ik de winkel in mijn eentje leid, of samen met mam, kan ik tegen mensen zeggen wat ze moeten doen. Ik kan op mijn strepen staan. Maar als Jake erbij is, en soms zelfs Nicole, bedenk ik me wel twee keer voordat ik iets hardop zeg. Want de boodschap die onuitgesproken in de lucht komt te hangen is: wat weet jij er nou van? Jouw bedrijf is over de kop gegaan.

De enige die me het gevoel geeft dat het er niet toe doet en dat ik toch nog iets waard ben is mam. Ik weet niet hoe ik het zonder haar had moeten redden.

'Jongens!' begroet Jake de bezoekers. 'Jullie zijn er al! Ciao.'

Ciao. Zo praat hij tegen ze. We zijn opgegroeid in hetzelfde gezin, maar ik kan me niet voorstellen dat ik ooit iemand word die 'ciao' zegt.

'Jake!' Clive geeft hem een klap op zijn rug. 'Maat.'

'Noem je dit Notting Hill?' zegt Simon plagerig terwijl hij Jake de hand schudt. 'Dit is Acton, verdomme!'

'Dit is nog maar het begin van het imperium,' zegt Jake met een brede grijns. Dan werpt hij mij vliegensvlug een blik toe die ik compleet kan ontcijferen: ik neem aan dat je me niet hebt laten vallen?

Ik werp een blik terug om te zeggen: De Notting Hill Familiedeli? Maar hij doet alsof hij me niet ziet.

Jake doet vaak alsof hij me niet ziet als zijn dure vrienden erbij zijn. Hij zal wel bang zijn dat ik een paar van de leugentjes aan de kaak zal stellen die ik hem heb horen verkondigen. Dat zou ik nooit doen, familie gaat voor, maar ik merk het wel op als hij de waarheid een beetje verdraait. Zoals over zijn school (hij noemt zich een 'gymnasiast', maar hij ging naar een scholengemeenschap). En dan de verwijzing naar ons 'huisje op het land'. Ik heb geen idee wat dat voor 'huisje' zou moeten zijn; misschien de oude buitenplee aan het eind van mams tuin?

'Dus dit is de fameuze olijfolie!' jubelt Jake. '*Fantastico!*'

'Je moet de olijfgaard echt een keer komen bekijken, Jake,' zegt Simon enthousiast. 'Je weet niet wat je ziet.'

'Graag,' teemt Jake. 'Ik ben gek op dat deel van de wereld.'

Voor zover ik me kan herinneren, is Jake nog nooit in Italië geweest, maar dat ga ik natuurlijk niet zeggen.

'Je weet dat die olijfolie vijfennegentig pond per fles kost?' zeg ik aarzelend tegen Jake. 'Ik denk niet dat onze klanten zich dat kunnen permitteren.'

Ik zie de wrevel op Jakes gezicht en weet ook waarom. Hij wil er niet op gewezen worden dat we praktische, prijsbewuste klanten hebben. Hij wil niet-bestaande miljonairsklanten.

'Maar als je het in het hogere segment zoekt, is hier een markt voor.' Clive tikt tegen de fles. 'De smaak is fenomenaal. Dat moet Fixie toch zeker beamen?'

'De smaak is geweldig,' zeg ik. 'Heerlijk. Ik denk alleen... nou ja. Kunnen onze klanten dat appreciëren?'

En ja hoor, mijn stem is beverig geworden. Ik stel vragen in plaats van iets te beweren. Dat doet Jakes aanwezigheid met me. En ik kan me wel voor mijn kop slaan, want nu klink ik onzeker, terwijl ik dat niet ben. Echt niet.

'Ze leren het wel appreciëren,' veegt Jake mijn bezwaar van tafel. 'We houden proeverijen, dat soort dingen...' Hij richt zich tot Clive en Simon. 'We plaatsen beslist een bestelling, jongens, de vraag is alleen nog hoeveel.'

Ik voel een golf paniek door me heen gaan. We kunnen niet ter plekke bestellen, laat staan zonder mam erbij.

'Jake, moeten we het niet eerst even bespreken?' vraag ik voorzichtig.

'Wat valt er te bespreken?' kaatst hij terug en zijn blik zegt duidelijk: kop dicht.

O, god. Ook al slaan de raven me met hun vleugels in mijn gezicht, ik moet voet bij stuk houden. Voor mam.

'Het is alleen...' Mijn stem beeft weer en ik schraap mijn keel. 'Onze klanten komen hier voor degelijke spullen en ze willen waar voor hun geld. Ze kopen geen luxe levensmiddelen.'

'Nou, dan moeten we ze misschien ópvoeden,' snauwt Jake. 'Ze iets bijbrengen. Hun middelmatige smaakpapillen laten wennen aan verfijndere smaken.' Hij pakt een dobbelsteentje brood, haalt het door de olijfolie van vijf vijfennegentig en stopt het voordat iemand iets kan zeggen in zijn mond. 'Ik bedoel, dit is subliem,' mummelt hij al kauwend. 'Het is van een heel andere orde. Het is vol van smaak, het is kostelijk... Je próéft de kwaliteit... Jongens, wat kan ik zeggen, mijn complimenten. Ik ben diep onder de indruk.'

Hij steekt zijn hand uit, maar noch Simon, noch Clive reageert op het gebaar. Ze lijken te perplex om te bewegen.

'Dus, welke was dat?' zegt Jake als hij zijn hap eindelijk heeft doorgeslikt. 'Was het de duurste?'

Het blijft stil. Ik kan niemand aankijken. Elke vezel van mijn lichaam krimpt namens Jake in elkaar.

Maar ik moet het de kakkers nageven: hun manieren zijn onberispelijk. Zonder dat je ook maar iets van Clives gezicht kunt lezen, redt hij de situatie onmiddellijk, en behendig ook.

'Weet jij nog welke dat was?' vraagt hij met opgetrokken wenkbrauwen aan Simon.

'Nee, ik weet het ook niet meer,' haakt Simon snel in. 'De schaaltjes zouden verwisseld kunnen zijn, dus...'

'Onze eigen schuld, waarschijnlijk. Hadden we maar niet zoveel soorten moeten meebrengen.'

'Absoluut,' valt Simon hem bij. 'Ze beginnen allemaal hetzelfde te smaken!'

Ze zijn zo aardig voor Jake, die geen idee heeft, dat ik wil zeggen: dank jullie wel, kakkers. Fijn dat jullie zo aardig voor mijn broer zijn terwijl hij het niet eens doorheeft.

Maar ik zeg natuurlijk niets. Simon en Clive wisselen een blik en lijken stilzwijgend te besluiten dat het welletjes is geweest. We blijven allemaal glimlachen en kletsen terwijl ze hun spullen inpakken, voorstellen dat we het onderling nog even bespreken en beloven contact te houden.

Wanneer ze van de winkel wegrijden, halen Jake en ik tegelijk adem om iets te zeggen, maar hij wint.

'Goed gedaan, Fixie,' zegt hij geërgerd. 'Je hebt ze weggejaagd. Knap werk.'

'Hoor eens, Jake, het spijt me,' begin ik en dan vervloek ik mezelf omdat ik me verontschuldig. Waarom doe ik dat toch altijd? 'Het is gewoon... Ik denk echt...'

'Ik weet wat je denkt,' onderbreekt hij me schamper, 'maar ík ben degene die probeert een strategie uit te zetten voor de toekomst van de winkel. Groter. Beter. Het hogere segment. Winstgevend.'

'Ja, maar vijfennegentig pond voor een flesje olijfolie, Jake?' zeg ik smekend. 'Dat kun je niet menen.'

'Waarom niet?' zegt hij vinnig. 'Harrods heeft het ook.'

Ik weet niet eens wat ik daarop moet zeggen. Harrods?

Ik merk dat Greg naar ons kijkt en plak haastig een glimlach op mijn gezicht. Pap zou ons vermoorden voor het uitvechten van familieruzies op de winkelvloer.

'Jakey?' Ik kijk om en zie Jakes vriendin, Leila, de winkel in komen in een snoezige gele jurk met een wijde rok en een zonnebril op haar hoofd. Leila doet me altijd aan Bambi denken. Ze heeft lange spichtige benen en ze draagt hoge sandalen met sleehakken die klepperen als hoeven. Ze tuurt door haar lange wimpers naar de wereld alsof ze bang is dat die haar zal afschieten. Ze is een schatje en ik kan met geen mogelijkheid met Jake ruziën waar zij bij is.

Niet alleen omdat ze een schatje is, maar ook omdat familie voorgaat. Leila is geen familie, niet echt. Nog niet. Ze heeft nu drie jaar iets met Jake, die haar in een club heeft leren kennen, en ik heb ze nog nooit zien bekvechten. Leila lijkt me niet het kifterige type, maar ze zal toch weleens boos worden op Jake? Al heeft ze daar nooit iets over gezegd. Ze heeft zich zelfs een keer laten ontvallen dat Jake zo'n softie was en toen sloeg ik steil achterover. Jake? Een softie?

'Hoi Leila,' zeg ik en ik geef haar een zoen. Ze is zo tenger en klein als een kind; het verbaast me eigenlijk dat ze al die glanzende tassen kan dragen. 'Ben je wezen shoppen?'

'Ik heb het vrouwtje getrakteerd,' zegt Jake trots. 'We hebben ook een cadeautje voor mam.'

Jake noemt Leila altijd 'het vrouwtje', al zijn ze niet eens verloofd. Ik vraag me soms af of ze er niet van baalt, maar ik heb Leila nog nooit van iets zien balen. Toen Jake een keer naar de winkel was gekomen voor een familiebijeenkomst, kregen we pas na een uur door dat hij Leila in de auto had laten zitten om uit te kijken naar parkeerwachten. Ze vond het helemaal niet erg. Ze had gewoon in zichzelf neuriënd met haar telefoon zitten spelen. Toen mam uitriep: 'Jake! Hoe kun je Leila zo achterlaten?' haalde hij zijn schouders op en zei: 'Ze heeft het zelf aangeboden.'

Nu laat Leila een glimmend Dior-tasje voor mijn neus bungelen en als ik erin kijk, voel ik een steekje. Ik heb geen geld om Dior-parfum voor mam te kopen. Nou ja, ze houdt ook van Sanctuary en dat heb ik voor haar gekocht. Alleen de gedachte aan mam is al voldoende om me te kalmeren. Ik hoef me natuurlijk helemaal niet druk te maken over dit alles; mam lost het wel op. Ze zal Jake toespreken op haar gedecideerde, bedaarde toon. Ze laat hem geen belachelijk dure olijfolie bestellen.

Mam staat aan het hoofd van de familie, het huis, de zaak... alles, eigenlijk. Zij is onze algemeen directeur. Ons anker. Toen pap plotseling aan een hartinfarct overleed, was het alsof er iets in haar explodeerde. Het was alsof alle negatieve energie van haar verdriet zich herschikte in het vaste voornemen dat dit níét het eind zou betekenen van de zaak, de familie of wat dan ook. Ze is de afgelopen negen jaar onze motor geweest en dan heeft ze ook nog zumba geleerd en kan niemand zulk bladerdeeg maken als zij. Ze is ongelooflijk. Ze zegt dat ze pap raadpleegt bij alles wat ze doet en dat hij elke avond met haar praat, wat bizar klinkt, maar toch geloof ik haar.

Meestal is ze van 's ochtends vroeg tot 's avonds laat in de winkel te vinden. De enige reden dat ze er nu niet is, is dat ze vanavond haar verjaardag viert en de hele dag de tijd wilde hebben om te koken en te bakken. En ja, sommige vrouwen van haar leeftijd, of welke leeftijd dan ook, zouden andere mensen voor zich láten koken en bakken op hun verjaardag, maar niet mam. Zolang ik me kan heugen heeft ze op 2 augustus altijd worstenbroodjes, waldorfsalade en appeltaart gemaakt. Het is een traditie. Wij hechten aan traditie, wij Farrs.

'Trouwens, ik heb iets aan die rekening van de garage gedaan voor je,' zegt Jake tegen Leila. 'Ik heb die gast gebeld en gezegd: "Je neemt mijn vriendin in de maling. Stuur maar een nieuwe." Hij krabbelde meteen terug.'

'Jake!' roept Leila. 'Je bent mijn held!'

'En ik vind dat je moet upgraden,' vervolgt Jake achteloos. 'Laten we een nieuwer model voor je nemen. We gaan in het weekend kijken.'

'O, Jakey.' Leila kijkt met stralende ogen naar mij. 'Is hij geen schat?'

'Eh... ja.' Ik glimlach zwakjes naar haar. 'Zeker weten.'

Net op dat moment komt Morag met een klant, een vrouw van middelbare leeftijd, naar de kassa. Jake schakelt onmiddellijk in zijn topklantenservicemodus, lacht stralend naar de vrouw en vraagt: 'Hebt u kunnen vinden wat u zocht? O, een schilmesje. Dan zal ik u helaas een heel persoonlijke vraag moeten stellen: bent u boven de achttien?'

De vrouw giechelt en bloost en zelfs ik moet glimlachen. Jake kan heel charmant zijn als hij wil. Als de vrouw weggaat, zeggen we allemaal een paar keer glimlachend 'tot ziens' tot de deur zich achter haar heeft gesloten. Dan haalt Jake zijn autosleutels uit zijn zak en laat ze om zijn vinger draaien, zoals hij al doet sinds hij zijn eerste auto kreeg.

Ik weet wat ik tegen hem wil zeggen. Ik zie de woorden bijna voor me in een tekstballon verschijnen. Welgekozen, vurige woorden over de zaak. Over wat we doen. Over pap. Maar op de een of andere manier lijk ik ze niet uit de ballon en over mijn lippen te kunnen krijgen.

Jake lijkt ver weg te zijn met zijn gedachten en ik ben wel zo wijs hem niet te storen. Leila wacht net zo gespannen als ik, met haar wenkbrauwen naar elkaar toe getrokken.

Wat ziet ze er toch leuk uit, Leila. Ze is knap en zachtaardig en ze veroordeelt nooit iemand. Wat ze het allerbelangrijkst vindt in het leven zijn manicures, want dat is haar vak en haar passie. Maar ze vertrekt geen spier bij het zien van mijn onverzorgde nagels, laat staan dat ze er iets van zou zeggen. Ze neemt iedereen gewoon zoals hij is, ook Jake.

Jake draait eindelijk niet meer met de sleutels en keert terug in de werkelijkheid. Ik heb geen idee in wat voor gedachten hij opging. Ik begrijp eigenlijk maar weinig van Jake, ook al ben ik met hem opgegroeid.

'Zullen we dan maar naar huis gaan?' zegt hij. 'Mam helpen?'

Met 'mam helpen' bedoelt hij 'een biertje pakken en sport kijken', weet ik, maar ik spreek hem er niet op aan.

'Oké,' zeg ik. 'Ik zie je daar.'

Het is maar tien minuten lopen van de winkel naar ons huis. Soms voelt het alsof het een in het verlengde ligt van het ander. Net als ik me omdraai om een stel uitgestalde placemats recht te leggen, vraagt Leila: 'Wat trek je aan, Fixie?' Ze klinkt zo opgewonden alsof we naar het eindexamenbal gaan.

'Kweenie,' zeg ik verwonderd. 'Een jurk, denk ik. Niets bijzonders.'

Het is mams verjaardag. We vieren het met vrienden en buren en oom Ned. Ik bedoel, ik wil er wel leuk uitzien, maar het is niet bepaald een galapremière.

'O, oké,' zegt Leila verbluft. 'Dus je gaat niet...'

'Niet wat?'

'Ik dacht gewoon, omdat...'

Ze doet er veelbetekenend het zwijgen toe, alsof ik haarfijn weet waar ze het over heeft.

'Omdat wát?' Ik kijk Leila indringend aan en dan draait ze zich plotseling op haar klepperhakken om naar Jake.

'Jakey!' zegt ze op haar manier verwijtend (maar nog steeds met een idolaat glimlachje). 'Heb je het haar niet verteld?'

‘O, dat. Ja.’ Jake rolt met zijn ogen en kijkt mijn kant op. ‘Ryan is terug.’

Wat?

Ik gaap hem als verlamd aan. Ik kan niets zeggen, want mijn keel wordt dichtgeknepen, maar mijn brein is al als een onstuitbaar computerprogramma begonnen met een analyse van het woord ‘terug’. Terug. Wat betekent ‘terug’? Terug in het land? Terug in zijn huis? Terug bij mij?

Nee, niet terug bij mij, duidelijk niet terug bij mij…

‘Terug in het land,’ verduidelijkt Leila, die me meelevend aankijkt. ‘Het is niets geworden met dat Amerikaanse meisje. Hij komt naar het feest. En hij heeft naar je gevraagd.’

3

Ik weet niet hoe vaak een hart gebroken kan worden, maar het mijne is ik weet niet hoe vaak aan diggelen gesmeten en elke keer door Ryan Chalker.

Niet dat hij dat weet. Ik kan mijn gevoelens vrij goed verbergen (denk ik). Maar de waarheid is dat ik al min of meer ononderbroken verliefd ben op Ryan vanaf het moment dat ik hem samen met Jake en een groepje andere jongens tegenkwam bij Burger King. Ik was toen tien en hij vijftien en ik was meteen in zijn ban. Hoe zou je níét in zijn ban kunnen raken, met dat blonde haar, dat profiel, die gloed?

Tegen de tijd dat ik naar de middelbare school ging, waren Ryan en Jake dikke vrienden en hing Ryan elk weekend bij ons thuis rond, waar hij grappen maakte en met mam flirtte. In tegenstelling tot zo'n beetje alle andere jongens uit zijn klas had hij een smetteloze huid. Hij wist hoe hij zijn haar moest stylen. Hij maakte zelfs ons schooluniform sexy, zó'n lekker ding was hij.

Hij had ook geld. Daar smiespelde iedereen over. Een familielid had hem een fortuintje nagelaten. Hij gaf altijd feesten en voor zijn zeventiende verjaardag kocht hij een auto. Een cabrio. Ik ben nu zevenentwintig en ik weet zeker dat ik nooit een cabrio zal hebben. Ryan en Jake toerden ermee door Londen, met het dak open en de muziek keihard, als een paar popsterren. Ryan was ook degene die Jake bij die dure, flitsende, feestende groep binnenhaalde. Ze kwamen samen binnen bij het soort clubs waarover je in de roddelbladen leest en de volgende dag schepten ze er dan bij ons thuis over op. Toen ik oud genoeg was, mocht ik van mam weleens met Jake en Ryan mee uit en dan voelde ik me een prinses. Ze stonden altijd in het middelpunt van de belangstelling en opeens maakte ik daar ook deel van uit.

Ryan kon ook echt aardig zijn. Ik zal die avond dat we naar de bios gingen nooit vergeten. Ik had het net uitgemaakt met een jongen die Jason heette en er zaten wat vrienden van hem achter ons. Ze begonnen me uit te lachen en vervelende opmerkingen te maken en voordat iemand iets kon doen, draaide Ryan zich bliksemsnel om en gaf ze ervan langs. Toen iedereen er de volgende dag op school van hoorde werd er geroepen: 'Ryan is op Fixie!'

Ik lachte natuurlijk mee. Ik deed alsof het een grap was. Maar diep vanbinnen was ik smoorverliefd. Ik had het gevoel dat we nu een band hadden. Ik dacht de hele tijd: nu worden we toch zeker wel een setje? Het moet toch voorbestemd zijn?

Er waren door de jaren heen veel momenten waarop ik dacht een kans te hebben. Die keer dat hij me in Pizza Express een iets te lange begroetingszoen gaf. Die keer dat hij een kneepje in mijn dij gaf. Die keer dat hij me vroeg of ik op dat moment single was. Bij paps uitvaart, toen hij tijdens de receptie bij me kwam zitten en me eindeloos over pap liet praten. Op mijn eenentwintigste verjaardag zong hij een karaokeversie van 'Don't Want to Miss a Thing' waarbij hij me recht aankeek en mijn hart fladderde als een doorgedraaide vlinder. Ik dacht: ja, ja, nu komt het... Maar die avond ging hij ervandoor met een zekere Tamara. Door de jaren heen heb ik toegekeken en stiekem gehuild terwijl hij voor mijn gevoel alle meiden van West-Londen afwerkte zonder mij ooit een blik waardig te keuren.

Toen, vijf jaar geleden, verhuisde hij naar LA om filmproducer te worden. Filmproducer, nota bene. Geen beroep is zo glamoureus of zo onhaalbaar. Ik heb het visitekaartje nog dat hij me voor zijn vertrek gaf, met een abstract logo en een adres aan Wilshire Boulevard.

Het was makkelijker geweest om hem te vergeten als hij helemaal was verdwenen, maar dat deed hij niet. Hij vloog om de haverklap terug naar Londen en dan zocht hij Jake altijd op, in een wervelwind van licht en opwinding. Zijn golvende blonde haar was altijd door de zon gebleekt. Hij zat vol verhalen over sterren. Als hij achteloos 'Tom' zei, dacht ik: Tom? Welke Tom bedoelt hij? En dan besefte ik opeens dat hij het over Tom Cruise had en dan sloeg mijn hart over en dacht ik: o, mijn god, ken ik *iemand die Tom Cruise kent*?

Intussen had ik wel vriendjes, natuurlijk had ik die, maar Ryan bleef aan mijn hart haken. En toen, vorig jaar, op de kop af zestien jaar nadat ik hem voor het eerst zag, kwam hij toeterzat en ongelukkig op Jakes verjaardagsborrel aanzetten. Ik heb nooit gehoord hoe het precies zat, maar het was iets met een studiobons die een loopje met hem had genomen.

Ik kan goed luisteren, dus liet ik hem afgeven op die studiobons, knikte en zei meelevende dingen. Toen hij ten slotte was uitgeraasd, zag ik hem naar me kijken. Echt kijken, zeg maar. Alsof het nu pas tot hem doordrong dat ik een volwassen vrouw was geworden. 'Weet je, ik heb je altijd leuk gevonden, Fixie,' zei hij. 'Je bent zo echt. Je bent zo verrekte verfrissend.' Toen voegde hij er bijna verwonderd aan toe: 'Waarom hebben wij nooit iets gekregen samen?'

Mijn hart bonkte in mijn borst, maar die ene keer in mijn leven lukte het me om het cool te spelen. Ik keek hem alleen maar aan, wachtte even en zei toen: 'Tja.'

En hij wierp me die lome glimlach van hem toe en zei: 'Tja.'

O, mijn gód, het was geweldig. Een minuut of drie later gingen we weg. Hij nam me mee naar het appartement waar hij logeerde en die nacht maakten we elke tienerfantasie waar die ik ooit had gehad, en meer. Mijn brein bleef krijsen: het is zover! Ik ben bij Ryan! Het komt er eindelijk van! Tien hele dagen leefde ik onafgebroken in een trance van verrukking.

En toen ging hij terug naar LA.

Ik bedoel, natuurlijk ging hij terug naar LA. Wat had ik dan verwacht, dat hij me een aanzoek zou doen?

(Daar ga ik geen antwoord op geven. Niet eens in mijn eigen

hoofd. Want dan zou ik mijn allersneuste fantasie kunnen verraden: dat we van die geliefden zouden worden die hun hele leven 'voor elkaar bestemd' waren en dat eindelijk beseften en nooit meer van elkaars zijde weken.)

Toen hij op die grijze ochtend in april naar het vliegveld ging, zoende hij me met oprechte spijt, leek het, en zei: 'Je hebt me echt goedgedaan, Fixie.' Alsof ik een sapkuur was, of een serie TED-talks.

Ik zei zo luchtig als ik kon: 'Ik hoop dat je me nog eens komt opzoeken.' Wat niet helemaal waar was. Wat ik écht hoopte, was dat hij opeens zou uitroepen: 'Nu begrijp ik hoe het zit! Fixie, mijn liefste, ik kan niet meer zonder je en ik wil dat je met me in dit vliegtuig stapt, nú.'

Maar goed. Verbazingwekkend genoeg gebeurde dat niet.

Toen hoorde ik van Jake dat Ryan in LA een nieuwe vriendin had die Ariana heette en dat ze continu ruzie hadden, maar dat het serieus was. Ik bekeek ze een paar keer op Facebook. (Oké, continu.) Ik schreef hem vrijblijvende, vriendschappelijke appjes en wiste ze weer. En al die tijd deed ik alsof ik er niet mee zat. Tegenover mam, Jake, de hele wereld. Want wat kon ik anders doen?

Maar het was allemaal gelogen. Ik kon me er niet mee verzoenen dat ik hem kwijt was. Ik bleef hopen, stiekem en tegen beter weten in.

En nu is hij terug. De woorden dreunen als trommelslagen door mijn hoofd – hij is terug, hij is terug – terwijl ik als een idolate puber met de ene haarspeld na de andere naar de spiegel ren bij Anna's Accessories. Alsof Ryan als bij toverslag verliefd op me zal worden als ik maar exact de juiste haarspeld kies.

Ik kon het niet opbrengen om meteen vanuit de winkel naar huis te gaan. Stel dat hij daar al op de bank hing, klaar om me te grazen te nemen met zijn onweerstaanbare glimlach? Ik had tijd nodig. Ik moest voorbereid zijn. Om vijf uur zei ik dus tegen Greg dat hij moest afsluiten en ging ik winkelen. Ik kocht een nieuwe lippenstift. En nu sta ik voor een display te proberen mijn uiterlijk op een ongelooflijke manier te transformeren met een haarspeld met strassteentjes van drie pond negenennegentig. Of misschien kan ik beter voor een bloem gaan.

Een glitterhaarband?

Ik weet dat het allemaal verdringing is. Ik moet er niet eens aan denken hoe ingrijpend het zal zijn om Ryan weer te zien, dus in plaats daarvan richt ik al mijn aandacht op een onbenullige kleinigheid die verder geen mens zal opvallen. Zoals altijd.

Uiteindelijk pak ik twee haarspelden met pailletten, een paar klemmetjes met strassteentjes en voor de zekerheid nog een paar goudkleurige bungeloorbellen. Ik reken af en loop de zoele straat in. Mam is nu de tafel al aan het dekken, denk ik. De kartonnen bekers aan het neerzetten. Messen en vorken in servetten aan het rollen. Toch heb ik meer tijd nodig. Ik moet orde in mijn hoofd scheppen.

In een opwelling duik ik Café Allegro in, het favoriete koffietentje van onze familie. Ik koop een zak bonen voor mams espresso-apparaat, want we zitten altijd zonder en Café Allegro heeft de lekkerste, en dan bestel ik een muntthee en ga bij het raam zitten. Ik probeer te bedenken hoe ik Ryan precies zal begroeten. Wat ik moet uitstralen. Ik moet níét zwijmelig of zielig overkomen, maar beheerst en verleidelijk.

Met een zucht pak ik het tasje van Anna's Accessories, haal de twee spelden met pailletten eruit, hou ze bij mijn haar en tuur in mijn spiegeltje. Ze zien er geen van beide ook maar een beetje verleidelijk uit. Ik hou de goudkleurige oorbellen bij mijn oren en krimp in elkaar. O, god. Verschrikkelijk. Misschien breng ik ze wel terug.

Opeens zie ik dat een gast die tegenover me zit over zijn laptop heen lichtelijk geamuseerd toekijkt en ik word prompt rood. Waar ben ik mee bezig? Ik zou anders nooit haarspelden proberen in een koffietentje. Ik heb geen enkel besef van fatsoen meer.

Net als ik de spelden en oorbellen terug in het tasje stop, valt er een druppel water op de tafel. Ik kijk op. Nu ik erover nadenk, druppelt het plafond al gestaag sinds ik ben gaan zitten, alleen vielen de andere druppels in een emmer op de vloer.

Een barista vlak bij me brengt een warme sandwich naar een klant en voordat ze kan weglopen trek ik haar aandacht.

'Hoi, het lekt hier.' Ik wijs naar boven. Ze volgt mijn blik even en haalt dan haar schouders op.

'Ja. We hebben een emmer neergezet.'

'Maar het lekt ook op de tafel.'

Ik kijk naar het plafond en zie twee plekken waar het drupt en een vochtplek. Dat hele stuk plafond ziet er uiterst ongezond uit. Ik werp een blik op de gast tegenover me om te zien of het hem ook is opgevallen, maar hij zit nu te bellen en lijkt helemaal op te gaan in zijn gesprek.

'Ja,' zegt hij met een stem waar de ontwikkeling en beschaving van afspatten, 'weet ik, Bill, maar...'

Mooi pak, merk ik op. Glimmende, dure schoenen.

'Ze zijn aan het verbouwen hierboven.' Het lijkt de barista totaal niets te doen. 'We hebben ze gebeld. Je mag wel ergens anders gaan zitten als je wilt.'

Ik had me moeten afvragen waarom hier bij het raam nog plaats was, terwijl de rest van de zaak vol zit. Ik kijk om me heen om te zien of er nog ergens een stoel vrij is, maar dat is niet het geval.

Nou ja, ik ben niet zo moeilijk. Ik kan wel een paar druppels hebben. Ik ga toch zo weg.

'Het geeft niet,' zeg ik. 'Ik wilde het gewoon even zeggen. Misschien moet je nog een emmer halen.'

De barista haalt haar schouders weer op met een gezicht dat ik herken, de fameuze 'mijn dienst zit er bijna op dus wat boeit het?'-blik, en loopt terug naar de toonbank.

'Potverdikkeme!' roept de man tegenover me opeens uit. Hij is harder gaan praten en maakt geërgerde handgebaren.

Van het woord 'potverdikkeme' moet ik inwendig glimlachen. Dat zei pap ook altijd. Ik hoor het nog maar zelden.

'Zal ik jou eens wat zeggen?' vervolgt hij. 'Ik heb het helemaal gehad met die intellectuele lui met hun zes titels van Cambridge.' Hij luistert even en zegt dan: 'Zó moeilijk zou het niet mogen zijn om iemand te vinden voor een startersfunctie. Echt niet. Maar iedereen die Chloë voor me aandraagt… Ja. Dat zou je denken. Maar het enige wat ze willen is me hun slimme theorietjes vertellen die ze op de universiteit hebben geleerd. Ze willen niet wérken.'

Hij leunt naar voren, pakt zijn kop om een slok koffie te nemen en kijkt me even aan. Ik moet wel glimlachen, want al weet hij het niet, het is weer alsof ik mijn vader hoor.

Op het oog heeft hij niets van mijn vader. Mijn vader was een verweerde voormalige marktkoopman. Deze jongen is een hoogopgeleide dertiger met een dure stropdas, maar ik hoor exact diezelfde energieke toon, hetzelfde pragmatisme, dezelfde wrevel ten opzichte van o zo slimme betweters. Pap zat ook niet op theorieën te wachten. Doe het maar gewoon, zou hij zeggen.

'Ik zoek gewoon iemand die pienter, gewiekst en taai is, iemand die weet hoe de wereld in elkaar zit,' zegt hij nu en hij haalt een hand door zijn haar. 'Iemand die ín het leven staat in plaats van dat hij er net op is gepromoveerd. Hij hoeft verdomme niet eens afgestudeerd te zijn! Als hij maar gezond verstand heeft! Gezond verstand!'

Hij is slank, komt energiek over en hij is nazomers bruin. Diepbruin haar, lichter waar het door de zon is gebleekt. Als hij weer naar zijn koffie reikt, werpen zijn lokken schaduwen over zijn gezicht. Zijn jukbeenderen zijn twee lange, krachtige vlakken. Zijn ogen zijn… ik kan het niet goed zien. Midden- of lichtbruin, denk ik terwijl ik hem onopvallend opneem. Dan vangen ze het licht en zie ik opeens een zweempje groen. Hij heeft bosogen.

Dat is een ding van mij, ogen classificeren. De mijne zijn dubbele espresso. Die van Ryan zijn Californische lucht. Die van mam diepzeeblauw. En deze gast heeft bosogen.

'Weet ik,' zegt hij iets rustiger. Kennelijk is hij niet kwaad meer. 'Ik heb volgende week dus weer een afspraak met Chloë. Ze kijkt er vast ontzettend naar uit.' Onverwacht glimlacht hij aanstekelijk.

Hij kan om zichzelf lachen. Dat heeft hij voor op pap, die de liefste, zachtmoedigste man van de wereld was, maar niet echt begreep wat plagerij was, of zelfspot. Je had pap nooit een oneerbiedige, grappige verjaardagskaart kunnen sturen. Dan had hij zich alleen maar gekwetst of beledigd gevoeld.

'O. Dat.' De man gaat verzitten. 'Hoor eens, het spijt me.' Hij haalt weer een hand door zijn haar, alleen ziet hij er nu niet dynamisch uit, maar van streek. 'Ik wil alleen... Het zit er niet in. Je kent Briony, die loopt te hard van stapel, dus... nee. Geen fitnessruimte thuis, voorlopig niet. Tanya's ontwerpen waren super, ze is heel getalenteerd, maar... Ja. Ik betaal haar natuurlijk voor de tijd die ze erin heeft gestoken... Nee, níét met een etentje,' vervolgt hij gedecideerd. 'Ik wil een fatsoenlijke rekening. Ik sta erop.' Hij knikt een paar keer. 'Oké. Tot gauw. Toedeloe.'

In zijn stem klinkt weer dat scheutje wrange humor door, maar terwijl hij zijn telefoon wegstopt, kijkt hij door het raam alsof hij zijn evenwicht probeert te hervinden. Het is raar, maar ik heb het gevoel dat ik hem ken. Ik snáp hem, zeg maar. Als we niet als twee stijve Britten in een koffietentje in Londen zaten, zou ik een gesprek met hem kunnen aanknopen.

Maar we zijn stijve Britten. Zoiets doe je gewoon niet.

Ik doe dus op de traditionele Londense manier alsof ik geen woord van zijn telefoongesprek heb gehoord en staar zorgvuldig in het niets om zijn blik niet te trekken. Hij begint op zijn laptop te tikken en ik werp een blik op mijn horloge. Kwart voor zes. Ik moet gaan.

Mijn telefoon zoemt dat ik een bericht heb en ik reik ernaar in de uitzinnige hoop dat het Jake is die aan me doorgeeft dat Ryan er is of, nog beter, een berichtje van Ryan zelf. Maar dat is het natuurlijk niet, het is een antwoord van Hannah op een eerder bericht van mij. Ik lees het snel:

Is Ryan terug? Ik dacht dat hij in LA zat.

Ik kan een glimlach niet bedwingen en tik snel terug:

Was ook zo!!! Maar hij is nu hier en hij is single en hij heeft naar me gevraagd!!!

Ik klik op verzenden en besef dan dat ik stom ben geweest. Ik heb te veel uitroeptekens gebruikt. Die zal Hannah als waarschuwingssignalen opvatten. Ze zal me binnen een halve minuut bellen.

Ik ben al met Hannah bevriend sinds we op ons elfde allebei als klassenwacht werden gekozen. We wisten meteen dat we verwante zielen waren. We zijn allebei ordelijk. We zijn allebei gek op lijstjes. We krijgen allebei dingen voor elkaar. Al moet ik eerlijk toegeven dat Hannah de dingen nóg efficiënter voor elkaar krijgt dan ik. Zij zal nooit iets op de lange baan schuiven of smoesjes verzinnen. Wat ze ook moet doen, ze doet het meteen, of het nu haar belastingformulier invullen is, het schoonmaken van haar koelkast of tegen een gozer zeggen dat zijn manier van zoenen haar niet bevalt, op hun allereerste date. (Ik moet hem nageven dat hij kon incasseren. Hij zei: 'Hoe wil je dán gezoend worden?' Ze deed het hem voor en nu zijn ze getrouwd.)

Ik ken niemand die zo nuchter en rechtdoorzee is als zij. Ze werkt als actuaris en ze begint in juli met haar kerstinkopen en… Ja hoor. Haar naam verschijnt op mijn scherm. Ik wist het wel.

'Hoi Hannah,' zeg ik nonchalant, alsof ik niet weet waarom ze belt. 'Alles goed?'

'Ryan, hè?' zegt ze zonder terug te groeten. 'Wat is er met die meid in LA gebeurd?'

'Het schijnt uit te zijn.' Ik probeer het kalm te zeggen, al zingt een stemmetje in mijn hoofd: uit! Het is uit!

'Hmm.' Ze klinkt niet erg overtuigd. 'Fixie, ik dacht dat je over hem heen was. Eíndelijk.'

Ik neem haar die nadruk op 'eindelijk' niet kwalijk. Ik stort al zo ongeveer vanaf onze eerste ontmoeting mijn hart uit bij Hannah en het gaat altijd over Ryan. Toen we achttien waren, maakte ik eindeloze kroegentochten met haar door Londen in de hoop hem tegen te komen. Ze noemde het de Ryan Route. En het lijkt me redelijk om te zeggen dat afgelopen voorjaar, nadat Ryan terug was gegaan naar Hollywood, de helft van onze gesprekken over hem ging.

Oké, alle gesprekken.

'Ben ik ook!' Ik ga zachter praten om niet de hele koffietent te laten meegenieten. 'Maar het schijnt dat hij naar me heeft gevraagd.' Bij de gedachte alleen al dat Ryan naar me heeft gevraagd word ik duizelig, maar ik dwing mezelf achteloos te klinken. 'Dus dat is interessant. Meer niet. Gewoon interessant.'

'Hmm,' zegt Hannah weer. 'Heeft hij je zelf al een bericht gestuurd of zo?'

'Nee, maar misschien wil hij me verrassen.'

'Hmm,' zegt Hannah voor de derde keer. 'Fixie, hij woont in LA, weet je nog?'

'Ik weet het,' zeg ik.

'En jouw hele leven draait om het familiebedrijf.'

'Ja.'

'Het ziet er dus niet naar uit dat jullie echt iets zullen krijgen,' vervolgt Hannah meedogenloos. 'Een relatie, of wat dan ook. Het zit er niet in.'

'Hou eens op met alles zo te benoemen!' sis ik kwaad en ik draai me naar het raam voor een beetje privacy. 'Jij moet altijd alles benoemen!'

Voor de zoveelste keer vind ik het jammer dat ik geen onnozele, romantische beste vriendin heb die zou zeggen: 'O, wauw, Ryan is terug! Jullie zijn voor elkaar bestemd!' en me dan zou helpen een outfit uit te zoeken.

Nicole is wel onnozel en romantisch, denk ik, maar die is weer niet echt geïnteresseerd in mijn leven.

'Ik benoem het allemaal omdat ik je kén,' zegt Hannah. 'En omdat ik bang ben dat je diep vanbinnen nog steeds op een soort wonder hoopt.'

Het blijft stil. Ik ga niet zeggen dat ze niet zo moet overdrijven, want waarom zou je tegen je beste vriendin liegen?

'Ik heb iets van... tien procent hoop,' zeg ik uiteindelijk, terwijl ik naar een rondsluipende parkeerwacht kijk. 'Het kan geen kwaad.'

'Het kan wél kwaad,' spreekt Hannah me energiek tegen. 'Het maakt dat je niet eens naar andere mannen kíjkt. Er lopen aardige mannen rond hoor, Fixie. Goede mannen.'

Ik weet waarom ze dat zegt. Ze zegt het omdat ze vorige maand heeft geprobeerd me aan een bevriende actuaris te koppelen en ik niet op hem viel. Ik bedoel, hij ging wel. Hij was alleen zo serieus.

'Ik snap het wel,' vervolgt Hannah. 'Ryan is knap en stijlvol en weet ik veel. Maar wil je de kans om een geschikte vent te vinden opgeven voor tien minuten met Mister Hollywood?'

'Nee, natuurlijk niet,' zeg ik na een korte stilte, al zag ik bij het horen van de woorden 'tien minuten met Mister Hollywood' meteen weer voor me hoe ik vorig jaar met Ryan in bed lag en de herinnering alleen is al genoeg om me klotsende knieholtes te bezorgen.

'Ik vind dat je er een streep onder moet zetten, doorgaan,' zegt Hannah. Ik stel me voor dat ze aan haar bureau zit, een liniaal pakt, kordaat een streep onder een rij getallen zet en de bladzij omslaat, probleem opgelost.

Maar Hannah is dan ook altijd immuun geweest voor Ryans charmes. In de eindexamenklas werkte ze alle jongens af met wie ze natuurkunde had, een voor een, en uiteindelijk bleef ze hangen aan Tim, de op een na slimste (de slimste was ze zelf). Ze bleven de hele eindexamenklas bij elkaar, maakten het uit, gingen studeren, kregen verkering met andere mensen, kwamen weer bij elkaar en trouwden. Zijn zoentechniek moet enorm verbeterd zijn sinds dat eerste afspraakje. Ze hebben allebei een goede baan, ze proberen zwanger te worden en hebben het allemaal goed voor elkaar.

'Wat moet ik dan doen?' zeg ik een beetje kattig omdat ik weet dat ze een punt heeft en ik het niet goed kan hebben, ook al vind ik het lief van haar dat ze genoeg om me geeft om me op te bellen en me de les te lezen. 'Stel dat hij er vanavond is en...' Ik laat het erbij. Ik wil het niet hardop zeggen, want dat zou ongeluk kunnen brengen.

'Je bedoelt, stel dat hij ontzettend lekker en sexy is en door wil gaan waar jullie vorig jaar zijn gestopt?'

'Zoiets.'

'Tja.' Hannah denkt even na. 'Zeg eens eerlijk. Kun je met hem naar bed gaan en het níét erg vinden als hij teruggaat naar LA?'

'Ja,' zeg ik stoer. 'Natuurlijk. Seks is maar seks.'

'Nee, dat is het niet!' zegt Hannah met een ongelovig lachje. 'Niet voor jou. Niet met Ryan. Hij zal je op de een of andere manier teleurstellen, ik weet het zeker, en dan kom je weer op mijn schouder uithuilen.'

'Nou, misschien kan het me niet schelen,' zeg ik opstandig.

'Beweer je nou dat de seks zo lekker is dat je het ervoor overhebt, ook al moet je echt weer op mijn schouder uithuilen?' zegt Hannah, die alles altijd wil terugbrengen tot wiskundige vergelijkingen.

'Zoiets.' Opeens zie ik Ryans in LA gebruinde lijf voor me, verstrengeld met het mijne. 'Ja.'

'Prima,' zegt Hannah en ik hoor de vertwijfelde ogenrol in haar stem. 'Nou, de tissues krijg je van mij.'

'Misschien komt hij vanavond niet eens,' merk ik op. 'Dit hele gesprek zou voor niets geweest kunnen zijn.'

'Nou, tot vanavond dan maar,' zegt Hannah. 'Met of zonder Ryan.'

Ik neem afscheid van haar en staar somber naar buiten. Nu ik het heb uitgesproken, besef ik natuurlijk dat dat het meest waarschijnlijke scenario is. Ryan moet vanavond wel tig andere glamoureuze dingen te doen hebben. Hij komt helemaal niet naar mams verjaardag. Ik heb al die haarspelden voor niets gekocht.

'Hoi Briony.' De man tegenover me neemt zijn telefoon op en ik draai mijn hoofd. 'O, je hebt Tanya gesproken. Juist. Dus... Nee, dat is niet wat...' Hij lijkt er niet tussen te kunnen komen. 'Briony, luister...' Hij breekt met een gekweld gezicht zijn zin af. 'Lieverd, ik verpest het niet... Nee, dat hadden we níét afgesproken.'

Ha. Nou, ik ben in elk geval niet de enige met een ontspoord liefdesleven.

'Denk je dat echt?' roept hij nu uit. 'Mag ik je erop wijzen dat het míjn appartement is, dat ik zélf mag beslissen...' Hij kijkt op en lijkt opeens te beseffen dat ik meeluister. Ik wend snel mijn blik af, maar desondanks gaat hij staan.

'Neem me niet kwalijk,' zegt hij beleefd tegen mij. 'Ik ga even naar buiten om te telefoneren. Zou je even op mijn laptop willen letten?'

'Ja hoor.'

Ik knik en zie hem tussen de tafels door manoeuvreren, weer aan de telefoon. 'Ik heb nooit iets beloofd!' zegt hij. 'Het was jóúw idee...'

Ik neem een slokje van mijn muntthee en kijk een paar keer naar de laptop. Het is een MacBook. Hij heeft hem dichtgeklapt achtergelaten met een stapel glanzende brochures ernaast. Ik hou mijn hoofd een beetje schuin en lees de kop van de bovenste. EBV: Toekomstgerichte Investeringskansen. Ik heb nog nooit van EBV gehoord en het is ook niet echt mijn ding, maar beleggingsfondsen zijn dan ook niet echt mijn ding.

Mensen die geld investeren in fondsen en aandelen en zo zijn als buitenaardse wezens voor me. In de familie Farr kun je drie dingen doen met geld: uitgeven, in de zaak stoppen of een nieuwe zaak beginnen. Je hecht geen geloof aan een vent in een pak met een dure das en een glanzende brochure die waarschijnlijk een kostprijs van tien pond heeft.

Verder ligt er niets boeiends tussen de spullen van de man, dus drink ik mijn thee en neem in gedachten mijn outfitopties voor die avond door. Net als ik me afvraag waar mijn blauwe kanten topje is gebleven, schrik ik van iets. Mijn alarmbellen gaan rinkelen. Er is iets niet pluis.

Er gebeurt iets.

Of er gaat iets gebeuren.

Mijn brein kan niet eens goed formuleren wat het is, maar mijn zesde zintuig neemt het over. Ik moet iets doen. Nu.

Snel, Fixie. Doe het.

Voordat ik er erg in heb, duik ik als een rugbykampioen die een try scoort over het tafelblad en druk de laptop tegen me aan. Een fractie van een seconde later stort er een heel stuk plafond op me neer, in een stortvloed van pleisterwerk en water.

'Argh!'

'O, mijn god!'

'Help!'

'Is het een aanslag?'

'Help dat meisje!'

Het geschreeuw om me heen weergalmt in mijn hoofd. Ik voel dat iemand aan me sjort en hoor: 'Weg daar!', maar ik ben zo bang dat de laptop nat zal worden dat ik weiger uit mijn stramme, beschermende houding te komen tot me papieren handdoekjes worden toegestoken. Het water gutst niet meer naar beneden, maar het regent nog brokjes pleisterwerk en als ik ten slotte opkijk, zie ik een ontzet publiek van klanten naar me kijken.

'Ik dacht dat je dood was!' zegt een tienermeisje zo huilerig dat ik wel moet lachen en dat lijkt het sein voor alle anderen te zijn om zich ermee te bemoeien.

'Ik zag die lekkage wel! Ik wist dat het zo zou gaan.'

'Je had wel dood kunnen zijn, hè?'

'Je moet ze voor de rechter slepen. Dat deugt niet, plafonds die naar beneden komen.'

Een moment geleden waren we allemaal vreemden in een koffietentje en negeerden we elkaar zorgvuldig, maar nu lijken we de beste vrienden. Een man op leeftijd steekt zijn hand uit en zegt: 'Ik hou je computer wel vast terwijl jij je afdroogt, kind.'

Maar ik wil hem niet afstaan, dus dep ik mezelf onhandig met een hand droog en denk: waarom uitgerekend vandaag, waarom uitgerekend...

'Wat krijgen we nóú?'

Het is de man die tegenover me zat. Hij is weer binnen en gaapt me met open mond aan. De opgewonden commentaren sterven geleidelijk weg en het wordt stil in de koffietent. Iedereen kijkt verwachtingsvol naar ons tweeën.

'O, hoi,' zeg ik. Het is voor het eerst sinds ik werd overspoeld dat ik mijn mond opendoe. 'Hier is je laptop. Ik hoop dat hij niet nat is geworden.'

Er is geen spatje op gekomen. Ik reik hem aan en de man stapt naar voren om hem over te nemen. Hij kijkt met stijgend ongeloof van mij naar de ravage van het plafond naar de plassen water en brokken pleisterwerk. 'Wat is hier gebeurd?'

'Een incidentje met het plafond,' zeg ik in een poging het af te zwakken, maar als een Grieks koor beginnen alle andere klanten hem gretig bij te praten.

'Het plafond is naar beneden gekomen.'

'Ze dook over de tafel. Als een bliksemschicht!'

'Ze heeft je laptop gered, geen twijfel mogelijk. Anders was hij naar de haaien geweest.'

'Dames en heren.' Een barista tikt op de toonbank om onze aandacht te trekken. 'Excuus. We gaan nu sluiten uit veiligheidsoverwegingen. Komt u alstublieft naar de toonbank voor een meeneembeker en een koekje van de zaak.'

Er ontstaat een run op de toonbank en de barista die de leiding lijkt te hebben komt met gefronst voorhoofd naar me toe.

'Mevrouw, we willen onze verontschuldigingen aanbieden voor het ongemak,' zegt ze. 'We willen u graag deze tegoedbon van vijftig pond aanbieden in de hoop dat u niet...' Ze schraapt haar keel. 'We willen met alle plezier de stomerij voor u betalen.'

Ze kijkt me smekend aan en dan begrijp ik opeens waar ze naartoe wil en rol met mijn ogen.

'Wees maar niet bang,' zeg ik. 'Ik sleep jullie niet voor de rechter, maar ik zou nog wel een muntthee lusten.'

De barista ontspant zichtbaar en rept zich weg om muntthee voor me te halen. Intussen zit de man in het pak door zijn laptop te scrollen. Nu kijkt hij aangeslagen naar me op. 'Hoe kan ik je bedanken? Je hebt mijn leven gered.'

'Niet je léven.'

'Oké, mijn hachje. Het is niet alleen de laptop, al was dat al erg genoeg geweest, maar ook alles wat erín zit. Dingen waarvan ik een back-up had moeten maken.' Hij sluit zijn ogen even en schudt zijn hoofd alsof hij er met zijn verstand niet bij kan. 'Wat een les.'

'Tja,' zeg ik. 'Zulke dingen gebeuren. Gelukkig was ik erbij.'

'Gelukkig voor mij,' zegt hij langzaam terwijl hij de laptop dichtklapt en me aandachtig opneemt. De late middagzon valt nu vol op zijn gezicht. Zijn ogen zijn zo groen en bosachtig dat ik even aan herten op met zon bespikkelde open plekken tussen de bomen moet denken; bladerrijke takken, veenachtige geuren. Dan knipper ik met mijn ogen en ben ik weer in het koffietentje. 'Voor jou was het niet zo'n gelukje,' zegt hij. 'Je ziet er niet uit en je haar is nat. Allemaal door mij. Ik schaam me rot.'

'Het komt niet door jou,' zeg ik. Zijn blik maakt me verlegen. Mijn T-shirt voelt nat aan, merk ik opeens, maar hoe nat? Nat genoeg voor een natte-T-shirtwedstrijd? Keek iedereen daarom zo naar me? Omdat mijn T-shirt doorschijnt?

'Het plafond stortte in,' vervolg ik terwijl ik mijn armen als terloops voor mijn borsten kruis. 'Ik ben nat geworden. Het komt allemaal niet door jou.'

'Maar was je die kant op gedoken als je niet had beloofd op mijn laptop te letten?' pareert hij direct. 'Natuurlijk niet. Je hebt duidelijk een bliksemsnel reactievermogen, dus dan was je wel opzijgedoken.'

'Tja, het zal wel,' doe ik het schouderophalend af.

'Niks het zal wel.' Hij schudt resoluut zijn hoofd. 'Voor wat hoort wat. Kan ik je... weet ik veel. Een kop koffie aanbieden?'

'Nee, dank je.'

'Een muffin dan?' Hij tuurt naar de toonbank. 'De double chocolate chip ziet er lekker uit.'

'Nee!' Ik schiet in de lach. 'Echt niet.'

'Wat dacht je van... Mag ik je op een etentje trakteren?'

'Ik weet niet of Briony dat zo leuk zou vinden,' zeg ik voordat ik me kan bedwingen. 'Sorry, ik hoorde je praten.'

Er trekt een wrange glimlach over zijn gezicht en hij zegt: 'Die zit.'

'Hoe dan ook, het was leuk je te ontmoeten,' zeg ik terwijl ik mijn muntthee aanneem van de barista, 'maar ik moet nu echt weg.'

'Ik moet toch iets kunnen doen om je te bedanken?' houdt hij vol.

'Nee, echt niet,' zeg ik net zo volhardend. 'Ik hoef niets.'

Ik glimlach beleefd, wend me af en zet koers naar de deur. En als ik er bijna ben, hoor ik hem zo hard 'Wacht!' roepen dat ik me bliksemsnel omdraai. 'Niet weggaan,' voegt hij eraan toe. 'Alsjeblieft... Wacht nou even. Ik heb iets voor je.'

Ik vind het zo intrigerend dat ik weer een paar stappen terug zet. Hij staat bij de toonbank met een koffiebekerkartonnetje en een pen en hij schrijft iets op.

'Ik los mijn schulden altijd af,' zegt hij als hij klaar is en naar me toe loopt. 'Altijd.' Hij houdt me het kartonnetje voor en ik zie wat hij erop heeft geschreven:

Schuldbekentenis
Opeisbaar tot in de eeuwigheid

Terwijl ik toekijk, zet hij zijn handtekening eronder, een krabbel die ik niet kan ontcijferen, met de datum erbij.

'Als je ooit om een gunst verlegen zit,' zegt hij naar me opkijkend. 'Iets wat ik voor je kan doen. Maakt niet uit wat.' Hij diept een visitekaartje op uit zijn zak en kijkt zoekend om zich heen. 'Ik moet een paperclip hebben... of een speld of iets...'

'Hier.' Ik zet mijn kop neer, steek een hand in het tasje van Anna's Accessories en vis er een haarklem met strassteentjes uit.

'Perfect.' Hij maakt het kaartje met de klem aan het kartonnetje vast. 'Dat ben ik. Sebastian Marlowe.'

'Ik ben Fixie Farr,' zeg ik.

'Fixie.' Hij knikt plechtig en steekt zijn hand uit. 'Hoe maak je het?' We geven elkaar een hand en dan biedt Sebastian me het kartonnetje met de schuldbekentenis aan.

'Neem dit alsjeblieft aan. Ik meen het.'

'Dat zie ik.' Mijn mondhoeken blijven maar trekken. 'Nou, als ik "toekomstgerichte investeringskansen" zoek, laat ik het je wel weten.'

Ik zeg het een tikje spottend, maar hij pikt het niet op; zijn groene ogen beginnen zelfs te stralen.

'Ja! Doe dat, alsjeblieft! In dat geval kunnen we een afspraak maken. Ik wil je graag advies geven...'

'Zo zit het niet,' kap ik hem af. 'Verre van dat, maar ik waardeer het aanbod.'

Het lijkt eindelijk tot hem door te dringen dat ik hem plaagde en er danst een glimlach over zijn gezicht.

'Iets wat je wel nodig hebt dan.' Hij heeft het kartonnetje nog steeds in zijn uitgestoken hand en dan neem ik het ten slotte maar aan.

'Oké. Dank je.'

Om hem een plezier te doen stop ik het in mijn tas en geef er een klopje op. 'Zo dan. Veilig en wel. En nu moet ik echt weg. Ik moet naar huis voor een verjaardag.'

'Je denkt dat ik een grapje maak,' zegt hij terwijl ik mijn beker oppak, 'maar dat doe ik niet. Ik sta bij je in het krijt, Fixie Farr, knoop dat goed in je oren.'

'Ja, dat zal ik doen!' zeg ik met een laatste vrolijke glimlach, al meen ik er geen woord van. 'Absoluut. Doe ik.'

4

Ryan is er nog niet. Jake evenmin.

Zodra ik binnen ben, sluip ik naar de woonkamer en gluur door de kier van de deur, klaar om weg te schichten. Als ze ergens zouden zijn, is het wel daar, op de bank met een biertje, maar ze zijn er niet. Ik ben veilig.

Op weg naar de keuken kom ik Nicole tegen, die foto's maakt van een papieren slinger aan de muur. Het zal wel feestelijk zijn, al heeft ons huis nauwelijks versiering nodig. In de loop van de tijd heeft mam alle muren behangen met familiefoto's, collages en lijsten vol aandenkens. Ze is heel artistiek, mam, en Nicole ook, maar dat gen heeft mij compleet overgeslagen, net als het supermodellengen. Jake en ik hebben allebei paps combi van donker haar en donkere ogen geërfd, die best als 'markant' kan worden getypeerd, maar Nicole is adembenemend mooi, al heeft ze het nooit echt gemaakt als model. Haar kaaklijn, het turkoois van haar ogen, haar schuin oplopende wenkbrauwen… alles bij elkaar is het iets magisch. Zelfs ik kan wel de hele dag naar haar kijken en ik ben haar zus.

'Hoi Nicole,' begroet ik haar en ze knikt zonder op te kijken van haar telefoon. Hoewel ze getrouwd is, woont ze tijdelijk weer thuis omdat Drew, haar man, een halfjaar voor zijn werk in Abu Dhabi zit, waar hij een computersysteem moet opzetten voor een multinational, en Nicole niet mee wilde.

'Abu Dhabi?' zei ze, alsof dat alleen al haar weigering verklaarde. 'Abu Dhábi?' Toen voegde ze er als doorslaggevend argument aan toe: 'Hoe moet het dan met mijn yoga?'

Drew ging dus in zijn eentje naar Abu Dhabi, ze zetten hun flat te huur en nu woont Nicole weer in het ouderlijk huis. De koelkast staat vol probiotische yoghurt, ze laat haar etnische sliertenkettingen overal slingeren en elke ochtend hoor ik haar podcast sussend tegen haar zeggen dat ze zichzelf niet moet veroordelen, begeleid door panfluitmuziek.

Ik weet dat Nicole het moeilijker vindt dan ze had gedacht, zonder Drew, want ze kijkt vaak zuchtend naar haar telefoon en vertelt aan iedereen die het maar wil horen dat ze aan verlatingsangst lijdt. Ik heb ook medelijden met Drew. Als hij Nicole niet mobiel kan bereiken, belt hij via de vaste lijn en dan komt hij vaak bij mam of mij uit. Hij heeft me uitentreuren verteld over de afgrijselijke hitte, zijn slapeloosheid en de kantoorstrijd die hij voert met een of andere Baz. De laatste keer dat hij belde klonk hij slecht, dus toen draaide het erop uit dat mam en ik ziekten gingen googelen en hem linkjes stuurden.

Nicole en hij waren nog maar een jaar samen toen ze trouwden en hij werkt zich een slag in de rondte als IT'er, dus bij de bruiloft vorig jaar kende ik hem nog niet zo goed, maar sinds zijn vertrek heb ik hem zo vaak gesproken dat ik hem nu een stuk beter ken. Hij heeft een fantastisch gevoel voor humor en ik snap wel waarom Nicole met hem is getrouwd, al snap ik dan weer niet waarom ze niet met hem mee is gegaan naar Abu Dhabi. Ze zullen daar toch zeker ook wel yogaopleidingen hebben?

'O, Nicole, heb je mijn berichtje gekregen?' schiet me te binnen. 'Ik heb Drew gisteravond gesproken en het blijkt géén malaria te zijn.'

'O, fijn,' zegt Nicole afwezig. 'Vind je hem niet super?' vervolgt ze een stuk enthousiaster en ze laat me de slinger zien. 'Ik zet hem op Pinterest. Hij is, zeg maar...'

Ik wacht de rest van de zin af... en besef dat die niet komt. Nicole zweeft vaak het niets in terwijl jij geduldig staat te wachten.

'Prachtig,' zeg ik. 'Waar is Jake?'

'Ik heb hem nog niet gezien.'

'Maar hij zei dat hij op weg naar huis was om mam te helpen en dat is nu, wat is het, een uur of twee geleden.'

Nicole haalt haar schouders op en maakt nog een foto van haar slinger.

'Wie helpt mam dán?' Ik weet dat ik verwijtend klink, maar eigenlijk voel ik me schuldig. Ik had naar huis moeten gaan om te helpen in plaats van te gaan shoppen en ik had al helemaal niet naar een koffietentje moeten gaan.

'Ik!' zegt Nicole gekwetst. 'Ik heb de versiering gedaan!'

'Ja,' zeg ik behoedzaam, 'maar ik bedoelde met het eten en opruimen en alles.'

'Ik heb een artistieke uitlaatklep nodig, oké? Ik heb veel stress op het moment, Fixie.' Nicole werpt me een dreigende blik toe. 'Mijn man zit aan de andere kant van de wereld, mocht je het vergeten zijn. Ik heb verlatingsangst. Ik moet goed voor mezelf zorgen.'

'Ja, weet ik wel, maar...'

'Mijn yogadocente zegt dat als ik geen manieren vind om voor mezelf te zorgen, ik uiteindelijk psychische problemen zou kunnen krijgen,' zegt ze bijna triomfantelijk.

'Oké,' zeg ik na een korte stilte. 'Al goed. Eh... sorry.'

Ik haast me naar de keuken, duw de deur open en zie mam over het aanrecht gebogen staan, zoals ik al had verwacht. Ze loopt nog in haar spijkerbroek met een schort erover en haar grijzende haar in een staart. Ze worstelt met een plastic uitsteekvormpje boven een plak roze fondant. Er zit glazuur aan haar oorlelletje en ze heeft haar gebruikelijke dagelijkse make-up op, namelijk geen.

Heeft ze even tijd voor zichzelf genomen, haar haar gewassen of een maskertje opgebracht? Nee, natuurlijk niet. Ik denk dat ze ook nog niet weet wat ze aan gaat trekken. Elk jaar weer is dé grote uitdaging van mams verjaardagsfeestje zorgen dat ze er zelf naartoe gaat.

'Ha mam!' begroet ik haar, maar ze kapt me meteen af. Haar voorhoofd is gefronst, zo geconcentreerd is ze bezig. Ze is een natuurlijke schoonheid, mam, met hoge, krachtige jukbeenderen en een smal, levendig gezicht. Je kunt wel zien waar Nicole het aan te danken heeft. 'Kan ik iets doen?'

'Sst! Wacht even!'

Ze richt al haar aandacht op het boetseren van een fondantpioen. Ze rolt de uitgestoken vorm nauwgezet op tot een bloem en bevestigt er een groen fondantblaadje aan.

'Mooi!' Ik geef haar een applausje.

'Hij doet het goed, hè?' Mam zet de pioen op een geglazuurde cupcake en tikt tegen het uitsteekvormpje. 'Dit is een goed ding. En niet te duur. Ik vind dat we het moeten inkopen.'

Mam zal zichzelf nooit opzettelijk onderbelasten. Op dit moment maakt ze dus niet alleen cupcakes voor haar eigen verjaardag, maar probeert ze tegelijkertijd een artikel uit voor de winkel. Mam zou nooit iets in het assortiment opnemen waar ze niet in geloofde. Dus elke pan, elke bewaardoos en elk gek culinair hebbedingetje moet de Mamtest doorstaan. Werkt het? Krijg je waar voor je geld? Zouden onze klanten het echt gebruiken?

'Vanessa zal het geweldig vinden,' voegt ze eraan toe.

'Zeker weten.' Ik knik en glimlach bij de gedachte aan Vanessa met haar patchworkvesten, rode regenjas en grenzeloze enthousiasme. Vanessa is een van onze trouwste vaste klanten en lid van de Taartclub die we elke donderdagavond organiseren. Morag geeft demonstraties in een mobiele keuken en iedereen laat zijn eigen bakkunsten zien. We hebben een klantenprikbord in de winkel dat vol hangt met foto's van taarten en we hebben een Instagramaccount. Het is een van de dingen die Farrs zo bijzonder maakt: de gemeenschapszin.

Nu mam even niets doet, grijp ik snel mijn kans. 'Ik neem het hier wel over,' zeg ik. 'Ga jij je maar optutten.'

Nu kijkt ze voor het eerst op… en haar gezicht betrekt.

'Fixie, wat is er met jou gebeurd? Zo hard regent het toch niet?' Ze kijkt door het keukenraam naar de lichte zomerregen die is begonnen toen ik naar huis liep.

'Nee hoor. Ik heb gewoon een ongelukje gehad. Niets aan de hand.'

'Ze ziet er verschrikkelijk uit, hè?' zegt Nicole, die de keuken in komt drentelen.

'Mam,' probeer ik nog eens. 'Als jij je nou eens ging optutten? Ga lekker in bad. Ontspan je even.'

'Ik maak eerst nog twee van die bloemen,' zegt mam, die meer fondant uitrolt.

'Oké. Nou, dan wip ik even naar boven om iets aan mijn haar te doen,' zeg ik. 'Ik ben zó weer terug.'

'Zou jij dan misschien koffie voor me willen zetten, schat?' vraagt mam aan Nicole. 'Als je niets anders te doen hebt?'

'O.' Nicole trekt bedenkelijk haar neus op. 'Koffie. Je weet dat ik dat apparaat niet snap.'

Jake heeft mam vorig jaar met kerst een espressoapparaat gegeven. Het is vrij ingewikkeld, maar je kúnt ermee leren omgaan, als je je best doet. Nicole lijkt echter een pathologisch onvermogen te hebben om het op te pikken. Ze tuurt bijvoorbeeld naar het apparaat en zegt: 'Wat betekent dat, "Lekbak plaatsen"?' Dan leg je het haar uit en je doet het drie keer voor en dan snapt ze het nog niet, dus uiteindelijk doe je het zelf maar.

'Ik doe het wel,' zeg ik gejaagd en ik pak een koffiekop.

'Ha mam.' Jake zeilt de keuken in, walmend naar aftershave en bier. 'Gefeliciteerd met je verjaardag.' Hij geeft haar een klapzoen op haar wang en overhandigt haar het Dior-tasje.

'Lieverd!' Mam zet grote ogen op bij het zien van het tasje. 'Doe dat nou niet!'

De meeste mensen die dat zeggen bedoelen eigenlijk: dat moet je wél doen, maar mam niet. Ze wordt nerveus als mensen geld aan haar uitgeven, zeker als het om ons gaat, haar kinderen. Natuurlijk is ze dan geroerd, maar het maakt haar ook nerveus, want ze vindt dat het niet nodig is.

Mam vindt veel dingen in het leven niet nodig. Ze maakt zich zelden op. Ze gaat nooit naar het buitenland. Ze neemt zelfs zelden vrij. Ze leest nooit een krant. Ik vraag me af of ze wel gaat stemmen. (Ze zegt van wel, maar ik denk dat ze jokt omdat ze geen preek van ons wil.)

De enige websites die ze ooit bezoekt, zijn die van knutsel-, kook- en gadgetwinkels. Ze kijkt naar *EastEnders*, ze leidt Farrs en ze gaat naar haar zumbalessen, meer niet. Ik opper weleens dat ze een reisje naar het buitenland zou moeten maken of naar een wellnesscentrum zou moeten gaan, maar dan glimlacht ze vriendelijk naar me en zegt: 'Dat is iets voor andere mensen, lieverd.'

Wat een nieuwe man betreft, vergeet het maar. Sinds paps overlijden heeft ze zelfs niet naar een andere man gekeken, laat staan dat ze op een date zou zijn gegaan. Ze zegt dat pap nog bij haar is, dat ze nog met hem praat en dat ze geen behoefte heeft aan een ander. Toen Jake haar een keer probeerde in te schrijven voor een 'senioren'-datingsite werd ze woest, wat niets voor haar is.

'Jake, zet jíj maar koffie voor mam,' zegt Nicole. 'Waar is Leila?'

'Die is meer bier aan het halen,' antwoordt Jake en ik zie opeens voor me hoe die arme Leila met tien kratten bier in haar dunne armpjes rondzeult. En ik wilde het niet vragen, maar het floept eruit voordat ik er iets aan kan doen:

'Is Ryan er al?'

Mijn stem is hees en ik loop rood aan als iedereen naar me kijkt. Ik wilde helemaal niet over Ryan beginnen, maar ik was bang dat hij opeens in de keuken zou opduiken. Mijn haar is nog kletsnat van het plafondwater, ik loop in mijn werkspijkerbroek en ik zou me alleen in de koelkast kunnen verstoppen.

'Nog niet.' Jake neemt me van top tot teen op. 'Tjeezus, is dat je feestelijke look? Verzopen kat?' Nicole barst prompt in lachen uit.

'O, god, Fixie, je lijkt echt wel een verzopen kat.'

'Ik heb een plafond op mijn kop gekregen!' verdedig ik mezelf. 'Ik kon er niets aan doen!'

'Schat, ga jij nou maar even boven douchen, dan zie je er weer beeldig uit,' zegt mam op die sussende toon van haar. Sussend met een stalen randje dat net scherp genoeg is om Jake en Nicole te laten ophouden.

Mam is net zo'n dressuurruiter op tv: ze verandert iets miniems aan haar stem en we gehoorzamen haar allemaal op slag, als getrainde olympische paarden. Zelfs Jake.

'Gaat het wel, Fixie?' vraagt Nicole beschaamd. 'Sorry, ik had het niet door.'

'Fixie, ik bedoelde het niet zo,' zegt Jake. 'Ga jij je maar opfrissen. Neem je tijd. Ik bewaak het fort wel.'

Hij klinkt zo charmant dat ik me laat vermurwen. Jake kan echt heel aardig zijn als hij wil.

'Oké.' Ik pak mijn tasje met haarspelden. 'Ik ga douchen. Mam, waarom ga je niet met me mee naar boven? Dan kunnen we een outfit voor je uitzoeken.'

'Zo meteen,' zegt mam afwezig terwijl ze nog een pioen boetseert.

Als ik zelf klaar ben, kan ik mam met meer overtuiging in haar feestkleding kletsen, besluit ik. Ik ren naar boven, stroop mijn natte spijkerbroek en T-shirt af en neem snel een douche in onze piepkleine, ouderwetse douchecabine.

Ik heb niet altijd thuis gewoond; ik heb een tijdje een flat met Hannah gedeeld. Ze kocht een appartement in Hammersmith en zei dat ik bij haar móést intrekken en dat zij de huur wel zou subsidiëren met haar bespottelijk hoge salaris, maar toen het serieuzer werd tussen Tim en haar, vond ik het ongemakkelijk worden om er elke avond naast te zitten.

Toen ging mijn cateringbedrijfje ook nog over de kop en moest alles sowieso anders. Mam was degene die zei: 'Er zijn zoveel meiden van jouw leeftijd die nog thuis wonen, schat,' en me het gevoel gaf dat het niet zo erg was om weer een poosje bij haar te komen wonen. Eerlijk gezegd was ik al heel dankbaar dat het mocht.

Ik wikkel een handdoek om me heen en ga op de overloop staan om mijn haar te drogen, want daar is meer ruimte en er hangt een grote spiegel. Als ik de föhn even van mijn hoofd af hou, trekt een geluid van beneden mijn aandacht. Het is de stem van Jake.

Ons huis is niet zo gek groot en de muren en vloeren zijn vrij dun, dus hoewel ik niet precies kan horen wát Jake in de keuken zegt, vang ik wel op hóé hij het zegt. Hij gaat maar door en niemand onderbreekt hem. Opeens word ik achterdochtig. Ik haast me de trap af, nog steeds in mijn handdoek.

Nu kan ik Jake goed horen. Hij teemt met zijn gladste stem: 'Zoals ik al zei, is het een kans uit duizenden en die olijfolie smaakt ongelóóflijk goed. Maar ik wil je niet lastigvallen met de details, mam, je hebt het al druk genoeg, dus zal ik maar gewoon een bestelling plaatsen? Tien flessen?'

Wat?

Ik kom briesend beneden aan. Hij heeft me opzettelijk weggewerkt, hij heeft opzettelijk een moment afgewacht waarop mam het druk had met iets anders…

Shit. Ik heb mijn handdoek laten vallen.

Ik wikkel hem snel weer om me heen en loop naar de keuken.

'Mam!' Ik storm buiten adem de keuken in. 'Over die olijfolie…' De raven fladderen om mijn hoofd, maar ik probeer wanhopig er niet op te letten. 'Ik heb het er al met Jake over gehad en ik… Het lijkt me echt geen goed idee…'

O, god, mijn stem beeft weer. Mijn moed is verdampt. Ik wálg van mezelf.

'Het gaat jou niet aan, Fixie,' zegt Jake met een dreigende blik op mij.

'O, jawel.' Ik kijk dreigend terug.

'Jake. Fixie,' snijdt mams kalme stem door de geladen sfeer. 'Jullie weten dat ik nooit een nieuw artikel zou bestellen zonder eerst de informatie te hebben bekeken. Laat maar zien, Jake.'

'Het is je verjaardag!' Jake doet hoorbaar zijn best om joviaal te klinken. 'Daar heb je nu toch geen zin in?'

'Toch wel, schat,' zegt ze vriendelijk. 'Geef maar.'

'O. Oké,' zegt Jake na een korte stilte. Hij geeft mam een stapeltje papier en we wachten allebei terwijl ze erdoorheen bladert. Ik zie haar schrikken als ze bij de prijslijst aankomt.

'Te duur, schat,' zegt ze en ze geeft Jake de vellen terug. 'Veel te duur. Niets voor ons.'

'Het is een aspirationeel product,' begint Jake. 'Het is een ander sóórt artikel.' Maar mam schudt haar hoofd.

'Onze ambitie is een potje eetbare glitter. Niet dit.'

'Mam, mik toch niet zo laag,' probeert Jake haar te paaien. 'Dit wordt verkocht! Echt waar. Bij Harrods...'

'Dat kan wel zo zijn,' onderbreekt mam hem bedaard, 'maar als je olijfolie van honderd pond bij ons in het schap zet, verkoop je het niet alleen niet, maar maak je de mensen ook nog eens boos. Ze zullen er aanstoot aan nemen.'

Nu ze het zegt, besef ik dat ze gelijk heeft. Ik zie Vanessa al door de winkel stampen, zwaaiend met een fles. Ik hoor haar al zeggen: 'Vragen jullie hier honderd pond voor? Dat is je reinste afzetterij!'

'Maar...'

'Nee, Jake,' legt mam hem het zwijgen op, net zo beslist als toen hij schuttingwoorden gebruikte op zijn tiende. 'Basta. Mijn antwoord is nee. Je vader zou het met me eens zijn geweest.'

Als mam pap erbij haalt, is het echt einde oefening. Jake werpt me een blik toe alsof het allemaal míjn schuld is, maar dat boeit me niet. Ik ben alleen maar opgelucht. En ik voel me stom. Hoe heb ik ooit kunnen denken dat Jake mam om de tuin zou kunnen leiden? Mam is mam. Zij is de kapitein van dit schip.

'Ik ga verder met mijn haar,' zeg ik en mam kijkt op. Ze bekijkt me van top tot teen en ik weet niet wat ze ziet, maar opeens gunt ze me haar speciale, warme, bemoedigende glimlach.

Altijd als mam glimlacht, krijgt ze rimpeltjes over haar hele gezicht. Ze waaieren als zonnestralen uit vanuit haar ooghoeken over haar wangen en trekken diepe plooien in haar voorhoofd. Het verdriet heeft haar extra rimpels bezorgd. Ik heb het zien gebeuren. En misschien vinden sommige mensen het lelijk, maar ik zie liefde en leven in elke rimpel.

'Waarom vraag je Nicole niet om je te helpen met die speciale krultang van haar?' zegt ze met een dwingende blik naar Nicole.

'O,' zegt Nicole, die ongeïnteresseerd opkijkt van haar telefoon. 'Oké, goed, ik doe het wel. Kom maar mee naar boven.'

Ik weet dat mam zou willen dat Nicole en ik een hechtere band hadden. Ze zou het heel fijn vinden als we 'er voor elkaar waren', zoals zussen in films die elkaar knuffelen en in vertrouwen nemen en alles.

Ik bedoel, ik probeer wel hecht te zijn met Nicole. Heus wel. Maar het is een beetje als olie die probeert zich aan water te hechten. Het pákt gewoon niet.

'En Jake,' zegt mam net als hij een biertje uit de koelkast wil pakken, 'zou je me voor dat biertje kunnen helpen die cupcakes leuk op een schaal te zetten? Maar pas op dat je niet aan het glazuur komt.'

'Goed,' zegt Jake. Hij zet ontgoocheld het bier terug en ik bedwing een lach. Niemand anders zou Jake zo gek kunnen krijgen dat hij zijn bier laat wachten tot hij cupcakes op een schaal heeft gezet, maar er is dan ook niemand zoals mam.

5

Nicoles kamer is als een tot leven gekomen Instagramaccount. Waar je ook maar kijkt zie je een foto van haar, of een poster met een spreuk erop of een stijlvolle woondecoratie. Ik kijk naar de zwart-witcollage van haar trouwfoto's en zucht inwendig om hoe moeiteloos beeldig ze is. Hoe is het om elke ochtend wakker te worden als Nicole?

Drew kijkt op elke foto naar Nicole alsof hij zijn geluk niet op kan. Hij is lang en knap met dik bruin haar en een eerlijk, open gezicht, maar hij kan niet aan Nicole tippen, qua uiterlijk. Dat zou zelfs zijn moeder toegeven. Ik kom bij de foto die ze op hun bedankkaartje hebben gezet. Ze staan onder een boom en Drew kijkt stapelverliefd naar Nicole, terwijl Nicole naar hem kijkt alsof…

Nou ja. Ze kijkt met genegenheid naar hem. Ik zie beslist genegenheid bij haar.

Ik heb nooit echt vat gekregen op Nicoles relatie met Drew, maar zo is Nicole nu eenmaal. Ze praat niet. Ze neemt niemand in vertrouwen, zelfs mam niet. Als iemand haar een rechtstreekse vraag stelt of probeert dieper te graven, glijdt ze gewoon weg en verandert van onderwerp of ze trekt een niet-begrijpend gezicht.

Ze heeft Drew via een wederzijdse kennis ontmoet en in eerste instantie zou hij haar helpen een nieuw lifestylebedrijf op internet op te zetten. Dan kwam hij langs en raakten ze beiden dolenthousiast; we droegen allemaal ideeën aan. Nicole zag uiteindelijk van het plan af, maar tegen die tijd waren ze al samen en vrij kort daarna verloofden ze zich. Ik denk dat mam bang was dat het te snel ging, maar Drew kwam aardig en evenwichtig over en hij leek de beste bedoelingen te hebben... en de bruiloft was waanzinnig.

Ik wend me af van de collage en kijk naar een paar nieuwe kussens op het bed. Ze hebben allemaal geborduurde spreuken, zoals *Love Yourself* en *Me Time* en er is een groot kussen met *You can't pour from an empty cup: take care of yourself first.*

Nicole steekt een stel geurkaarsen in glazen houders aan en ook daar staan spreuken op: *Love. Spirit. Compassion.*

Nicole volgt mijn blik en zegt ernstig: 'Ik ben momenteel sterk gericht op compassie. Compassie voedt de ziel. Compassie is datgene wat ons menselijk maakt.'

Ik knipper met mijn ogen naar Nicole en probeer niet te laten merken hoe ik hiervan opkijk. Compassie? Zo ken ik haar niet.

'Helemaal mee eens!' zeg ik gretig, terwijl zij zich over een lage la bukt om haar krultang te pakken. 'Weet je, ik denk vaak dat we in de winkel meer zouden kunnen doen om mensen te helpen. Zoals een kookclub voor senioren misschien?'

Misschien kunnen we tóch een hechte zussenband krijgen, denk ik. Misschien kunnen we samen een buurtproject opzetten en echt close worden... Dan richt Nicole zich weer op en werpt me een onaangedane blik toe.

'Het gaat niet om de wínkel,' zegt ze meewarig. 'Mam en jij zijn geobsedeerd door die stomme winkel.'

Die stomme winkel? Ik voel verontwaardiging de kop opsteken. Die stomme winkel waardoor zij een dak boven haar hoofd heeft? Die haar bruiloft heeft betaald?

Maar ik zeg niets, want ik probeer positief te zijn en een band met haar te scheppen.

'Compassie gaat om jezélf,' vervolgt Nicole belerend. 'Het gaat om je reis. Het gaat om: wat is je licht en hoe laat je het stralen?'

'O,' zeg ik beduusd. 'Ik dacht gewoon dat sommige van onze oudere klanten zich een beetje eenzaam zouden kunnen voelen...'

Het dringt tot me door dat Nicole niet eens luistert.

'Compassie is trouwens een ontzettend boeddhistisch concept,' deelt ze me mee terwijl ze de stekker van de krultang in het stopcontact steekt. '"Zonder compassie met jezelf is je compassie niet compleet." Dat is een citaat van Boeddha. Je zou je eens in het boeddhisme moeten verdiepen, Fixie. Het is...'

Ik wacht tot ze me gaat vertellen hoe het is en besef dan dat ze is uitgepraat. 'Misschien doe ik dat wel,' zeg ik knikkend. 'Absoluut.'

'Mijn yogadocente Anita zegt dat bekrachtiging nu van cruciaal belang voor me is,' vervolgt Nicole. 'Het is heel belangrijk dat ik mijn endorfinepeil opvoer, want ik ben kwetsbaar nu Drew weg is.' Ze kijkt me ernstig aan. 'Ik zou in een neerwaartse spiraal kunnen raken.'

'Ja,' zeg ik snel. 'Wat erg. Arme jij.'

'Anita zegt dat ik mezelf op de eerste plaats moet zetten,' gaat Nicole verder. 'Voor mezelf zorgen, snap je? Het draait altijd om andere mensen, maar soms moet je zeggen: "De pot op met die andere mensen, het draait om míj. Ik heb er récht op." Ga daar maar zitten.'

Nicole knikt naar een stoel en ik laat me erop zakken. Ze borstelt mijn haar, sprayt er iets uit een flacon overheen en begint een streng om de krultang te wikkelen.

Mijn oog valt op een boek op de toilettafel met de titel *Je dierpersoonlijkheid.* Nicole volgt mijn blik terwijl ze een strakke pijpenkrul maakt.

'Ik hou me ook bezig met karakterprofielen,' zegt ze. 'Ik ben een libelle. Ik zal je een vragenlijst geven. Je moet, zeg maar, helemaal gaan leven naar...' Ze valt stil en kijkt kritisch naar een tweede pijpenkrul. 'Je haar glánst niet echt, hè?'

'Nee,' erken ik. 'Niet echt.'

Mijn haar is net zo lang als dat van Nicole, het valt tot op mijn schouderbladen. Maar waar het hare golft en straalt door een combinatie van highlights en natuurlijke glans, hangt het mijne alleen maar slap naar beneden. Nicole sprayt er nog een lading spul op en trekt het zo strak dat de tranen me in de ogen springen.

'Je weet toch dat Ryan een vriendin heeft, hè?' zegt ze. 'Ariana. Ik bedoel, ik weet niet wat je verwacht, Fixie, maar…'

'Leila zegt dat ze uit elkaar zijn,' zeg ik iets te snel.

'Echt?' Nicole trekt een sceptisch gezicht en laat weer een krul los. 'Ik volg Ariana op Instagram. Ze is geweldig. Zij is ook helemaal van de compassie. Compassie door middel van koken.'

'O.' Ik probeer nonchalant te klinken. 'Nou, het is uit, dus…'

'Kijk, dit is d'r.' Tot mijn ontzetting houdt Nicole haar telefoon onder mijn neus. 'Ze is echt heel inspirerend. Ik heb een keer een comment bij haar granaatappelsalade gezet en toen heeft ze erop gereageerd.'

Niet doen, wil ik jammeren. Laat me geen foto's zien van Ryans vriendin, of zijn ex, of wat ze ook maar is! Maar dat zou onzeker klinken, dus hou ik mijn mond. Ik weet dat Nicole me niet opzettelijk wil kwellen, ze denkt gewoon niet zo goed na over de gevoelens van anderen. Nu scrolt ze door de foto's, waarschijnlijk op zoek naar haar eigen comment. Er is geen ontkomen aan, tenzij ik mijn ogen dichtdoe, dus kijk ik onwillig naar het blonde Californische visioen dat yogaoefeningen doet, kookt en in een minuscuul shortje skeelert.

Ik heb Ariana's Instagramaccount al eens gezien. Ja, wat dacht je dan? Ik blijf haar maar volgen en ontvolgen. Ze zal wel denken dat ik geschift ben, als ik haar ooit zou zijn opgevallen, wat niet kan omdat ze 26.600 volgers heeft.

'Ik heb hem.' Nicole stopt eindelijk bij een foto van Ariana waarop ze een roze naveltopje en een legging draagt, op één been staat en het andere hoog achter zich strekt en in die houding een grote salade voor de camera houdt.

'Doet ze nou ballet, of kookt ze, of wat?' zeg ik na een korte stilte.

'Allebei,' zegt Nicole. 'Dat is haar nieuwe ding. Ze kookt en traint tegelijk.'

'Aha,' zeg ik terwijl ik probeer me niets aan te trekken van Ariana's witte tanden en perfect ronde kont. 'Goh. Nou. Wat goed van haar.'

Net als Nicole weer een krul van de tang laat glijden piept haar telefoon. Ze pakt hem weer, kijkt met gefronst voorhoofd naar het bericht en zegt: 'O. Ik moet weg.' Ze legt de krultang neer en reikt naar haar tas. 'Sorry,' voegt ze er achteloos aan toe. 'Julie uit mijn yogagroep staat op het metrostation. Ik had gezegd dat ik haar zou ophalen, want ze is hier nog nooit geweest.'

'Ga je nú?' zeg ik geschrokken. 'En mijn haar dan?'

'Ik heb je op weg geholpen,' zegt Nicole. 'Je kunt het zelf afmaken.'

'Nee, dat kan ik niet!'

Ik zie mezelf in de spiegel en krimp in elkaar. De ene helft van mijn hoofd is een massa strak opgedraaide krullen. De andere helft hangt er slap en moedeloos bij, als een meisje dat niet ten dans is gevraagd.

'Maak het alsjeblieft af,' smeek ik. 'Het is zo klaar.'

'Maar Julie staat te wáchten,' zegt Nicole. 'Ze ís er al.'

'Ze kan de weg toch zeker zelf wel vinden...'

'Daar gaat het niet om!' zegt Nicole in haar wiek geschoten. 'Fixie, je zou wel iets minder egoïstisch kunnen zijn. Mijn man zit aan de andere kant van de wereld, oké? Ik zit nu echt in een moeilijke periode.'

Haar telefoon zoemt en ze houdt hem bij haar oor. 'O, hoi Drew,' zegt ze korzelig. 'Ik ben even bezig, goed? Ik bel je zo wel terug.'

Ze verbreekt de verbinding en kijkt me weer verwijtend aan. 'Vriendschap is nu echt cruciaal voor mijn endorfinespiegel en dan wil jij dat ik hier blijf om je háár te doen?'

Nu ze het zo stelt, voel ik me opeens heel oppervlakkig.

'Sorry,' zeg ik nederig. 'Ik kan het vast wel zelf afmaken. Ga maar.'

'Goh, dánk je,' zegt Nicole gepikeerd. 'En blaas die kaarsen uit als je weggaat, want anders, ik weet niet...' Ze maakt haar zin weer niet af, vaag als ze is.

'Doe ik,' zeg ik snel. 'En bedankt!'

Ze loopt de kamer uit en ik pak de krultang. Ik wikkel er een pluk haar omheen, waarbij ik tevergeefs probeer mijn vingers niet te branden, laat los en kijk verbouwereerd in de spiegel.

De pluk krult op de een of andere manier de verkeerde kant op. Het ziet er bizar uit.

Ik probeer het nog eens, brand mijn vingers weer en geef het op. Ik kan niet met een krultang zitten hannesen terwijl mam al het werk doet. Ik prop mijn haar wel in een klem. Het komt wel goed.

Ik schakel de krultang uit, doof de kaarsen, hang een bordje recht met de tekst *Believe you can and you're halfway there* en loop de kamer uit. Ik ga naar mijn eigen kamer, pak een van mijn nieuwe haarklemmen en draai mijn haar in een knot. Ik trek mijn kortste zwarte jurkje aan omdat Ryan een keer 'lekkere benen' tegen me heeft gezegd. Ik maak me zo snel mogelijk op, kijk in de spiegel en probeer er niet aan te denken hoe bleek en Brits ik eruitzie in vergelijking met Ariana.

Dan hoor ik een geluid vanuit mams slaapkamer en keer de spiegel de rug toe, geërgerd door mijn gestaar ernaar. Genoeg gesomberd. Ik ga kijken of mam hulp nodig heeft.

Mam heeft maar twee nette jurken en ze gaat nooit shoppen ('Niks voor mij, schat.'). Maar ze is zo slank, ze ziet er hoe dan ook prachtig uit in haar oude trouwe blauwe linnen jurk met bijpassende hakken van de kringloop. Ze zit aan haar niervormige kaptafel en ik ga op het puntje van haar bed zitten en geef haar make-up aan uit mijn eigen make-uptas (mam doet al een eeuwigheid met hetzelfde oogschaduwpalet en alle mooie kleuren zijn op).

'Hoe was je dag?' vraagt ze terwijl ze foundation op haar vingers knijpt.

'O, best goed. Vanochtend kwam er een stel binnen voor een complete keukeninrichting. Die twee hebben álles gekocht.'

'Wat goed!' Mams ogen sprankelen van het enthousiasme dat een grote aankoop altijd bij haar losmaakt.

'Maar ik moest Greg wel weg zien te krijgen,' vervolg ik. 'Hij bleef maar aan die mensen vragen hoe vaak ze thuis kookten en wat ze dan maakten. Je weet wel, ze uithoren over risotto. Hij probeerde te helpen, maar het schrikte ze af.'

'Arme Greg.' Mam schudt meelevend haar hoofd. 'Hij doet zo zijn best.'

'En toen kwamen die olijfolielui van Jake... Weet je, mam, hij heeft van die grootse plannen,' zeg ik terwijl mijn maag verkrampt van de spanning. 'Hij wil een filiaal openen in Notting Hill. Hij wil het "De Notting Hill Familiedeli" noemen, dat geloof je toch niet? We zijn niet eens een delicatessenwinkel!'

Ik verwacht dat mam net zo verontwaardigd op het idee zal reageren als ik, maar ze knikt alleen peinzend en zegt dan: 'Dat gebeurt niet. Je kent Jake. Hij kan niet zonder zijn plannetjes. Zo is hij altijd al geweest.' Ze glimlacht naar me. 'Maak je niet druk, Fixie. Ik ga wel met hem praten.'

Ze klinkt zo relaxed en bedaard dat mijn maag weer ontspant. In dat opzicht kan mam toveren. Ze is net zo'n therapeut die precies weet waar alle zere plekken zitten. Een woord hier, een knuffel daar en het is allemaal weer goed. Nu ik hier zo bij haar zit, voelt het alsof er geen wolkje meer aan de hemel is. Onze winkel zal nooit anders heten dan Farrs. En Jake zal zijn stomme, pretentieuze plannen nooit langs mam krijgen.

'Ryan komt ook vanavond, heb ik begrepen?' zegt ze terwijl ze een oogschaduwkwastje over haar oogleden haalt op de manier van iemand die er niets om geeft hoe het uitpakt. Niet dat ze niet weet hoe je je moet opmaken; ze deed mijn make-up altijd perfect toen ik aan wedstrijden kunstschaatsen voor junioren meedeed. Oogschaduw, glitter, de hele rataplan. Maar als het voor haarzelf is, neemt ze de moeite amper.

'Ja.' Ik probeer het achteloos te zeggen. 'Volgens mij wel. Ik vraag me af wat hem naar het Verenigd Koninkrijk brengt.'

'Fixie, lieverd...' Mam aarzelt, met het kwastje in haar hand. 'Pas op. Ik weet dat hij je heeft gekwetst vorig jaar.'

Nee, niet mam ook al.

'Nee!' Mijn stem schiet uit voordat ik er erg in heb. 'God, nee! Ik bedoel, ik was niet gekwétst. We hadden iets, toen niet meer... wat maakt het uit.'

Mam trapt er absoluut niet in, dus waarom probeer ik de schijn nog op te houden?

'Ik weet dat Ryan altijd belangrijk voor je is geweest,' zegt ze terwijl ze highlighter aanbrengt. 'En we zijn allemaal op hem gesteld, maar er zijn nog genoeg andere mannen op de wereld, schat.'

'Weet ik,' zeg ik, al stribbelt een stemmetje in mijn hoofd meteen tegen: ja, maar niet zoals Ryan.

'Hij mag er dan goed uitzien,' vervolgt mam resoluut, 'en hij mag dan een groot succes zijn in Hollywood, maar als het op de liefde aankomt, is hij een beetje...' Ze breekt haar zin af en krijgt een denkrimpel in haar voorhoofd. 'O, kind, mijn hoofd doet het niet. Hoe zeg je dat ook alweer tegenwoordig? Een stayer?'

'Een stayer?' Ik gaap haar aan. Dan heb ik het opeens. 'Bedoel je een player?'

'Een player!' Mam kijkt me aan en schiet in de lach. 'Ja! Een player.'

Ik proest het uit, al denk ik: nou, misschien was Ryan wel een player. Mensen kunnen toch veranderen?

'Maar goed.' Mam heeft genoeg van de preek. Ze klapt de highlighter dicht en neemt zichzelf zonder veel belangstelling op. 'Kan ik er zo mee door?'

'Mascara?' stel ik voor.

'O, schat. Zo'n gepruts. Dat laat ik graag aan anderen over.'

'Hoi Fixie! Hoi Joanne!' We kijken allebei om en zien Hannah in de deuropening staan in een waanzinnige, strakke rode jurk. Hannah heeft de sexyste garderobe van de wereld, ter compensatie van het feit dat ze de minst sexy baan van de wereld heeft, naar eigen zeggen. Als ze aan mensen vertelt wat ze doet, kijken ze haar met uitpuilende ogen aan en zeggen: 'Jij? Actuáris?'

'Hallo daar!' Ik geef haar een zoen. 'Ik had de bel niet gehoord.'

'Nicole was net op weg naar buiten en zij heeft me binnengelaten,' legt Hannah uit. 'Er zijn nog een paar mensen met me mee naar binnen gelopen die wat vroeger wilden komen om te helpen.'

Dat is typerend voor mams vrienden. Misschien is het in sommige kringen chic om laat te komen, maar in mams kring kom je te vroeg en vraag je of je iets kunt doen. De vrouwen stropen allemaal hun mouwen op en kiften over wie de pasteitjes mag afwerken. De mannen drinken allemaal bier, roken en vertellen elkaar wat een toffe kerel Mike was.

'Tim is onderweg,' vervolgt Hannah en ik zeg gauw: 'Leuk!'

Ik zorg dat ik altijd enthousiast klink als we het over Tim hebben. Hij is een goede, degelijke, loyale man. Hij heeft hetzelfde analytische brein als Hannah, maar het ontbreekt hem aan inlevingsvermogen. Hij gaat altijd net iets te ver in gesprekken en maakt onbewust tactloze opmerkingen.

Ik zal nooit vergeten wat hij zei toen ik op school een onvoldoende haalde voor een proefwerk Engels: 'Maar Fixie, dan zul je wel niet hard genoeg hebben geblokt.' Wie zégt er nou zoiets? (Nou, Tim dus.)

Hannah zit er niet mee. Ze zegt dat ze het prettig vindt dat hij rechtdoorzee is en geen spelletjes speelt. (Ik kan me niet eens voorstellen dat Tim een spelletje zou spelen, of het moest een quiz zijn voor mensen met een superhoog IQ, en dan zou hij zijn tegenstander de hele tijd verbeteren.)

'Heb je al iets te drinken gepakt, kind?' vraagt mam aan Hannah, en Hannah heft haar glas naar haar.

'Grapefruitsap.'

'Aha.' Mam knikt begripvol. We weten allebei alles van Hannahs regime om zwanger te worden. Tim en zij zijn nu vier maanden bezig, en Hannah weet inmiddels alles over het recht op zwangerschapsverlof, wiegjes en borstvoedingsconsulenten. Ze heeft tig boeken over opvoeding gelezen en besloten haar kinderen als

Deens-Franse hybrides groot te brengen. Dan schijnen ze superrelaxed en stijlvol te worden en ook nog eens hun groente op te eten. (Ik zei een keer: 'Waarom voed je ze niet Brits op?' en toen gaapte ze me aan en zei: 'Bríts?' alsof ik niet goed snik was.)

'Oké, wat kan ik doen?' vraagt ze nu. 'Wat moet er nog gebeuren? Laten we het uitsplitsen.'

Hannah zegt niets liever dan 'Laten we het uitsplitsen'. Wat voor opdracht je haar ook geeft, van een projectverslag tot het wassen van haar haar, ze zal hem in kleinere stukjes opdelen. Op haar lijst van dingen die ze met Kerstmis moet doen staan 926 punten, te beginnen met 'Cadeaupapier bestellen' op de dag na het vorige kerstfeest.

'We redden ons wel, kind,' zegt mam vriendelijk. Hannah heeft haar ooit een agenda met kleurcodes voor haar verjaardag gegeven, maar die gebruikte ze alleen om in te krabbelen als ze zat te telefoneren. Mam houdt niet zo van schema's. Ze leidt de winkel vanuit een schrift met harde kaft waar ze cryptische notities in schrijft als 'Vorken – 68' of gewoon 'Greg?' en ze weet altijd wat ze ermee bedoelde.

Er wordt aangebeld en mijn maag verkrampt. O, god, is dat... Zou dat...

'Ik ga wel!' zeg ik voordat ik me kan bedwingen. Ik zie dat mam en Hannah elkaar aankijken, maar doe of ik het niet merk en ren naar beneden, waarbij ik bijna struikel over mijn hakken, en oefen nog snel even mijn begroeting.

Hoi Ryan.

Hé, hallo Ryan.

Dat is lang geleden.

Maar als ik vlak bij de voordeur ben, zie ik tot mijn teleurstelling grijs haar door het matglas en als ik de deur openzwaai, word ik begroet door een vertrouwde, chagrijnige kraakstem.

'Kom op, kom op, laat me niet zo lang op de stoep staan!'

Joepie. Het is oom Ned.

Een uur later is Ryan er nog steeds niet en kan ik oom Ned wel vermoorden.

Dat wil ik eigenlijk altijd, bij elke familiebijeenkomst, maar ik moet beleefd naar hem glimlachen omdat hij paps broer is en de enige van die tak van de familie die nog leeft. Bovendien raakt mam van streek als we hem bekritiseren.

We zitten nu allemaal in de woonkamer en een flinke groep van mams vriendinnen kletst erop los. Er staat muziek op, mensen werken gulzig worstenbroodjes naar binnen en de kamer staat blauw van de rook, want mam ziet niets in dat roken-doe-je-maar-buitengedoe. Pap rookte ook binnen, dus hoewel ze zelf niet rookt, moedigt ze het bijna aan.

'Zo, Joanne, hoe gaat het met de winkel?' vraagt oom Ned.

'Niet slecht.' Mam glimlacht naar hem over de rand van haar glas cava. 'Helemaal niet slecht.'

'Nou, dat verbaast me niets,' verkondigt oom Ned. 'Mike was een meester in wat hij deed. Hij heeft je goedverzorgd achtergelaten, Joanne.'

'Ja.' Mam knikt vol genegenheid en haar ogen worden vochtig. 'Hij leeft voort in de winkel, zo zie ik dat.'

'Hij had een gave,' legt oom Ned aan mams vriendin Pippa uit, al ben ik ervan overtuigd dat Pippa minstens zoveel van de winkel weet als hij. 'Hij wist wat de mensen wilden, snap je? Pientere man. En nu kan Joanne gewoon op dezelfde voet doorgaan.'

Ik zet mijn stekels op. Ik weet dat pap de winkel heeft gesticht, maar wat wil oom Ned daarmee zeggen? Dat mam de afgelopen negen jaar maar een beetje heeft gefreewheeld?

'Bob helpt ons goed,' vervolgt mam met een gebaar naar Bob, onze financieel manager, die met een gespannen uitdrukking op zijn gezicht bij de tafel met hapjes staat. Hij reikt naar een worstje, bedenkt zich, kijkt weifelend naar een quiche en legt dan twee chips op zijn bord. (Bob Stringer: Voorzichtigste Man van de Wereld.)

'Bob!' zegt oom Ned op een toon alsof nu alles duidelijk is. 'Prima vent, Bob! Bob houdt jullie op de been.'

Ik voel weer een steek van verontwaardiging. Bob helpt ons, natuurlijk doet hij dat, maar hij houdt ons niet 'op de been'.

'Bob is super,' zeg ik, 'maar mam heeft natuurlijk de leiding…'

'Elke organisatie moet een "heer des huizes" hebben,' valt oom Ned me in de rede. 'Een héér des huizes,' herhaalt hij met veel nadruk. 'En aangezien die arme Mike ons heeft verlaten…' Hij klopt op mams hand. 'Je slaat je er fantastisch doorheen, Joanne.'

Ik zie mam een beetje in elkaar krimpen bij dat klopje, maar toch spreekt ze hem niet tegen. Ik ook niet, al ben ik ziedend. Ik heb het in het verleden wel geprobeerd, maar het levert niets op, behalve dan dat mam overstuur raakt.

Afgelopen kerst werd ik echt woest toen oom Ned tijdens de lunch weer zo neerbuigend deed tegen mam. Die keer ging ik ertegenin. Hij liep meteen rood aan, want hoe durfde ik, na alles wat hij voor ons had gedaan, en mam suste de situatie door tegen hem te zeggen dat ik het niet zo bedoelde.

Zelfs toen gaf ik het nog niet op. Ik sleepte mam met haar feesthoedje nog op mee naar de keuken, somde al zijn kleinerende opmerkingen op en besloot met: 'Hoe kun je dat zo lijdzaam over je heen laten komen, mam? Je bent een sterke vrouw! Jij bent de baas van… alles!'

Ik hoopte haar strijdbaar te maken, maar dat gebeurde niet. Ze luisterde, een beetje in elkaar gekrompen, maar toen zei ze: 'Ach, hij bedoelt het niet zo, lieverd. Wat doet het ertoe? Hij staat voor je klaar als je hem nodig hebt, je oom.'

'Ja, maar…'

'Hij heeft me na het overlijden van je vader geholpen met het nieuwe huurcontract, weet je nog? Ik was nergens toe in staat en toen heeft Ned de onderhandelingen gevoerd. Daar ben ik hem nog steeds dankbaar voor.'

'Ja, dat weet ik, maar…'

'Hij heeft heel gunstige voorwaarden voor ons bedongen,' praatte ze resoluut door. 'Hij heeft voor me afgedongen. Er zit meer achter Ned dan je op het eerste gezicht zou denken. Hij is niet volmaakt, zeker niet, maar wie wel? We hebben allemaal onze eigen gekke trekjes.'

Ik zou vrouwenhaat persoonlijk geen 'gek trekje' noemen, maar uiteindelijk gaf ik het maar op, want het was kerst en wie wil er nou met kerst haar moeder van streek maken?

Sindsdien hou ik me maar koest. Mam zal haar redenen wel hebben om oom Ned in gedachten in een zo gunstig mogelijk daglicht te willen stellen. Ze wil geen ruzie met hem. Ze is in veel opzichten een sterke vrouw, maar dit is haar blinde vlek.

Ik weet precies waarom: omdat oom Ned familie is. Hij is het enige van pap dat ze nog heeft en daar hecht ze meer waarde aan dan aan de meeste andere dingen.

'Hoe gaat het met daten, Ned?' schakelt ze nu op die moeiteloze manier van haar op iets anders over. Oom Ned is kortgeleden gescheiden, voor de derde keer. Ik heb geen idee wat een vrouw in hem zou kunnen zien, maar de wereld zit vol raadselen.

'O, Joanne, die meisjes,' zegt hij hoofdschuddend. 'Ze zien er best leuk uit, soms, maar ze práten zoveel. Ik zou verdomme oordopjes moeten meenemen.'

Voor de zoveelste keer vraag ik me af hoe hij een broer van pap kan zijn. Pap had ook ouderwetse ideeën, hij geloofde dat hij de kostwinner moest zijn en hij hield niet van krachttermen, maar hij had respect voor mam. Hij had respect voor vrouwen.

Mam heeft me ooit met een slok op verteld dat oom Ned op mijn opa lijkt, die 'een lastige man' kon zijn, maar meer wilde ze er niet over vertellen. En ik heb mijn opa niet goed gekend voordat hij stierf. Wat mij betreft is oom Ned dus een van die onoplosbare familiemysteries, samen met 'waar zou de sleutel van het schuurtje toch zijn gebleven?'.

'Je vindt wel iemand,' zegt mam sussend. 'En hoe gaat het met het vissen?'

Nééé! Niet het vissen. Als oom Ned eenmaal over vissen begint, kan hij uren doorgaan.

'Nou,' zegt oom Ned, 'ik was laatst bij de rivier... Ha Jake!' roept hij uit als Jake zich bij ons voegt. 'Hoe staan de zaken, m'n jongen?'

Goddank. Een zes uur durende anekdote over een forel blijft ons bespaard.

'Best goed, oom Ned.' Jake werpt hem zijn stralendste glimlach toe. 'Er komen een paar interessante deals mijn kant op, toevallig. Ik ben deze week naar de Global Finance Conference in het Olympia geweest. Kent u die?'

Natuurlijk kent oom Ned die niet. Hij werkte bij een verzekeringsmaatschappij, als administrateur van het filiaal in Woking. Ik denk niet dat hij het hoofdkantoor ooit vanbinnen heeft gezien, laat staan dat hij een Global Finance Conference zou bezoeken, maar dat zou hij nooit toegeven.

'Dat waren nog eens tijden, m'n jongen,' zegt hij op een toon alsof hij er elk jaar bij was. 'Deals sluiten, zuipen en de rest.' Hij lacht schor. 'Wat op het congres gebeurt, blijft op het congres, hè, Jake?'

'Daar drink ik op,' zegt Jake, die zijn glas heft.

Wat zijn het toch een aanstellers. Ik weet dat Jake alleen naar dat congres kon doordat een vriend een extra pas had.

'We hebben wat meegemaakt, destijds op kantoor,' zegt oom Ned terwijl hij rook uitblaast. 'De verhalen die ik je zou kunnen vertellen...' Hij maakt een weids gebaar met zijn sigaret en stoot een glas van het dressoir. Het valt op de vloer aan scherven en hij fronst geërgerd zijn voorhoofd. 'Verdomme,' zegt hij. 'Laat een van jullie meisjes dat maar snel opruimen.'

Een van jullie meisjes? Mijn stekels gaan meteen weer rechtovereind staan, maar mam legt snel een hand op Nicoles arm en zegt: 'Lieverd, wil jij dat even opruimen?'

'En je MBA?' vervolgt oom Ned. 'Hoe gaat het daarmee?'

'Uitstekend,' zegt Jake met klem. 'Als ik die titel eenmaal heb, zullen er veel deuren voor me opengaan.'

'Er gaat niets boven een titel,' valt oom Ned hem bij.

Ze praten door over kwalificaties en kansen, maar ik luister niet meer. Ik kijk naar Nicole die het glas opruimt. Ze bakt er niets van. Ze heeft een bezem gepakt, maar ze veegt in het wilde weg door het glas en verspreidt het over de vloer terwijl ze naar haar telefoon kijkt. Kan ze niet opletten wat ze doet? Ze veegt de scherven alle kanten op. We hebben het wel over glás. Iemand zou zich kunnen bezéren.

Ik trommel onwillekeurig met mijn vingers en mijn voeten zijn aan hun dansje begonnen: voor-gekruist-achter, voor-gekruist-achter. Ik trek het niet meer.

'Ik doe het wel,' flap ik eruit en ik gris de bezem uit haar handen. 'We moeten die scherven in papier verpakken.' Ik grijp een lege broodmand en begin scherven tussen mijn vingertoppen op te pakken.

'O, Fixie, je bent geweldig,' zegt Nicole afwezig. 'Jij weet altijd hoe je dingen moet doen.'

Ik wilde haar vragen een oude krant te zoeken, maar ze is met haar telefoon in de weer, dus ga ik maar verder met mijn taak. Ik kijk tegen het licht in om de glinsterende glasscherven op de laminaatvloer te ontwaren en net wanneer ik ze in een oude tv-gids wikkel, hoor ik Tims stem boven me donderen.

'Is Rýan terug?'

Ik had niet gemerkt dat Tim was binnengekomen, dus sta ik op en zeg: 'Ha Tim!' Maar Tim lijkt me niet te horen. Hij kijkt me priemend aan vanonder het donkere haar dat aan zijn voorhoofd plakt en zegt dan: 'En, zijn jullie weer een stel? Ryan en jij?'

Net iets voor die stomme Tim om mij voor het blok te zetten waar iedereen bij is.

'Nee hoor!' zeg ik opgewekt. 'Ik bedoel, niet nee in de zin van volslagen ondenkbaar, maar...'

'Maar je denkt er dus over?' vult Tim aan.

'Nee!' zeg ik met een kwaakstem.

'O, jawel,' zegt Nicole, die even opkijkt van haar telefoon. 'Je had het erover met mam.'

Hartstikke bedankt, Nicole, denk ik nijdig. Het zou me goed uitkomen als we nu over zouden gaan op een ander onderwerp, maar Tim weet van geen ophouden.

'Hoelang zijn jullie samen geweest?'

'Amper.' Ik probeer het weg te lachen. 'Tien dagen. Niets. En ik bedoel, hij woont in LA, dus...'

'Ja.' Tim knikt peinzend. 'Weet je, LA... Daar hebben ze andere normen, hè? De vrouwen, bedoel ik. Ze dóén dingen. Met hun lippen, hun tieten... en ze worden niet ouder,' vervolgt hij met stijgend enthousiasme voor zijn onderwerp. 'Je bent een jaar ouder dan toen je Ryan voor het laatst zag. Hoeveel is dat in LA-jaren? Een decennium?'

'O, dus ik ben nu een ouwe heks?' zeg ik. Ik probeer het grappig te vinden, maar Tim kan zo vasthoudend zijn als een terriër als hij eenmaal begint en hij ziet niet dat je uit je nek bloedt. Normaal gesproken komt Hannah tactvol tussenbeide, maar ik zie haar nergens. Waar ís ze?

Dan, als om mijn vraag te beantwoorden, wordt er aangebeld en klinkt Hannahs stem vanuit de hal: 'Ik ga wel!' Het blijft even stil en dan klinkt haar stem weer, als klaroengeschal: 'O, wauw, Ryan! Welkom terug!'

Ik voel van overal in de kamer nieuwsgierige blikken mijn kant op komen. Opeens besef ik vol afgrijzen hoe ik eruitzie, met die bezem in mijn hand, en dat ik niet eens de kans heb om mijn lipgloss even bij te werken, *o, mijn god, daar is hij al.*

Hij staat in de deuropening. Zijn gebruinde huid, zongebleekte, golvende haar en coole, gerafelde T-shirt laten de rest van de kamer verbleken. Als hij naar me toe loopt, verstomt het feestgedruis. Zelf kan ik niet eens ademhalen. Ik denk radeloos: hou het hoofd koel, Fixie. Géén hoop koesteren...

Maar god, wat is hij mooi. Hij stráált.

'Hoi Fixie,' zegt hij. Zijn Californisch blauwe ogen vinden de mijne en een lome glimlach trekt over zijn gezicht. 'Ik heb je gemist.'

Terwijl iedereen zwijgend toekijkt, trekt hij met een sexy gebaar de klem uit mijn haar en laat het om mijn schouders vallen.

Nee, niet doen! wil ik uitroepen, maar het is al te laat. Mijn haar valt los, halfgekruld en halfsteil. Ryan kijkt ernaar en knippert verbaasd met zijn ogen, en geen wonder. Ik zie mezelf in de spiegel en ik zie er bizar uit.

Mijn gezicht begint te gloeien en achter me proest iemand van het lachen. Joepie. Ik heb een heel jaar gewacht om Ryan weer te zien en dan begroet ik hem zo. Met lijp haar.

Voordat ik zelfs maar adem kan halen om het uit te leggen, omvat Ryan mijn gezicht met zijn beide handen. Hij kijkt me een paar seconden zwijgend aan en zoent me dan, hard. Alsof dat haar hem niet boeit, alsof verder niemand hem iets kan schelen. Door het gonzen in mijn oren heen hoor ik Nicole 'O!' roepen en Tim 'Kolere!' zeggen.

Als we ons ten slotte van elkaar losmaken, ben ik me ervan bewust dat de hele kamer naar ons kijkt en moet ik me met elke vezel van mijn lichaam inspannen om hem nonchalant te begroeten.

'Welkom terug, Ryan. Hoelang blijf je deze keer? Een dag?'

Ryan neemt me even zwijgend op. Zijn mondhoeken trekken alsof hij een binnenpretje heeft en dan zegt hij: 'Ik ben terug, toevallig.'

'Dat zie ik,' zeg ik net zo luchtig en plagerig als hij.

'Nee, ik ben terúg.' Hij laat zijn blik door de kamer glijden, zich bewust van onze toeschouwers. 'Ik heb het gehad met LA. Ik ben er klaar mee. Ik ben definitief terug.'

Hij is... Wát?

Ik gaap hem aan. Het bloed raast door mijn hoofd en mijn brein kan zijn woorden niet goed verwerken. Of ze geloven. Definitief? Hij is definitief terug? Ik zoek radeloos naar een zelfverzekerd, gevat weerwoord, maar mijn mond weigert dienst.

‘Laat ik dan maar iets te drinken voor je pakken,’ breng ik ten slotte uit, en Ryans ogen krinkelen alsof hij heel goed weet hoe overdonderd ik ben.

‘Ja,’ zegt hij en hij geeft me een handkus. ‘Ja, doe dat maar.’

Op weg naar de dranktafel probeer ik mezelf bijeen te rapen. Ik had er niet eens van gedroomd dat hij definitief terug naar Londen zou komen. Het was niet in me opgekomen.

En terwijl ik een biertje uit de ijsemmer pak, begin ik te tintelen van opwinding en blijdschap. Wonderen bestaan niet, dat weet ik wel, maar deze ene keer, deze ene, magische keer is er toch een wonder gebeurd.

6

Het feest gaat lang door, zoals elk jaar. Ik weet dat ik mam zou moeten helpen met de soesjes. Ik weet dat ik borden zou moeten afruimen. Maar deze ene keer in mijn leven denk ik: laat Nicole het maar doen. Laat Jake het maar doen. Laat een ander het maar doen. Want Ryan wil met me praten en dat drijft al het andere naar de achtergrond.

We zijn alleen in het achterkamertje met uitzicht op de tuin. Het staat vol meubilair uit de woonkamer dat we voor het feest hebben weggezet, zodat we onhandig tussen twee banken in op de vloer zitten, maar ik denk niet dat het een van ons ook maar iets kan schelen. We zitten in onze eigen bubbel en zien verder niets. Ryan is ongeveer een uur aan het woord geweest en ik heb in shocktoestand geluisterd, want hij zegt totaal niet wat ik had verwacht.

Alle andere keren dat Ryan terug was, hoorden we alleen maar over de glitterkant van LA. De sensatie. De beroemdheden. Maar nu vertelt hij me hoe het echt was. Pijnlijke dingen. Hij ziet er niet meer uit als de oude Ryan; hij maakt een verslagen indruk. Afgeleefd. Alsof hij het wel zo'n beetje heeft gehad.

En hoe meer hij praat, hoe sterker ik besef dat hij het écht heeft gehad. Hij is klaar met LA. Ik heb geen idee hoe hij zo snel van 'Tom Cruise is mijn beste vriend' heeft kunnen afglijden naar waar hij nu is, maar uit zijn woorden leid ik af dat hij LA niet meer kan luchten of zien.

'Iedereen daar is achterbaks,' zegt hij steeds. 'Iedereen, verdomme.'

Ik kon zijn trieste verhaal niet helemaal volgen; er komen twee mensen in voor die Aaron heten, wat het niet eenvoudiger maakt, maar wat ik ervan begrepen heb is dat hij zaken heeft gegaan met een paar gasten, dat niemand zich aan zijn beloften hield en dat hij nu geen geld meer heeft.

'Het vliegt je zak uit,' zegt hij somber. 'Iedereen wil over zaken praten tijdens de sushi, of op een boot. Elkaar aftroeven. Het is waanzin.'

'Maar als je "geen geld" zegt,' begin ik omzichtig, 'bedoel je dan...'

'Ik zit aan de grond, Fixie.' Hij steekt zijn handen op. 'Ik ben blut. Ik heb niet eens meer een dak boven mijn hoofd.'

'Shit,' verzucht ik.

Ik heb een akelig gevoel in mijn maag. Hoe kan Ryan Chalker blut zijn? Ik herinner me hoe Jake en hij op hun zeventiende rondreden in die cabrio. Hij had geld. Hij had het echt. Hoe kun je het allemaal zomaar kwijtraken?

'Dus, wat ga je... Waar...?'

'Ik logeer nu bij Jake. Je broer is geweldig, maar...' Hij schudt zijn hoofd en zijn blonde golven lichten op in de avondzon. 'Het is zwaar, als je een droom hebt gehad en je hebt je uiterste best gedaan en het is niet gelukt.'

'Ik weet het,' zeg ik uit de grond van mijn hart. 'Ik weet precies wat je bedoelt.'

Door dit allemaal aan te horen krijg ik weer pijnlijke steken in mijn hart. Ik herinner me het stapeltje donkergroene schorten onder het bed. Ik herinner me hoe door en door vernederd je je voelt als je faalt.

'Ik heb exact hetzelfde meegemaakt,' zeg ik met mijn blik op het kleed gericht. 'Weet je nog, dat cateringbedrijf van me? Ik deed veel klussen voor een echtpaar, de Smithsons. Ze hadden een pr-bureau en ze gaven veel etentjes voor cliënten, maar ze betaalden me nooit, en opeens zat ik in de schulden en het was...' Ik probeer kalm te blijven. 'Ik had de beste biologische tournedos ingekocht, ik had mijn personeel betaald, zij hadden alles opgegeten, maar ik kreeg geen cent van ze…'

Al doe ik nog zo mijn best, mijn stem begint te beven. Ik praat niet vaak over de Smithsons omdat ik me dan zo'n idioot voel. Bovendien schaam ik me ook omdat ik niet naar mam heb geluisterd. Ze heeft verstand van kleine bedrijven, ze kent de risico's en ze deed haar best om me te waarschuwen. Ze stelde me praktische vragen over factureren en cashflow, maar ik wilde zo wanhopig graag dat het allemaal goed ging dat ik niet eerlijk antwoordde.

Die fout zal ik nooit meer maken. Ik zal nooit meer iets mooier laten voorkomen dan het is; ik zal nooit meer duimen en er het beste van hopen; ik zal nooit meer met iemand in zee gaan op basis van mooie praatjes, toezeggingen en handdrukken. Als de hele situatie al iets goeds heeft opgeleverd, dan is het dat ik ervan heb geleerd. Ik ben wereldwijzer geworden.

'Er waren meer problemen,' verzucht ik. 'Het financiële klimaat was ongunstig. Ik mikte te hoog. Het was moeilijker om ertussen te komen dan ik had verwacht. Maar de Smithsons maakten het er niet beter op.'

'Heb je geen incassobureau ingeschakeld?' vraagt Ryan geïnteresseerd. 'Zou je nu nog geld van ze kunnen lospeuteren?'

Ik schud mijn hoofd. 'Ze zijn failliet gegaan.'

Het was de laatste destructieve troef die ze achter de hand hadden. Nadat ze al mijn aanmaningen hadden genegeerd, al mijn e-mails en zelfs mijn persoonlijke bezoeken aan hun kantoor weg hadden gewuifd, vroegen ze faillissement aan. Ik sta op een crediteurenlijst in de een of andere computer. En ik had geen geld meer om door te gaan. Ik kon geen krediet meer krijgen en ik wilde onder geen beding nog eens een beroep doen op mam. Het was afgelopen met Farr's Food.

Toen nam ik het besluit al mijn energie in het familiebedrijf te stoppen. Want ik ben er gek op, het is ons erfgoed en ik kan er mijn talenten in kwijt. Zelfs mijn koksopleiding komt soms van pas als ik klanten advies geef over kookgerei. En die enkele keer dat ik vol weemoed aan mijn cateringdromen terugdenk, wijs ik mezelf hierop: ik heb mijn kans gehad.

'Niemand begrijpt het, alleen mensen die het zelf hebben doorgemaakt,' zeg ik. 'Verder niemand.'

'Precies.' Ryans ogen branden gedreven in de mijne. 'Ze snappen het niet. Fixie, jij bent zo'n beetje de enige die het echt snapt.'

Mijn hart maakt een sprongetje – *ben ik de enige die Ryan echt snapt?* – maar op de een of andere manier lukt het me om niet te smelten.

'Ik heb het uitgemaakt met mijn vriendin,' vervolgt hij bruusk. 'Je leert mensen kennen.' Hij wrijft over zijn gezicht alsof hij probeert zich van herinneringen te ontdoen. 'Ik deed zo ontzettend mijn best. Ik wilde het uitpraten... Maar dat soort vrouwen is oppervlakkig. Het gaat er niet om wie je bent als mens, maar om wat je voor ze kunt doen. Hoeveel je aan ze kunt uitgeven. Hoe je hun carrière vooruit kunt helpen. Zodra ze in de gaten kreeg dat ik in de nesten zat...' Hij knipt met zijn vingers. 'Was het voorbij.'

'Ze klinkt verschrikkelijk!' zeg ik vurig en hij werpt me dankbaar een scheve glimlach toe. 'Dus... wat nu?' vraag ik. 'Wat ga je nu doen?'

'God mag het weten, maar het moet iets ánders zijn, snap je?' zegt Ryan met klem. 'Geen schijnvertoningen meer. Echte mensen. Echt werk. Mijn mouwen opstropen en aanpakken.'

'Jij kunt alles!' zeg ik. 'Met jouw ervaring... fantastisch!'

Ryan haalt zijn schouders op. 'Tja, ik weet van wanten, laten we het daarop houden.'

'Je hoeft dus alleen maar te besluiten wat je wilt doen,' zeg ik bemoedigend. 'Een nieuw vakgebied kiezen. Ik bedoel, ik denk dat je een paar treetjes lager zou moeten instappen...'

'Natuurlijk.' Ryan glimlacht wrang. 'Ik kan niet verwachten dat ik als directeur mag beginnen.' Hij staart even in het niets en vervolgt dan zacht: 'Als ik iets van dit alles heb geleerd, Fixie, is het wel nederigheid.'

Ik word weer overspoeld door genegenheid voor hem. Hij is net zoals ik. Gelouterd en geslagen door de ervaring... maar niet vérslagen. Nooit vérslagen.

'Goed van je,' zeg ik welgemeend. 'Het is heel moedig om opnieuw te beginnen. Ik weet precies hoe je je voelt.'

Ik neem een slokje uit mijn glas, probeer te bedenken wat Ryan zou kunnen doen en kijk stiekem naar zijn gespierde schouders. Vorig jaar zag hij er goed uit, maar dit jaar fenomenaal. Zijn armen zijn enorm. Zijn huid is glad. Hij ziet eruit als een reclame voor het gezonde leven in LA.

'Dus, wat nu?' vraag ik voorzichtig. 'En kan ik iets doen om te helpen?'

'Alleen al met jou praten helpt.' Ryan kijkt met zijn blauwe ogen in de mijne en ik voel vlinders in mijn maag. 'Mijn volgende zet zal wel zijn om een paar headhunters in de arm te nemen.'

'Headhunters!' herhaal ik enthousiast. 'Natuurlijk. O, mijn god, ze zullen weg van je zijn. Ik bedoel, jij hebt met grote bedrijven in Hollywood gewerkt. Jij kunt alles! Ze mogen blij met je zijn!'

'O, Fixie toch.' Ryan neemt me op en zijn ogen krinkelen in weer zo'n wrang glimlachje. 'Jij weet wel hoe je een man een goed gevoel moet geven, hè?'

'Nou ja,' zeg ik ademloos. 'Ik zeg gewoon wat ik denk.'

Ik hoop half dat Ryan naar voren zal leunen om me te zoenen, maar dat doet hij niet; hij gaat staan en keert zich om naar het met trofeeën beladen dressoir. We gebruiken deze kamer amper, dus ik ben eraan gewend dat er niemand naar de trofeeën omkijkt. Veronachtzaamd door iedereen, behalve mam. Maar nu bestudeert Ryan ze stuk voor stuk gefascineerd.

'Ik was vergeten dat je aan kunstschaatsen hebt gedaan,' zegt hij. 'Dat moet ook een grote droom van je zijn geweest. Wat is daarmee gebeurd?'

'O, dat.' Ik voel een vertrouwde pijnscheut. 'Tja. Weet ik veel. Het werd 'm niet.' Ik ga ook staan en volg onwillig zijn blik.

'Maar kijk dan! Je was goed. Ik heb nooit begrepen waarom je ermee ophield.' Hij heeft een ingelijste foto gepakt waarop ik in een zeegroen schaatspakje, dertien jaar oud, met een been boven mijn hoofd over het ijs glij.

'O, ik had er gewoon genoeg van, denk ik,' zeg ik met een zwak glimlachje en ik wend mijn blik af.

Bij het zien van die foto word ik overspoeld door onaangename gevoelens, want dat was de dag dat alles anders werd. Ik had maanden geoefend op mijn vrije oefening in de juniorenklasse. Het hele gezin was komen kijken; om me aan te moedigen.

Als ik mijn ogen sluit, ben ik weer op de ijsbaan; de plek die al die jaren mijn tweede huis was. Ik kan de knisperige gekoelde lucht nog voelen. De zijdeachtige glans van mijn pakje. En Jake, met een pestbui, die er opstandig bij stond terwijl mam aan me frunnikte en foto's maakte. Hij was kwaad omdat mam hem op stiekem drinken op zijn kamer had betrapt en zijn zakgeld had ingehouden. En dat reageerde hij op mij af. Toen hij naar me toe kwam, dacht ik dat hij me succes wilde wensen. Ik was totaal niet voorbereid op wat er kwam.

'Hoeveel uur?' fluisterde hij in mijn oor. 'Hoeveel uur heb ik jou rondjes zien schaatsen? Mam is geobsedeerd, pap gaat erin mee, maar hoe zit het met Nicole en mij? Je verpest ons hele leven, weet je dat wel?'

En voordat ik zelfs maar naar adem kon happen liep hij weg, mij bevend van schrik achterlatend.

Ik had hem de schuld kunnen geven van mijn val die dag. Ik had kunnen zeggen dat hij me van slag had gemaakt. En daar had een kern van waarheid in gezeten. Ik schaatste op sidderende benen het ijs op. Ik had mijn schaatsen altijd alleen maar als iets positiefs gezien. Ik had altijd gedacht dat Jake en Nicole trots op me waren. Zoals mam altijd tegen me zei.

Nu kon ik alleen Jakes standpunt nog zien. Mams aandacht die werd weggezogen. Het geld dat werd uitgegeven aan lessen en kostuums. Alle schijnwerpers op mij gericht. Het was allemaal pijnlijk duidelijk. Ik had mijn hoofd er dus niet bij, concentreerde me niet en maakte een val. Een lelijke val.

Daarna zei iedereen dat ik me geen zorgen moest maken: 'Trek het je niet aan, tijdens de repetities deed je die sprong perfect en de volgende keer doe je hem weer perfect.' Maar ik had er geen hart meer voor. Binnen drie maanden had ik er helemaal de brui aan gegeven, al probeerde Jimmy, mijn coach, me wel over te halen om terug te komen.

Ik kan het niet alleen aan Jake wijten. Het kwam ook door mij. Mijn persoonlijkheid. De beste kunstschaatsers zijn van nature artiesten. Zodra ze het publiek zien, bloeien ze op. Zij zouden er niet mee zitten als hun broer jaloers was, het zou ze juist opzwepen. Ze zouden bij de aanloop voor een sprong *Val dood jij!* denken en nog beter presteren. Nadat Jake zijn bom had laten barsten, dacht ik bij elke aanloop: sorry.

Het probleem is dat 'sorry' niets vooruit kan stuwen. Het haalt je naar beneden. Tegen het eind kon ik mijn voeten amper nog van het ijs tillen.

'Schaats je nog?' vraagt Ryan en voordat ik er iets aan kan doen, krimp ik in elkaar.

'Nee,' zeg ik vlak en dan besef ik dat ik te defensief klink. 'Ik heb het weer opgepakt in mijn vrije jaar,' verbeter ik mezelf. 'Ik deed geen wedstrijden of zo, maar ik werd bevoegd trainer en gaf les aan beginnelingen.'

'Je zult wel geen ijsbaan meer kunnen zien,' zegt hij met een lach.

'Nee,' beaam ik, al is het niet waar. Ik ben nog steeds gek op ijsbanen. Ik ga elke winter naar de ijsbaan van Somerset House. Ik kijk naar alle mensen die in het rond zwieren, al vallen de meesten vooral, en vind het heerlijk om te zien. Ik hoef alleen niet mee te doen.

Ik pak de foto uit Ryans hand en probeer een ander onderwerp te verzinnen, maar voordat ik iets heb komt Jake binnen met een biertje. 'O, ben je hier!' zegt hij bijna verwijtend.

'Heb je mam geholpen?' vraag ik, maar Jake let niet op mij. Hij ziet de foto in mijn hand en rolt met zijn ogen.

'Pronk je met je vergane glorie, Fixie?' Hij lacht blaffend en zegt tegen Ryan: 'Je had moeten zien hoe ze op haar kont viel. Geniaal. Had ik het maar opgenomen.'

'Dat geloof ik niet,' zegt Ryan, die me met twinkelende ogen aankijkt. 'Ik wil wedden dat jij nooit op je kont bent gevallen.'

Ik zet zwijgend de foto terug op het dressoir. Ik heb het nooit met Jake over die dag gehad. We zijn nooit teruggekomen op zijn woorden. Wéét hij eigenlijk wel hoeveel impact hij op me heeft gehad?

Maar goed. Het leven gaat door.

'Hé!' zeg ik, want ik krijg een inval. 'Ryan, je zou een poosje bij ons in de winkel kunnen komen werken. De detailhandel verkennen. We zouden je alles kunnen leren! En dan zou je door kunnen schuiven naar iets, je weet wel, iets groters.'

Ik probeer te klinken alsof het een doodnormaal carrièrevoorstel is, al verkrampt mijn hart van uitzinnige hoop. Het is de ideale oplossing! Ik zou hem elke dag zien... hij zou zich opgenomen voelen in de familie...

'Eh, ik weet niet of dat wel zo'n goed idee is.' Ryan trekt zijn gebruinde neus op. 'Het zou ongemakkelijk kunnen zijn, voor jullie werken. Jake, maat, heb je geen bier voor mij meegebracht?'

Ik dwing mezelf te blijven glimlachen, vastbesloten hem niet te laten merken hoe teleurgesteld ik ben. Waarom denkt hij dat het ongemakkelijk zou zijn? Het zou helemaal niet ongemakkelijk zijn! Maar het heeft geen zin om aan te dringen. Als hij niet in de winkel wil werken, dan wil hij het niet.

'Heb je mam geholpen?' vraag ik nog eens aan Jake. 'Of Nicole?'

'Tjeezus, Fixie.' Hij rolt met zijn ogen. 'Laat me met rust. Ik heb mam niet eens gezíén.'

Nu Jake hier is, is die magische, allesomvattende bubbel waarin we zaten geknapt en opeens voel ik me schuldig. Ik heb de hele tijd nergens mee geholpen. Ik ben het hele feest vergeten. Ik ben alles vergeten, behalve Ryan en mij.

'Ik ga kijken of ik iets voor mam kan doen,' zeg ik. 'Je weet hoe ze is. Ze zal wel in de keuken staan.'

Ik zeg het niet alleen uit nobelheid. Opeens heb ik behoefte aan mams kalmerende aanwezigheid. Jake brengt me van mijn stuk, alsof Ryan dat niet al voldoende had gedaan. Ik heb een dosis van mams kalme, liefdevolle, rustgevende stem nodig. Ze moet iets zeggen wat me aan het lachen maakt, iets waardoor ik van een afstandje naar het leven kan kijken en het allemaal in het juiste perspectief kan zien.

Ik loop de gang op en werp een blik in de woonkamer, waar niet één gast meer staat. Ze zijn allemaal neergestreken, op stoelen en zelfs op de vloer, ze kletsen, roken en knabbelen nog steeds, maar mam is nergens te bekennen, zoals ik al dacht. Ik wíst het.

'Mam,' roep ik terwijl ik door de gang naar de keuken been. 'Mam, ben je daar?'

Ik vang een glimp op van het vertrouwde blauwe linnen door de open keukendeur, maar het zit op de een of andere manier op de verkeerde plek. Ik ga harder lopen en probeer met gefronst voorhoofd te begrijpen wat ik zie. Er klopt iets niet, maar ik snap niet...

'Mam?' Ik duw de deur helemaal open... en mijn hart slaat over van afgrijzen.

Mam ligt bewegingloos met haar bovenlichaam op tafel. Ze heeft de spuitzak nog in haar hand; haar warrige haar hangt voor haar gezicht.

'Mam?' roep ik met verstikte stem. 'Mám?'

Ik geef voorzichtig een duwtje tegen haar schouder, maar ze reageert niet en nu scheurt de angst door mijn binnenste.

'Mam? Hélp!' roep ik naar de woonkamer terwijl ik verwoed op haar wangen klop en probeer erachter te komen of ze nog wel ademt. Ik voel geen hartslag, maar ik weet ook niet hoe je die moet voelen. Ik had een EHBO-cursus moeten doen…

'Mam, word wakker, alsjeblieft… Hélp! Help me dan, alsjeblieft!' gil ik weer met schorre stem terwijl de tranen van schrik me in de ogen springen. 'Hélp!'

Voetstappen dreunen door de gang. Ik reik met onhandige, panische vingers naar mijn telefoon. Dit voelt volkomen onwezenlijk. Ik heb nog nooit van mijn leven het alarmnummer gebeld en heb me altijd afgevraagd hoe het zou zijn. Nu weet ik het. Er is niets angstaanjagenders op de wereld.

7

Als er van alles tegelijk gebeurt, is het moeilijk te verwerken. Het valt niet mee om niet rond te lopen met een verwilderde blik in je ogen en een brein dat maar half werkt omdat de andere helft schreeuwt: 'Wat gebeurt er? Wat gebéúrt er?'

Eerst kwam Ryan uit het niets opdagen, wat al ingewikkeld genoeg was. Toen raakte mam bewusteloos en dacht ik dat mijn wereld instortte. Daarna gingen we naar de Spoedeisende Hulp en ging het weer goed met haar en dat was een schok van opluchting.

Alleen ging het natuurlijk niet echt goed met haar. Ze is al tijden niet gezond, zoals nu is gebleken.

Ze had er nooit iets van gezegd dat ze pijn op haar borst had, wat verdomme echt iets voor mam is. Ik kon wel gillen toen het aan het licht kwam. Ze heeft al die tijd al een gammel hart en ze heeft er nooit iets van gezegd? Veel van haar problemen zijn te herleiden tot het roken, hebben ze gezegd. Vroeger rookte ze zelf en pap zat natuurlijk op dertig per dag. Maar dan is er ook nog het feit dat ze dagen van veertien uur maakt in de winkel. Nog steeds. Op haar leeftijd. Verandering, was het woord dat de hele medische sector gebruikte in die paar dagen dat mam in het ziekenhuis lag: breng verandering aan in je leven. Als mam dan repliceerde: 'Ik ga niets aan mijn leven veranderen! Ik geniet van wat ik doe!' herhaalden ze het gewoon nog eens: 'U moet dingen veranderen.' Maar dan keken ze erbij naar ons, naar Nicole en mij. Ze gaven óns de taak mam te veranderen. (En Jake, neem ik aan, alleen was hij er niet zo vaak. Hij had afspraken, schijnt het.)

Het is nu twee weken na het feest en als het aan Nicole en mij had gelegen, vraag ik me af of er wel iets zou zijn veranderd, al hadden we het nog zo hard geprobeerd. Maar dat doet er nu niet meer toe, want afgelopen vrijdag kwam er weer iets als een donderslag bij heldere hemel: mams zus Karen kwam bij ons logeren.

We kénnen tante Karen niet eens. Ze mag dan onze tante zijn, ze woont al zevenentwintig jaar in Spanje. Ze komt nooit terug naar Londen omdat het hier 'te verrekte koud is'. Ze e-mailt niet omdat dat 'stom gedoe' is. Ze is niet naar Nicoles bruiloft gekomen omdat ze een 'ingreep' moest ondergaan. Maar nu is ze er. En niet alleen mam is veranderd, het hele húís is anders.

Ze raasde het huis in als een zongebruinde tornado, met een knalrode koffer op wieltjes en haar warrige blonde haar met highlights in een paardenstaart.

'Hier ben ik!' riep ze naar mam, die op de bank zat. 'Maak je niet druk! Ik regel alles! Om te beginnen: bloemen voor de zieke.'

We keken allemaal perplex toe terwijl ze een bos knalrode kunstbloemen uit haar tas toverde, als een goochelaar. 'Ik doe niet aan echte bloemen,' voegde ze eraan toe. 'Zonde van je geld. Zet deze in een vaas, ze zijn net zo mooi en ze gaan jaren mee.' Ze stak mij de plastic bloemen toe, keek vervolgens naar mam en schudde haar hoofd. 'O, Joanne. Godsamme. Moet je zien. Moet je die rimpels zien. Ik weet dat ik rimpels heb,' zei ze, wijzend naar haar zonverbrande, gekreukte gezicht, 'maar die zijn van de prét. Moet je jou zien, je werkt jezelf voortijdig het graf in! Dat moet ophouden. Als je geen lol kunt maken, wat is de zin van het leven dan? Ik neem je méé.'

Ik begreep eerst niet waar tante Karen op doelde. Toen kreeg ik in de gaten dat ze 'mee naar Spanje' bedoelde en dacht ik: ja! Natuurlijk, mam is aan vakantie toe. Toen dacht ik: mam zal nooit vakantie nemen. Echt niet. Ze gaat niet.

Maar dan kende ik tante Karen nog niet. Ze heeft op de een of andere manier overwicht. Ze kan mam dingen aanpraten zoals niemand anders dat kan. Ze zei bijvoorbeeld tegen haar dat ze gelnagels móést nemen, dat móést gewoon, en mam luisterde gedwee en liet ze door haar zus opplakken. Hoe vaak heeft Leila niet aangeboden mams nagels te doen, zonder enige resultaat?

En nu heeft ze mam overgehaald met haar mee naar Spanje te gaan. Mam, die niet meer in een vliegtuig heeft gezeten sinds ze is getrouwd. De artsen vonden het goed. (Ik heb de cardioloog speciaal opgebeld om het helemaal zeker te weten.) Mam heeft een nieuw badpak, een zonnehoed en een ticket voor de heenreis gekocht. Ze weet nog niet hoelang ze wegblijft, maar het wordt minstens zes weken. Tante Karen stond erop dat ze minstens zes weken zou gaan. Ze zei dat een korte vakantie alleen maar stress geeft, dat mam anders nooit echt tot rust zou komen. Ze zei dat ze misschien ook naar Parijs zouden gaan, dat ze haar eigen zus amper kende en dat het verdomme tijd werd.

Wat super is. Het is echt super. Mam verdient tijd om te ontspannen en de wereld te zien en haar zus weer goed te leren kennen. Toen ze me vertelde dat ze zes weken weg zou blijven, zo niet langer, sloeg ik mijn armen om haar heen en zei: 'Mam, wat geweldig! Wat spannend!'

'Het is wel lang om van huis te zijn,' zei ze met een zenuwachtig lachje, maar ik schudde meteen mijn hoofd en zei: 'Het zal je goeddoen. En trouwens, de dagen zullen voorbijvliegen!'

Vandaag bespreken we hoe we de winkel draaiend gaan houden. Jake en Nicole hebben allebei beloofd er meer tijd in te steken. (Nicoles yogacursus bleek niet zo 'voltijds' te zijn als ze ons liet geloven.) We hebben Stacey meer uren gegeven en de diensten anders ingedeeld, zodat er altijd genoeg personeel is. Toch zal het raar worden zonder mam.

We hebben de eikenhouten uitschuiftafel, die we alleen voor het kerstdiner gebruiken, leeggemaakt en daar zitten we nu met koffie omheen: Nicole, Jake, mam en ik. Ik snak nog telkens naar adem als ik mam zie. Ze heeft nu een rare beige kleur en er bungelen flonkerende hangers aan haar oorlellen. Tante Karen heeft haar dat nepbruin gisteravond aangepraat en die oorbellen doken vanochtend op, als een 'presentje'.

De stoel met de brede houten armleuningen aan het hoofd is leeg. Die is nog steeds van pap, ook na al die jaren. Er zal nooit iemand op gaan zitten, maar er is ook niemand die hem weghaalt. Het is alsof we pap en zijn positie in het gezin nog steeds respecteren, ook al is hij er niet meer.

'Kijk eens aan!' Tante Karen zet met een klap een schaal roze marshmallows op tafel en we knipperen allemaal met onze ogen naar haar. 'Je wist niet dat je die nodig had, hè?' roept ze triomfantelijk uit terwijl ze gaat zitten en er een in haar mond mikt, en we kijken er allemaal verbijsterd naar.

Dat zegt tante Karen elke keer als ze met iets nieuws komt aanzetten en dat is elke dag. Van nepbloemen en schalen snoep tot elektrische luchtverfrissers; ze is het hier continu aan het 'verbeteren' met dingen die niet echt bij ons passen. En elke keer roept ze: 'Je wist niet dat je die nodig had, hè?' Maar ze is zo fris en fruitig en bazig dat niemand er iets van zegt.

Jake kijkt afkeurend naar de marshmallows, duwt de schaal van zich af en richt zich tot mam.

'Goed,' zegt hij. 'Dus. Mam. Je gaat naar Spanje.'

'Hola!' onderbreekt Nicole hem opgewekt. *'Por favor, signor.'*

'Por favor-e,' verbetert Jake haar.

'Nee, niet waar.' Nicole rolt met haar ogen. 'Het is "por favor".'

'Het is "por favor",' beaamt tante Karen. 'Maar maak je niet druk om die flauwekul,' vervolgt ze tegen mam. 'Miguel aan het strand doet maar alsof hij alleen Spaans spreekt. Allemaal aanstellerij. Spreek maar gewoon luid en duidelijk Engels.'

'Echt?' vraagt mam bedremmeld. 'Maar als hij Spaans is...'

'O, als het hem uitkomt, is zijn Engels prima,' zegt tante Karen schamper. 'Ik heb hem in de karaokebar gehoord. Hij doet Adele, de Pet Shop Boys... Wat nog meer?' Ze denkt even na. 'Wham, heel veel Wham...'

'Kunnen we bij de les blijven?' zegt Jake met een starre glimlach. 'Niet dat dit niet fascinerend is.'

'Ja. Laten we dat doen. Want ik heb een mededeling. Nee, ik moet jullie eigenlijk allemaal iets vragen. Het is een beetje...' Mam kijkt even naar tante Karen, die duidelijk al weet wat ze wil gaan zeggen. Heel even voel ik me buitengesloten: heeft mam eerst met tante Karen overlegd en nu pas met ons? Maar die gedachte wordt weggevaagd als mam ons een voor een aankijkt en zegt: 'Ik heb een bod op de winkel gekregen.'

Wát?

Er valt een geschokte stilte. Jakes wenkbrauwen zijn omhooggeschoten. Nicole prevelt: 'Wauw.' En ik, ik ben meer dan geschokt. Een bod? Op Farrs? Wie zou Farrs willen kopen? Wij zíjn Farrs.

'We willen niet verkopen,' flap ik eruit voordat ik me kan bedwingen. 'Toch?'

'Tja,' zegt mam. 'Dat is de vraag. Ik ben de jongste niet meer en de dingen zijn... anders geworden.'

'Jullie moeder heeft rust nodig,' bemoeit tante Karen zich ermee. 'En het is een goed bod.'

'Hoeveel?' vraagt Jake en mam schuift een stukje papier naar het midden van de tafel.

Het is zelfs nog nooit in me opgekomen om me af te vragen hoeveel de winkel waard zou kunnen zijn. Maar het is veel. We kijken zwijgend naar het bedrag en ik voel dat we in gedachten allemaal de feiten van ons leven herschikken.

'Jullie moeder zou met pensioen kunnen gaan. De beentjes omhoog kunnen doen. Een huisje bij mij in de buurt in Spanje kunnen kopen,' zegt tante Karen.

'Maar dit is bizar. Hoe kan het dat je uitgerekend nu een bod hebt gekregen?' Ik gaap mam aan en dan schrik ik. 'O, god, toch niet van iemand die aast op zieke mensen, hè?'

'Nee!' zegt mam met een lach. 'Lieverd, eerlijk gezegd hebben we door de jaren heen zo vaak een bod gekregen. Alleen wilde ik de winkel nooit verkopen, maar na alles wat er is gebeurd...'

Ik kijk weer naar het papiertje en maak in gedachten nieuwe berekeningen. Ja, het is een hoop geld, maar als dat het eind betekent van Farrs, van ons inkomen, van onze baan... Opeens lijkt het toch niet zoveel meer.

'Wíl je verkopen?' vraag ik aan mam. Ik doe mijn uiterste best om neutraal te klinken. Pragmatisch. Bemoedigend. Al die volwassen dingen. Desondanks voel ik de tranen in mijn ogen springen als het idee echt bij me binnenkomt.

Verkopen? Ons dierbare Farrs? Páps dierbare Farrs?

Ik kijk op en als mam mijn gezicht ziet, laat ze haar beheerste houding varen.

'O, Fixie,' zegt ze en ze steekt haar arm uit om over het tafelblad heen een kneepje in mijn hand te geven. 'Natuurlijk wil ik dat niet, maar ik wil mijn kinderen er ook niet mee belasten. Als ik me terugtrek, wat dan? Farrs draaiend houden is zwaar. Het eist al je tijd op. Je moet het doen omdat je het zélf wilt, níet voor mijn plezier. Of vanwege pap.'

Ze knippert nu zelf ook met haar ogen en ze heeft blosjes op haar wangen. Ik denk dat mam en ik de enige gezinsleden zijn die paps aanwezigheid altijd voelen zodra we een voet in de winkel zetten. Jake ziet alleen geld. En Nicole ziet... Ik heb geen idee wat Nicole ziet. Eenhoorns, vermoedelijk.

'Ik wil het zelf,' zeg ik zonder enige aarzeling. 'Ik wil het niet opgeven. Mam, ga maar naar Spanje en maak je niet ongerust. Wij houden de winkel wel draaiend. Ja toch?' Ik kijk vragend naar Jake en Nicole in de hoop dat ze me zullen bijvallen.

'Mee eens,' zegt Jake tot mijn verbazing. 'Volgens mij heeft Farrs veel potentieel.' Hij wijst met een priemende vinger naar het papiertje. 'Ik bedoel, dit is leuk, maar we zouden dat bedrag kunnen verdubbelen. Verdriedubbelen.'

'En jij, Nicole?' richt mam zich tot Nicole, die haar schouders ophaalt.

'Als je zou willen verkopen, zou ik zoiets hebben van... moet kunnen,' zegt ze op die vage, afwezige manier van haar, 'maar als je het niet wilt, dan heb ik zoiets van...'

We wachten allemaal op de rest van haar zin... en beseffen dan dat hij al af was.

'Nou,' zegt mam, die nu knalrode koontjes heeft, 'ik moet zeggen dat het een pak van mijn hart is. Ik wil Farrs niet verkopen. Het is een goed bedrijf, al zeg ik het zelf.'

'Maar dit is wel een vogel in de hand,' zegt tante Karen, die het papiertje pakt en ermee zwaait. 'Dit is handje contantje. Zekerheid. Als je nu niet verkoopt, zou je er later spijt van kunnen krijgen.'

'Als mam nu wél verkoopt, kan ze er ook spijt van krijgen,' pareert Jake. 'Weten jullie wat ik denk?' Hij kijkt geanimeerd van de een naar de ander. 'Dit is een kans om ons familiebedrijfje een niveau hoger te tillen. De schouders eronder te zetten. We hebben de naam, het pand, de online kanalen... Ik bedoel, alles is mogelijk. Maar we moeten groot denken.' Hij slaat met zijn vuist in zijn hand. 'Rebranden. Focussen. Misschien moeten we een consultant inschakelen. Ik ken wel een paar jongens, ik zou ze kunnen laten meedenken, kijken wat ze te melden hebben. Zal ik dat in gang zetten?'

Ik kijk hem met open mond aan. Hoe zijn we opeens bij het inhuren van een consultant beland? Wat zou dat kosten? En wat betekent dat eigenlijk, 'de schouders eronder'?

'Wacht daar nog maar even mee, Jake,' zegt mam op haar rustige, gedecideerde toon. 'Zorg maar gewoon dat de tent niet instort wanneer ik weg ben, dan denken we wel over al je ideeën na als ik weer terug ben. Goed, laten we een paar voorraadprobleempjes doornemen.'

Ze begint over leveranciers te praten, maar ik kan me niet concentreren. Ik voel me opeens gespannen. Het is alsof de situatie nu pas echt tot me doordringt. Mam gaat weg. Ik ga de winkel leiden, samen met Nicole en Jake. Hoe zal dát uitpakken?

Ik luister maar half naar mam, die ons allemaal een handgeschreven lijstje met aandachtspunten geeft dat ze heeft gekopieerd. Ik maak me vooral zorgen om Jake. Stel dat hij een stomme beslissing neemt en ik hem niet kan tegenhouden? Ik zie mam naar me kijken alsof ze mijn gedachten kan lezen en glimlach snel naar haar. Haar niet ongerust maken is mijn hoogste prioriteit.

Als we eindelijk klaar zijn en opstaan van de tafel, neemt mam me apart. De anderen zijn al naar de keuken gegaan, dus we zijn alleen.

'Fixie,' zegt ze vriendelijk. 'Schat. Ik weet dat je je zorgen maakt om...' Ze aarzelt. 'Nou ja. Laat ik het maar gewoon hardop zeggen: Jake.'

Het is alsof haar woorden op een zere plek drukken.

'Weet je,' zeg ik met afgewende blik, want ik vind het moeilijk om te zeggen waar het op staat. 'Hij is gewoon een beetje...'

'Ik weet het. Ik begrijp het echt.' Mam geeft een geruststellend kneepje in mijn arm. 'Maar ik laat je niet aan je lot over. Ik heb een oplossing bedacht voor zolang ik weg ben en ik denk dat je daar wel iets aan zult hebben.'

'O!' zeg ik met een zucht van verlichting. 'Wauw. Wat dan?'

Ik had kunnen weten dat mam een plannetje achter de hand zou hebben. Misschien gaan we dagelijks met haar skypen als ze in Spanje zit. Of misschien heeft ze een nieuw, geniaal personeelslid aangenomen. Of ze heeft een nieuw computersysteem gekocht waar Jake niet mee uit de voeten kan.

'Oom Ned,' zegt mam stralend.

Ik voel een steen op mijn maag. Oom Ned? Is oom Ned de oplossing?

'Aha,' pers ik er met verstikte stem uit, wat mam als een teken van instemming opvat.

'Ik heb hem gesproken en hij heeft beloofd een oogje in het zeil te houden tijdens mijn afwezigheid,' zegt ze blij. 'Hij heeft een goed zakelijk inzicht. We kunnen hem vertrouwen.'

Ik heb er geen woorden voor. *Oom Ned?*

'Hij is zo goed voor ons,' voegt mam er vol genegenheid aan toe. 'Ik weet zeker dat hij een grote steun zal zijn.'

Hij is niet goed voor mij! wil ik jammeren. En: hij zal geen grote steun zijn!

'Het is een idee,' zeg ik uiteindelijk zo kalm en redelijk als ik kan. 'Zeker. Maar wat ik me afvraag... Is oom Ned wel de juiste persoon hiervoor?'

'Je weet hoe goed hij na paps dood heeft geholpen met het huurcontract,' frist mam mijn geheugen op. 'Ik vind het een geruststellend idee dat hij er is om je bij te staan.'

Ik kan wel gillen van frustratie. Oké, misschien heeft hij geholpen met dat huurcontract, maar dat is negen jaar geleden. Wat heeft hij daarna nog gedaan?

'Ik weet dat sommige van die ouderwetse uitspraken van hem je niet aanstaan,' vervolgt mam, die begint te blozen. 'Mij ook niet, trouwens. Maar hij is familie, schat, en hij geeft om de winkel. Daar gaat het om.'

Er straalt iets uit haar ogen: die vastberadenheid die over haar komt als ze het over familie heeft. Haar besluit staat vast. En ik mag niets zeggen wat haar ongerust kan maken. Ik glimlach dus zo vrolijk mogelijk en zeg: 'Nou, het komt vast goed allemaal. Het állerbelangrijkste is dat jij een fantastische vakantie hebt. Je ziet er nu al uit als een ster!'

Ik steek mijn hand uit om een van haar flonkerende oorhangers aan te raken, die vreemd afsteken bij haar grijzende, praktische kapsel. (Er is al een afspraak gemaakt met tante Karens kapper in Spanje.)

'Het valt niet mee om jullie allemaal achter te laten!' zegt mam met een lachje en ik zie een zweempje spanning op haar gezicht. 'Het is moeilijker dan ik dacht. Ik vraag me zelfs nu nog af... wil ik dit eigenlijk wel?'

O, god. Ze mag nu niet terugkrabbelen.

'Ja!' zeg ik resoluut. 'Je wilt dit echt! Wij redden ons wel.'

'Als je maar zorgt dat we de winkel niet kwijtraken, Fixie. En zorg dat de familie niet verdeeld raakt.' Weer dat rare lachje.

Ik denk dat het maar half een grapje is. Ik denk dat ze zich diep vanbinnen stiekem zorgen maakt, net als ik. 'Jij bent de lijm,' voegt ze eraan toe. 'Jij kunt iedereen bij elkaar houden.'

Wát kan ik? Ik schiet bijna in de lach, zo ver zit ze ernaast. Mám is onze lijm. Zij leidt ons allemaal. Zij verbindt ons allemaal. Zonder haar zou er geen enkele samenhang tussen Jake, Nicole en mij zijn.

Maar ik laat geen nanoseconde doorschemeren wat ik echt denk. Ik moet mam oppeppen voordat ze besluit toch maar niet weg te gaan en in plaats daarvan een dienst van zestien uur in de winkel te draaien.

'Mam, luister,' zeg ik met al het zelfvertrouwen dat ik bij elkaar kan sprokkelen. 'Als je terugkomt, gaan we weer om die tafel zitten om het te vieren.' Ik gebaar naar de uitschuiftafel. 'Het zal super gaan met de winkel en wij zullen een gelukkige familie zijn, dat beloof ik je.'

8

Nadat mam en tante Karen zijn vertrokken de volgende middag voel ik me somber. Jake en Leila gaan naar de pub en ik besluit spaghetti bolognese te maken voor het avondeten, want dat zou mam ook doen, maar het koken zelf voelt al anders. Ik vul het huis niet met die magische, mamachtige sfeer. Ik voel me niet warm, knus of gerustgesteld.

Eerlijk gezegd komt het niet alleen doordat mam weg is dat ik me down voel. Het komt ook doordat ik sinds het feest niets meer van Ryan heb gehoord. Geen bezoekje, geen telefoontje, alleen maar een appje: *Wat erg van je moeder.*

De dag na het feest is hij naar zijn ouders in Sonning gegaan en sindsdien leek hij in een zwart gat te zijn verdwenen. Hij reageerde niet op mijn berichtjes. Jake heeft me een paar keer de groeten van Ryan gedaan en meer contact hebben we niet gehad. Eerlijk gezegd zat ik er toen niet zo mee. Hij was niet mijn prioriteit, dat was mam. Maar nu moet ik me wel afvragen wat er aan de hand is.

Ik kijk neerslachtig naar de pan, roer er even in en haal hem van het fornuis. Ik ga even ijs halen. Als je een opkikkertje nodig hebt, zit je met Ben & Jerry's altijd goed.

Als ik me door de winkelstraat haast, zie ik iemand met veertjeshaar die met een kordate, vastberaden tred voor me uit loopt. Ik denk meteen: is dat die gast uit de koffietent? Gevolgd door: nee, doe niet zo gek, dat kan niet.

Toch vreemd dat ik meteen aan hem moest denken. En nog vreemder dat ik een beetje bloos. Wat heeft dat te betekenen? Ik heb niet eens meer aan hem gedácht sinds die dag.

Nou ja, oké, misschien toch, een keer of twee. Alleen vanwege zijn ogen. Die ogen hadden iets. Ik heb me er zo af en toe op betrapt dat ik me die ogen voor de geest haalde, die gespikkelde, bladerachtige groen-met-bruine kleur.

Als hij even blijft staan om naar zijn telefoon te kijken, zie ik zijn gezicht… en hij is het! Het is Sebastian, hoe hij verder ook mag heten. Hij kijkt op, ziet me dichterbij komen en krijgt prompt een blik van herkenning op zijn gezicht.

'O, hallo!' zegt hij.

'Hoi!' Ik blijf staan. 'Hoe is het?' Ik vang zijn bosachtige blik en wend mijn gezicht snel af, voordat ik te ver ga met het oogcontact.

'Goed! Ik sta op een taxi te wachten.' Hij gebaart naar zijn telefoon en ik zie een plattegrond in een taxi-app.

'Terug in Acton!' zeg ik. 'Of woon je hier?'

'Nee, ik was hier voor…' Hij aarzelt. 'Iets.'

'Ah, vandaar,' zeg ik beleefd, want het gaat me niet aan en het voelt alsof het gesprek misschien hiermee moet eindigen, maar Sebastians gezicht staat geanimeerd; zijn voorhoofd plooit omhoog; hij lijkt zijn gedachten met me te willen delen.

'Ik ben toevallig bij "dé skitrainingsgoeroe" geweest,' zegt hij opeens en hij tekent aanhalingstekens in de lucht. 'Wist je dat "dé skitrainingsgoeroe" in Acton woont?'

'Nee,' zeg ik met een glimlach. 'Ik wist niet eens dat "dé skitrainingsgoeroe" bestond.' Ik zeg er bijna bij dat ik nog nooit in mijn leven heb geskied, maar ik zie dat Sebastian op dreef komt.

'Ik ook niet, tot mijn vriendin me twee vouchers gaf voor mijn verjaardag en eiste dat ik naar hem toe zou gaan. Dus ging ik. Twee keer.'

'Oké. En hoe was hij?'

'Waardeloos!' roept Sebastian verontwaardigd uit. 'Het stuit me tegen de borst hoe waardeloos hij was. Ik ben gechoqueerd!'

Hij doet zo komisch verbolgen dat ik in lachen uitbarst, al zie ik wel dat hij ook echt boos is.

'Hoezo was hij waardeloos?' kan ik niet nalaten te vragen.

'Tijdens de eerste sessie vertelde hij alleen maar hoe hij een bronzen medaille had gewonnen in Vancouver. Vandaag vertelde hij hoe hij het brons net was misgelopen in Sotsji. Dat had ik binnen vijf minuten op Wikipedia kunnen vinden als het me boeide, maar dat doet het niet.'

Ik schiet weer in de lach. 'Gaf hij je dan geen oefeningen?'

'Hij onthulde de van inzicht getuigende informatie dat lunges een goed idee zijn en stelde voor dat ik het komende halfjaar twee keer per week zou langskomen.'

'Wat een afzetterij!' zeg ik hartgrondig.

'Precies!' roept Sebastian uit. 'Ik ben blij dat je het met me eens bent. Sorry, maar dat moest ik even kwijt.' Hij kijkt naar de plattegrond op zijn telefoon en ik zie een icoontje van een taxi de straat in komen. 'Maar goed, genoeg daarover. Hoe staat het leven?'

Ik doe mijn mond open om 'prima' te zeggen, maar op de een of andere manier lijkt dat niet toereikend.

'Nou, om eerlijk te zijn heeft mijn moeder in het ziekenhuis gelegen,' zeg ik dus maar.

'O, nee.' Hij kijkt ontdaan op van zijn telefoon. 'En ik maar ratelen… Kan ik iets voor je doen?'

Het is zo'n lieve, bespottelijke reactie dat ik weer moet glimlachen. Wat zou hij in vredesnaam kunnen doen?

'Nee, joh. Ze is alweer beter. Ze is met vakantie.'

'O, gelukkig,' zegt hij en hij lijkt het echt te menen. Op dat moment stopt er een taxi naast ons en hij gebaart naar de chauffeur. 'Die is voor mij,' zegt hij. 'Leuk je weer te zien.'

'Tot ziens,' zeg ik terwijl hij het portier opendoet. 'Sorry dat Acton je zo slecht behandelt. Neerstortende plafonds en louche skigoeroes. Dat moet toch beter kunnen.'

'Ik had het niet willen missen,' zegt hij grinnikend. 'Acton heeft een plekje in mijn hart.'

'We hebben hier wel een ongelooflijke Thai,' zeg ik. 'Als je van Thais eten houdt.'

'Ik ben gek op Thais eten.' Zijn ogen krinkelen naar me. 'Bedankt voor de tip. O, en denk erom.' Hij blijft met zijn hand op het portier staan. 'Ik ben je nog iets verschuldigd. Ik meen het. Je bent het toch niet vergeten?'

'Natuurlijk niet!' zeg ik. 'Ik zou niet durven!'

Ik kijk de taxi na, grinnikend om zijn vrolijke verontwaardiging, en loop dan door.

Het gesprekje heeft me opgemonterd, maar eenmaal thuis zak ik weer in. Ik warm de pastasaus op, snuif de heerlijke geur op en luister ondertussen naar *The Archers*, want dat zou mam ook hebben gedaan, maar het voelt nep. Ik luister er nooit naar, dus ik weet niet wie die stemmen allemaal zijn.

'Hé, Fixie.' Nicole drentelt de keuken in en ik schrik op uit mijn gepeins. Ik hoop dat ze komt aanbieden me te helpen, maar ze lijkt niet eens te merken dat ik aan het koken ben. Ze leunt tegen het aanrecht, pakt het stuk Parmezaanse kaas dat ik net wilde gaan raspen en begint eraan te knabbelen. 'Oké, ik heb een geweldig idee,' zegt ze bedachtzaam. 'Ik vind dat we yoga moeten aanbieden in de winkel.'

'Yoga?' herhaal ik. 'Hoe bedoel je? Een... een yoga-afdeling?'

'Yogaléssen,' zegt ze op een toon alsof het vanzelf spreekt. 'We zouden avondlessen moeten geven. Dat zou ik kunnen doen.'

Ik leg mijn pollepel op mams aardewerken lepelhouder in de vorm van een konijn (zes pond negenennegentig, een bestseller met Pasen) en kijk haar aan om te zien of ze een grapje maakt, maar ze beantwoordt mijn blik met een Nicole-die-zichzelf-serieus-neemt-uitdrukking op haar gezicht. Wat het is met Nicole, is dat ze helemaal vaag en zweverig doet, tot ze iets wil, en dan kan ze opeens heel gefocust zijn.

'Nicole, het is een winkel,' zeg ik voorzichtig. 'We verkopen steelpannen. We doen niet aan yoga.'

'We hebben de Taartclub,' brengt ze ertegenin.

'Ja, maar dat is een verkoopgebeuren. We verkopen taartvormen en zo. Het is bevorderlijk voor de omzet.'

'Er zijn zoveel winkels die avondactiviteiten aanbieden,' voert ze aan. 'Het zou klanten opleveren.'

'Maar wáár dan?'

Ik zie de winkel voor me, ik probeer me voor te stellen dat twéé mensen proberen een yogamat uit te rollen en dat lukt me al niet.

'We zouden een paar dingen moeten verplaatsen,' zegt ze luchtig. 'Een paar toontafels wegdoen.'

'Elke avond? En ze dan weer terugzetten?'

'Natuurlijk niet!' Ze rolt met haar ogen. 'Helemaal weg. We hebben toch te veel inventaris. Dat zegt mam zelfs. Het is te vol.'

'We kunnen geen hele toontafels wegdoen om ruimte te maken voor yogalessen!' zeg ik ontzet.

'Tja, dat is jouw mening,' zegt Nicole laconiek.

'En de schoonmakers dan? Die beginnen om zes uur 's avonds. Wanneer zouden die moeten komen?'

Nicole kijkt me wezenloos aan, alsof ze er nooit bij stil heeft gestaan dat de winkel elke avond wordt schoongemaakt.

O, mijn god. Ze wíst niet eens dat de winkel wordt schoongemaakt. Ze woont op een andere planéét.

'We verzinnen er wel iets op,' zegt ze ten slotte schouderophalend. 'Net als op de avond van de Taartclub.'

'Oké,' zeg ik. Ik probeer het positief te bekijken. 'Zou je iets verkopen?'

Nicole fronst haar voorhoofd. 'We zouden yóga doen,' zegt ze. 'Geen dingen verkópen.'

'Maar...'

'Je zóékt gewoon problemen, Fixie,' voegt ze eraan toe.

'Dus mam is net, even zien...' Ik kijk op mijn horloge. '... vier uur weg en jij wilt nu al dingen veranderen.'

'Je zou wat meer open moeten staan voor nieuwe dingen!' kaatst Nicole terug. 'Ik wil wedden dat als ik mam nu belde, ze het een geweldig idee zou vinden.'

'Nietes!' zeg ik driftig. Ik ben zo zeker van mijn zaak dat ik bijna zin heb om mam zelf te bellen om het te bewijzen, maar dat ga ik natuurlijk niet doen.

'Jij zou ook eens yoga moeten doen.' Nicole neemt me kritisch op. 'Je ademt heel oppervlakkig. Kijk.' Ze wijst naar mijn borst. 'Daar krijg je stress van.'

Het is niet mijn ademhaling waar ik stress van krijg, wil ik tegenwerpen, maar de gedachte aan mam weerhoudt me ervan. Ze zou het heel erg vinden als ze wist dat we een paar uur na haar vertrek al ruzie hadden over de winkel. Op de een of andere manier lukt het me dus mezelf te dwingen diep adem te halen.

'Dit is iets voor het familieberaad,' zeg ik zo redelijk als ik kan. 'We zetten het op de agenda en dan bespreken we het.'

Oom Ned en Jake zullen nooit voor yogalessen stemmen. Het komt wel goed.

'Zou jij de spaghetti willen doen?' vraag ik.

'Ja, goed,' antwoordt Nicole afwezig. Ze drentelt naar de voorraadkast, helemaal gebiologeerd door haar telefoon, pakt de spaghetti en blijft bewegingloos staan terwijl ik vorken pak.

'Nicole?' spoor ik haar aan.

'O. Ja.' Ze pakt een pan, zet hem op het fornuis en tuurt dan naar de spaghetti. 'Hoeveel, denk je?'

'Nou, we zijn met zijn vieren.'

'Oké,' zegt Nicole, die nog steeds naar het pak spaghetti kijkt. 'Alleen weet ik het nooit, met spaghetti.'

'Nou ja, je weet wel. Het komt neer op een handjevol per persoon.'

Ik app Leila: *Eten over 10 minuten* en zet de glazen op tafel. Dan werp ik een blik op Nicole. Ze heeft een handvol spaghetti gepakt en kijkt er met gefronst voorhoofd naar. Godallemachtig. Ze heeft nog niet eens water opgezet.

Ik vul de pan met water, strooi er zout in, zet het pitje hoger en trek het pak spaghetti uit Nicoles handen.

'Ik doe het zelf wel,' zeg ik. 'Wist je dat we toevallig ook een spaghettimaatje hebben? Wist je dat we dat in de winkel verkopen?'

Ik laat haar de lepel met het speciale gat zien. Ze zet grote ogen op en zegt: 'Dat méén je niet. Ik heb nooit geweten dat dat ding was om spaghetti af te meten! Wat ben je hier allemaal goed in, Fixie.'

Terwijl ik de spaghetti boven het kokende water afmeet, slentert zij de keuken uit zonder te vragen of ze nog iets kan doen en onderweg botst ze tegen Leila op.

'Fixie!' zegt Leila opgewonden. 'Je raadt nooit wie hier is.' Ze rent op me af, strijkt mijn haar glad, tovert een lipgloss uit het niets en haalt hem over mijn lippen.

'Hè?' Ik gaap haar verbaasd aan.

'Rýan!' fluistert ze.

'Wat?' Ik voel dat mijn ogen groot worden.

Maar voor ik nog iets kan vragen, hoor ik Jake zeggen: 'Kom erin, we gaan net bikken.' Ik dwing mezelf vijf hele seconden te wachten voordat ik me omdraai en Ryan zie staan. Hier. In onze keuken.

Hij is nog net zo lang, blond en adembenemend als altijd, maar zijn ongedwongen glimlach is weg. Zijn gezicht staat vermoeid en hij heeft een rimpel in zijn voorhoofd.

'Hoi Fixie,' zegt hij afwezig. 'Alles goed?'

'Hier.' Jake schenkt een glas wijn voor hem in. 'Drink je zorgen weg, vriend.' Hij kijkt naar mij en vervolgt: 'Ryan eet mee.'

'Oké,' pers ik eruit. 'Gezellig!'

Mijn maag maakt een salto. Mijn gedachten draaien steeds in hetzelfde kringetje rond: hij is hier! Waar heeft hij gezeten? Waarom ziet hij er zo somber uit? Waarom heeft hij niet geappt? Heeft hij een ander? Hij is hier!

'Ik hoop dat je spaghetti lust,' zeg ik nepvrolijk.

'Ja,' zegt Ryan en hij neemt een grote slok wijn. 'Lekker.' Hij staart een tijdje in de verte en lijkt me dan pas echt te zien.

'Hé. Ik zal je even fatsoenlijk begroeten.'

Hij komt naar me toe en zoent me op mijn mond.

'Sorry dat ik niets heb laten horen,' zegt hij zacht. 'Ik weet dat je het zwaar hebt gehad met je moeder in het ziekenhuis en alles. Ik dacht dat je niet door mij in de weg gezeten wilde worden.'

'O,' zeg ik lichtelijk van mijn stuk gebracht. 'Op die manier.'

'Ik weet hoe het is als mensen zich ongevraagd met je bemoeien,' vervolgt hij. 'Ik wilde me niet opdringen. Ik dacht: ik geef haar even de ruimte.'

Ik heb een paar opmerkingen op het puntje van mijn tong liggen: dat was niet opdringerig geweest. Of: je had in elk geval kunnen appen. Opeens denk ik aan Sebastians snelle, lieve reactie: 'Kan ik iets voor je doen?' En hijként me niet eens.

Maar... iedereen is anders. Mensen weten niet altijd hoe ze moeten reageren, zeker niet als er sprake is van ziekte. Hannah is meegegaan naar het ziekenhuis en bij me op de afdeling blijven zitten en ze heeft alles gegoogeld wat de dokter zei... maar dat is Hannah.

Mijn gedachten moeten tot op zekere hoogte van mijn gezicht te lezen zijn, want Ryan neemt me aandachtig op.

'Ik wist niet wat ik moest doen,' zegt hij, plotseling verslagen. 'Ik zal wel in paniek zijn geraakt. Ik trok me terug. Maar dat was verkeerd van me, hè? Nou zul je me wel een grote klootzak vinden.'

'Nee!' zeg ik snel. 'Natuurlijk niet! Het geeft niet, echt niet. En mam is nu met vakantie, dus... eind goed, al goed.' Ik glimlach geruststellend naar hem, maar hij staat er nog steeds mismoedig bij.

'Het is allemaal zo'n zootje op het moment,' zegt hij. 'Zo'n zotje.'

Hij drinkt zijn glas leeg, leunt tegen de muur en slaakt een immense, diepe zucht.

'O, Ryan,' zegt Leila meelevend. 'Het komt allemaal wel goed.'

'Wat is er aan de hand?' vraag ik gespannen.

'Headhunters,' antwoordt Ryan hoofdschuddend.

Opeens kookt de spaghetti over en ik til snel de pan van het fornuis. Ik wil hier meer over horen, maar ik wil ook dat de spaghetti al dente wordt.

'Ga zitten, allemaal,' zeg ik. 'Ik schep wel op. Jake, wil jij Nicole roepen?'

'Ik help wel even,' zegt Leila, die al naar de borden reikt.

We dienen het eten op, Jake schenkt iedereen wijn in, Nicole schuift op haar stoel en dan kijk ik trots om me heen. Hier zitten we dan, toch, samen te eten als een echt gezin. We redden ons wel zonder mam, echt wel.

'Dus, wat was er nou met die headhunters?' vraag ik omzichtig aan Ryan en ik zie Leila's gezicht betrekken.

'Vijf jaar ervaring in de filmindustrie,' zegt Ryan ongelovig. 'Ik bedoel, dan zou je toch denken...' Hij stopt een vork spaghetti in zijn mond. 'Nee, ik heb geen ervaring met fucking wídgets. Nee, ik heb niet gestudeerd. Nee, ik ben geen... hoe heet dat? Techneut.' Hij neemt een slok wijn. 'Maar ik heb ervaring. Ik weet hoe je een deal sluit. Ik weet hoe mensen in elkaar zitten. Is dat dan totaal niets waard?'

'Hadden ze helemaal niets voor je?' vraag ik.

'O, ze hebben wel mooie praatjes. Ze zeggen: "Ja, we kunnen je direct plaatsen, zo'n talent als jij, geen probleem!" Maar weet je waar ze me willen plaatsen?'

'Eh... nee?'

'In een callcenter.'

'Een cállcenter?' herhaal ik verbijsterd.

'Het is een belediging, verdomme,' mengt Jake zich driftig in het gesprek en ik voel me warm vanbinnen omdat we het deze ene keer over iets eens zijn.

'Wat voor callcenter?' vraag ik, want ik kan er met mijn verstand niet bij.

'In de verkoop...' Hij denkt even na. De spaghetti trilt aan zijn vork. 'Ik weet niet eens wat ik moest verkopen. Een rare verzekering. Niet eens een salaris, alleen maar commissie. Ik heb niet verder gevraagd. Bij de volgende headhunter zei ik dus: "Hoor eens, geen callcenters," en zij zeiden: "Geen punt. We vinden wel iets voor je." Gelul. Ze hebben niets.'

'Het is lastig,' zegt Jake met een grimas. 'De meeste bedrijven willen momenteel mensen lozen, niet aannemen.'

'Dus, wat ga je nu doen?' vraag ik gespannen.

'Wie zal het zeggen?' Hij kauwt afwezig op een hap. 'In LA had ik tenminste… Ik snáp LA. Ik weet dat ik het daar heb verkloot, maar ik had tenminste… Je leert een stad kennen, goedschiks of kwaadschiks. Je begrijpt hoe het er werkt. Maar van voren af aan beginnen in Londen… Ik weet niet. Londen is veranderd. Het is keihard.'

Het dringt niet meteen tot me door, maar dan begrijp ik wat hij bedoelt.

'Je kunt niet terug naar LA!' zeg ik ontdaan. 'Je zei dat je die stad nooit meer wilde zien!'

'Maar zo kan het ook niet doorgaan, hè? Ik kan niet bij Jake blijven bivakkeren.'

'Mag best!' zegt Jake, maar Ryan schudt zijn hoofd.

'En je moeder?' vraagt Nicole. 'Kun je bij haar intrekken?'

'Niet echt.' Zijn gezicht betrekt nog meer. 'Niet met mijn stiefvader erbij. We kunnen niet met elkaar opschieten. Het is lastig. Mam en ik waren altijd zo hecht, weet je?'

Ik word overspoeld door medeleven. Ik moet er niet aan denken hoe het zou zijn als mam met iemand trouwde die wij niet kunnen uitstaan. Ik wil ook heel graag zeggen: kom maar bij ons! Plek zat! Maar dat zou opdringerig kunnen overkomen.

'Je vindt wel iets,' zeg ik dus maar bemoedigend. 'Er zijn meer headhunters… Er moeten mogelijkheden zijn. Je zei dat je bereid was op een lager niveau in te stappen…'

'Ja, dat heb ik gezegd. Ik zei: "Kan ik geen versneld carrièretraject volgen of zo?" En toen zeiden zij: "Tja, ben je afgestudeerd?"'

Er hangt een geladen stilte in de kamer, tot Nicole vaag belangstellend zegt: 'Ja, dat is ook zo. Ik was vergeten dat je je studie niet hebt afgemaakt, Ryan.'

Echt iets voor Nicole, hardop zeggen wat wij allemaal denken. Al was ik eerlijk gezegd ook vergeten dat Ryan zijn studie niet had afgemaakt. Het is al zo lang geleden en toen hij het eenmaal had gemaakt in Hollywood leek het er niet meer toe te doen. Maar ik neem aan dat het er wél toe doet als je in aanmerking wilt komen voor een academische carrière.

'Misschien kun je je studie alsnog afmaken?' opper ik voorzichtig, al ben ik er vrij zeker van dat dat wel het laatste is waar hij zin in heeft.

'Vergeet het maar,' zegt Ryan woest. 'Als ze niet inzien wat ik te bieden heb, bekijken ze het maar.'

Zijn stem heeft zo'n verslagen ondertoon dat ik in elkaar krimp. Het moet zwaar zijn. Ik bedoel, afwijzing is altijd moeilijk, wie je ook bent, maar hij is Ryan Chalker! Op school was hij de bink. Misschien was hij geen klassenvertegenwoordiger, of de beste in wiskunde, maar hij was toch de bink. De stoerste jongen. De ster. Het droop van hem af dat hij een succes zou worden. Hoe kan hij dan nu in deze situatie zitten? Zíén die headhunters dan niet dat hij een topper is? Ik leef zó met hem mee. En ik neem het hem niet kwalijk dat hij om zich heen slaat. Hij is net een gewonde leeuw.

Na het eten gaat Nicole naar boven om Netflix te kijken. Leila gaat Jakes sigaretten uit de auto halen en ik ruim af, in gedachten verzonken. Ik wil dit oplossen. Een baan. Wat voor baan zou Ryan kunnen krijgen? Terwijl ik de restjes van de borden schraap en de afwasmachine inruim, denk ik: een baan… een baan… een baan…

En dan schiet het me te binnen. O, mijn god! Ik héb pas iets over een baan gehoord. Toen ik in Café Allegro zat. Dat gesprek dat Sebastian voerde voordat het plafond instortte.

Ik duw de afwasmachine dicht en doe mijn uiterste best om me te herinneren wat ik precies heb gehoord. Hij zocht iemand die pienter was, gewiekst en taai... Iemand die wist hoe de wereld in elkaar zit... Hij hoefde niet afgestudeerd te zijn... Yes! Het kan niet mooier!

'Ryan!' roep ik opgewonden. 'Ik herinner me opeens dat ik pas iets over een baan heb gehoord. Het is precies wat jij zoekt. Je hoeft geen diploma's te hebben, als je maar gezond verstand hebt...'

'Wat voor baan?' zegt Jake met een lach. 'Hamburgers bakken?'

'Vermogensbeheer,' zeg ik alsof ik Jakes woorden niet heb gehoord. 'Het is een onderneming die het helemaal heeft gehad met intellectuele betweters. Ze zoeken gewiekste mensen die het echte leven kennen. Nou, dat ben jij ten voeten uit!'

'Vermogensbeheer?' Jake gaapt me perplex aan. 'Wat weet jij nou van vermogensbeheer?'

'Ik hoorde er toevallig over.' Ik wend me tot Ryan. 'Wat vind je ervan?'

'Het is lief dat je meedenkt,' zegt hij zonder zelfs maar naar me op te kijken, 'maar in die branche is de competitie het felst. Geen vermogensbeheerder zal mij een baan geven. Ik heb geen titel, geen ervaring...'

'Dat boeit ze niet. Als ik de naam van het bedrijf achterhaal, kunnen we er meer informatie over opzoeken. Er zal wel een sollicitatieformulier op hun website staan. Ik weet zeker dat je kans zou maken...'

Ryan steekt zijn hand op. 'Fixie, kappen!' zegt hij bijna boos. 'Heb je wel enig idéé hoe heftig de competitie daar is? Afgestudeerde wiskundigen? Slimme jongens die kunnen programmeren en alles?'

'Je snapt het niet!' zeg ik enthousiast. 'Ik hoorde die gast praten. Ik heb het nieuws uit de eerste hand! Ze wíllen geen mensen met tig titels. Hoor eens, ik zoek op hoe dat bedrijf heet, dan kun jij het googelen.'

Ik ren de gang in en graai in mijn tas. Het koffiebekerkartonnetje zit er nog in en het kaartje zit er nog aan bevestigd met mijn haarspeld van Anna's Accessories. Ik loop ermee de keuken in en lees de naam van het bedrijf voor. 'Ethisch Bewust Vermogensbeheer. EBV. Daar heb ik het.' Ik pak mijn laptop, typ de naam in de zoekbalk en even later kijk ik naar een bekend gezicht, omlijst door veertjeshaar. Sebastian Marlowe. Oprichter en CEO.

'Het hoofdkantoor staat in Farringdon.' Ik laat mijn blik over de eerste alinea glijden. 'Vermogensbeheer op ethische grondslag.'

'Wat ís dat in godsnaam?' zegt Jake snuivend. Ik negeer hem.

'Heb je geen behoefte aan iets wat een beetje ethisch verantwoord is, voor de afwisseling?' zeg ik tegen Ryan. 'Maar goed, kijk, dit is de baan!' Ik heb al op het tabblad vacatures geklikt en daar staat het: researchtrainee. 'Solliciteren op deze functie is nog mogelijk,' lees ik hardop voor. 'De geschikte kandidaat zal waarschijnlijk afgestudeerd zijn in bedrijfskunde of financieel management, maar dit is geen vereiste. Relevante ervaring op zakelijk gebied is een pre. Zie je nou wel?'

'Trainee.' Ryan haalt zijn neus op. 'Stagiáír, dus eigenlijk?'

'Het komt wel goed, maat.' Jake lacht blaffend. 'Waar blijft die cappuccino?'

'Het is geen stageplaats,' zeg ik snel. 'Maar ik bedoel, je zult toch werkervaring moeten opdoen?'

'Hoeveel schuift het?' Ryan kijkt met gefronst voorhoofd naar het scherm.

'Maakt dat iets uit?' zeg ik. 'Het is toch een voet tussen de deur? Ik vind het heel spannend klinken!'

Het blijft even stil. Ik hoopte dat Ryan een blije glimlach op zijn gezicht zou krijgen, of dat hij me zelfs een knuffel zou geven, maar hij zit nog steeds met een bedenkelijke uitdrukking op zijn gezicht de functieomschrijving te lezen.

'Kweenie,' zegt hij ten slotte. 'Ik weet het niet. Ik heb een echte baan nodig, geen knullige stageplaats. Ik bedoel, in LA nam ik stagiairs in díénst.'

'Ja, maar...' Ik breek gegeneerd mijn zin af.

Ik wil geen zout in zijn wonden strooien. Hij hoeft er niet op gewezen te worden dat hij nu niemand meer in dienst kan nemen. Ik weet precies hoe dat voelt. Tot ongeveer een maand nadat mijn cateringbedrijf failliet was gegaan, was ik het vergeten als ik wakker werd. Dan drong het weer met een schok tot me door en het was elke keer afschuwelijk.

'Wat is dit?' Ryan pakt nieuwsgierig het koffiebekerkartonnetje en leest wat erop is geschreven. '"Schuldbekentenis. Opeisbaar tot in de eeuwigheid."' Hij kijkt op. 'Wat ís dit?'

'O.' Om de een of andere rare reden bloos ik. 'Niks.'

'Van wie is die handtekening?' Ryan tuurt naar het slordige handschrift.

'Ja, wat is dat?' Jake neemt het kartonnetje van hem over en kijkt er sceptisch naar. 'Wie is jou iets schuldig?'

'Hij,' beken ik schoorvoetend. 'Die vent.'

'Welke vent?'

'De CEO.'

'Híj?' Ryan wijst ongelovig met zijn duim naar Sebastian, die ons nog steeds aankijkt vanaf het scherm. 'Hoezo? Wat is er gebeurd?'

'Ik heb zijn laptop gered.'

'Hoe dan?' Ze kijken me nu allebei verwachtingsvol aan.

'Het stelde niets voor!' probeer ik het af te zwakken. 'Er kwam water naar beneden en ik pakte zijn laptop. Hij zei dat ik zijn hachje had gered. Hij wilde me op een kop koffie trakteren, maar dat wilde ik niet, dus gaf hij me die schuldbekentenis. Maar het is een grapje,' zeg ik met klem. 'Hij meent het niet echt of zo.'

Ryan lijkt niet te luisteren.

'Je hebt zijn hachje gered,' zegt hij langzaam. 'Dus nu is hij je een gunst verschuldigd. Bijvoorbeeld... iemand een baan geven. Een echte baan. Met een echt salaris.'

Ik gaap Ryan aan terwijl het me langzaam begint te dagen wat hij suggereert. Hij bedoelt toch niet... Hij kán toch niet bedoelen...

'Ja!' valt Jake hem geestdriftig bij. 'Doe het!'

'Doe wat?'

'Je gunst opeisen. Ga naar die vent toe. Regel een baan voor Ryan. En zorg dat hij een fatsoenlijk salaris krijgt.'

'Dat kan ik niet maken!' zeg ik geschokt. 'Ik ken hem niet eens! Hij is een wildvreemde! Ik bedoel, ik ben hem vanavond wel tegengekomen, toevallig,' voeg ik er omwille van de volledigheid aan toe, 'maar ik kén hem niet...'

'Het gaat er niet om of je hem kent, het gaat om je rechten. Hij is je iets schuldig!' Jake wijst naar het kartonnetje. 'Het staat hier zwart-op-wit.'

'Maar niet zoiets! Ik heb alleen gezorgd dat zijn laptop niet nat werd. Het stelde niets voor.'

'Dat weet je niet,' gaat Jake er prompt tegenin. 'Je weet niet wat er in die laptop zat. Misschien heb je hem duizenden ponden bespaard.'

'Honderdduizenden,' vult Ryan aan. 'Misschien heb je zonder het te weten zijn hele bedrijf wel gered.'

'Waarschijnlijk wel.' Jake knikt vastberaden. 'Waarschijnlijk heb je hem miljoenen bespaard en hij probeert je af te schepen met een cappuccino? Gierigaard.'

'Hoor eens...' Ik adem diep uit in een poging kalm te blijven. 'Zo was het niet. En ik kan niet zomaar iemands kantoor binnenzeilen en zeggen: "Voor wat hoort wat, dus geef Ryan een baan."' Ik wend me tot Ryan. 'Waarom solliciteer je niet gewoon? Je hebt ontzettend veel ervaring, een fantastisch cv...'

'O, hou op zeg!' valt Ryan uit. 'Ik krijg die baan nooit! Geen schijn van kans. Niemand die mijn cv leest zal denken: ja! Dít is degene die we zoeken voor ons ethische beleggingsgedoe.'

'Misschien wel!'

Ryan schudt zijn hoofd. Dan kijkt hij naar me op en ik zie het verdriet in zijn ogen. Een neerslachtig, vernederd verdriet dat ik herken.

'Ik ga terug naar LA,' zegt hij en hij wendt zich tot Jake. 'Sorry, maat, we zullen onze plannen op de lange baan moeten schuiven.'

'Nee!' zeg ik ontzet. 'Je mag niet teruggaan!'

'Ik heb hier niets.' Ryans toon is neutraal, maar ik hoor een borrelende woede en zelfhaat in zijn stem.

'Dat kan nog komen! Wie weet! Wacht, misschien kan ik...' Ik roep mezelf tot de orde.

'Wat kun je?' Ryan houdt zijn hoofd schuin, plotseling alert.

'Ik...'

O, god, o, gód. Ik neem een slok wijn om tijd te rekken terwijl ik mijn eigen tegenstrijdige gedachteprocessen probeer te volgen. Daarnet leek het nog ondenkbaar, het idee dat ik om een wederdienst zou vragen; dat ik daar echt om zou vragen. Bij de gedachte alleen al kreeg ik de rillingen. Het was onverteerbaar. Het zou inhalig zijn. Gewoon... geen sprake van. Echt niet.

Maar nu worden mijn gedachten naar het andere uiterste geslingerd. Doe ik niet te moeilijk? Misschien heb ik Sebastian echt miljoenen ponden bespaard. Misschien is hij me wel degelijk iets verschuldigd. Iets groots.

Daar komt nog bij dat Ryan een geweldige werknemer zou zijn. Hij is zo slim en ervaren. Hij heeft zoveel meemaakt. Hij verdient een kans en wat hij zegt is waar: misschien zou hij niet door de sollicitatieprocedure komen. Het is daar een jungle. En als ik niets doe, zit hij weer in LA voordat we zelfs maar de kans hebben gekregen om...

Hoe dan ook, Sebastian kan altijd nee zeggen. Die laatste gedachte krikt mijn zelfvertrouwen op. Hij kan altijd nee zeggen.

'Laten we het gewoon proberen,' flap ik eruit en ik neem nog een slok wijn, voordat ik me kan bedenken.

'Jij,' zegt Ryan, 'bent een ster.' Hij leunt naar me toe om me te zoenen op een manier waarvan het me duizelt. 'Een absolute ster, Fixie. Op Fixie.' Hij heft zijn wijnglas en mijn wangen gloeien.

'Wat is er aan de hand?' vraagt Leila, die met Jakes sigaretten de keuken in komt.

'Fixie heeft een baan voor Ryan geregeld!' zegt Jake en dan grinnikt hij naar mij op een gemeende, liefhebbende manier.

'Fixie!' roept Leila uit. 'Je bent geniaal!'

'Ja, hè?' zegt Ryan met zijn arm om mijn schouders.

Ik koester me in al die waardering, warm en stralend. Het is zo'n zeldzaamheid. Het is zo héérlijk. Ryan leunt naar voren om me nog eens te zoenen... en zijn hand kruipt langs mijn dij omhoog... en als ik nog twijfels had, zijn die nu van de baan. Ik regel een baan voor Ryan, dan is hij gek op me, Jake zal onder de indruk zijn... Iedereen blij!

Nadat ik de keuken aan kant heb gemaakt, kijken we nog een tijdje tv, maar ik kan mijn hoofd er niet bij houden. Ik ben me te sterk bewust van Ryan naast me op de bank, zijn dij die langs de mijne strijkt, zijn arm om mijn schouders. Zouden we echt weer een stel kunnen zijn? Officieel?

'Oké, wij gaan,' zegt Jake zodra het programma is afgelopen en Leila staat prompt op. 'Ga je mee, Ryan?'

'Nog niet.' Ryan geeft een onzichtbaar kneepje in mijn arm. 'Ik blijf nog even. Dat mag toch wel, hè, Fixie?'

'Ja hoor,' zeg ik een tikje schor. 'Ja. Waarom niet?'

Ik weet niet hoe ik zo kalm kan klinken terwijl mijn hoofd gilt: hij blijft! Het gaat echt gebeuren!

Moet ik nog snel even douchen?

Nee. Wijk níét van zijn zijde.

O, god, het is meer dan een jaar geleden. Weet ik nog wel wat ik doe?

'Ook goed.' Jake trekt zijn wenkbrauwen naar ons op en Leila komt naar me toe om me een afscheidszoen te geven. Ze kijkt van Ryan naar mij en ik zie haar ogen opgetogen glinsteren.

'Fixie, je ziet er heel mooi uit,' fluistert ze in mijn oor, 'maar laat me even snel... Je scheiding...' Ik voel haar aan mijn haar trekken. Bijna op hetzelfde moment heeft ze haar lipgloss erbij gehaald en smeert ze die op mijn lippen. Geeft ze me nou een touch-up?

'Dank je, Leila.' Ik moet wel glimlachen en ze knijpt verwoed in mijn hand, alsof ze me succes wil wensen.

En dan zijn ze weg en zijn we alleen. Eindelijk. Een ademloze seconde is het stil... en dan leunt Ryan naar me toe om me echt te zoenen, diep, met zijn hand om mijn achterhoofd. Ik voel mijn hele lichaam reageren. Ontwaken. God, wat heb ik hem gemist.

Ik had niet door hoe wanhopig ik was. Twee traantjes ontsnappen uit mijn ooghoeken en ik knipper ze snel weg, want Ryan mag niet denken dat ik het allemaal te serieus neem of zo. Want dat is niet zo. Ik dacht alleen dat dit er misschien niet meer van zou komen. Nooit meer.

Ik snak telkens naar adem, want hij is nog opwindender dan hij al was. Hij is zo gespierd. Zijn biceps zijn wel twee keer zo groot als een jaar geleden. Ik strijk met mijn hand over zijn brede, granietharde borst en word overspoeld door een begeerte die zo sterk is dat ik bijna geen lucht meer krijg, maar op de een of andere manier kan ik toch mompelen: 'Zullen we naar boven gaan?' en hij knikt en loodst me de kamer uit.

'Hoe groot is je bed?' vraagt hij plagerig op de trap en ik besef dat hij nog nooit in mijn slaapkamer is geweest. Vorig jaar zat hij in de flat van een filmvriendje van hem in Canary Wharf. Daar brachten we al onze tijd door, in het weelderige, extra brede bed.

Tja, het mijne is niet superbreed, maar ik heb gisteren tenminste de lakens verschoond.

'Groot genoeg.' Ik trek hem glimlachend de kamer in en we laten ons op mijn bed vallen. We rollen zoenend heen en weer, Ryan knoopt mijn topje open en ik probeer tegelijkertijd zijn overhemd uit te doen. Onze vingers haken telkens in elkaar en ten slotte krijg ik een giechelbui.

'Oké' zegt Ryan, die rechtop gaat zitten en me quasistreng aankijkt. 'Genoeg. Eén tegelijk.'

Hij trekt zijn overhemd uit en ik hap naar adem bij het zien van zijn gespierde, gebruinde bovenlichaam. Hij ziet er fénomenáál uit. Ik zie dat hij zichzelf in de spiegel tegenover het bed inspecteert en zeg vol bewondering: 'Je hebt getraind.'

'Ja.' Hij knikt bevestigend. 'Ik druk nu elke dag honderd kilo.'

'Goh,' zeg ik. Ik hoop maar dat ik geïmponeerd genoeg klink. 'Ongelooflijk!'

Ik weet niets over bankdrukken, maar het klinkt gigantisch veel. Ik heb ook gewichtjes, maar die zijn maar vijf kilo per stuk. Hoe kan hij die honderd kilo zelfs maar omhoogkrijgen? Krijgt hij hulp? Net als ik wil vragen of hij hulp krijgt, besef ik dat het misschien niet zo'n gepaste vraag is.

'Ongelooflijk!' zeg ik dus nog maar eens. 'Je ziet er zo lekker uit.'

'Jij nog lekkerder,' zegt Ryan terwijl hij langzaam mijn topje uittrekt. 'God, wat heb ik je gemist, Fixie. Je had met me mee moeten komen naar LA. Misschien was het dan allemaal anders gelopen.'

Ik knipper perplex met mijn ogen. Ik had mee moeten komen naar LA? Hij heeft het me nooit gevraagd. Ik had er geen seconde over getwijfeld.

'Ik herinner me niet dat je me hebt uitgenodigd,' zeg ik, maar ik zorg wel dat het luchtig klinkt, alsof het een grapje is.

'Ik had je nooit moeten laten gaan.' Hij schudt zijn hoofd. 'Dat was mijn grote vergissing. We waren een goed stel, jij en ik.' Zijn handen strelen me teder. 'We zijn gewoon goed samen, begrijp je wat ik bedoel?'

Ja! wil ik uitroepen. Ik begrijp wat je bedoelt! Natuurlijk begrijp ik dat!

Maar gelukkig ben ik ook weer niet zo wanhopig. Nét niet.

'Nou, we zijn nu samen,' zeg ik hees. 'Laten we gewoon genieten van... het moment.'

Ik trek hem speels achterover op het bed. En hij wil me zoenen, maar dan stopt hij.

'Wat is dat?' vraagt hij verwonderd terwijl hij over mijn schouder kijkt. Ik volg zijn blik en verstijf van afgrijzen. Shit. Hoe heb ik zo stom kunnen zijn?

Wat het met slaapkamers is, is dat je eraan gewend raakt. Je raakt gewend aan je verschoten lampenkap, de krakende deur van je kast en de stapel boeken in de hoek. Je ziet het allemaal niet meer. En wat je ook niet meer ziet, is die stapel jeugdherinneringen in de erker, met als kers op de taart een ingelijste foto van... raad eens?

'Ben ík dat?' Ryan leunt gefascineerd naar voren en pakt de foto.

'O, dat!' Ik probeer nonchalant te lachen. 'Ja, ik geloof het wel! Ik heb al die oude dingen van school nog...'

Ik verwacht dat hij er iets van zal zeggen dat ik een ingelijste foto van hem heb, maar dat doet hij niet; hij kijkt er zwijgend naar. Het is een foto die ik van Jake en hem heb gemaakt, waarop ze tegen het hek van de school geleund staan. (Ik heb Jake eraf geknipt.) Ryan glimlacht. Zijn das zit scheef en hij heeft zijn mouwen opgestroopt. Zijn haar glanst. Hij ziet er prachtig uit. Perfect.

'Ik had toen totaal geen definitie,' zegt hij ten slotte afkeurend. 'Ik was een schriel ventje.'

'Je was mooi,' spreek ik hem tegen. Ik aai hem over zijn rug, maar hij lijkt het niet te merken. Hij reikt naar een oude dvd waarop staat: JAKES PARKPICKNICK.

O, gód.

'Is dat onze Parkpicknick?' vraagt hij ongelovig terwijl hij de dvd uit het doosje haalt. 'Is dit een video?'

'Eh... ja,' beken ik. 'Ik heb de voetbalwedstrijd en zo gefilmd.'

De Parkpicknick is een traditie van onze school. Alle eindexamenkandidaten gaan na de laatste schooldag naar het park en er wordt een voetbalwedstrijd gehouden en ze drinken allemaal bier en maken er een zootje van en dan schrijven omwonenden naar de plaatselijke krant dat het een schande is. Ik had er niet eens bij mogen zijn, maar ik was samen met Hannah het park in geglipt om het te filmen. Nou ja, ik heb vooral Ryan gefilmd. Ik wist niet of ik hem ooit nog zou zien.

'De voetbalwedstrijd.' Zijn ogen lichten op. 'Die herinner ik me nog wel. Laten we hem kijken.'

Het dringt niet meteen tot me door, maar hij kijkt echt naar mijn tv. Bedoelt hij nu meteen? Maakt hij een grap?

Nee. Daar lijkt het niet op.

Tja, we kunnen de seks wel even uitstellen. Ik ben niet bepaald wanhopig. (Dat ben ik wél. Ik ben écht wanhopig.)

Ik zet de dvd op, we wachten een paar tellen zwijgend... en dan kijken we opeens naar een zonnige dag, veertien jaar geleden. Overal in het park hangen schoolverlaters op het gras. Ze drinken bier en voetballen. Sommige jongens met ontbloot bovenlijf, zoals Ryan, die met een biertje in zijn hand voetbalt, lachend, grappen makend en precies zoals hij is: de stoerste jongen van de school.

Ik herinner me hoe ik hem filmde, hoe ik met mijn videocamera, die ik van mam had geleend, naar het voetbalveld sloop. En hoe ik er later naar keek, telkens weer.

'O, Fixie,' zegt Ryan met een plotselinge, diepe zucht. 'Hoe zijn we hier beland?'

Ik kijk hem aan en de moed zakt me enigszins in de schoenen. Zijn voorhoofd is gefronst en ik herken dat sombere gezicht van dronken avondjes uit met Jake. Het is die waarom-ben-ik-zo-ellendig-oudblik, die al snel wordt gevolgd door de wat-is-er-met-mijn-leven-gebeurdklaagzang.

Ik bedoel, eerlijk is eerlijk, ik denk die dingen ook; dat doet iedereen. Maar we zijn niet naar boven gegaan om ons te bezinnen op hoe rot het leven is, we zijn naar boven gegaan om seks te hebben.

'Ik ben blij dat we hier zijn,' zeg ik bemoedigend. 'We zijn samen... jij krijgt een fantastische baan... het komt allemaal op zijn pootjes terecht.'

'Denk je?' Hij wendt zijn blik niet af van het scherm; van zijn jonge, soepele, zorgeloze zelf.

'Natuurlijk! Jij bent Ryan Chalker!' zeg ik in een poging hem te overtuigen. 'Weet je, de náám Ryan Chalker was al genoeg om me kippenvel te bezorgen. Als ik je op school door de gang zag lopen, viel ik bijna flauw. En ik was de enige niet. Alle meiden op school waren gek op je. Alle ménsen op school. Je moet toch weten dat iedereen op je viel, zelfs de docenten.'

Ryans gezicht heeft zich ontspannen toen ik aan het woord was en zijn hand dwaalt weer naar mijn dij.

'Wat vond je dan van me?' vraagt hij dromerig. 'Ik bedoel, wat vond je zo leuk aan me?'

'O, god, alles! Je haar bijvoorbeeld, en je lach, en je was zo fit...'

'Niet zo fit als nu. Ik trainde toen nog niet eens.' Hij begint me weer te zoenen, nu doelbewuster, en dan fluistert hij in mijn oor: 'Wat nog meer?'

'Ik vond je net een popster. Ik dacht dat ik dóód zou gaan als je me mee uit zou vragen,' zeg ik eerlijk en Ryan lacht zacht.

'Wat nog meer?' vraagt hij terwijl hij me naar zich toe trekt.

Dit windt hem op, dringt het tot me door. Oké, snel, zeg nog iets.

'Ik dacht altijd: o, mijn god, daar loopt Ryan, de sexyste jongen van de school! En ik wilde niets liever dan je zoenen, maar je zag me niet eens staan want jij was, nou ja, Ryan de Seksgod.'

'Wat nog meer?' Hij begint sneller te ademen. Hij trekt mijn ondergoed uit. Ik merk dat het menens wordt.

'Als jij in de buurt was, hees ik mijn rok altijd wat hoger op,' improviseer ik gehaast. 'En ik keek naar je als je basketbalde en... eh... je was zo'n stuk dat ik wilde dat je met míj dribbelde, niet met de bal...'

Nee, wacht. Wat zeg ik nou? Dit is gebazel. Maar Ryan lijkt het niet erg te vinden.

'Wat nog meer?' hijgt hij terwijl hij bij me binnendringt.

Oké, dit is niet te doen, sexy dingen verzinnen om te zeggen nu Ryan ritmisch in me stoot. Mijn geest wil niet werken, maar zich overgeven aan de beleving. Toch moet ik blijven praten.

'Die keer dat we met zijn allen naar het strand gingen,' pers ik eruit, 'toen zag je er zo lekker uit, iedereen had zin in je...'

'Wat nog meer?'

'Je was zo sexy... Alles aan je was geweldig...' Mijn hoofd is leeg. 'Eh... je had echt een gave zonnebril...'

'En mijn auto?' hijgt hij met een verwrongen gezicht.

'Ja!' roep ik uit, dankbaar voor het idee. 'Je auto! Natuurlijk. Je auto was geweldig. Hij was zo geil en gestroomlijnd en... en lang. En geil,' herhaal ik om het af te maken. 'En... en hard...' Ik pijnig mijn hersenen op zoek naar nog een goed woord. 'En hij pompte,' valt me plotseling in. 'Het was zo'n... pompende auto.'

'O, mijn gód!' Ryan explodeert brullend en laat zich als een zak aardappelen op me vallen.

Ik durf me voor mijn gevoel zeker een halfuur niet te bewegen.

'Tering,' zegt Ryan ten slotte en hij rolt zich slap van me af.

'Ja,' zeg ik zwakjes, want ik ben er vrij zeker van dat ik het ermee eens ben, wat hij ook maar bedoelde.

We zwijgen allebei even. Ryan staart naar het plafond en dan zucht hij opeens.

'Je bent goed voor me, Fixie,' zegt hij. 'Heb ik dat al eens tegen je gezegd?'

'Ja.' Ik kan een glimlach niet onderdrukken. 'Een paar keer.'

'Er is te veel bullshit in mijn leven. Jij moet me door de gekte heen zien te loodsen.' Hij draait zijn hoofd om me recht aan te kijken. 'Dat is wat ik nodig heb. Jou.'

Zijn blauwe ogen zijn kwetsbaar. Zijn gezicht staat ernstig. Hij speelt liefdevol met een lok van mijn haar. En ik smelt weer helemaal, want Ryan heeft me nodig. Geen meid in LA met een perfect figuur, nee, míj.

'Het leven valt niet mee,' zeg ik zoekend naar iets betekenisvols om te zeggen. 'Maar samen kunnen we ons erdoorheen slaan.'

'Amen,' zegt Ryan.

Hij leunt op zijn elleboog om me een zoen op mijn neus te geven, staat op, wikkelt een handdoek om zich heen en loopt naar onze badkamer, terwijl ik nog een beetje verdoofd op het bed blijf liggen.

Het is gebeurd! We hebben seks gehad. We zijn samen! (Denk ik.) Ik ben goed voor hem. En hij is onmiskenbaar goed voor mij.

Oké. Nu alleen nog samen blíjven.

En ja, ik weet dat ik te veel nadenk. Ik zou van het moment moeten genieten. Ik zou moeten relaxen en genieten van het feit dat Ryan en ik weer bij elkaar zijn. Niet meer en niet minder.

Maar ik ben ik. Ik ben Fixie. Ik kan er niets aan doen: in gedachten snel ik vooruit.

Ik kan hem niet nog eens kwijtraken, zoals de vorige keer. Hij moet in Londen blijven. We moeten tijd samen doorbrengen. We moeten een kans hebben om elkaar te ontdekken, een band te krijgen, met elkaar om te gaan, een echt stel te worden. Maar hij blijft niet, tenzij ik die baan voor hem regel. Daar hangt al het andere van af. Alles.

En terwijl ik lig te luisteren naar Ryan onder onze douche met kuren, begin ik me ernstig zorgen te maken. Ik kan niet geloven dat mijn hele toekomstige geluk afhangt van een op een koffiebekerkartonnetje gekrabbelde toezegging.

Stel dat het niet lukt? Stel dat de vacature al is vervuld?

Of stel dat Sebastian zegt dat het kartonnetje maar een grapje was en dat hij het niet echt meende?

Hij heeft zijn aanbod vanavond nog herhaald, wijs ik mezelf terecht. En zo te zien maakte hij geen grapje. Maar als het nou wel een grapje was? Als hij nou eens een gortdroog gevoel voor humor heeft?

Of als hij zegt dat dat kartonnetje geen grapje was, dat hij het echt meende en dat de baan er nog is… maar dat hij toch nee zegt?

Tja. Dan zal ik hem moeten overhalen. Meer niet.

9

Ik sta niet vaak te trillen op mijn benen. Niet letterlijk, bedoel ik dan. Maar wanneer ik Clerkenwell Road insla, voelt het alsof ze het opeens kunnen begeven en ik op de stoep kom te zitten.

Ik heb kleren aan die me geschikt leken voor een gesprek met een vermogensbeheerder: een kokerrok en blouse met daaroverheen een trenchcoat die ik van Nicole heb geleend, uit haar korte periode als personal assistent in de financiële wereld. Het is allemaal te warm voor dit zomerweer, maar het voelt goed. Mijn hoge hakken knellen bij mijn tenen. En terwijl ik over de straat tik, voel ik me onwezenlijk. Doe ik dit echt? Ga ik een baan opeisen die tienduizenden ponden waard is, op basis van een krabbel op een koffiebekerkartonnetje?

EBV zit sinds twee jaar in deze straat. Daarvoor zat het om de hoek. En daarvoor in Sebastian Marlowes flat in Islington, waar hij elke vrijdagavond pasta maakte voor zijn team. Dat heb ik in een artikel in *MoneyWeek* gelezen.

Ik heb trouwens veel over het bedrijf gelezen. Ik heb uitgezocht wat EBV precies doet (in ondernemingen en fondsen investeren voor institutionele beleggers en particulieren). Ik weet wat de doelstelling is ('cliënten helpen een portefeuille op te bouwen die aan hoge ethische, maatschappelijke en ecologische normen voldoet'). Ik heb opgezocht wat Sebastian Marlowe doet (het bedrijf runnen, in feite).

Toen ik dat allemaal aan de weet was gekomen, heb ik Sebastian Marlowe in een opwelling op YouTube opgezocht en wat ik daar aantrof, was niet wat ik had verwacht. Alhoewel, ik weet niet wat ik verwachtte, maar geen video-opname waarin hij op een grote aandeelhoudersvergadering de raad van bestuur de les leest over de directiesalarissen.

De titel van het filmpje was: Sebastian Marlowe pakt RVB Roffey Read aan. Hij stond daar met een microfoon in zijn hand en met zijn om zijn gezicht fladderend veertjeshaar te verklaren hoe oneerlijk het was dat sir Keith Barowdine 8,9 miljoen pond per jaar in zijn zak stak, terwijl zijn laagstbetaalde arbeiders zich moesten behelpen met het minimumloon. Vervolgens vertelde hij dat deze eens zo nobele onderneming vroeger huizen had gebouwd voor de arbeiders en zich verantwoordelijk had gevoeld voor de kwaliteit van hun leven. Waren er nu nog leden van de raad van bestuur die ook maar enig idee hadden waar hun laagstbetaalde arbeiders woonden? (Daar kreeg hij een applausje voor.) Daarna vroeg hij of het toeval kon zijn dat zoveel van de laagstbetaalde arbeiders vrouw waren. Toen zei hij dat hij sprak namens een groot aantal investeerders die er net zo over dachten, dat de raad van bestuur krampachtig vasthield aan oude, ongezonde gewoontes en dat ze moesten oppassen.

Ik bedoel, petje af.

Ik zocht verder op YouTube en vond een paar filmpjes waarin hij vergelijkbare uitspraken deed op andere vergaderingen. Uiteindelijk kwam ik uit bij een artikel in de *Financial Times* dat vooral ging over hoe hij zijn bedrijf was begonnen.

Er stond dat hij zijn ouders op jonge leeftijd had verloren. Zijn vader toen hij tien was, zijn moeder toen hij achttien was en twee jaar geleden was zijn oudere broer James met zijn motor verongelukt. Maar hij had zich niet laten ontmoedigen door die persoonlijke tragedies, stond er, ze hadden hem juist levenslust en rechtvaardigheidsgevoel bijgebracht. Zijn collega's omschreven hem als opgewekt, evenwichtig en begaan en er stond zelfs een foto van hem bij het artikel met het bijschrift: De kruisvaarder van Clerkenwell.

Ik zou me er beter door moeten voelen, want hij is duidelijk een goed mens, maar gek genoeg voel ik me juist slechter, want ik kom hem een baan ontfutselen. Oké, niet echt ontfutselen, maar zo voelt het wel een beetje. Een beetje geniepig. Inhalig.

Of… toch niet?

Sinds ik heb besloten ervoor te gaan, vier dagen geleden, word ik heen en weer geslingerd. Wees rechtvaardig, denk ik telkens. Dat is het motto waarnaar ik probeer te leven. Maar wat is rechtvaardig? Het ene moment denk ik dat ik rechtvaardig bén. Ik sta volkomen in mijn recht. Hij is me iets schuldig. Het andere moment denk ik: o, mijn god, waar ben ik mee bezig? Ik red zijn laptop en in ruil daarvoor moet hij mijn vriendje een baan geven? Ik bedoel, is dat rechtvaardig?

Maar hij stond er toch op dat hij iets terug wilde doen?

En misschien heb ik hem echt wel miljoenen ponden bespaard.

Nou ja, het zal allemaal wel. Ik doe het. Ik heb over vijf minuten een afspraak. En de gedachte die me op de been houdt is: Ryan heeft dit nodig. Wat betekent dat ik het ook nodig heb.

Ryan wacht in een Starbucks om de hoek op me. Voordat ik ging, sloeg hij zijn armen om me heen en zei: 'Hier begint het allemaal. Een compleet nieuwe start. Duimen maar, hè, Fixie?'

'Duimen maar.' Ik knikte, ademloos van de zenuwen.

Toen glimlachte hij en zei: 'Ik weet dat je het kunt.'

Zijn blauwe ogen keken in de mijne op een manier waar ik jaren van heb gedroomd. Ik reageerde niet overdreven, ik glimlachte gewoon en zei: 'Laten we het hopen!' Maar vanbinnen voelde ik een explosie van liefde. Na al mijn gesmacht was Ryan nu mijn vriend. En hij vertrouwde op mij. Al die dingen waarnaar ik zo wanhopig had verlangd.

Onder het lopen kijk ik langs de kantoren omhoog en neem in gedachten de afgelopen dagen door. Ik heb Ryan elke dag gezien, bij ons thuis, en er is echt iets veranderd tussen ons, in positieve zin. De chemie tussen ons. Onze band. Hij neemt me in vertrouwen. Vraagt me om raad. Hij komt altijd vanzelf naar me toe en dan slaat hij een arm om mijn schouders of trekt me op schoot. Het voelt alsof we nog nooit zo hecht zijn geweest.

De vraag die echter aanhoudend door mijn hoofd speelt is: hebben we een toekomst samen? En het antwoord bevindt zich hier, in het kantoor van Sebastian Marlowe.

Ik duw de buitendeur open, neem de trap naar de eerste verdieping en daar is het dan. Ik sta voor een receptiebalie met EBV in groene letters op een witte ondergrond. Ik zie een kantoortuin waar mensen achter computers zitten en ik hoor het geroezemoes van stemmen vanachter een deur. De receptioniste is een moederlijke vrouw van middelbare leeftijd en ze glimlacht warm en vriendelijk naar me.

'Hallo,' begin ik zo zelfverzekerd als ik kan. 'Ik ben Fixie Farr. Ik heb een afspraak met Sebastian Marlowe.'

'Maar natuurlijk,' zegt ze. 'Hij verwacht je. Heb je trek in een kop koffie?'

'Ja, graag. Dat lijkt me lekker.'

Ik verwacht dat ik naar een zitje zal worden gedirigeerd, maar dan vliegt er een deur recht tegenover me open en daar is hij al. Langer dan in mijn herinnering. Veertjeshaar dat glanst in een bundeltje zonlicht. Twinkelende bosogen. Een open, vriendelijke glimlach.

'Hallo,' zegt hij. 'Je bent gekomen.'

'Ja.' Onwillekeurig glimlach ik terug.

'Nou, kom binnen!' Hij gebaart naar zijn deur en ik loop achter hem aan een kamer in waarin ik me meteen ontspannen voel. Ik weet niet of het door de kleurige moderne kunst komt of door de doorleefde leren bank, maar het voelt menselijk, ondanks de drie computers. Er staat een boekenkast tegen de muur, er zijn een paar planten en er ligt een versleten antiek kleed. Het kantoor doet huiselijk aan.

'Ik zal koffie voor ons halen,' zegt Sebastian. 'Wil je koffie?' Hij kijkt peinzend. 'Misschien hebben we ook kruidenthee...'

'Koffie is prima,' zeg ik. 'Maar je receptioniste heeft me al koffie aangeboden...'

'Ongetwijfeld.' Weer die vriendelijke glimlach. 'Maar ze heeft haar enkel verstuikt en ze moet rustig aan doen, niet dat ze ooit luistert. Een momentje, alsjeblieft.'

'Natuurlijk.'

Hij beent de kamer uit en ik drentel naar de boekenkast. Die heeft veel karakter, net als de rest van de kamer. Er staan boeken in over bedrijfskunde, maar ook romans en etnisch ogende sculpturen. De bovenste plank is leeg, op twee moderne vazen na, en terwijl ik die bekijk, word ik beslopen door een vertrouwd gevoel. De linker staat een beetje scheef en mijn handen jeuken om hem recht te zetten.

Het zijn mijn zaken niet, zeg ik streng tegen mezelf. Niet mijn vazen. Niet mijn probleem. Ik wend mijn blik af.

O, god. Ik kan mijn ogen er niet van afhouden. Mijn vingers zijn weer met dat getrommel begonnen. Hoe kun je leven met vazen die scheef staan? Ziet hij het niet? Ergert hij zich er niet aan? Terwijl ik naar de vaas in kwestie kijk, beginnen mijn voeten aan hun pasje: voor-gekruist-achter, voor-gekruist-achter. Het is zo makkelijk op te lossen. Het is zó gepiept. Eigenlijk...

Ik trek het niet meer. Ik móét die vaas recht zetten. Ik stap naar voren, steek een hand uit en net als ik de vaas op zijn plek schuif, hoor ik Sebastians stem achter me.

'Geen mens heeft die vazen aangeraakt sinds mijn oma ze daar heeft neergezet, vlak voor haar overlijden.'

Wat? Wát?

Ik draai me als door een adder gebeten om, vol ontzetting, en zie Sebastian met twee koppen koffie achter me staan.

'O, mijn god. Sebastian, het spijt me ontzettend!' ratel ik. 'Ik had nooit... Alleen, die vaas stond scheef. Ik werd er gek van en ik kon me niet inhouden. Dat is mijn valkuil,' voeg ik er beschaamd aan toe. 'Ik moet altijd dingen fiksen en dan maak ik het juist erger, maar...'

'Misschien maakte ik maar een grapje,' kapt hij mijn woordenstroom af. 'Dat is mijn valkuil: ik vind het leuk om mensen te stangen. Sorry. En zeg maar Seb, trouwens.' Hij grinnikt ondeugend naar me en ik moet wel lachen, al bonst mijn hart nog van de paniek. Stel dat het waar was geweest, van die oma?

Of stel dat het de ás van zijn oma was geweest? Bij die afschrikwekkende gedachte krimp ik in elkaar. Stel dat ik als volkomen vreemde in zijn kantoor aan een gedenkteken voor een dierbaar familielid had gezeten?

'Je ziet er zorgelijk uit,' zegt Seb, die me belangstellend opneemt.

'Ik dacht alleen ineens, stel dat het de as van je oma was geweest?' flap ik er per ongeluk uit.

'Aha.' Hij knikt. 'Ja, dat was gênant geweest. Gelukkig staat de as van mijn oma veilig in een urn op de begraafplaats.'

Nu zou ik moeten gaan zitten, maar op de een of andere manier kan ik niet ophouden met praten. Ik weet niet wat me mankeert.

'We hebben de as van mijn vader uitgestrooid in zee,' zeg ik zonder erbij na te denken. 'Het was een ramp. We strooiden richting de golven, maar er was zoveel wind dat de as in ons gezicht waaide, en mam sloeg ernaar en zei: "De zee in, Mike, tegendraadse vent, je weet dat je dat wilde," en toen kwam er een hond aangerend...' Ik breek mijn zin af. 'Sorry. Niet relevant.'

Zijn ouders én zijn broer zijn overleden, besef ik plotseling vol afgrijzen, en ik sta hier over as te bazelen. Kop dicht, Fixie.

'Hmm,' zegt Seb na een korte stilte. 'Zullen we dan maar?'

'Ja! Sorry. Laten we... ja.'

Waarom moest ik zo nodig aan die vaas zitten? denk ik terwijl hij me een stoel wijst. Ik ben woest op mezelf. Leer ik het dan nooit? Kan ik dan niet veranderen?

Jawel, neem ik me voor. Ik kan wél veranderen. En dat zal ik doen ook. De volgende keer dat ik me aan iets erger, laat ik het zo, tenzij het superbelangrijk en cruciaal is. Ik blijf ervan áf.

'Maar nu moet ik wel weten...' voegt Seb eraan toe terwijl hij gaat zitten. 'Hoe het afliep met die hond.'

'Dat wil je niet weten.' Ik rol veelzeggend met mijn ogen en hij schiet in de lach, die open, jongensachtige lach die ik me uit de koffietent herinner. Dan wordt het stil en hij kijkt me verwachtingsvol aan.

Het is tijd om te zeggen waarvoor ik kom, maar ik ben nog steeds van slag. Ik moet mezelf bij elkaar rapen.

'Leuke ruimte,' zeg ik.

'Dank je,' zegt hij. 'Dat vind ik fijn om te horen.'

'Sommige kantoren lijken te zeggen: "Wees bang,"' wauwel ik wanhopig door, 'maar dit lijkt te zeggen...' Ik kijk zoekend naar inspiratie om me heen. 'Dit zegt: "Ga ervoor, het wordt fantastisch."'

'Ha!' Seb lijkt verrukt door mijn analyse. 'Die is goed.'

Ik neem een slokje koffie om tijd te rekken, Seb ook, en er hangt een afwachtende stilte.

Kom op, Fixie. Zeg het. Zeg het dan gewoon.

'Dus, nou ja, ik kom om een gunst vragen,' zeg ik zo luchtig als ik maar kan.

'Goed zo!' Hij lijkt echt blij te zijn. 'Dat hoopte ik al.'

Ik ontspan een klein beetje. Hij is het dus niet vergeten. En hij lijkt niet beledigd. Anderzijds heeft hij nog niet gehoord wat ik van hem wil.

'Oké. Dus.' Ik neem nog een slok koffie om tijd te rekken. 'Om te beginnen... moet ik je iets vragen. Meende je het echt?'

'Natuurlijk meende ik het!' zegt hij verbaasd. 'Het was een welgemeend aanbod. Ik sta bij je in het krijt en voor zover ik dat kan, wil ik je voor je goede daad belonen. Heb je het kartonnetje nog?' Zijn mondhoeken krullen opeens op in een glimlach.

'Natuurlijk!' Ik pak hem uit mijn tas. 'Kijk maar.'

Hij steekt zijn hand uit, neemt het kartonnetje van me aan en inspecteert het quasiserieus. 'Ja,' zegt hij uiteindelijk. 'Hierbij verklaar ik dat het handschrift op dit kartonnetje authentiek is.' Hij schuift het kartonnetje terug over het bureau en kijkt me recht aan. 'Dus, wat kan ik voor je doen?' Dan lichten zijn ogen plotseling op. 'Wil je het investeringsadvies dat ik je heb aangeboden? Want...'

'Nee. Iets anders.' Mijn maag speelt op, maar ik moet doorzetten. 'Iets...' Ik slik. 'Van een andere orde.'

O, god, kom op. Zeg het.

'Natuurlijk. Je zegt het maar. Wat is het? Bij nader inzien toch maar een chocolademuffin?' Hij lacht weer.

'Nee, geen chocolademuffin,' zeg ik. Ik druk mijn nagels in mijn handpalmen om mezelf aan te sporen het te zeggen. 'Geen chocolademuffin.' Ik dwing mezelf hem aan te kijken. 'Een baan.'

'Een báán?' Ik zie hem schrikken, maar hij trekt zijn gezicht weer in de plooi. 'Sorry,' vervolgt hij snel als hij me ziet kijken. 'Ik wil niet klinken alsof... Ik had gewoon niet gedacht... Een baan. Wauw. Oké.'

Terwijl hij praat, zie ik de radertjes in zijn hoofd malen. Ik zie de tandwieltjes draaien. Ik hoef niet te zeggen: maakt niet uit wat, dat heb je zelf gezegd. Daar wijst hij zichzelf al op.

'Ik weet dat het veelgevraagd is,' zeg ik snel. 'Ik bedoel, het is echt veel. Maar ik dacht... misschien kunnen we elkaar helpen? Ik ving je telefoongesprek op in de koffietent. Je zei dat je de juiste persoon niet kon vinden voor een startersfunctie. Je zocht een dynamische persoonlijkheid, iemand die in het leven stond, die het niet erg vond om aan te pakken, die wilde leren, géén een doorsnee academicus... iemand die anders was.'

Terwijl ik praat, zie ik de argwaan op zijn gezicht omslaan in geestdrift. Hij leunt naar voren en kijkt naar me alsof hij me nu pas echt ziet.

'Ja,' zegt hij nadrukkelijk als ik ben uitgepraat. 'Ja. Ja! En sorry dat ik zo reageerde, wat bezielde me? Je zou perfect bij ons passen! Ik heb al gezien hoe jij op een crisis reageert. Ik heb gezien hoe snel je bent, wat een vooruitziende blik je hebt. Je bent pienter, je bent positief, je bent eerlijk...' Zijn blik flitst naar de vazen en dan kijkt hij plagerig naar mij. 'Je hebt duidelijk veel aandacht voor details... Het komt erop neer dat ik zonder verdere omhaal kan zeggen dat we je heel graag in het team willen hebben. We moeten het nog over het salaris hebben, natuurlijk…'

Ik loop rood aan. Shit. Shít. Ik moet dit een halt toeroepen.

'Wacht even!' kap ik zijn enthousiaste woordenvloed af. 'Nee! Dat is niet… Het spijt me, ik had… Je begrijpt me verkeerd.' Ik wrijf gegeneerd over mijn gezicht. 'Sorry, stom van me. Ik dacht dat ik had gezegd…'

'Dat je wat had gezegd?'

'Dat het niet voor mezelf was. Die baan, bedoel ik.'

'Niet voor jezelf?' herhaalt hij niet-begrijpend. 'Maar…'

'Ik vraag het voor iemand anders. Een… een kennis.' Ik schraap mijn keel en probeer zelfverzekerd te klinken. 'Ik draag de gunst aan iemand anders over.'

Het licht in zijn ogen is gedoofd. Hij is even stil en zegt dan: 'Maar ik wilde jóú belonen, niet iemand anders.'

'Je beloont mij er ook mee! Echt. Ik wil die persoon heel graag een dienst bewijzen.'

Zijn blik glijdt naar het kartonnetje op het bureau en weer zie ik hem diep nadenken. 'Is ons contract wel overdraagbaar?' vraagt hij omzichtig.

'Waarom niet?' zeg ik stoer, want ik had al voorzien dat hij dat zou kunnen zeggen. 'Alle soorten schulden zijn overdraagbaar. Er is tenslotte een markt voor.'

'Maar dan nog,' zegt hij wrang. 'Dat is niet per se iets positiefs.'

'Nou, hoe dan ook. Dat is… dat is wat ik graag zou willen. Alsjeblieft.'

Het blijft stil. Sebs ogen zijn een paar tinten donkerder geworden. Hij pakt een nietmachine en begint ermee te spelen, alsof hij probeert zijn beslissing uit te stellen.

'Je wilt dat ik een wildvreemde een baan geef,' zegt hij uiteindelijk.

'Ik ben ook een wildvreemde,' breng ik ertegenin. 'En daarnet wilde je mij ook aannemen, toch?'

'Jij bent geen wildvreemde! Althans...' Hij breekt zijn zin af alsof hij zijn eigen gedachten niet kan volgen en opeens vraag ik me af of hij zich net zo voelt als ik toen in de koffietent. Ik hoorde hem telefoneren en dacht: ik begrijp jou. Misschien denkt hij dat ook over mij.

Ik bedoel, dat heb je met sommige mensen. Het klikt meteen. Terwijl je bij andere mensen jaren kunt blijven zwoegen, maar ze nooit zult begrijpen, in geen miljoen jaar. (Oom Ned.)

'Dus, wie is het?' Ik zie dat Seb zijn best doet om positief te zijn en ervoor open te staan. 'Heeft ze investeringservaring?'

'Het is geen zij, het is een hij.'

'Aha.' Sebs gezichtsuitdrukking verandert weer, vrijwel onmerkbaar. 'En... heeft hij ervaring?'

'Nee, maar daar ging het toch ook niet om? Je zei dat je iemand met levenservaring zocht. Nou, die heeft Ryan meer dan wie ook! Hij heeft zijn eigen bedrijf opgezet, hij heeft zich een weg door Hollywood geslagen...'

'Hollywood!' zegt Seb verbijsterd.

'Hij heeft geprobeerd het daar te maken als filmproducer, maar hij vond het allemaal zo onoprecht. Zo glibberig. Hij zou zijn zakelijke principes graag willen toepassen op iets waardevollers en wat jij doet is echt de moeite waard. Ik heb je op YouTube gezien,' voeg ik eraan toe. 'Het is zo inspirerend hoe jij al die directieleden het vuur aan de schenen legt vanwege hun beloningen.'

'Tja,' zegt Seb schouderophalend. 'Het is waar ik voor sta.'

'En Ryan ook!' zeg ik gauw. 'Hij wil de wereld beter maken. Net als jij.'

Ik hoop dat ik genoeg heb gezegd om Seb over de streep te trekken, maar hij schudt zijn hoofd.

'Het spijt me, maar ik kan dit moeilijk bevatten,' zegt hij. 'Een Hollywoodproducer wil onder aan de ladder beginnen bij een ethische vermogensbeheerder? Een nederige functie als researcher met een laag salaris? Neem me niet kwalijk dat ik sceptisch ben, maar...'

'Hij is geen Hollywoodproducer meer,' onderbreek ik hem bot. 'Hij is alles kwijt. Hij heeft het zwaar te verduren gehad en hij weet dat hij weer helemaal opnieuw moet beginnen, maar hij is bereid hard te werken, te leren, zijn mouwen op te stropen en vuile handen te maken... Ik bedoel, moet hij gestraft worden omdat hij het heeft geprobeerd en het niet heeft gered?' Ik leun naar voren en vervolg vurig: 'Hij is zo getalenteerd, heeft zoveel te bieden... maar hij voelt zich aan de kant gezet. De meeste mensen zouden hem niet eens een kans willen geven, maar jij misschien wel. Jij zou zijn leven een nieuwe wending kunnen geven. En misschien zou dat ook waardevol zijn.'

Seb laat mijn woorden zwijgend bezinken.

'Je bent een goede pleiter,' zegt hij ten slotte. 'Heb je ooit overwogen advocaat te worden?'

'Ik kan niet spellen,' zeg ik naar waarheid en Seb legt schaterend zijn hoofd in zijn nek.

'Nou, je hebt me overgehaald. Krijg ik hem nog te zien, die... Ryan, was het toch?'

'Hij zit om de hoek te wachten,' zeg ik happig. 'Hij heeft zijn cv bij zich. Zal ik hem appen dat hij moet komen?'

Ik verstuur het appje en er valt een onbehaaglijke stilte. 'Ik zal nog wat koffie maken,' zegt Seb en hij staat op van zijn bureau.

Hij blijft een poosje weg en ik hoor hem in een andere kamer praten. Ik probeer niet te luisteren naar wat hij zegt en zet mijn handen stevig in mijn zij om niet weer een kostbare vaas recht te zetten.

Ik ben een beetje nerveus over de kennismaking tussen Seb en Ryan. Ik hoop dat Ryan open kaart zal spelen tegenover Seb. Ik hoop dat hij niet afwerend of opschepperig gaat doen, want dat doet hij soms. Ik hoop dat hij de echte, diepzinnige Ryan laat zien. De gekwetste, nederige Ryan die een paar harde lessen heeft geleerd en opnieuw wil beginnen, al moet hij er nog zo hard voor werken. De Ryan die ik ken.

Seb komt binnen en ik schrik op uit mijn gepeins. 'Hij kan er nu elk moment zijn,' zeg ik.

'Mooi.' Seb glimlacht, maar niet met die warmte van eerder en er valt weer een ongemakkelijke stilte.

Ik snak naar Ryans komst en als hij eindelijk door de deuropening stapt, stokt mijn hart. Hij is net een filmster met zijn blonde haar en bruine huid en hij begroet Seb met een oogverblindende glimlach en een opgestoken hand voor een high-five. Als Seb er niet op ingaat, maar zijn hand uitsteekt voor een ouderwetse, zakelijke handdruk, vertrekt Ryan geen spier. Hij geeft Seb gewoon een hand alsof hij dat de hele tijd al van plan was.

'Dus jij bent de geheimzinnige onbekende,' begroet hij Seb op die innemende manier van hem.

'Dat kan ik ook van jou zeggen,' kaatst Seb minzaam terug. Ik zie aan hem dat hij vastbesloten is positief te blijven en ik word overspoeld door een golf van dankbaarheid. Hij had me eruit kunnen zetten, maar in plaats daarvan geeft hij Ryan een kans. 'Fixie heeft me verteld dat je geïnteresseerd bent in de positie van researchtrainee.'

'O, dit komt allemaal door Fixie,' zegt Ryan met een lach. 'Ze heeft je bedrijf gered of zo, dus je zult haar wel een flinke beloning schuldig zijn.'

Ik krimp in elkaar en zeg snel: 'Dat heb ik nooit gezegd!'

'Nou, ik wil met alle plezier met je kletsen,' zegt Seb. 'Je hebt in Hollywood gewerkt, begrijp ik?'

'Hollywood.' Ryans gezicht betrekt. 'Ben je er ooit geweest? Ik kan het je afraden. Het zit er vol huichelachtige, verraderlijke slangen. Een maand geleden zat ik nog in het Chateau Marmont. Ken je het Chateau Marmont?'

'Nee, helaas niet,' zegt Seb beleefd.

Ik word er iebel van. Strooide Ryan maar niet zo met dure namen. Ik bedoel, ik begrijp het wel; hij voelt zich ondergeschikt en wil dat compenseren. Maar het hoeft niet. Ik kijk naar Seb en hoop dat hij begrijpt dat Ryan gewoon onzeker is.

'Nou, toen viel alles op zijn plaats,' vervolgt Ryan. 'Opeens zag ik hoe het ervoor stond in mijn leven.' Hij knipt met zijn vingers. 'Ik was in de verkeerde stad, in het verkeerde land, met het verkeerde werk. Ik kon twee dingen doen. Doormodderen of... mijn verlies nemen.' Hij spreidt zijn armen en richt zich rechtstreeks tot Seb. 'Dus hier ben ik dan, ik moet opnieuw beginnen. Koste wat kost.'

'Aha.' Seb lijkt het op zich in te laten werken. 'En je denkt echt dat ethisch investeren de juiste branche is voor jou?'

Het blijft stil. Ryans blauwe ogen schieten van Seb naar mij en door de kamer alsof hij zijn woorden wikt en weegt.

'Hoor eens,' zegt hij ten slotte. 'Ik weet het niet. Ik heb de waarheid niet in pacht. Ik dacht dat films produceren mijn ding was. Ik had het mis. Ik kan alleen maar zeggen, als je me een kans geeft, als je me weer in het zadel helpt... dan doe ik iets terug, ik zal me uit de naad werken en ik zal je eeuwig dankbaar zijn.'

Hij klinkt zo vurig, zo nederig dat ik wel kan juichen. Dít is de Ryan die me zo lief is: de eerlijke, oprechte Ryan die een paar klappen heeft gekregen maar het niet opgeeft.

Sebastians gezicht is zachter geworden toen Ryan aan het woord was. Zo te zien leeft hij nu echt met hem mee.

'Iedereen krijgt weleens klappen,' zegt hij. 'En ik kan me voorstellen dat Hollywood niet de eerlijkste plek is. Goed van je dat je opnieuw wilt beginnen. Maar je zult wel veel moeten leren...'

'Met alle plezier,' zegt Ryan met klem. 'Ik wíl leren. En weet je wat? Misschien hebben jullie ook iets aan een paar dingen die ik van de filmwereld heb opgestoken.'

Seb neemt Ryan zwijgend op. Dan lijkt hij een besluit te nemen. 'Ik haal Alison, het hoofd van research er even bij als je het goedvindt,' zegt hij. 'Ze wil je vast heel graag ontmoeten.'

'Dan ga ik maar,' zeg ik haastig. 'Jullie moeten samen praten over... alles. Succes. En dank je wel,' Dat laatste richt ik tot Seb. 'Ontzettend bedankt.' In een opwelling pak ik het koffiebekerkartonnetje, dat nog steeds op het bureau ligt, schrijf er *Afgelost* op, gevolgd door de datum, en geef het aan Seb. 'Meer dan,' zeg ik erbij. 'Méér dan afgelost.'

'Goh, dank je.' Seb leest het en zijn ogen krinkelen. 'Ik stel het op prijs.'

'Tot straks,' zegt Ryan tegen mij. 'Bij 6 Folds Place, ja?' Hij richt zich tot Seb. 'Ben jij lid van 6 Folds Place? Die besloten club?'

'Nee,' zegt Seb. 'Dat is niet echt mijn ding.'

'Mee eens,' zegt Ryan snel. 'Het is nogal nep.'

'Maar Thais eten is wél mijn ding.' Sebastians ogen lichten op en hij wendt zich tot mij. 'Ik vroeg me af of je me de naam en het adres kon geven van die Thai waar je het over had?'

'Natuurlijk!' zeg ik.

Zijn kaartje met zijn mobiele nummer erop zit nog aan het koffiebekerkartonnetje, dus app ik hem de contactgegevens van het restaurant. Ik weet wel dat ik niet de sollicitant ben hier, maar toch denk ik dat het goed voor Ryan is als ik behulpzaam ben.

'Dank je,' zegt Sebastian met een glimlach. 'Nou, dan ga ik Alison maar eens halen. Tot ziens, Fixie.'

'Tot ziens,' zeg ik. Ik geef hem een hand, plotseling bedeesd. 'En nogmaals bedankt. Ontzettend bedankt.'

Seb loopt de kamer uit en ik kijk dolblij naar Ryan. Hij heeft een baan! Hij blijft in Londen!

'Het is je gelukt,' fluister ik.

'Het is jóú gelukt!' Hij grinnikt naar me, kijkt om zich heen om te zien of we alleen zijn en trekt me naar zich tot voor een zoen. En ik doe mijn ogen even dicht en sta mezelf voor het eerst in dagen toe me te laten gaan. Geen zorgen meer! Ryan blijft hier!

Ik wil niet bezitterig doen. Ik wil niet nog voor we het kantoor uit zijn opdringerig vragen: wat betekent dit voor ons? Aan de andere kant: waarom heb ik dán al die moeite gedaan?

'Dus ik neem aan dat het nu... anders is?' vraag ik omzichtig. 'Tussen ons? Nu je blijft?'

Opeens voel ik een tikje angst dat Ryan zal zeggen: waar heb je het over? Of: we moeten praten. Of iets anders wat me totaal zou vernietigen, maar dat doet hij niet. Hij legt zijn handen teder om mijn gezicht en de blijdschap in zijn stralende ogen weerspiegelt de mijne.

'Daar lijkt het op, Fixie,' zegt hij en nu hoor ik de blijdschap ook in zijn stem. 'Daar lijkt het op.'

10

Ik ben een paar keer met Jake bij 6 Folds Place geweest en het is er echt heel duur. Zelfs de portiers zien er duur uit, zo verfijnd en knap, gekleed in donkergrijze poloshirts, en ze kijken je intimiderend aan, alsof ze willen zeggen: weet je wel zeker dat je hier hoort, want zo vinden wij je er niet uitzien, dus sodemieter maar snel op.

Ik bedoel, daar hebben ze een punt. Ik hoor hier niet. Mijn schoenen van negentien pond negenennegentig horen hier zeker niet. Maar dit is Jakes spirituele thuis en hij heeft me uitgenodigd, dus zullen de portiers het met me moeten doen. (En met mijn schoenen.)

Ik weet dat Jake en Leila al binnen zijn, maar ik sta nog op de stoep met Ryan te appen, opgaand in de berichtenstroom.

Alles gaat zo fantastisch dat ik het bijna niet kan geloven.

Ik had de hele middag niets van hem gehoord, dus heb ik hem een paar minuten geleden geappt: *Soll. ging hopelijk goed?* Een moment of twee later antwoordde hij: *Super!*

Dus appte ik weer terug: *Fantastisch! Voor je het weet ben je de baas!*

En daar wilde ik het bij laten, maar toen dacht ik: *misschien is het makkelijker om het er via de app over te hebben dan in het echt? Misschien moet ik de dingen zeggen die ik wil zeggen?* Dus raapte ik al mijn moed bij elkaar en typte: *En nu?*

Voor het geval hij het niet zou begrijpen, stuurde ik er een tweede berichtje achteraan:

Waar ga je wonen nu je een baan hebt? Want je mag best bij mij intrekken.

Ik verstuurde het en werd toen bang dat het te opdringerig was. Dus stuurde ik er snel achteraan: *Als je dat zou willen.*

Het bleef een tijdje stil. Ik keek ademloos naar het scherm, met bonzend hart, mijn vingers verkrampt om mijn telefoon en ik wachtte… en wachtte…

En toen gebeurde het! Het wonder! Hij antwoordde:

Absoluut. Geweldig. We gaan ervoor. Binnenkort!

Meer stond er eigenlijk niet. Ik heb het een keer of twintig gelezen, voor de zekerheid. Hij wil bij me intrekken. Ryan Chalker wil met me samenwonen!

Weet je, ergens is het geen verrassing. Vanaf het moment dat hij zei dat hij het jammer vond dat ik niet met hem mee was gegaan naar LA, heb ik het gevoel dat onze relatie voet aan de grond begint te krijgen. Desondanks had ik niet in de gaten hoe gespannen ik was, hoe bang dat ik alles verkeerd interpreteerde, maar nu heb ik het bewijs op mijn telefoon. Zwart-op-wit. Hij wil zich binden. Hij wil de volgende stap zetten. Hij wil alles wat ik ook wil!

Ik zou de club in moeten gaan, want ik ben al aan de late kant, maar ik kan het niet over mijn hart verkrijgen mijn telefoon weg te stoppen, al weet ik dat Ryan ook onderweg is hierheen. Met over de toetsen vliegende vingers stort ik mijn hart uit:

Ryan, dit is het begin van iets geweldigs. Een heel nieuw leven. Jij en ik. Ik zal aan je zij staan wanneer je je nieuwe carrière opbouwt. Ik zal je helpen waar ik kan. Je mag je spullen brengen wanneer je wilt en dan vieren we het echt!

Ik verstuur het bericht en kan dan de verleiding niet weerstaan om eraan toe te voegen: *PS: Ik ben zo blij!!!*

Ten slotte componeer ik nog een bericht zonder woorden, maar met veel emoji's van klinkende champagneglazen, huisjes en hartjes.

Ik ben gek op emoji's. Die drukken het gewoon echt uit, zeg maar.

Dan stop ik mijn telefoon weg en loop met een stralende lach naar de ingang, naar de meest intimiderende portier. Niemand kan mijn stemming bederven. Niemand kan mijn blije bubbel lekprikken. Ryan wil bij me intrekken! Hij wil intimiteit. Hij wil vastigheid. Hij wil het binnenkort. Dat woord heeft hij zelfs gebruikt: *Binnenkort!*

Ik loop met een voldane zucht de bar in en zwaai naar Leila, die er betoverend uitziet in een crèmekleurige zijden jurk en hakken van Louis Vuitton. Ik loop in dezelfde oude zwarte jurk die ik altijd aanheb, maar ik heb wel het satijnen slipje ingewijd dat ik afgelopen kerst onder de boom aantrof. Dat is dus nog iets.

Ik loop naar het tafeltje waaraan Leila met Jake zit en verwonder me weer over hoe prachtig het hier is. Het tapijt is weelderig zacht. De stoelen zijn zwaar, stijlvol en gestroomlijnd. De verlichting straalt en sprankelt overal. De bar is van koper en een drankje kost een pond of vijftien. Daar krijg ik bijna een rolberoerte van – vijftien pond voor één glas? – maar Jake heeft aangegeven dat hij vanavond betaalt. Klinkt redelijk. Hij wilde hier vanavond naartoe. Ik drink net zo lief thuis een pinot grigio. (Leila ook, denk ik.)

Ik geef ze allebei een zoen en zie dat er al een fles champagne op tafel staat. Jake schenk me een glas in, we proosten en dan praten Jake en Leila verder over de een of andere bank die Jake bij de Conran Shop heeft gezien.

'Ik bestel hem,' zegt hij. 'Dat leer is boterzacht. Ga maar kijken als je wilt, maar ik bestel hem.'

'We kunnen er op internet een zoeken met een normalere prijs,' probeert Leila, maar Jake trekt een afkeurend gezicht.

'Ik koop geen nepper. We nemen de echte.'

Ik ben nog nooit in de Conran Shop geweest, dus ik kan er niet over meepraten. Ik leun dus maar achterover en snuif de sfeer op. Er zweeft muziek in de lucht en zelfs die klinkt exclusief en bijzonder, alsof er een band bestaat die alleen voor miljonairs in besloten clubs speelt. Alles hier is erop gericht je een ontspannen, tevreden gevoel te bezorgen.

Al zou ik me nu eerlijk gezegd overal ontspannen en tevreden voelen. Ik ben meer dan tevreden, ik ben in de zevende hemel. Ik blijf maar naar de reeks berichtjes op mijn telefoon kijken. *Ryan wil met me samenwonen, Ryan wil met me samenwonen...*

En dan zigzagt hij opeens tussen de tafels door naar ons toe. Ik probeer kalm te blijven, maar mijn hart klopt in mijn keel. Alle vrouwen kijken om naar die blonde man met zijn relaxte manier van lopen, zijn gebruinde gezicht en zijn Hollywoodgebit en hij loopt naar míj toe.

Hij heeft ook nog eens bloemen bij zich. Ik had me in mijn stoutste dromen geen bloemen voorgesteld.

Hij overhandigt me het boeket van stijlvolle lelies in groen papier en zegt: 'Fixie, je bent een ster,' en zoent me.

'Nee, jíj bent een ster,' zeg ik. Ik steek achteloos een arm uit, leg mijn hand om zijn achterhoofd en zeg zacht iets in zijn oor, zoals geliefden doen, al werkt het niet helemaal omdat hij zich al van me afwendt om de anderen te begroeten.

'Ryan!' kraait Leila. 'Jeej!'

'Goed gedaan, maat.' Jake geeft Ryan een high five en werpt een geringschattende blik op de aangebroken champagnefles. 'Ik vind dat we dit met iets bijzonders moeten vieren.' Hij knipt met zijn vingers naar een ober en ik krimp in elkaar, want waarom zou je zoiets doen? Het is zo onbeschoft. Maar met je vingers knippen is echt iets voor Jake.

'Een fles Cristal,' zegt hij gewichtig en ik verbied mezelf ook maar een vluchtige blik op de prijs te werpen, want dan krijg ik echt een hartverzakking.

'Weet je nog, ons eindexamenjaar?' zegt Jake tegen Ryan. 'Op de dag na het laatste examen vergooide jij tweehonderd pond aan een fles Krug die we bij jou in de tuin opdronken. Nou, dit is mijn bedankje.'

Ik herinner me die dag ook nog, al zeg ik er niets van. Jake had beloofd dat hij me zou vertellen waar ze het gingen vieren, zodat ik ook kon komen, maar hij deed het niet. Vervolgens kwam hij met een rooie kop en dubbele tong thuis en de rest van de zomer raakte hij niet uitgepraat over de fles Krug van tweehonderd pond die hij had gedronken. Hij gebruikte het zelfs als versiertruc en het werkte ook nog bij sommige meiden.

De ober schenkt de Cristal in schone glazen en we klinken op Ryan. Terwijl ik een slokje neem, stapelen de vragen zich stilletjes op in mijn hoofd, de een na de ander. Houdt Jake echt van dure champagne? Proeft hij het verschil? Proeft íémand het verschil? Valt hij niet bijna flauw bij het zien van de prijs?

Ik weet niets van Jakes financiën, alleen dat het 'goed' gaat. Soms denk ik dat hij best eens miljonair zou kunnen zijn, dat hij het gewoon nooit aan ons heeft verteld.

'Zo,' zeg ik zacht tegen Ryan als hij naast me komt zitten. 'Een grote dag. Je deed het super.'

'Ik wist het wel!' zegt Leila met een klopje op Ryans knie. 'Ik zei tegen Jakey: "Ik weet zeker dat Ryan die baan krijgt."'

'Zo zie je maar,' ga ik er gretig op in. 'Je kunt écht opnieuw beginnen, hoe moeilijk het ook lijkt, als je je maar flexibel en nederig wilt opstellen en bereid bent de handen uit de mouwen te steken.'

'De handen uit de mouwen!' Jake lacht bulderend. 'Hoor je dat, Ryan?' Dan spot hij een goedgeklede man aan de bar en vervolgt: 'Hé, daar zullen we Ed hebben. Ik wil je aan Ed voorstellen,' zegt hij tegen Ryan en hij komt van zijn stoel. 'Kom mee, even dag zeggen.'

Hij stelt niet voor dat Leila en ik meekomen om dag te zeggen, maar ik geef toe dat ik net zo lief blijf zitten. Ik nip dus van mijn champagne en kijk hoe Ryan Jakes vrienden inpakt.

'Ja,' hoor ik hem zeggen. 'Ik ben van het produceren van films overgestapt naar vermogensbeheer, dat leek me een goed idee. Ja, *follow the money*!' Hij lacht ongedwongen, met een stralend gezicht, en heft zijn glas.

Wat een ongelooflijke transformatie. Hij straalt. Hij sprankelt. Hij blaakt van het zelfvertrouwen. Een paar dagen geleden leek hij misschien nog een gewonde leeuw, maar dat is helemaal voorbij. Nu is hij de koning van de jungle. Hij is weer de bink.

En dat heb ik voor elkaar gekregen. Ik, Fixie.

'Tja, ach, ze vonden me fantastisch bij het sollicitatiegesprek...' zegt hij. 'En ik heb ze natuurlijk wat geld toegestopt...'

Jakes vrienden lachen en ik glimlach in mijn glas. Net als ik Leila wil voorstellen ons bij de jongens te voegen trilt mijn telefoon. Ik pak hem met het plan hem uit te zetten, maar dan zie ik dat het mam is die me belt. Mam!

'Ha mam,' zeg ik. 'Wacht even, ik kan hier niet praten.' Ik kom overeind, gebaar naar Leila dat ik even naar buiten wip en zie haar knikken.

Ik heb mam sinds haar vertrek niet meer gesproken. Toen ze was geland, heeft ze geappt om te laten weten dat ze veilig was aangekomen, maar haar stem heb ik niet meer gehoord. Terwijl ik me door de bar naar de gang haast, besef ik hoe graag ik haar wil spreken.

'Mam!' roep ik uit zodra ik buiten ben. 'Hoe gaat het?'

'O, Fixie,' stroomt haar vertrouwde stem mijn oor in. 'Het is heerlijk! Kon je er maar bij zijn!'

Ze zegt het zonder een spoortje ironie. Ze heeft nooit vakantie gevierd, mam. Waarschijnlijk wéét ze niet eens dat het 'vieren' wordt genoemd.

'Dus je hebt het naar je zin?' vraag ik glimlachend. Ik vind het jammer dat ik haar gezicht niet kan zien.

'Het is zo warm!' roept ze verbaasd uit, alsof ze had verwacht dat het frisjes zou zijn in het zuiden van Spanje. 'We wonen pal naast het strand. Ik ga elke dag zwemmen. Maar goed dat ik dat badpak heb gekocht. En het eten is heerlijk, we eten veel vis, schaal- en schelpdieren, al bestelt Karen altijd te veel sangria...'

Terwijl zij doorpraat, leun ik tegen de muur en zie voor me hoe ze in de Middellandse Zee duikt, zonnebaadt en sangria drinkt met haar zus. Dit had ze jaren geleden al moeten doen, denk ik.

'... en hoe gaat het met de winkel?'

Mams woorden brengen me terug naar het heden. Ik voel me een beetje schuldig, want ik heb me eigenlijk niet zo met de winkel beziggehouden. Ik heb al mijn aandacht op Ryan gericht.

'Prima!' zeg ik in een reflex. 'Helemaal goed!'

'Ik kreeg een e-mail van Ned. Hij schreef dat jullie morgen je eerste overleg hebben?'

'Ja, klopt.'

'En gaat het goed met Jake en Nicole?'

Het komt in me op haar over Nicoles yogaplannen te vertellen, maar ik zie ervan af. Het zou haar alleen maar ongerust maken. Ik los het zelf wel op.

'Alles gaat goed,' zeg ik geruststellend. 'Het kan niet beter!'

We kletsen nog wat tot mam zegt dat ze maar eens moet ophangen en dan loop ik peinzend terug naar de bar. Nu Ryans toekomst zeker is gesteld, moet ik me weer op de winkel richten.

Ryan houdt nog steeds audiëntie aan de bar en heeft niet meteen door dat ik naast hem sta. Ik wacht tot het gesprek stilvalt en klop hem op zijn arm.

Hij draait zich naar me om en roept: 'Hé, hallo daar! Ik zal je even aan deze jongens voorstellen.'

'Nee, ik wilde eigenlijk gaan, als je het niet erg vindt,' verontschuldig ik me. 'Morgen hebben we het eerste grote familieberaad over de winkel. Ik wil nog wat voorbereiden.'

'O, oké,' zegt Ryan knikkend. 'Moet kunnen.'

'Tot straks dan maar.' Ik geef een kneepje in zijn arm. 'Veel plezier!'

'Straks?' Hij kijkt me verwonderd aan. 'Hoe bedoel je, straks?'

'Nou… ik dacht dat je naar mij toe zou komen?' zeg ik net zo verwonderd.

'Fixie,' verzucht Ryan met een verbaasde lach. 'Fixie, Fixie. Wat had je gedacht, dat we sámen gaan wonen?'

Ik kan even geen woord uitbrengen. Ik kan het niet bevatten. Maakt hij een grapje? Natuurlijk vind ik dat we samen moeten gaan wonen. We hebben het er net nog over gehad, maar nu klinkt hij opeens verrast.

Ik gaap hem stompzinnig aan en vraag me af of ik hem niet goed heb begrepen. Ryan zucht en trekt me mee, weg van de groep.

'Dit is super, jij en ik,' zegt hij welgemeend, waarbij hij van zijn eigen borst naar de mijne en weer terug wijst. 'Het is fijn. Maar samenwonen is wel het stómste dat we nu kunnen doen. We moeten het langzaamaan doen. Stap voor stap.'

De woorden buitelen door mijn hoofd. Dit slaat nergens op.

'Maar je appje,' zeg ik oenig.

'Mijn appje?'

'Over de toekomst! Daarnet! Ik vroeg het je en je zei...' Ik diep mijn telefoon op om zijn woorden letterlijk te kunnen citeren. 'Je schreef: "Absoluut. Geweldig. We gaan ervoor. Binnenkort!"'

'Ja, tuurlijk.' Hij lacht. 'Ik wil ook echt binnenkort de baas worden.'

De baas?

De báás?

O, mijn god. Het dringt tot me door en ik verstijf van ontzetting. Reageerde hij op dát berichtje?

'Oké, maar mijn andere appje dan?' probeer ik zo luchtig mogelijk uit te brengen. 'Wat heb je... Ik bedoel, dacht je...'

'Welk andere appje?' Hij kijkt verbaasd. 'Het laatste berichtje dat ik van je kreeg, ging erover dat ik de baas zou worden. Hoezo, wat had je dan geschreven?'

Heeft hij mijn berichtje niet gekregen? Is mijn gelukzaligheid gebaseerd op een misverstand?

'Wat had je geschreven?' dringt Ryan aan en ik krijg een knoop in mijn maag. *Hij mag niet weten wat ik heb geschreven.*

'Niks!' kwaak ik zodra ik weer iets kan uitbrengen. 'Nee. Ik heb niks geschreven. Niets. Doet er niet toe.'

Mijn hoofd kookt over. Ik wil dood, geloof ik.

'Je bent het toch wel met me eens?' vraagt Ryan vriendelijk. 'We zijn nog maar net samen. Het zou gestoord zijn om nu al te gaan samenwonen.'

'God, ja! Gestoord!' Ik stoot een schrille, gekunstelde lach uit. 'Neem maar van mij aan dat samenwonen wel het láátste is wat ik wil. Het láátste. Al heb je wel gezegd dat je graag had gewild dat ik me je mee naar LA was gegaan,' besluit ik voordat ik me kan bedwingen.

Ryan kijkt me verbijsterd aan.

'Fixie, LA is...' Hij breekt zijn zin af alsof hij niet eens kan beschrijven wat LA is. 'Luister, Fixie.' Hij kijkt me recht aan. 'Ik wil ons serieus nemen. Echt serieus.'

'Ik ook!' zeg ik volslagen in de war.

'Daarom moeten we het stukje bij beetje doen, ja?' Hij tuurt naar zijn telefoon. 'Wacht even. Er komen nu een paar appjes binnen. Zijn dat die van jou?'

Nee. Nééé. Komen ze nú binnen?

'Niet lezen!' Van schrik schiet mijn stem nog verder omhoog. 'Het stelt niets voor! Ik kletste maar wat... Het is onzin... Hé, waarom wis ik ze niet?'

Met bonzend hart gris ik Ryans telefoon uit zijn hand en begin zonder me iets aan te trekken van zijn verblufte gezicht de appjes te verwijderen. Ik huiver als ik mijn eigen woorden lees:

Waar ga je wonen nu je een baan hebt? Want...

Verwijderd.

Ryan, dit is het begin van iets geweldigs...

Verwijderd.

Een heel nieuw leven. Jij en ik.

Verwijderd.

Ik ben zo blij!!!

Verwijderd.

En alle emoji's: verwijderd. Allemaal weg.

Ik glimlach zo vrolijk mogelijk als ik Ryan zijn telefoon teruggeef, maar diep vanbinnen ben ik er kapot van. Weet je, hij heeft gelijk.

Natuurlijk heeft hij gelijk. Ik weet niet wat me bezielde. Op de lange duur is het verstandiger om het rustig aan te doen.

Alleen…

Nou ja, je kunt er toch niets aan doen dat je naar dingen verlangt?

'Oké, dan zie ik je… wel weer!' Ik dwing mezelf luchtig en nonchalant te klinken, alsof het me niets uitmaakt wanneer ik hem weer zie. Alsof het niets voorstelt. Alsof we elkaar misschien zelfs helemaal niet meer hoeven te zien.

'Ik app je nog,' zegt Ryan. 'We zien elkaar snel weer. En bedankt voor vandaag, schatje.'

Hij geeft me een snelle zoen en ik aarzel, want opeens snak ik ernaar om te blijven, maar ik heb al gezegd dat ik wegga en het zou niet cool zijn om me opeens te bedenken. Ik pak mijn bloemen en terwijl ik de bar uit loop, neem ik me voor vijf positieve punten te bedenken over de situatie.

1. Hij wil nog steeds bij me zijn.
2. Hij heeft mijn gênante appjes niet gezien.
3. Hij heeft me bloemen gegeven.
4.
5.

Nou ja, maakt niet uit. Drie is zat. Meer dan genoeg.

11

Oom Ned heeft een tafel in een restaurant gereserveerd voor ons beraad. Het heet Rules, staat in Covent Garden, is een en al rood pluche en donker hout en er worden gerechten geserveerd zoals oesters en hert. Wanneer ik de prijzen op de kaart zie, snak ik onwillekeurig naar adem.

'Wauw,' zeg ik. 'Dit is wel... chic. Normaal gaan we naar de winkel en brengt mam broodjes mee.'

'Je moeder houdt het graag eenvoudig,' zegt oom Ned vriendelijk. 'Dat is een trekje van haar. Maar ik zeg: als je spijkers met koppen wilt slaan, slá ze dan ook.' Hij heft zijn gin-tonic om te proosten.

'Oké dan,' zeg ik na een korte stilte, want ik wil de avond niet met ruzie beginnen, maar ik snap er niets van. Waarom moeten we naar een duur restaurant om over de winkel te praten? Ik zou zegen: als je spijkers met koppen wilt slaan, steek je geld dan in de zaak, niet in dure maaltijden.

Jake en Nicole lijken het daarentegen geen probleem te vinden om paté en zelfs kreeft te bestellen. Als we allemaal hebben besteld, schraapt oom Ned pompeus zijn keel en zegt: 'Voordat we aan dit samenwerkingsverbandje beginnen, wil ik jullie verzekeren dat ik hier alleen maar ben om te faciliteren. Facilitéren, duidelijk?' Hij kijkt met enigszins bloeddoorlopen ogen van de een naar de ander. 'Jullie zullen wel geen zin hebben om naar zo'n ouwe malloot als ik te luisteren. Dat spreekt vanzelf. Ik ben hier alleen om te zorgen dat jullie het schip niet laten stranden. O, doe de chablis maar,' vervolgt hij tegen de sommelier en dan wendt hij zich tot Jake. 'Trouwens, ik neem aan dat je de creditcard van de zaak bij je hebt?'

'O, absoluut,' zegt Jake prompt. 'Laat dat maar aan mij over. Het is allemaal van de zaak.'

'Mooi zo, jongen,' zegt oom Ned en hij neemt een grote slok van zijn gin-tonic. 'Mooi zo. Goed, ik ben hier om te helpen, zoals ik al zei. Om te luisteren. Om te adviseren.'

Om op onze kosten gin te slempen, denk ik, maar ik heb er meteen spijt van. Mam vertrouwt oom Ned, dus moet ik dat ook proberen te doen. Hij heeft over het huurcontract onderhandeld, wijs ik mezelf terecht. Hij moet gevoel voor zaken hebben. Ik moet me openstellen.

'Goed, oké, zal ik maar beginnen?' zegt Jake bruusk. 'Ik heb veel ideeën voor de winkel.'

'Ik ook,' zegt Nicole meteen. 'Heel veel.'

'Want op deze manier kan het niet doorgaan,' vervolgt Jake.

'Beslist niet,' beaamt Nicole.

Ik kijk verbouwereerd van de een naar de ander. Moet er dan zóveel aan de winkel veranderd worden? Het is een gezond bedrijf. Mam heeft ons gevraagd om de winkel draaiend te houden, niet om hem totaal te veranderen.

'Ik heb niet zo gek veel ideeën,' zeg ik. 'Maar wel een paar.'

'Nou, laat die paar ideetjes van jou dan maar horen, Fixie,' zegt oom Ned op ruimhartige toon. 'Dan hebben we ze maar gehad, bij wijze van spreken.'

Dan hebben we ze maar gehad? Hij klinkt zo neerbuigend dat ik wil repliceren: één goed idee is beter dan honderd slechte! Ik zou hem op z'n minst van de sokken willen blazen met indrukwekkende argumenten.

Maar het is weer zover. De aanblik van Jake die naar Nicole kijkt en met zijn ogen rolt beneemt me mijn zelfvertrouwen. De raven fladderen. Mijn lippen trillen. Ik doe mijn mond open, maar mijn longen lijken op halve kracht te werken. Mijn stem klinkt klein en onzeker.

'Ik vind dat we het assortiment moeten stroomlijnen. Misschien kunnen we de speelgoedafdeling opdoeken?' stel ik aarzelend voor. 'En het snoep. We hebben alleen maar Engelse drop. Het slaat nergens op.'

'Pap en ik waren de enige twee die van Engelse drop hielden,' zegt Nicole dromerig. 'Hij zei altijd...'

Ik wacht of Nicole meer wil zeggen en als duidelijk is dat er niets meer komt, haal ik diep adem en ga door.

'Volgens mij kunnen de ijzerwaren ook wel weg. Ik weet dat pap gek was op die afdelingen, maar ze zijn gedateerd en die producten verkopen het slechtst. Ik vind dat we ons op keukengerei en knutselen moeten richten. De klanten houden van slimme keukengadgets. Ze houden ervan om elkaar te adviseren en hun ervaringen te delen. En iedereen weet dat Farrs een winkel is waar je van opaan kunt. Daar zouden we onze slogan van kunnen maken: op Farrs kun je rekenen.'

Terwijl ik praat, neemt mijn zelfvertrouwen toe, mijn stem wordt krachtiger. Ik vind het zelfs leuk om mijn ideeën met de anderen te delen.

'Vanessa, weten jullie wel, die klant met die rode regenjas?' vervolg ik. 'Nou, die heeft pas een grote bakwedstrijd gewonnen en al haar gerei kwam van Farrs. Ze kwam het meteen aan mam vertellen. Echt geweldig! En er is een groeiende vraag naar bakproducten. Ik heb cijfers, als jullie willen kijken...' Ik pak de onderzoekscijfers die ik de vorige avond heb afgedrukt en leg ze op tafel. 'Ik denk dat we hier ons voordeel mee kunnen doen, maar we moeten erbovenop blijven zitten. We moeten alle kookprogramma's op tv volgen. Precies de goede spullen aanbieden op precies het goede moment. En de voorraad moet vaker vernieuwd worden. Sommige producten liggen jaren in de schappen. Daar moeten we mee stoppen.'

Ik hoop commentaar te krijgen op een paar van mijn ideeën, maar niemand zegt een woord of kijkt naar mijn cijfers.

'Maar goed,' ga ik stug door. 'Ik vind dus dat we op onze kernactiviteit moeten focussen en door moeten bouwen op de pluspunten van Farrs: betrouwbaarheid. Waar voor je geld. Praktische hulp. Al die dingen die pap belangrijk vond. Al die dingen die mam belichaamt. Alles waar wij voor staan.'

Ik kijk om me heen in de hoop de warmte die ik voel weerspiegeld te zien op de gezichten van mijn broer en mijn zus. Misschien kunnen we zelfs het glas heffen op onze ouders. Maar Jake kijkt bedenkelijk en Nicole lijkt in een dagdroom op te gaan.

'Was dat het?' zegt Jake zodra ik stop met praten.

'Eh... ja,' zeg ik. 'Wat vind je ervan?'

'Eerlijk?' vraagt Jake.

'Ja, eerlijk.'

'Ik vind, tjeezus, dit is nu net het probleem.' Hij slaat met zijn vlakke hand op tafel. 'Kun je nog bekrompener denken? Kun je nog burgerlijker zijn? Vanessa in haar rode rotregenjas, godsamme.' Hij schudt ongelovig zijn hoofd. 'Wat wij nodig hebben, is aspiratie. Klasse. Het hogere segment. Strategische samenwerkingen met grote merken.'

'We verkopen al grote merken,' wijs ik hem terecht.

'Wat, Taartvormen-voor-oude-besjes-punt-com?' zegt Jake honend. 'Ik heb het over lífestyle. Ik heb het over lúxe. Die hele zaak moet verdomme in de lift. Goed, ik heb vorig jaar bij Ascot iemand ontmoet die bij Hannay-horloges werkt. Ik heb zijn kaartje. Met zo iemand zouden we zaken kunnen doen. Weet je, we zouden alle zeilen moeten bijzetten om een deal te sluiten...'

'Hannay-horloges?' zeg ik ongelovig. 'Is dat een grap? Kosten die niet iets van duizend pond?'

'We verkopen klokken,' reageert Jake. 'Dit ligt in het verlengde.' Hij wendt zich tot oom Ned. 'Ongelóóflijk, die winstmarges.'

'Jake, we verkopen keukenklokken,' verduidelijk ik. 'Die zijn niet duurder dan dertig pond.'

Maar Jake luistert niet, hij pakt een brochure uit zijn koffertje.

'Dit is nog iemand die ik de afgelopen tijd warm heb gemaakt,' zegt hij. 'Hij komt uit Praag. We hebben een paar keer gedineerd, zijn laatst nog naar het casino geweest.'

'Hard werken en net zo hard ontspannen, hè?' merkt oom Ned grinnikend op.

Mijn mond zakt ervan open. Het casíno? Als mam en ik contacten leggen met nieuwe leveranciers, doen we dat op vakbeurzen of bij een kop koffie achter in de winkel. Niet in het casino.

'Hoe dan ook, hij heeft een bedrijf in briefpapier,' zegt Jake gewichtig. 'Het topsegment. Met goud op snee. Prachtig. Als we een goede deal sluiten, zouden we volgens mij zijn exclusieve verkooppunt in West-Londen kunnen worden.'

'Goed gedaan!' zegt oom Ned lovend. 'Het draait allemaal om netwerken, hè, Jake?'

Ik blader door de brochure en probeer niet in elkaar te krimpen. Ik heb nog nooit zulk bizar briefpapier gezien. Het heeft veel verguldsel en rare kleuren en er zijn kaarten met boosaardig uitziende zeemeerminnen erop. Ik kan me niet voorstellen dat ook maar één van onze klanten dit zou willen aanschaffen.

'Jake,' zeg ik. 'Onze klanten houden van vrolijke kaarten met grapjes erop. Of wenskaarten van Cath Kidston. Die zijn praktisch, bruikbaar...'

'Exact!' barst hij opeens gefrustreerd uit. 'Dat is het probleem!'

'Onze klanten zijn het probléém?' Ik gaap hem aan.

'Het wemelt in Londen van de stijlvolle, rijke, internationale consumenten,' zegt Jake fel. 'Investeerders. Juristen. Hedgefondsbeheerders. Waarom komen díé niet bij Farrs?'

'Toevallig is Vanessa rechter bij het hooggerechtshof,' zeg ik, maar hij luistert niet.

'We moeten met onze tijd meegaan,' vervolgt hij korzelig. 'Londen is de stad van de internationale playboys. Díé moeten we aantrekken.'

Internationale playboys?

Ik weet niet wat ik moet zeggen. Opeens krijg ik een visioen van een stoet internationale playboys in Dolce & Gabbana-pakken die onze steelpannen bekijken en moet op mijn onderlip bijten.

'We moeten vooruitdenken,' verkondigt Jake. 'We moeten onszelf opnieuw uitvinden.'

'Mee eens,' zegt Nicole verrassend genoeg en we kijken allemaal naar haar. 'Zoals met mijn yoga. We openen een mind-body-spiritruimte,' vertelt ze aan oom Ned. 'Met avondcursussen. En misschien iets van, zeg maar, kruiden... je weet wel...' Ze zwijgt en we wachten allemaal beleefd tot duidelijk wordt dat het weer zo'n zweverige, onafgemaakte Nicole-zin is.

'Nicole,' zeg ik snel, 'ik weet dat je het er eerder over hebt gehad, maar het lijkt me niet praktisch.' Ik richt me tot Jake. 'Nicole wil een groot deel van het assortiment wegdoen om ruimte te maken voor yogalessen, maar we hebben die artikelen nodig, dus ik denk niet...'

'Ik vind het een goed idee,' overstemt Jake me. 'Yoga zal de juiste doelgroep aantrekken. Pilates, yummy mummy's, dat werk.'

'Een goed idee?' Ik kijk hem ontzet aan. Ik rekende erop dat hij er een streep door zou halen. 'Maar we hebben er de ruimte niet voor!'

'We kunnen best wat toontafels wegdoen,' zegt Jake. 'Die met al die plastic dozen, om te beginnen.' Hij huivert. 'Daar word je pas depressief van.'

'We kunnen yogamatten verkopen,' zegt Nicole. 'En yogablokken. En yoga...' Ze wuift wat met haar handen alsof woorden overbodig zijn.

'Jake, de klanten komen juist naar ons tóé voor vershouddozen,' zeg ik radeloos. 'Ze weten dat we veel keus bieden.' Het voelt alsof ik begin door te draaien. Weten Jake en Nicole ook maar íéts van onze onderneming? 'Oom Ned, wat vindt u ervan?' zeg ik. Ik vind het ongelooflijk dat ik een beroep doe op oom Ned, maar wat moet ik anders?

'Vrijetijdsbesteding lijkt me een groeimarkt,' zegt oom Ned wijs. 'Yoga is heel eigentijds, niet dat ik er veel van weet!' Hij lacht joviaal.

'Wat ik er wel aan toe zou willen voegen is dat als jullie vrijetijdsbesteding verder willen uitdiepen, je ook eens aan vissen zou moeten denken.'

'Víssen?' Mijn mond valt open. Waar heeft hij het over?

'Er is geld te verdienen met de hengelsport.' Hij kijkt ons allemaal veelbetekenend aan. 'Visgerei. Heel populair. In opkomst. Ik doe maar een duit in het zakje.'

Ik ben sprakeloos. Is dat oom Neds 'gevoel voor zaken' dat nu spreekt?

'Vissen,' zegt Jake peinzend. 'Hmm... het past in het plaatje. De koninklijke familie vist.'

De koninklijke familie?

'Jake,' zeg ik. Ik weet mijn kalmte met moeite te bewaren. 'Wat hebben wij met de koninklijke familie te maken?'

'Ik probeer verdomme hóger te mikken,' snauwt Jake terug. 'Ik probeer ons imago op te krikken. Kijk naar Burberry. Kijk...'

Er komen twee obers met borden naar onze tafel toe en Jake breekt zijn zin af. Hij schudt zijn servet uit en kijkt me kwaad aan. Ik voel mijn zelfvertrouwen wegebben.

'Hoe gaat het met je eigen bedrijf?' vraagt oom Ned aan Jake terwijl de obers onze voorgerechten neerzetten. Jake grinnikt geheimzinnig.

'Ik sta op het punt binnen te lopen met kunstmatige diamanten. Oorbellen, kettingen, noem maar op. Het wordt een rage.'

'Kunstmatige diamanten!' zegt oom Ned vol ontzag. 'Dát klinkt pas als de toekomst.'

O, mijn god. Zeg alsjeblieft niet dat Farrs sieraden met diamanten moet gaan verkopen.

Ik moet sterk zijn, spreek ik mezelf streng toe. Ik moet me niet van mijn stuk laten brengen. Ik moet zeggen wat ik denk. Dus als al het eten is opgediend en de wijn is ingeschonken, kijk ik van de een naar de ander en verzamel moed.

'Ik geloof dat het probleem is dat we niet allemaal op één lijn zitten,' zeg ik. 'Het lijkt alsof we Farrs allemaal anders zien. Misschien moeten we iets hebben als, ik weet het niet, een beginselverklaring?'

'Já,' zegt Jake met klem. 'Het is het eerste zinnige wat je zegt.'

'Ik heb wel papier,' zegt Nicole, die een schrift uit haar tas vist met *Dream Believe Do* op de kaft. 'Laten we allemaal onze ideeën opschrijven en... nou ja...'

Ze scheurt voor ons allemaal een blaadje uit het schrift en Jake roept een ober en vraagt om balpennen.

'Nee, nee!' zegt oom Ned met een lach als Nicole hem er een wil geven. 'Ik ben hier alleen om te faciliteren.' Hij smeert garnalen in gesmolten boter op toast en neemt een enorme hap. 'Maar gaan jullie je gang!' vervolgt hij met volle mond. 'Uitstekend idee. Uitstekend idee.'

We eten en schrijven in stilte. Jake is binnen een halve minuut klaar, Nicole lijkt een essay te schrijven en ik blijf woorden doorstrepen en opnieuw beginnen, maar uiteindelijk ben ik klaar. Als ik opkijk, zie ik dat alle ogen op mij gericht zijn.

'Sorry,' zeg ik. 'Ik wilde gewoon...' Ik kijk nerveus naar mijn blaadje papier. 'Het is best moeilijk, hè?'

'Nee, dat is het niet,' zegt Jake kordaat. 'Het is een eitje. Het stelt niets voor.'

'O,' zeg ik met het gevoel dat ik een klungel ben. 'Nou, ik vond het geen eitje. Ik weet wel wat ik denk, maar proberen het te verwoorden...'

'Je bent niet echt een schrijver,' zegt Nicole meelevend. 'Ik ben altijd dol geweest op creatief schrijven.'

'Nou, laten we iedereen maar af gaan,' zegt oom Ned als het schoolhoofd in de aula. 'Fixie, begin maar.'

'Oké,' zeg ik nerveus. 'Het is de missie van Farrs om degelijke producten te verkopen, tegen redelijke prijzen, in een warme, behulpzame omgeving.'

Ik kijk op en zie Jake vol ongeloof naar me kijken.

'Degelijk?' bauwt hij me na. 'Dégelijk?'

'Het is wel een beetje saai,' voegt Nicole eraan toe.

'Het is verdomme geestvernauwend!' roept Jake uit. 'Degelijke producten,' herhaalt hij honend, met een gezicht dat walging uitdrukt. '"Ik wil graag degelijke producten kopen, alstublieft." Hoe is dát sexy?'

'Ik probeerde niet sexy te zijn,' verdedig ik mezelf. 'Ik probeerde onze principes weer te geven...'

'Onze principes?' onderbreekt Jake me. 'Onze principes zijn, één: winst maken en twee: winst maken. Wil je mijn beginselverklaring horen?' Hij zwijgt even voor het effect en zegt dan op gedragen toon: 'Power. Profijt. Potentie.'

'Ha, dat is pakkend,' zegt oom Ned bewonderend. 'Zeg dat nog eens?'

'Power. Profijt. Potentie,' herhaalt Jake, die zo te zien in zijn nopjes is met zichzelf. 'Het zegt wat het moet zeggen.'

'Ik ben het er niet mee eens,' zegt Nicole hoofdschuddend. 'Het gaat niet alleen om power en profijt. Het gaat ook om de sfeer.'

'Precies!' zeg ik opgelucht.

'Het gaat om de uitstraling,' vervolgt Nicole. 'Het gaat om... Wie zíjn we? Zal ik voorlezen wat ik heb opgeschreven?' Ze pakt haar opstel erbij en schraapt haar keel. 'Welkom bij Farrs, je toegangspoort tot innerlijke rust. Als je door onze deuren naar binnen loopt, zakken je schouders. Je voelt dat je ontspant. Je bent een reis aan het maken, maar met welke bestemming? Kijk om je heen. Zie de mogelijkheden. Zie een nieuwe jij. Zie de dromen die je kunt verwezenlijken. Doe jezelf niet tekort... maar weet dat je die persoon kunt zijn!' Ze gaat steeds nadrukkelijker praten. 'Je kunt het allemaal hebben. Je kunt gemoedsrust vinden. Farrs kan je helpen blokkades te overwinnen en bergen te beklimmen. Uit de war... ga naar Farrs.'

Het blijft stil, tot Jake opeens proest van het lachen.

'Sorry, Nicole,' zegt hij. 'Maar dat is gezever.'

'Het is geen gezever!' stuift Nicole op. 'Het is bezielend! Wat vind jij, Fixie?'

'Ik vind dat er een goede boodschap in zit,' zeg ik omzichtig. 'Alleen, is het een beginselverklaring? Het klinkt meer als, nou ja, een brochure van een wellnesscentrum.'

'Wat ben je toch kleingeestig,' zegt Nicole, die me afkeurend opneemt. 'Jullie allebei. Dat is jullie probleem. Jullie hebben heel lastige persoonlijkheidstypes. Het zou me niets verbazen als jij een Adder was,' zegt ze tegen Jake. 'En dat is niet gunstig, trouwens.'

'Kom maar op,' zegt Jake zonder een spoortje berouw. Hij sist naar haar over de tafel en ik kan een glimlach niet onderdrukken.

'Dat is ook een van mijn ideeën,' vervolgt Nicole beledigd. 'Ik wil een persoonlijkheidsprofiel opstellen van iedereen binnen het bedrijf. Dan kunnen we de individuele vaardigheden beter benutten. Het zal echt iets toevoegen. En ik wil groeien op Instagram,' gaat ze door. 'We doen er niet genoeg aan.'

'Oké, dát snijdt hout,' moet Jake toegeven.

'Ja!' zeg ik, blij dat we het eindelijk ergens over eens zijn. 'We zouden veel meer kunnen doen met baktips, we kunnen foto's delen van taarten die de klanten hebben gebakken...'

'Altijd dicht bij huis blijven, hè, Fixie?' zegt Jake wrevelig. 'Instagram draait niet om de cake van een paar oude dametjes.'

'Wel waar!' zeg ik. 'Het gaat om gemeenschapszin en aansluiting! Wat vind jij, Nicole?' Ik leun naar Nicole toe om haar erbij te betrekken, maar haar ogen staan afwezig.

'Ik vind dat Farrs een gezicht moet hebben,' zegt ze. 'Ik moest eraan denken toen jij over Burberry begon, Jake. Weet je nog, toen Emma Watson het gezicht van Burberry was? Ze was overal.'

'Burberry,' herhaalt Jake zuchtend. 'Waanzínnig merk.'

'En ik zou natuurlijk het gezicht van Farrs moeten worden,' voegt Nicole eraan toe. 'Want ik ben model geweest.' Ze kijkt om zich heen alsof ze ons uitdaagt op te merken dat ze maar één shoot heeft gedaan, voor de buurtkrant. 'We zouden foto's van mij in de winkel kunnen maken. Ik wil zelfs best de sociale media gaan doen. Dat zou mijn terrein kunnen worden.'

'Ik richt me op de relaties,' gaat Jake er prompt op in. 'Connecties opbouwen met ambitieuze merknamen.' Hij drinkt zijn glas leeg en kijkt om zich heen. 'Zullen we nog een fles wijn bestellen?'

'En jij, Fixie?' vraagt oom Ned. 'Waar ga jij je op richten?'

Ik kijk hem aan terwijl de gedachten door mijn hoofd razen. Ik wil zeggen: jullie begrijpen het allemaal niet! Jullie begrijpen niet wat Farrs is!

Maar wie zou er naar me luisteren? Niemand, alleen mam. En ik ga haar hier niet mee lastigvallen, dat weiger ik.

'Fixie, jij bent zo goed op de winkelvloer,' zegt Nicole vriendelijk. 'Je bent fantastisch met de klanten. Jij zou je moeten richten op dingen als, zeg maar, verkoop en assortiment en personeelsbeleid en zo.'

'Oké,' zeg ik. 'Oké. Maar hoor eens, waarom komen jullie niet naar de winkel? Om de klanten te spreken en, nou ja, weer eens te zien hoe het er is?'

'Ja,' zegt Jake peinzend. 'Geen gek idee. Wat dacht je van morgenochtend vroeg?'

'Dan kan ik wel.' Nicole knikt.

'Alleen komt Bob dan langs,' zeg ik, kijkend naar mijn telefoon.

Bob is een rots. Hij doet de salarisadministratie, verzamelt de verkoopcijfers, bespreekt grote financiële beslissingen met mam, regelt alles met de accountant en helpt met zo'n beetje alle geldzaken. Hun samenwerking komt mam goed uit, want als ze geen zin heeft om geld aan iets uit te geven, zegt ze: 'Goed idee, maar ik moet het eerst met Bob bespreken.' En we weten allemaal dat Bob zo avontuurlijk is als een beige broek met een beetje stretch (die hij toevallig ook draagt).

'Des te beter,' zegt Jake. 'Ik heb die ouwe Bob al een eeuwigheid niet meer gesproken. Het is goed om weer eens bij te praten.'

'Super!' zeg ik blij. 'Ik zal het personeel appen dat ze vroeg moeten komen.'

'Ik kom ook een kijkje nemen,' zegt oom Ned. 'Ik wil mijn plicht niet verzaken!'

'Perfect,' zeg ik. 'Ik verheug me erop.'

Ik pak mijn lepel, begin aan mijn soep en probeer optimistisch te zijn. Als Jake en Nicole de winkel zien, voor zich zien hoe het er in werkelijkheid is, er echt goed over nadenken... dan begrijpen ze het vast wel. Het zijn tenslotte mijn broer en zus. We zijn Farrs. We zijn familie.

De volgende ochtend ga ik extra vroeg naar de winkel. Ik ren rond, neem oppervlakken af, leg producten recht en strijk theedoeken glad. Ik voel me net een nerveuze ouder: trots en beschermend tegelijk. Ik wil dat Jake en Nicole hetzelfde bij Farrs voelen als ik. Ik wil dat ze het snappen.

Ik blijf staan bij de afneembare tafelkleden en aai er vol genegenheid over. Ze zijn zo'n succes; we hebben al drie keer bijbesteld. Ze hebben van die coole Scandinavische prints waar onze klanten zo van houden. Terwijl ik de motieven sta te bewonderen, herinner ik me de avond dat mam en ik ze samen uitkozen uit de catalogus. We wisten allebei dat ze goed zouden lopen, dat *wísten* we gewoon.

'Morgen, Fixie,' begroet Staceys neuzelige stem me en ik draai me om. Ik moet Stacey spreken voordat de anderen komen. 'Waar is de brand?' vervolgt ze nukkig en ze strijkt haar geblondeerde haar met haar zilverkleurige nagels uit haar gezicht. 'Waarom moesten we zo vroeg komen?'

'Mijn broer en zus komen zo,' zeg ik. 'We wilden even snel overleggen voordat we opengaan. Maar eerst moet ik iets anders met je bespreken. Een gevoelige kwestie.'

'Wat dan?' zegt Stacey ontmoedigend. 'Kan ik eerst koffie pakken?'

'Nee. Dit duurt maar even.' Ik wenk haar, al is er verder niemand in de winkel, en zeg zacht: 'Stacey, je moet de klanten geen sekstips meer geven.'

'Dat doe ik niet,' zegt Stacey onmiddellijk.

Ik adem diep uit en wijs mezelf erop dat ontkenning Staceys neutrale stand is. Ik zei een keer: 'Stacey, je kunt nog niet weggaan,' en toen zei zij: 'Ik ga ook niet,' al was ze al half door de deur met haar jas aan.

'Dat doe je wel,' zeg ik geduldig. 'Ik hoorde je gistermiddag met dat meisje praten. Jullie hadden het over...' Ik ga nog zachter praten. 'Knijpers? Klemmen?'

'O, dat.' Stacey rolt minachtend met haar ogen. 'Dat kwam gewoon ter sprake.'

'Gewoon?' Ik gaap haar aan. 'Wat was dat voor gesprek?'

'Ik gaf uitleg over het product,' zegt ze onverstoorbaar. 'Dat moet toch?'

'Die klemmen zijn om plastic verpakkingen dicht te houden,' sis ik. 'Voor in de keuken! Niet voor...'

Het wordt stil. Ik ga die zin niet afmaken. Niet hardop.

'Tepels,' zegt Stacey.

'Sst!' Ik wapper met mijn handen naar haar.

'Denk je dat mensen die klemmen alleen kopen voor plastic verpakkingen?' zegt ze emotieloos en kauwgom kauwend en ik loop in gedachten snel onze klanten af.

'In vijfennegentig procent van de gevallen wel, ja,' zeg ik gedecideerd.

'Vijftig, hooguit,' slaat ze terug. 'En de spatels?' Ze werpt me een suggestieve blik toe. 'Denk je dat elke spatelaankoop een onschuldige spatelaankoop is?'

Ik kijk naar haar en het duizelt me. Wat gaat er in vredesnaam door Staceys hoofd wanneer ze een aankoop op de kassa aanslaat?

'Hoor eens, Stacey,' zeg ik uiteindelijk. 'Je mag denken en vinden wat je wilt, maar je kunt zulke dingen niet met de klanten bespreken. Dat is hoogst ongepast.'

'Dan níét.' Ze rolt met haar ogen, alsof ze een immense concessie doet. 'Ik heb gisteren twee Dysons verkocht,' zegt ze dan ineens. 'Een voor een moeder, een voor haar dochter. Ik heb ze overgehaald.

De moeder was net verhuisd. Gescheiden. Ze komt nog terug om haar hele keuken in te richten.'

Zo is Stacey. Net als je denkt dat ze te ver gaat, goochelt ze een konijn uit de hoed.

'Nou, dat is mooi,' zeg ik. 'Uitstekend gedaan.' Ik hoor commotie achter me, kijk om en zie oom Ned, Greg, Jake en Nicole allemaal tegelijk aankomen. Nicole praat indringend in op Greg, die smachtend naar haar kijkt. (Greg is altijd een beetje verliefd geweest op Nicole.) Intussen kijkt oom Ned om zich heen alsof hij hier nooit eerder is geweest. Het is ook een tijd geleden, moet ik toegeven.

'Welkom bij Farrs, oom Ned!' zeg ik. 'Kent u Stacey? En Greg?'

'Aha, ja,' zegt oom Ned om zich heen kijkend. 'Mooi, mooi.'

'Ik vroeg me af of we de thermostaat ook hoger kunnen zetten,' zegt Nicole ernstig tegen Greg. 'Dan zouden we hót yoga kunnen geven.'

'Hot. Ja,' hijgt Greg, die vol aanbidding naar Nicole kijkt. 'Hot, dat klinkt goed.'

'Wat heb je daar?' zeg ik, want opeens valt me op dat Nicole een trolley achter zich aan sleept.

'Make-up voor de Instagramshoot,' zegt ze. 'De volgende keer neem ik een visagist.'

Een visagist? Net als ik iets wil zeggen, tikt oom Ned op mijn arm.

'Kijk, Fixie,' zegt hij en hij wijst naar de speelgoedafdeling. 'Híér zou je een afdeling hengelsport kunnen maken. Hengels, schepnetten, lieslaarzen...'

'Eh... misschien,' zeg ik diplomatiek.

'Jezus, kijk dan,' zegt Jake, die met een afkeurend gezicht naar ons toe komt. 'Het ziet er elke keer weer goedkoper uit. Wat is dát?' Hij pakt een doosje en kijkt er misprijzend naar.

'Kaasdoek voor het maken van jam en gelei,' leg ik uit.

'Jam en gelei?' herhaalt hij smalend. 'Wie maakt er in godsnaam nog jam en gelei?'

'Onze klanten! Het is een populaire hobby...'

'Zo, zijn we er allemaal?' onderbreekt Jake me zonder zelfs maar te luisteren. 'Het personeel ook? Want we hebben veel te bespreken.'

'Ha Morag!' Ik zwaai naar Morag, die net binnenkomt. 'Oké, we zijn compleet,' zeg ik tegen Jake. 'Tenminste, iedereen die vandaag werkt is er. Christine heeft middagdienst en...'

'Ja, ja,' zegt Jake ongeduldig. 'Laten we beginnen. Oké.' Hij vervolgt met stemverheffing: 'Kom erbij, mensen. Zoals jullie weten hebben mijn zussen en ik de leiding zolang mijn moeder weg is en we willen veranderingen doorvoeren. Op grote schaal.' Hij stompt met zijn vuist in zijn hand en ik zie Stacey grote ogen opzetten. 'Deze winkel heeft een schop onder de kont nodig. We willen exclusievere dingen verkopen. We willen dat klanten met tassen vol de deur uit gaan. We willen woekerwinsten.'

Ik doe mijn mond open om tegen te stribbelen, want weet hij eigenlijk wel wat 'woekerwinsten' zijn? Maar Jake is niet te stuiten.

'Dit is een omwenteling, mensen,' zegt hij. 'We gaan er met gierende banden in. We willen deze zaak veranderen in een begeerlijke, kwalitatief hoogstaande winkel. Een hotspot waar trendsetters komen. Waar de beroemdheden uithangen. De Abercrombie & Fitch van de lifestylewinkels. En dat is het imago dat jullie allemaal moeten uitstralen. Stijlvol. Hip. Sexy.'

'Sexy?' zegt Morag geschrokken.

'Ja, sexy,' snauwt Jake. 'Trendy. Modern. Eigentijds.'

Ik zie zijn blik met stijgend ongenoegen over de verzamelde medewerkers glijden. Greg kijkt stompzinnig naar Nicole met zijn bolle grijze ogen. Stacey leunt kauwgom kauwend tegen een schap. Morag is nog dik ingepakt in haar praktische, gewatteerde jas en haar grijze haar is warrig van de wind. Ik moet toegeven dat je als je deze winkel binnenloopt niet meteen zult denken: *wauw, wat een hip, sexy personeel.*

'Nu ik! Laat mij nou eens wat zeggen.' Nicole geeft Jake een duwtje en hij kijkt kwaad, maar laat haar het woord nemen.

'Ik vind het spannend,' begint Nicole. 'Wie vindt het nog meer spannend?'

Er valt een bedremmelde stilte en dan zegt Greg schor: 'Ik!' Nicole lacht stralend naar hem.

'Er kan hier zo ontzettend veel. De mogelijkheden zijn onbegrensd. Maar halen jullie wel alles uit jezelf?' Ze kijkt naar Morag, die nerveus achteruit schuifelt. 'Daar wil ik jullie bij helpen, met behulp van gespecialiseerde psychologische profilering en teamwork. Laten we jullie persoonlijke kwaliteiten gebruiken. Laten we meer bereiken door ons door onze verbeelding te laten leiden.' Ze maakt een weids armgebaar en veegt bijna een karaf van de plank achter haar. 'Laten we Instagram inzetten. Laten we mindfulness toepassen. Laten we veranderen. Laten we die berg beklimmen. Want we kunnen het. Samen.'

Er volgt een nog bedremmelder stilte. Ik zie Stacey geluidloos: 'What the fuck?' tegen Greg zeggen en eigenlijk zou ik haar een standje moeten geven, maar ik denk er eerlijk gezegd net zo over. Waar hééft mijn zus het over?

'Zo!' zeg ik als duidelijk is dat Nicole is uitgepraat. 'Nou, Nicole, bedankt voor die, eh... inspiratie. Ik denk dat we de toespraken nu wel hebben gehad,' vervolg ik, 'maar waar het op neerkomt, is dat we mogelijkheden onderzoeken om de winkel te verbeteren, dus als jullie ideeën hebben, vertel ze ons dan alsjeblieft. Dank jullie wel!'

'Wacht!' roept oom Ned vlak voordat het personeel zich uit de voeten kan maken. 'Ik mag dan een ouwe gek zijn...' Hij lacht verlegen. 'Maar er is me wél gevraagd hier een oogje in het zeil te houden en ik héb een paar trucjes geleerd in de loop der jaren...' Hij grinnikt gekunsteld.

'Absoluut, oom Ned,' zeg ik beleefd. 'Ga door, alstublieft. Voor degenen die oom Ned nog niet kennen,' voeg ik eraan toe, 'hij is de broer van pap en hij heeft veel ervaring op zakelijk gebied. Oom Ned, wat zijn uw ideeën?'

'Nou, ik moet het Jake nageven. Het gaat allemaal om het uiterlijk. Het uiterlijk, vat je?' Hij zwaait guitig met zijn opgestoken wijsvinger. 'Mijn eerste indruk is deze: jullie meisjes zouden je aantrekkelijker moeten kleden. Een leuk bloesje, hakken... dát willen de klanten. Wat meer lippenstift, parfum... Een beetje flirten met de klanten...'

Mijn gezicht bevriest. Zegt hij dit echt? Hardop? Tegen het personeel?

'Sorry!' piep ik zodra ik mijn stem heb gevonden. 'Ik wil even ophelderen wat mijn oom zegt, om... misverstanden te voorkomen. Met "hakken" bedoelt hij "hakken die geschikt zijn voor je voetgesteldheid". Met "lippenstift" bedoelt hij dat lippenstift optioneel is voor medewerkers. Voor mannen én vrouwen,' voeg ik er snel aan toe. 'En met "flirten met de klanten" bedoelt hij... "hartelijke betrekkingen met klanten zijn wenselijk".'

Oom Ned is zo te zien verontwaardigd over mijn onderbreking, maar jammer dan. 'Familie gaat voor' moet het afleggen tegen 'Laat je niet voor de rechter slepen'.

'Dus, dat was het!' besluit ik amechtig. 'Nogmaals bedankt, mensen! Dat was het. We kunnen open.'

'Je zou echt lippenstift op moeten doen,' hoor ik Stacey tegen Morag zeggen terwijl ze naar de deur lopen om te openen. 'Of iets van lipgloss. Of iets van lippotlood. Of iets van...'

'Oom Ned, sorry dat ik u in de rede viel,' zeg ik, 'maar u kunt niet tegen de medewerkers zeggen dat ze met de klanten moeten flirten. Daar krijgen we problemen mee.'

'O, al dat politiek correcte gedoe,' zegt oom Ned geërgerd. 'Daar doe ik niet aan.'

'Het heeft niets met politiek correct te maken,' zeg ik. Het wordt steeds moeilijker om beleefd te blijven. 'Tegen personeelsleden zeggen dat ze met de klanten moeten flirten komt neer op, nou ja, seksuele intimidatie.'

Oom Ned kijkt me even niet-begrijpend aan, snuift dan neerbuigend, draait zich om en pakt een mandje.

'Nu ik er toch ben, kan ik net zo goed een paar dingen inslaan,' zegt hij. 'Goed, waar vind ik een strijkijzer?'

Oom Ned loopt naar de afdeling huishoudelijke apparatuur en Nicole haalt een bundel papier uit haar tas.

'Hier is de vragenlijst voor je psychologische profiel,' zegt ze en ze reikt Greg er een aan. 'Het is op wetenschappelijke basis, er is zeg maar onderzoek naar gedaan, dus...' Haar stem sterft weg.

'Je bent uitgenodigd voor een feest,' leest Greg hardop voor. 'Ga je erheen? Hangt van het feest af,' zegt hij na even te hebben nagedacht. 'Als het een Dungeons & Dragons-feest is, ben ik van de partij. Als het een vrijgezellenfeest is, ben ik van de partij. Als het een tuinfeest met oude dametjes in bloemetjesjurken is, ben ik niet van de partij. Als het een...'

'Het is gewoon een feest,' kapt Nicole hem af. 'Een groot, leuk feest. De vraag is: wil je erheen? Het is een simpele vraag. Feest of geen feest?'

Morag en Stacey hebben zich weer bij de groep aangesloten en we wachten allemaal op Gregs antwoord. Hij denkt nog even na, met een diepe denkrimpel in zijn voorhoofd, en kijkt dan op. 'Is er drank?'

'Ja!' zegt Nicole, die duidelijk haar geduld begint te verliezen. 'Er is drank. Je moet er niet te lang over nadenken. Gewoon antwoorden. Ik ben er vrij zeker van dat je een Uil bent,' zegt ze tegen Morag en ze geeft haar een vragenlijst. En tegen Greg: 'En jij bent waarschijnlijk een Lynx, dat houdt in dat je met een Vos moet werken.'

'Denk je dat ik een Vos ben?' vraagt Stacey wanneer ze haar vragenlijst aanneemt.

'Nee,' zegt Nicole. 'Beslist niet. Jij bent meer een Albatros.'

'Met wie moet Greg dan werken?' Stacey trekt een quasi-argeloos gezicht, met wijd opengesperde ogen. 'Ik vraag het me alleen af, want als het allemaal zo wetenschappelijk is en we geen Vossen hebben,' vervolgt ze laconiek, 'moeten we er misschien een aannemen?'

Nicole kijkt even beteuterd, maar dan maakt ze een geërgerd geluid.

'Vul die vragenlijsten nou maar gewoon in,' zegt ze. 'Ik ga een beetje instagrammen. Greg, help jij mij maar.'

Nicole loopt met Greg een gangpad in en Jake kijkt kritisch om zich heen.

'We moeten de winkel renoveren,' zegt hij. 'De hele tent moet gepimpt worden. We moeten iets mooiers op de vloer hebben, spotjes, fantastische kunst...' Hij breekt zijn zin af en kijkt vol afgrijzen naar de deur. 'God sta me bij,' stoot hij uit. 'Wie is dát afzichtelijke wrak?'

'Dat is geen afzichtelijk wrak!' zeg ik verontwaardigd als ik zie wie hij bedoelt. 'Dat is Sheila!'

Oké, misschien hoort Sheila niet bij de 'mooie mensen', ze is dik en slonzig, met haar wollen muts en stokoude boodschappentassen, maar ze is hier kind aan huis. Ze is een van ons. Ze zwaait vrolijk naar me en loopt door naar achteren, waar ze urenlang bakfolie en spuitzakken gaat bekijken, weet ik nu al.

'We moeten van haar af,' zegt Jake resoluut. 'Ze ziet er niet uit.'

'Ze is een klant, geen etalagemateriaal!' repliceer ik, maar Jake hoort me al niet meer.

'De hele tent moet gepimpt worden,' zegt hij weer en hij rammelt aan een van onze functionele rekken. 'We zouden een binnenhuisarchitect in de arm moeten nemen.'

Ik voel de vertrouwde stress weer opkomen. Waarom wil Jake alles altijd zo groots aanpakken?

'Ik geloof niet dat we daar de middelen voor hebben,' zeg ik.

'Hoe weet jij dat?' kaatst hij terug.

'Nou, ik wéét het niet, maar...'

'Je weet hoe bespottelijk zuinig mam is. Ik weet zeker dat we geld zat achter de hand hebben.' Jake kijkt vol weerzin naar Sheila. 'Ze lijkt wel een zwerver, verdomme.'

'Nou, zullen we dan maar kledingvoorschriften instellen?' zeg ik met een sarcasme dat ik meestal niet tegen Jake durf te gebruiken.

'Já,' zegt Jake met klem. 'Dat is toevallig geen slecht idee. Ha Bob!' vervolgt hij met een blik over mijn schouder. 'Jou moet ik net hebben.'

Ik kijk om en zie Bob de winkel in komen, in zijn degelijke broek en jasje. De aanblik van Jake lijkt hem een beetje van zijn stuk te brengen.

'Ha Bob,' zeg ik. 'Mijn broer en zus zijn vandaag ook in de winkel.'

'Ik wil het met je over geld hebben,' zegt Jake zonder enige inleiding. 'Kunnen we ergens heen? Het kantoortje?'

Hij neemt Bob mee naar achter en ik kijk om me heen om te zien of alles is zoals het moet zijn. Oom Ned dwaalt nog door de gangpaden met zijn steeds vollere mand. Hij heeft een strijkijzer gepakt, een theepot en een van onze afneembare tafelkleden en opeens krijg ik een warm gevoel bij het idee dat hij ons zo royaal steunt.

Dan glijdt mijn blik verder en knipper ik geschrokken met mijn ogen. Nicole heeft haar jas uitgedaan en daaronder draagt ze skinny jeans met een kort topje dat niets aan de verbeelding overlaat. Ze drapeert zich over een rek met steelpannen en geeft Greg opdracht foto's van haar te maken met haar telefoon, terwijl haar open trolley het hele gangpad blokkeert.

'Ik moet er sexy uitzien,' zegt ze spelend met haar haar. 'Zie ik er sexy uit?'

'Ja,' zegt Greg met verstikte stem. 'Ja, echt wel.'

'Kun je de steelpannen zo wel zien?' vraag ik terwijl ik me ernaartoe haast. 'Komen de artikelen wel in beeld?'

Nicole rolt met haar ogen. 'Het gáát niet om de steelpannen,' zegt ze. 'Het gaat om het gezicht van Farrs.'

Net als ik iets terug wil zeggen, zie ik twee vrouwen in spijkerbroek en vest binnenkomen. Ik verwacht dat Morag ze zal begroeten, maar die zit op een kruk haar vragenlijst in te vullen. Haar gezicht staat verbijsterd en ze heeft de klanten niet eens gezíén. Net als ik ze zelf wil gaan begroeten, komt Stacey naar me toe. 'Ik vroeg je oom net of ik zijn aankopen kon aanslaan,' begint ze, 'maar hij zegt dat hij niets hoeft te betalen omdat hij de interim-directeur is.'

'Wát?' zeg ik. Het floept eruit voor ik me kan inhouden.

'Dat zegt hij.' Stacey haalt haar schouders op. 'Hij denkt dat het allemaal gratis is. Hij neemt me in de maling, zeker?'

Ik gaap haar sprakeloos aan. We geven vrienden en familie altijd twintig procent korting. We hebben nooit gezegd: pak maar uit de winkel wat je hebben wilt.

Familie gaat voor, prent ik mezelf radeloos in. Ik kan oom Ned niet afvallen, al denk ik stiekem: hoe dúrft hij?

'Eh... tja...' zeg ik om tijd te rekken. 'We hebben nog niet alle details besproken...'

Terwijl ik praat, zie ik de twee vrouwen in spijkerbroek naar de steelpannen lopen, waar Nicole poseert. Ze kijken even om haar heen naar de pannen en dan zegt een van de twee: 'Pardon? Zou ik even mogen kijken?'

'Sorry, ik zit midden in een fotoshoot,' antwoordt Nicole snibbig.

'O,' zegt de vrouw van haar à propos gebracht. 'Goed, maar mogen we heel even...'

'Het is nogal belangrijk,' onderbreekt Nicole haar. 'Kunt u niet eerst iets anders bekijken?'

Mijn mond valt open. Dat is een klánt! Net als ik erheen wil rennen om Nicole te vragen waar ze mee bezig denkt te zijn, hoor ik oom Ned achter me.

'Ik pak nog wat dingetjes,' zegt hij opgewekt en hij grabbelt naar een eierdop. 'Goed, Fixie, heb je ook zoiets als een toastrekje?'

'Eh, oom Ned, over de korting voor vrienden en familie...' begin ik, maar dan beent Jake de winkel weer in.

'De hele winkel is duidelijk aan vernieuwing toe,' zegt hij luchtig tegen Bob, die er ontredderd uitziet. 'Ik denk dat een houten vloer de hoogste prioriteit moet krijgen, wat jij?'

Een hardhouten vloer? Prioriteit?

'Greg!' krijst Nicole opeens. 'Niet zó. Weet je dan níéts van Instagram?'

'Je valt op je buurman,' leest Morag, die er perplex uitziet, hardop voor van haar vragenlijst. 'Wat doe je? 1: Je zoekt hem op op Tinder…'

Ik kijk van Morag, die naar haar vragenlijst tuurt, naar Nicole, die probeert een steelpan op haar uitgestrekte vingers te laten balanceren terwijl Greg een foto maakt, en voel het bloed in mijn slapen bonzen. Dan kijk ik naar oom Ned, die nog steeds vergenoegd zijn mandje vult met onze spullen, en dan naar Jake, die Bob nu probeert te overtuigen van de Ralph Lauren-look.

Ik weet niet waar ik het moet zoeken.

Ik geloof dat ik gek begin te worden.

'Hé, Fixie,' klinkt Staceys sardonische stem in mijn oor. 'Ik weet wel dat ze familie van je zijn en zo.' Ze wacht even en leunt dan naar me toe. 'Maar ze zijn waardeloos.'

Een verward moment lang weet ik niet wat ik moet zeggen.

'Nee, dat zijn ze niet!' roep ik uiteindelijk zo overtuigd mogelijk. 'Dat is volkomen… Ze zijn…'

Ik krimp in elkaar als Nicole de steelpan uit haar hand laat kletteren en uitroept: 'O, nou zit er een deuk in. Greg, pak eens een nieuwe.'

'Moet je ze nou zien,' zegt Stacey onaangedaan. 'Ze weten niets van Farrs. Ik zeg alleen… ik zou maar goed uitkijken als ik jou was.'

Als ik die avond thuiskom, kan ik geen pap meer zeggen. Het was uitputtend om met het ene familielid na het andere te bekvechten. Oom Ned was 'diep gekwetst' dat ik dacht dat hij de artikelen gratis probeerde mee te nemen. 'Natuurlijk' had hij alleen maar veertig procent korting bedoeld.

Waarop ik moest uitleggen dat onze korting twintig procent is en hij zijn bovenlip optrok en de theepot en het tafelkleed terugbracht.

Toen Greg en Morag hun psychologische vragenlijst eindelijk

hadden ingevuld, verzetten ze zich hevig tegen de uitslag. Vooral Morag was gepikeerd toen ze een Geit bleek te zijn. Wat niet hielp, was dat Nicole haar praatje begon met: 'De Geit is wat wij een negatieve persoonlijkheid noemen, dus misschien moet je eens aan je positieve eigenschappen werken, Morag.'

Morag liep rood aan van verontwaardiging, maar Nicole merkte het niet eens. Intussen had Greg alle profielen online opgezocht en besloten dat hij een Leeuw wilde zijn, maar Nicole zei dat hij geen Leeuw kon zijn, dat hij het tégendeel van een Leeuw was. Hij vulde de hele vragenlijst dus opnieuw in met andere antwoorden, maar toen was hij nog steeds geen Leeuw, maar een Pony. Vervolgens bleef hij de rest van de dag mokken.

Dat persoonlijkheidsgedoe zal vast wel zin hebben, als het door een tactvol persoon wordt gedaan die ervoor is opgeleid, maar Nicole is niet tactvol en ze is er niet voor opgeleid. Het enige wat ze heeft bereikt, is dat ze mensen van streek heeft gemaakt. Alleen kon ik er natuurlijk niets van zeggen in het openbaar, dus vulde ik zelf een vragenlijst in en luisterde naar Nicoles uitleg. Ik weet niet eens meer wat ik was… een Panda, misschien? (Stacey weigerde mee te doen. Ze zei: 'Ik weet al welke persoonlijkheid ik ben, ik ben een Valse Teef.')

Daarna gingen we kijken hoe het met Nicoles yogalessen moest en kregen we bijna dikke ruzie waar iedereen bij was, want ze zei alleen maar de hele tijd: 'Je had me ruimte beloofd, Fixie, je had me ruimte beloofd,' maar leek geen idee te hebben waar die ruimte dan vandaan moest komen. Uiteindelijk kwamen we tot een compromis: de speelgoedafdeling gaat weg, de bakafdeling wordt ingeperkt en het glaswerk wordt gehalveerd, maar ideaal is het niet.

Het is me wel gelukt Jake zover te krijgen dat hij volgende week geen parketbedrijven laat komen om een offerte te maken, maar wat de 'herlancering' betreft ben ik door de knieën gegaan. Hij wil een feest geven voor 'coole mensen' en 'influencers' om 'Farrs op de kaart te zetten'.

Prima, hij doet maar. Als hij coole mensen naar Farrs kan krijgen, kan ik hem alleen maar feliciteren.

Ik laat mijn jas en tas in de gang vallen, loop naar de keuken en blijf blij verrast staan: Ryan zit met een biertje aan tafel naar het nieuws te kijken op ons piepkleine tv'tje en door zijn telefoon te scrollen. Hij lijkt helemaal op zijn gemak en ik voel een bubbel van blijdschap in me opbollen. Hij is gekomen! Ik dacht echt…

Nou ja, ik wist niet wat ik moest denken. Hij deed laatst zo nonchalant toen we afscheid namen. Ik was bang dat hij misschien al op zoek was naar een ander. Daarom heb ik mezelf de afgelopen dagen dus gedwongen hem níét continu te appen, om me op de vlakte te houden. Te wachten tot hij het initiatief nam. En dat heeft hij gedaan!

'Hoi!' zeg ik. Ik probeer achteloos te klinken, maar mijn stem slaat over van opluchting. 'Ik had je niet verwacht vanavond.'

'Nicole heeft me binnengelaten,' zegt hij terwijl hij gaat staan. 'Ik had je eerder thuis verwacht.'

'We hadden een crisis met een beschadigde levering,' zeg ik verontschuldigend. 'Ik kon niet weg.'

'Geeft niet.' Hij glimlacht. 'Je bent er nu.'

Hij neemt me in zijn armen, en ik doe mijn ogen dicht en val bijna flauw als onze lippen elkaar vinden. Ik had niet door hoe wanhopig ik naar hem verlangde. Zijn aanraking, zijn geur… de hele híj.

'Zo, hoe gaat het?' Ik maak me van hem los en kijk onderzoekend naar zijn gezicht. 'Hoe bevalt de baan?'

Ik heb Ryan maar twee appjes gestuurd: eentje om hem succes te wensen met zijn nieuwe baan en eentje om te vragen hoe zijn eerste werkdag was. Hij heeft op geen van beide geantwoord, maar ik nam aan dat hij het superdruk had.

'Geweldig!' Hij glimlacht breed. 'Kon niet beter.'

'Fantastisch!' zeg ik blij. 'Dus je vindt het leuk?'

'Ik geniet ervan,' zegt hij vol overtuiging. 'En ik denk dat ik er goed in kan worden. Ik zeg niet dat ik een expert ben, maar ik snap wat ze proberen te doen. Wat wé proberen te doen,' verbetert hij zichzelf een beetje verlegen en ik geef hem een knuffel. Dit klinkt allemaal nog beter dan ik had gehoopt.

'Wat fijn,' zeg ik zacht tegen zijn schouder. 'Ik hoopte echt dat het goed zou gaan. En is Seb een fijne baas?'

Ik vraag het gewoon voor de vorm, dus ik ben verbaasd als Ryan verstijft.

'Ja hoor,' zegt hij na een korte stilte. 'Gaat wel.'

'Gaat wel?' Ik ben een tikje teleurgesteld. Ik weet niet waarom, maar ik had verwacht dat Seb een geweldige baas zou zijn.

'Nee, super,' krabbelt Ryan terug. 'Een goede baas. Niets mis mee.' Hij glimlacht naar me en ik glimlach in een reflex terug, maar het zit me niet lekker.

'Wat is er dan?' vraag ik door.

'Niets,' wuift Ryan het weg. 'Ik had niets moeten zeggen. Hij is super.'

'Maar...?' dring ik aan. Ik weet dat er een 'maar' is en ik moet en zal erachter komen wat het is.

'Goed dan,' zegt Ryan met een zucht. 'Nou, ik denk dat er spanningen zijn.'

'Spanningen?' Ik kijk hem met grote ogen aan. 'Waarom zouden er spanningen zijn?'

'Het is lastig.' Ryan aarzelt, alsof hij naar woorden zoekt. 'Weet je, de mensen op kantoor komen naar me toe. Ze vragen naar mijn mening. En dat vindt Seb niet leuk.' Ryan grimast. 'Ik denk dat hij zich bedreigd voelt.'

'Waarom zou Seb zich bedreigd voelen door jou?' zeg ik stomverbaasd. 'Hij heeft zijn eigen investeringsbedrijf opgezet. Jij weet niets van beleggen. Hoe kun jij nou een bedreiging vormen?'

Ik denk terug aan Seb op zijn kantoor. Zijn open manier van doen. Zijn lach. Hij lijkt me niet iemand die zich door wie dan ook bedreigd zou voelen. Hij lijkt me meer iemand die alle standpunten zou willen horen.

'Dat vind ik ook!' roept Ryan uit en hij knikt verwoed. 'Ik kom net kijken! Maar weet je, ik ken veel mensen in de States. Ondernemers, techbedrijven, milieugroepen... Ik heb dingen opgepikt. En dat willen de anderen horen. Iedereen behalve Seb. Hij is een aardige jongen, maar kortzichtig. Hij hecht aan zijn eigen systeem.'

Ik laat het even zwijgend op me inwerken. Zo had ik me Seb niet voorgesteld, maar ik heb hem maar een paar keer gesproken, wijs ik mezelf terecht. Ik heb hem nooit in een werksituatie meegemaakt. Misschien is hij voorzichtiger en behoudender dan hij lijkt.

'We hadden gisteren een grote vergadering,' vervolgt Ryan. 'Wie heeft uiteindelijk het hoogste woord? Ik. Ze hebben het over techbedrijven. Ik laat ze uitpraten, maar dan zeg ik: "Zijn jullie ooit in San Francisco gewéést? Hebben jullie de pioniers gesproken? Want ik wel. Ik ken ze. Ik heb verdomme met ze in het zwémbad gelegen."'

'Wauw,' verzucht ik. 'Dat klinkt waanzinnig!'

'Ik vertelde ze over techstart-ups waar ze niet eens van hadden gehoord,' zegt Ryan knikkend. 'Ze schreven het allemaal op. Ze hingen aan mijn lippen.'

'Wat is het probleem dan?'

Ryan rolt met zijn ogen. 'Seb,' zegt hij. 'Het stond hem niet aan.'

'Hoe kan het hem nou niet aanstaan?' vraag ik perplex. 'Je deelt informatie met het bedrijf.'

'Hij is een controlfreak,' zegt Ryan schouderophalend. 'Hij heeft zoiets van: "Blijf in je hok, Ryan." Maar ik blijf niet in hokjes. Sorry, maar zo ben ik nu eenmaal.'

Zijn Californisch blauwe ogen stralen en hij borrelt van de energie. Opeens zie ik voor me hoe hij als een wervelwind de vergaderzaal verovert. Hoe hij iedereen van de sokken blaast met zijn charisma en kennis uit de eerste hand. Natuurlijk heeft hij indruk gemaakt, hoe kan het ook anders? En misschien heeft hij gelijk, misschien staat het Seb niet aan.

'Tja, het is nog vroeg dag,' zeg ik ten slotte. 'Ik zou voorzichtig doen als ik jou was. Tactvol zijn.'

'O, dat doe ik ook.' Ryan knikt weer. 'En weet je, ik klaag niet. Het is prima. Ik heb werk, daar gaat het maar om en dat komt door jóú.'

Hij straalt zo dat ik wel terug moet stralen.

'Ik ben heel trots op je,' zeg ik naar hem opkijkend. 'Ze boffen maar met jou!'

'Fixie,' zegt hij vol genegenheid en hij zoent me op mijn neus. 'Elke man zou een Fixie moeten hebben, weet je dat?'

'Ik heb je gemist,' zeg ik zacht terwijl ik mijn handen over zijn rug naar beneden laat glijden.

'Hmm, ik jou ook,' zegt hij, maar hij zoent me niet. Hij kijkt over mijn schouder naar zijn telefoon, besef ik opeens.

Ach, moet kunnen. Mensen mogen naar hun telefoon kijken. Het is niet verboden.

Ik laat mijn handen nog een stukje zakken en streel hem om mijn bedoeling duidelijk te maken. Ik heb naar hem verlángd. Ik wil niets liever dan naar boven gaan om hem echt te begroeten en al het andere even te vergeten, maar Ryan reageert niet.

'Hmm,' zegt hij vaag en dan richt hij zijn blik op me alsof hij me nu pas ziet. 'Zal ik jou eens iets zeggen? Ik sterf van de honger. En ik heb een zak vol wasgoed in de gang staan. De wasmachine van Jake en Leila heeft het begeven.'

Ik trek mijn hand weg. 'O,' zeg ik. 'Nou, dan doe ik je was hier wel. En laten we iets eten.' Ik trek de koelkast open en kijk erin. 'We hebben nog biefstuk. Lijkt dat je wat?'

'Perfect,' zegt Ryan, die de keuken uit loopt. 'Roep maar als het klaar is. Ik ga kijken of er iets op tv is.'

Ik pak de koekenpan uit het rek. Hoe moet ik me nu voelen? Diep vanbinnen hoopte ik dat Ryan me meteen de trap op zou dragen om me alle hoeken van de kamer te laten zien, en nog dieper vanbinnen, onpeilbaar diep, zeg maar, hoopte ik dat hij zou zeggen: 'Fixie, ik hou van je,' of: 'Fixie, ik heb altijd al van je gehouden, jij bent het altijd geweest voor mij, had je dat dan niet door?'

Nee, niet doen. Niet te hoog mikken.

Trouwens, dit is beter dan naar boven rennen voor een vluggertje zodra ik over de drempel kom. Véél beter.

Toch?

Ja, zeg ik gedecideerd tegen mezelf. Veel beter. Want hij wil bij mij zijn vanwege míj. Niet alleen voor de seks, maar voor mij als méns.

De tv in de woonkamer gaat aan en het vertrouwde geluid overspoelt me opeens met warmte. Natuurlijk is dit beter. Natúúrlijk! Kijk ons nou, een echt huiselijk stel dat avondeten maakt en naar elkaars dag vraagt. Dit is wat ik altijd heb gewild. Knusheid. Intimiteit. We mogen dan niet samenwonen, maar het scheelt niet veel.

Terwijl ik de eerste aardappel begin te schillen, neurie ik onwillekeurig in mezelf. En mam maar zeggen dat Ryan een player was. En Hannah zei dat het nooit wat zou worden. Maar ze hadden het allebei mis. Hij is hier! Bij mij! Alle zorgen van de dag verdwijnen naar de achtergrond, zelfs oom Ned. Weet je, als je iemand hebt om bij thuis te komen, is niets meer zo erg en nu heb ik Ryan om bij thuis te komen. De tiener in mij kan het nog steeds niet helemaal geloven, maar het is echt zo! Ryan Chalker is hier en hij is van mij.

12

We zijn een maand verder en mam zit in Parijs. Ik kan het bijna niet geloven, maar het is echt zo. Ze heeft een miljoen foto's van tante Karen en haar op haar nieuwe Facebookaccount gezet. (Mam? Facebook?) Er zijn foto's van mam bij de Eiffeltoren, van mam op een terrasje en mam en tante Karen in witte badjassen in een wellnesscentrum. (Mam? Een wellnesscentrum?)

Het is ongelooflijk, zoals ik al zei. Al moet ik toegeven dat ik momenteel vrij veel niet kan geloven. Ik kan niet geloven dat Ryan en ik nog steeds bij elkaar zijn en dat we een vaste routine hebben die maakt dat ik mezelf wel kan zoenen van blijdschap. Hij komt minstens twee keer per week langs en dan kook ik voor hem en kijken we samen tv en het is heerlijk. Het is simpel. Het is relaxed. Ik had nooit durven dromen dat die woorden van toepassing zouden zijn op Ryan en mij.

Wat ik ook niet kan geloven, is dat we vanavond een feest geven bij Farrs om onszelf te 'herpositioneren' (Jakes woord, niet het mijne), waarvoor hij een rode loper, een fotograaf, een dj en een uitsmijter heeft ingehuurd. (Een úítsmijter?).

Maar bovenal kan ik niet geloven wat Hannah me vertelt over Tim en haar. Dit kan niet kloppen, het kán gewoon niet.

We zijn samen in het kantoortje van Farrs onze make-up aan het bijwerken. Jake heeft de ruimte voor vanavond omgedoopt tot 'backstage' en er drie flessen champagne neergezet, waarvan Hannah er meteen een heeft opengetrokken.

'Hij zei het zomaar,' zegt ze verdrietig en ze neemt een teug. 'Hij ging op de bank zitten en zei: "Ik wil geen kind meer."'

'Hoe kan hij nou geen kind meer willen?' vraag ik verbaasd. 'Jullie hele léven draaide om jullie pogingen zwanger te worden.'

'Ja! Hij zegt dat hij zich heeft bedacht. Hij zegt dat hij het recht heeft om zich te bedenken en dat hij zich niet hoeft te verantwoorden. Wie zegt er nou zoiets?'

Tím, antwoord ik in stilte.

'Misschien heeft hij even een dipje,' zeg ik. 'Ga met hem uit eten, drink een glas wijn en praat het uit.'

'Ja, wie weet,' zegt ze somber. 'Kweenie. Het gaat niet zo lekker tussen ons.'

'O? Hoezo?'

'Het is mijn schuld.' Hannah aarzelt even. 'Ik heb iets stoms gezegd. We hebben knallende ruzie gehad dit weekend. Ik... ik heb geblunderd. Ik heb hem pijn gedaan.'

'Hoe dan?' vraag ik nieuwsgierig, aangezien Tim zo ongeveer van teflon is gemaakt. Ik kan me niet voorstellen dat Hannah hem pijn zou kunnen doen.

'Het is best gênant.' Ze tuurt in haar glas.

'Wat?' vraag ik gefascineerd. 'Hannah, kom op. Vertel.'

'We hadden een etentje,' zegt Hannah schoorvoetend. 'Het gesprek ging op een gegeven moment over besneden mannen en seks. Ik had trouwens vanaf zes uur die ochtend gewerkt,' voegt ze er als verzachtende omstandigheid aan toe. 'Mijn brein was aan gort. Ik kon niet meer denken.'

'Ik zal je niet veroordelen!' roep ik uit. 'Wat heb je nou gezégd?'

'Oké,' verzucht ze. 'Iedereen had het er dus over of besnijdenis van invloed is op je seksleven. En ik zei tegen Tim, aan de andere kant van de tafel: "Nou, jij bent niet besneden, hè, schat? Dus het maakt jóú niet minder gevoelig."'

'Wat is daar mis mee?' vraag ik verbijsterd. 'Het is misschien een beetje indiscreet...'

'Je snapt het niet.' Hannah schudt woest met haar hoofd. 'Hij keek me zo afschuwelijk effen aan en hij zei: "Maar Hannah, ik ben wél besneden."'

'O, mijn god!' Ik sla een hand voor mijn mond. 'Echt?'

'Ja! Altijd al! Ik weet niet hoe het kon gebeuren. Het moet kortsluiting in mijn hoofd zijn geweest.'

'Shit!' Ik onderdruk een plotselinge, verschrikkelijke drang om te lachen. Ik mag níét lachen.

'Ik schaamde me dood.' Hannah trekt een gepijnigd gezicht. 'Iedereen aan tafel hoorde het. Iedereen had zoiets van: "Hoe kun je nou niet weten of je man besneden is of niet? Heb je dat nooit gemérkt?" Ze bleven ons er de hele avond mee plagen. En Tim...' Ze zwijgt even. 'Die vatte het niet bepaald goed op.'

'Hmm,' zeg ik, met mijn gezicht weer in de plooi. 'Logisch.'

'Weet ik. Ik bedoel, hij had gewoon zijn mond moeten houden. Geen mens had het toch kunnen weten? Dat zei ik naderhand ook tegen hem: "Waarom moest je dat zo nodig zeggen?" Maar het hielp niet.'

'Tja,' zeg ik een beetje sprakeloos. 'Tja...'

'Hoe kon ik de pénis van mijn eigen man nou vergeten?' Hannahs stem wordt schril van agitatie. 'Zijn pénis?'

'Eh...' Haar gezicht staat gespannen. 'Hannah, niet boos worden, maar is het mogelijk dat je al zwanger bent? Misschien heb je... kweenie. Zwangerschapsstress of zo?'

'Nee! Ik heb geen zwangerschapsstress. Ik heb zwanger-willen-wordenstress!' valt Hannah uit. 'Ik word er knettergek van! Hoe dóén mensen dat?'

'Geen idee,' beken ik. 'Hé, probeer er niet meer aan te denken. Jullie komen er wel uit. Tim en jij zijn een goed stel.'

'Ja.' Hannah lijkt enigszins te kalmeren. 'Misschien. Maar luister, dit is jouw avond. Laten we het niet meer over mij hebben. Het ziet er waanzinnig uit!' Ze gebaart naar de winkel.

De ruimte is getransformeerd voor het feest. Jake heeft vroeg afgesloten en een verhuisploeg laten komen. Ze hebben zo ongeveer de halve inventaris ingepakt, de toontafels weggehaald, feestverlichting opgehangen en een bar geplaatst. Een dj heeft speakers en een laptop opgesteld. Er hangen ook overal enorme affiches met Nicoles uitvergrote gezicht erop en daaronder HET NIEUWE GEZICHT VAN FARRS.

Tja, ik moet toegeven dat het er echt fantastisch uitziet. Alleen lijkt het niet meer echt op een winkel. Laat staan de onze.

'Dus, wie komen er vanavond?' informeert Hannah.

'Dat bepaalt Jake.' Ik steek mijn handen op. 'Dit is zijn ding. Hij zegt dat het een "select" gezelschap is.'

'O, seléct,' zegt Hannah en ze werpt me een sardonische blik toe, die ik beantwoord.

Hannah is de enige tegen wie ik de familie ooit zal afvallen, want in wezen is ze zélf familie. Ze weet dus hoe ik over Jake denk. En over zijn ideeën.

'Hij heeft het klantenbestand doorgenomen,' vertel ik op gedempte toon, 'en hij heeft de klanten met een dure postcode eruit gepikt.'

'Een dure postcode?' herhaalt Hannah ongelovig. 'Waneer is een postcode duur?'

'God mag het weten. En hij heeft een "influencer" uitgenodigd. Zo'n YouTube-meisje, Kitten Smith. En de plaatselijke pers. En we moeten er allemaal "stijlvol en elegant" uitzien. Jake heeft het personeel vandaag een preek gegeven. Die arme Morag wist niet hoe ze het had.'

'Nou, jij ziet er super stijlvol en elegant uit,' zegt Hannah loyaal en ik rol grinnikend met mijn ogen. Ik heb mijn haar vanmiddag laten föhnen, maar ik was echt niet van plan me te buiten te gaan aan een nieuwe jurk, dus heb ik de simpele donkergroene jurk aangetrokken die ik ook droeg toen ik Nicoles bruidsmeisje was. 'Wat vindt je moeder ervan?' vervolgt Hannah. 'Kost dit geen bakken met geld?'

'Mam vindt het goed,' zeg ik schouderophalend. 'Ze zegt dat het Jakes ding is en dat het geen kwaad kan.'

Ik probeer niet te laten merken dat ik me in de steek gelaten voel. Ik heb mam twee weken geleden gebeld omdat ik me zorgen maakte over de grootse partyplannen van Jake. Ik wilde dat ze het met me eens zou zijn en dat ze tegen hem zou zeggen dat hij moest dimmen, maar ze zei op die relaxte manier van haar: 'Ach, schat, hij zal wel weten wat hij doet.' En ik wilde niet aandringen, haar stress bezorgen en haar vakantie verpesten. Dus hier zijn we dan.

'Je komt binnen over een rode loper,' zegt Hannah met trekkende mondhoeken. 'Een rode loper.'

'Ja,' zeg ik. 'Jake zegt dat de vips erop kunnen poseren.' Ik vang haar blik, bijt op mijn onderlip en voel opeens een lachbui opkomen. Het lijkt allemaal zo idioot. Al zou mam gelijk kunnen hebben: misschien heeft Jake meer verstand van promotie dan wij.

'Hij heeft de winkel een complete make-over gegeven,' vervolg ik. 'Samen met Nicole. Ze stonden erop. Ze vinden dat het er "cooler" uit moet zien. Wist je al dat Nicole met yogalessen is begonnen?'

'Ik heb haar mailtje gekregen,' zegt Hannah knikkend. 'Eerlijk gezegd dacht ik: waarom zou je voor yoga naar Farrs gaan?'

'Precies! Ze heeft een stuk of zes vriendinnen die meedoen en ze blijft de toontafels voorin maar verschuiven en het is ontzettend hinderlijk. Jake en zij hebben de hoeveelheid bewaardozen gehalveerd, alle benodigdheden om zelf jam te maken zijn gesneuveld en Jake heeft peperdure tuinlantaarns ingekocht die een vriend van hem importeert. Ik bedoel, tuinlantaarns, terwijl we niet eens een tuinafdeling hebben!' Mijn stem schiet verontwaardigd omhoog. 'Waarom hebben we die wel, maar niet het complete assortiment plastic bewaardozen?'

'Ik weet het,' zegt Hannah meelevend en ik herinner me iets te laat dat ik hier een paar dagen geleden ook al een tirade over heb gehouden tegen haar. 'Maar er is nu niets meer aan te doen, toch? Probeer het van je af te zetten, Fix. Geniet van de avond.' Ze schenkt me nog eens bij. 'Komt Ryan ook?'

'Hij komt meteen uit zijn werk,' zeg ik met een knikje.

'En hoe gaat het?' Ze trekt suggestief haar wenkbrauwen op.

'Met zijn werk, bedoel je? Of met ons?'

'Allebei,' zegt ze. 'Alles.'

'Nou, met óns gaat het super,' zeg ik resoluut. 'We zijn net een oud getrouwd stel.'

En dat is waar: de afgelopen paar weken heb ik me heel close gevoeld met Ryan. Het is allemaal heel natuurlijk en fijn. Ik ben eraan gewend geraakt dat hij twee of zelfs drie keer per week bij me thuis is. En onze relatie is...

Tja.

Ik bedoel, het is íéts anders dan ik me had voorgesteld. We hebben íéts minder seks dan ik had gedacht. Na die eerste keer na het weerzien nog maar... Ik denk dat het woord 'sporadisch' hier op zijn plaats is. Of misschien 'incidenteel'. Vijf keer in totaal, daar komt het op neer. In een maand.

Maar wat dat mij zegt is dat Ryan gekoesterd moet worden. Hij moet helen. Hij heeft een heel zware, vernederende periode doorgemaakt, dus zijn libido heeft daar onvermijdelijk onder geleden. Het is volkomen normaal. (Ik heb het gegoogeld.) En het beladen voor hem maken of hem een minderwaardigheidscomplex bezorgen is wel het laatste wat ik wil doen, dus heb ik het er niet eens over gehád. Ik heb alleen voor hem gezorgd, zo onvoorwaardelijk en bemoedigend als ik kan. Gezonde, zelfgemaakte maaltijden, veel knuffelen, veel luisteren.

'En zijn baan?' vraagt Hannah.

'Wisselend,' geef ik toe. 'Het gaat op en neer. Er is een echte machtsstrijd gaande op kantoor.'

'Een machtsstrijd?' Hannah zet grote ogen op. 'Nu al?'

'Niet verder vertellen,' zeg ik zacht, 'maar de baas, die gast die ik toevallig heb leren kennen, is jaloers op Ryan. Hij zéí dat hij iemand met levenservaring zocht, maar toen puntje bij paaltje kwam, was dat toch niet zo. Hij wilde hetzelfde als altijd: een jonge, naïeve, niet-bedreigende stagiair om de baas over te spelen. Zo jammer.'

Ik ben heel teleurgesteld in Seb. Zo zie je maar weer: je kunt je compleet vergissen in een ander. Hij schijnt Ryan te hebben uitgesloten van sommige besprekingen, wat nergens op slaat, want hoe moet Ryan het vak dán leren? Ryans theorie is dat Seb nu spijt als haren op zijn hoofd heeft omdat hij, zoals Ryan het stelt, 'een man en geen jongen' heeft aangenomen. Helemaal omdat de anderen binnen het bedrijf gek zijn op Ryan en hem continu naar zijn mening vragen.

'Hmm,' zegt Hannah peinzend. 'Kan Ryan zich niet gedeisd houden?'

'Dat doet hij ook. Zo veel mogelijk. Maar hij is wel Ryan, weet je.' Ik steek machteloos mijn handen op. 'Als hij denkt dat iemand een verkeerde beslissing wil nemen, zegt hij er iets van.'

Terwijl ik het zeg, voel ik een sprankje trots. Dat Ryan zich niet gedeisd wil houden, maakt hem juist zo bijzonder. Hij zegt dat EBV het volgens hem op zeker tien punten verkeerd aanpakt. Hij zegt dat hij niet zal rusten tot hij dat duidelijk heeft gemaakt en hij wordt nu al door mensen aangesproken die hem om advies vragen. Hij vindt dat Seb een aardige gozer is, maar dat hij niet weet hoe je mensen moet aansturen en dat het bedrijf te vroeg en te snel is gegroeid. 'Het gaat alle kanten op,' zegt hij telkens hoofdschuddend. 'Er zit geen lijn in. Ze doen maar wat.'

Hij heeft het vaak over ene Erica, die het oudste, meest ervaren lid van het team schijnt te zijn. Ze is een enorme fan van Ryan. Ze vindt hem veel meer een geboren leider dan Seb en denkt dat hij de tent zó zou kunnen overnemen, maar het is nu eenmaal Sebs bedrijf, dus is er weinig kans dat er iets zal veranderen.

In het begin vond ik het verwarrend dat Ryan het nu al over leidinggeven had, maar ik ben langzamerhand aan hem en zijn grenzeloze ambitie gewend geraakt. Hij ziet de wereld als een plek die hij moet veroveren. Als hij me vertelt hoe hij Hollywood heeft overleefd, is het alsof ik naar een gevechtspiloot luister die over een militaire missie vertelt. Oké, hij is brandend neergestort, maar gaat dat niet in elk succesverhaal zo? Grote leiders falen, leren, herpakken zich, beginnen opnieuw en bereiken nog grotere hoogten.

'Maar goed, hij komt er wel uit,' besluit ik. 'Hij kan het in elk geval goed vinden met veel teamgenoten. Ze gaan een keer of drie per week samen iets drinken en poolen. Dat is leuk.'

'Nou, daar drink ik op,' zegt Hannah en net als we onze glazen heffen komen Morag, Greg en Stacey binnen.

Mijn mond valt open bij de aanblik. Ze hebben alle drie feestkleding aan, maar niets wat ik 'stijlvol en elegant' zou noemen. Morag draagt de opzichtigste paarse glimjurk die ik ooit heb gezien, met schoudervullingen en een schootje. Als ze zich beweegt, wordt hij blauw onder de lampen. Afzichtelijk. Waar heeft ze dat ding eigenlijk vandaan, de Brandbare Jurken Winkel?

Staceys jurk bestaat in wezen uit een zwartkanten lingeriesetje waarover zwarte chiffon is gedrapeerd. En Greg zal ongetwijfeld zelf denken dat hij strak in het pak zit, maar dat is niet zo. Hij heeft gel in zijn haar en draagt witte sokken en puntschoenen, en al met al ziet hij eruit alsof hij naar een jarenvijftigfeest gaat.

'Hannah!' Morag begroet Hannah als een goede vriendin, wat ze ook is. Iedereen bij Farrs kent Hannah. 'Wat leuk je te zien. Hoewel, zou je wel drinken?' Ze kijkt afkeurend naar Hannahs glas.

'Tim wil geen kind meer,' zegt Stacey plompverloren. 'Hij heeft zich bedacht. Van het ene moment op het andere.'

'Stacey!' blaas ik. 'Dat is privé!'

'Ik heb het per ongeluk gehoord,' zegt ze zonder een spoortje berouw, terwijl ze duidelijk bedoelt: ik kon me er niet van weerhouden jullie gesprek af te luisteren. 'Balen,' vervolgt ze tegen Hannah.

'Is hij er soms achter gekomen dat hij al een kind heeft?' vraagt Greg meelevend. 'En wil hij er niet nog een vanwege de, je weet wel, de kinderalimentatie?'

'Nee!' roept Hannah als door een wesp gestoken uit. 'Natuurlijk niet.'

'Het komt voor,' zegt Greg schouderophalend. 'Het overkwam

een kennis van mij in *The Jeremy Kyle Show*. Het heeft hem wel een gratis DNA-test opgeleverd. Dus, zo zie je maar weer. Het is niet alleen maar ellende. Wel gek,' voegt hij er peinzend aan toe, 'ze hadden zich vergist met zijn onkostenvergoeding. Uiteindelijk hield hij er tien pond aan over. Winst!'

'Ik weet heel zeker dat Tim niet al een kind heeft,' zeg ik gejaagd bij het zien van Hannahs verstarde gezicht. 'En het is privé, zoals ik al zei, dus kunnen we allemaal...'

'Ik zeg: ga van hem scheiden,' zegt Stacey tegen Hannah alsof ze me niet hoort. 'En ga dan met al zijn vrienden naar bed. Dan, als hij een emotioneel wrak is, zoek je nog iemand... zoals degene die hem het dierbaarst is, degene die hem nooit zou bedriegen, dacht hij... en dan ga je met haar naar bed.'

'Met haar?' Hannahs ogen worden groot.

'Met haar.' Stacey knikt zonder blikken of blozen. 'En zorg dat je goed bent.'

'Stacey, kind, dat lijkt me niet echt de juiste manier,' bemoeit Morag zich ermee. 'Waarom bak je geen lekkere taart voor Tim?' vervolgt ze tegen Hannah. 'Een lekkere slagroomtaart of een worteltaart... Hij zou een glutenallergie kunnen hebben!' Haar ogen lichten plotseling op. 'Dat zou alles kunnen verklaren.'

'Morag, ik geloof niet dat iemand van het vaderschap af zou willen zien vanwege een glutenallergie,' kan ik niet nalaten op te merken. 'Ik denk niet dat het zo in elkaar zit.'

'Het zou zijn darmen kunnen irriteren,' repliceert ze koppig. 'Die allergieën kunnen een ravage aanrichten, kind.'

'Ik zeg: hypnotiseer hem,' zegt Greg en we gapen hem allemaal aan.

'Hypnotiséér hem?' herhaalt Hannah.

'Ik heb een cursus gevolgd.' Greg kijkt haar veelbetekenend aan. 'Specialistische militaire technieken. Geef me vierentwintig uur. Ik kan hem strippen tot hij geen persoonlijkheid meer over heeft en dan kun jij hem weer opbouwen.'

'O,' zegt Hannah na een korte stilte. 'Tja, wie weet.'

'Verzet je niet,' zegt Greg, die met zijn bolle ogen strak in de hare kijkt. 'Je moet je door míj laten helpen.' Hij gebaart dwingend met zijn handen. 'Laat je door míj helpen.'

'Is het feest al begonnen?' vraagt Hannah radeloos.

'Inderdaad!' zeg ik. 'We moeten de gasten begroeten. Kom mee.'

Ik drijf iedereen het kantoortje uit en kijk in de winkel om me heen. Die is onherkenbaar. Er dreunt muziek door speakers en een paar serveersters gaan met dienbladen met champagne rond. Er zijn al wel wat mensen, maar ik ken niemand. Zo te zien zijn het makelaarsvriendjes van Jake.

Bij de ingang ligt een anderhalve meter lange 'rode loper', afgezet met een vipkoord en voorzien van een achtergrondscherm dat is bedrukt met sterren. Nicole staat op de loper voor een fotograaf te poseren alsof ze nooit iets anders doet, samen met een blond meisje dat Kitten Smith moet zijn. Ze zijn allebei in het lang, en Nicole zwiept met haar haar en lacht gekunsteld, met haar arm om het blonde meisje heen.

'Kijk,' zeg ik tegen Stacey. Of ik wil of niet, ik begin er plezier in te krijgen. 'Dat is Kitten Smith.'

'Goh, ja,' zegt Stacey met een ongeïnteresseerde blik op Kitten. 'Hoeveel heeft Jake haar betaald om te komen?'

'Betááld?' Ik kijk Stacey perplex aan.

'Tja, ze komt niet voor niks, toch?' Stacey rolt met haar ogen.

'Nee. Natuurlijk niet!' zeg ik snel. Ik probeer niet zo onnozel te klinken als ik me voel. Het was niet eens in me opgekomen dat Jake die vlogster betaalde. Ik dacht dat hij haar belangstelling voor Farrs op de een of andere manier had gewekt.

Hoeveel heeft hij haar betaald?

Terwijl ik toekijk, komen er twee meiden in opvallende jurken binnen en Jake begroet ze luidkeels en zoent ze allebei. Ik heb geen idee wie het zijn. Ik ken vrijwel niemand hier. Ik weet dat ik me onder de gasten moet begeven, maar ze zien er allemaal zo imposant uit. Ik besluit mijn glas leeg te drinken, nog een glas te nemen en me dán onder de gasten te begeven.

Het ontgaat me niet dat Jake zich in zijn element lijkt te voelen. Hij deelt drankjes uit en maakt grappen, luid en zelfverzekerd. Ik hoor telkens de woorden 'Notting Hill' vallen, wat me achterdochtige kriebels bezorgt, maar ik doe mijn best om hem het voordeel van de twijfel te gunnen.

Ik drink mijn glas leeg, schenk het weer vol en net als ik naar het opvallendste, imposantste meisje wil lopen, zie ik tot mijn blijdschap een bekende gestalte binnenkomen. Het is Vanessa! Ze heeft een chic donkerblauw pakje aan, maar haar glimlach is er niet minder vertrouwd om.

Eindelijk! Een echte klant! Ik haast me naar haar toe en zoen haar in een opwelling op beide wangen, wat ik normaal gesproken niet zou doen, maar Jakes maniertjes werken aanstekelijk.

'Vanessa! Fijn dat je er bent!' Ik pluk een glas champagne van een dienblad en reik het haar aan.

'Goh, wat leuk,' zegt Vanessa vriendelijk terwijl ze om zich heen kijkt. 'Chic hoor. Waar is het voor? Dat kon ik niet goed opmaken uit de uitnodiging.'

'O... een opknapbeurt,' zeg ik vaag. 'Heropening.'

'Dat heb ik ook tegen de anderen gezegd.' Vanessa knikt. 'Ze komen eraan. We hadden in de pub afgesproken, maar ik heb niet veel tijd, dus ben ik maar vast hierheen gekomen.'

'De anderen?' zeg ik niet-begrijpend.

'De Taartclub!' zegt Vanessa met een joviale lach. 'Ze leken er niets van te weten. Ik heb ze gevraagd het aan elkaar door te geven. Je moet echt eens naar je adressenlijst kijken, Fixie.'

'Wát heb je gedaan?' Ik kijk haar ontzet aan.

'Ze kunnen er nu elk moment zijn,' zegt ze opgewekt. 'Ha, kijk, daar is Sheila al.'

Sheila? Ik kijk met een ruk om. O, mijn god. Sheila.

Ik weet zeker dat Sheila niet op Jakes selecte gastenlijst stond, 'afzichtelijk wrak' als ze is, maar na iets wat eruitziet als een woordenwisseling met de uitsmijter wringt ze zich kordaat naar binnen. Ze doet haar sjofele jas uit, waaronder een gekreukte tentjurk zichtbaar wordt met daaronder haar gebruikelijke bontlaarzen. Ik zie dat ze om zich heen tuurt, op zoek naar een bekend gezicht… en dan ontdekt ze Nicole op de rode loper.

'Nicole!' roept ze uit. Ze sloft de rode loper op en voegt zich bij Nicole en Kitten Smith. 'Wat zie je er mooi uit! Wie hebben we hier? Een nieuwe verkoopster? Maken we foto's?'

Ik kijk naar Jake en voel de slappe lach opkomen. Dat gezicht. Dat gezícht! Hij maakt zich los van zijn modieuze groepje en haast zich naar de rode loper.

'Wat énig om je te zien,' zegt hij gladjes tegen Sheila. 'Echt énig. Maar mag ik je verzoeken…' Hij breekt zijn zin af als de deur opengaat en er nog eens zes leden van de Taartclub langs de uitsmijter naar binnen zeilen, allemaal in parka en op praktische schoenen.

'O, moet je zien!' roept Brenda uit. 'Wat ziet het er allemaal gek uit, hè?'

'Morag!' roept een andere vrouw uit het gezelschap die ik niet van naam ken. 'Ik heb havermoutrepen meegebracht. Waar zal ik ze laten?' Ze houdt een plastic bewaardoos in de lucht en ik zie Jake vol afgrijzen in elkaar krimpen.

'Meiden!' roept Sheila, verwoed zwaaiend vanaf de rode loper. 'Hier! We maken foto's. Jongeman,' vervolgt ze tegen de fotograaf, 'zou je een groepsfoto willen maken? Kom op, Taartclub! Nicole, wil je even aan de kant gaan? Morag, kom erbij!'

Sheila elleboogt Nicole letterlijk de rode loper af en ik krijg kramp in mijn maag, zo doe ik mijn best om mijn lachen in te houden. Binnen dertig seconden staat de hele rode loper vol vrouwen van middelbare leeftijd in degelijke jassen en allemaal zwaaien ze stralend naar de camera. De chique gasten zien het verbaasd aan. Jake staat erbij alsof hij moet overgeven. Ik hoor Nicole een tirade tegen Kitten Smith houden over dat zíj het gezicht van Farrs is en dat het er allemaal heel onprofessioneel aan toegaat.

Op hetzelfde moment hoor ik een stem in mijn oor zeggen: 'Kind, ik vroeg me af of je nog zo'n mok had? Dezelfde als laatst, die bruine.'

Ik draai me bliksemsnel om en bijt op mijn onderlip. Het is mijn goede vriend, die oude schuifelende man met de boodschappentrolley. Natuurlijk is hij het.

'Hallo!' zeg ik. 'We zijn eigenlijk gesloten, maar ik kan natuurlijk wel een mok voor u pakken.'

'Ik zag dat er licht brandde,' probeert hij een praatje aan te knopen en hij kijkt om zich heen. 'O, delen jullie drankjes uit?'

'Alstublieft.' Ik schenk een glas champagne voor hem in. 'Proost.'

Ik haast me naar het magazijn om een bruine aardewerken mok te pakken. Ik wikkel hem in vloeipapier, loop terug, neem het geld van de oude man aan en stop zijn nieuwe mok veilig in zijn trolley. De kassa's zijn niet open, maar dat handel ik morgen wel af.

'Wilt u nog een glaasje champagne?' vraag ik. 'En een toastje? Of een havermoutreep?'

'Tja.' Hij kijkt naar zijn bijna lege glas en zijn waterige ogen lichten op. 'Nog een drupje hiervan zou lekker zijn...'

'Neem me niet kwalijk,' komt Jakes donderende stem tussenbeide. 'Bent u uitgenodigd?' Hij wacht het antwoord van de oude man niet eens af. 'Nee dus. Wilt u dan zo vriendelijk zijn te vertrekken?'

Tot mijn ontzetting pakt hij de oude man bij de elleboog en begint hem nogal ruw naar de deur te loodsen.

'Jake!' roep ik uit. 'Jake, niet doen!'

Jake neemt er geen notitie van. 'Dit is een besloten feest,' zegt hij tegen de oude man. 'De winkel gaat morgen weer op de gewone tijd open. Dank u wel.'

Hij werkt de oude man naar buiten en ik voel woede oplaaien.

'Fixie, kan ik je even spreken?' zegt Jake op onheilspellende toon en ik kijk hem kwaad aan.

'Já,' snauw ik en ik loop met hem mee naar achter. Hij slaat de deur dicht en we kijken elkaar tien seconden zwijgend aan. Ik formuleer woedende, verontwaardigde opmerkingen. Ik zie ze voor me, oplichtend in hun ballonnetjes, rood en fel.

Hoe durf je? Dat was een klant en hij verdiende respect! Wie denk je wel niet dat je bent? Wat zou pap hiervan zeggen?

Ik haal diep adem en neem me voor dat ik het deze keer ga doen; deze keer ga ik echt zeggen wat ik op mijn hart heb. Maar wanneer ik opkijk in Jakes intimiderende gezicht, gebeurt het weer. De moed zakt me in de schoenen. De raven fladderen om mijn hoofd.

'Probeer je willens en wetens onze herlancering te saboteren, Fixie?' zegt hij op die sarcastische, bijtende manier van hem. 'Ik neem aan dat jij de parkaparade hebt uitgenodigd, om nog maar te zwijgen van je dakloze vriend?'

'Hij is niet dakloos!' zeg ik zo weerbaar als ik kan. 'En al was hij dat wel, dan nog is hij een klant! En ik vind...' Ik slik iets weg. 'Ik vind gewoon...'

Mijn woorden zijn knarsend tot stilstand gekomen. Ik háát mezelf op dit moment. Ik kan geen keel opzetten. Ik kan niet voor mezelf opkomen. Ik kan niet zeggen wat ik wil zeggen.

'Wat?' vraagt Jake op dwingende toon.

'Ik... ik vind dat je hem niet zo had mogen behandelen,' hakkel ik uiteindelijk.

'O, vind je dat?' snauwt Jake terug. 'Nou, ík vind dat je het recht niet had om Jan en alleman uit te nodigen voor iets wat een zakelijk evenement had moeten zijn.'

'Ik heb niemand uitgenodigd!' roep ik. 'Dat heeft Vanessa gedaan!' Maar Jake luistert al niet meer. Hij rept zich terug naar het feest en even later volg ik hem, met gloeiende wangen. Net als ik overweeg mijn verdriet weg te eten met een havermoutreep, zie ik Leila naar me zwaaien.

'Leila!' juich ik opgelucht, want als iemand me uit de put kan halen, is het Leila wel. Ze draagt een zilverkleurige jurk met een tulen rok en ziet eruit als een elfje.

'Fixie!' zegt ze en ze geeft me een knuffel. 'Gelukkig! Ik had tegen Ryan gezegd dat je hier ergens moest zijn...'

'Ryan?' Ik fleur op. 'Is hij er?'

'Hij is er.' Leila bijt op haar onderlip en vervolgt zachtjes: 'Hij is dronken.'

'Drónken?' Ik gaap haar aan.

'Het is niet best.' Leila ziet er gespannen uit. 'Fixie, luister. Hij...' Ze kapt haar verhaal af als Ryan zelf aan komt lopen met twee glazen champagne. Zijn ogen zijn bloeddoorlopen en hij neemt ons allemaal zwartgallig op.

'Hoi,' zeg ik. Ik geef hem een zoen. 'Is alles... Ben je...' Mijn stem sterft weg en ik kijk vragend naar Leila, die zichtbaar huivert. 'Wat is er aan de hand?'

'Die zak heeft me ontslagen,' zegt Ryan zo luchtig dat ik eerst denk dat ik hem verkeerd heb verstaan.

'Wat?'

Ryan lacht vreugdeloos naar me en heft zijn glas in een honende toost. 'Je hebt me wel gehoord, Fixie. Die zak heeft me ontslagen. Ik ben mijn baan kwijt.'

Shock is te zacht uitgedrukt voor wat ik nu voel. Ik ben meer dan geschokt. Ik ben onthutst. Is Ryan zijn báán kwijt?

We hebben het kantoortje opgeëist. Ik denk niet meer aan het feest. Ik kan alleen nog maar aan Ryan denken.

'Ik snáp het gewoon niet,' zeg ik terwijl ik me op de stoel tegenover hem laat zakken. 'Het slaat nergens op. Hoe is het precies gegaan?'

'Seb liet me naar zijn kantoor komen en zei dat het "niet klikte".' Ryan haalt zijn schouders op. 'Dat was het. Einde oefening. Afgelopen.'

'Maar waaróm?'

'Ik denk dat je dat wel weet,' zegt hij wrang.

Ik leun naar voren en kijk onderzoekend naar Ryans gezicht; ik zie zijn kalme, gelaten blik.

'Seb voelde zich bedreigd door jou,' zeg ik. 'Is dat het?'

'Laten we het erop houden dat ik het zag aankomen,' zegt Ryan en hij neemt een teug van zijn drankje. 'Hij heeft gelijk, het werkte niet. Voor hém niet.'

'Omdat hij jou als een rivaal zag,' zeg ik botweg en Ryan knikt beamend.

De nevel van onthutsing trekt op en maakt plaats voor woede. Wat is dit gemeen. Het is weerzinwekkend. Waarom konden ze niet samenwerken? Waarom moest Seb Ryan zo nodig als een bedreiging zien? Hij belooft hem een kans te geven en laat hem dan vallen? Dat deugt gewoon niet.

'Weet je, ik zou het niet zo erg vinden,' zegt Ryan, die achteroverleunt en peinzend naar het plafond staart. 'Maar ik heb wel een paar weken van mijn tijd in dat bedrijf gestoken. In die tijd had ik een baan kunnen zoeken. Hij was natuurlijk helemaal niet van plan me een vaste baan aan te bieden. Hij was helemaal niet van plan me in dienst te nemen. Hij deed het alleen als gunst aan jou. Een wederdienst. Weet ik veel.'

Het lijkt nu allemaal glashelder. Seb wilde Ryan helemaal niet als serieuze kandidaat voor een baan zien. Het was allemaal een soort spelletje en ik had het nooit, maar dan ook nooit in gang mogen zetten.

'Had ik maar nooit gebruikgemaakt van die stomme gunst!' zeg ik hartgrondig terwijl ik ga staan. 'Had ik die hele Seb zelfs maar nooit ontmoet.'

'Dat kon jij toch niet weten?' zegt Ryan schouderophalend. 'Ik vind het gewoon jammer dat hij niet meteen eerlijk is geweest. Hij pikt al mijn ideeën, wringt me uit en zet me dan aan de kant. Maar goed, gebeurd is gebeurd.'

'Wat ga je nu doen?'

'Weet je, Fixie... Ik heb geen idee. Als je het dieptepunt hebt bereikt, wat zijn je opties dan nog?'

Ryan lijkt zo berustend. Zo verpletterd. Maar ik ben niet berustend of verpletterd. Ik knetter van verontwaardiging. Mijn vingers trommelen erop los. Mijn voeten doen hun ding: voor-gekruist-achter, voor-gekruist-achter. Ik kan dit niet over mijn kant laten gaan. Ik mag Seb Marlowe hier niet mee weg laten komen. Wie denkt hij wel niet dat hij is?

Dan herinner ik me opeens wat ik me in Sebs kantoor heb voorgenomen en roep mezelf tot de orde. Ik zou niet meer proberen dingen te fiksen, alleen als het om iets superbelangrijks en essentieels ging.

Maar is dit dan niet superbelangrijk en essentieel?

Ik grijp bruusk mijn tas en mijn jas.

'Ik ben even weg,' zeg ik. 'Blijf vannacht bij mij slapen, goed? We lossen dit op.'

Ik baan me grimmig en vastberaden een weg door het feestgedruis. 'Ik moet weg,' zeg ik tegen Hannah. 'Wil jij het aan Jake doorgeven?'

'Ja, oké,' zegt ze verbaasd, 'maar wat...'

'Ik moet iets fiksen,' zeg ik bondig en dan loop ik met grote passen de winkel uit.

Ik haast me naar het metrostation, reis helemaal naar Farringdon en stap uit. Ik voel me keihard en meedogenloos. Het is een paar minuten lopen naar het gebouw van EVB en als ik vlakbij ben voel ik me opeens stom en kijk omhoog. Ik ben in zo'n roes van verontwaardiging de deur uit gestormd dat ik er helemaal niet aan heb gedacht hoe laat het al was. Misschien is er wel niemand en is het tijdverspilling...

Maar er branden nog lampen. Een paar, in elk geval.

Met bonzend hart druk ik op de bel en iemand, ik weet niet wie, drukt op de knop om me binnen te laten. Ik neem de lift naar boven en stap uit, klaar om zo afgemeten als ik kan te zeggen: 'Ik wil de CEO spreken, alstublieft,' maar daar staat hij al. Het is hem. Seb. Hij staat bij de lift te wachten en kijkt verbluft op.

'O, ben jij het,' zegt hij. 'Ik dacht...'

'Hallo,' zeg ik kortaf. 'Ik wil je spreken. Schikt het?'

Het blijft even stil. Sebs gezicht blijft vriendelijk, maar ik zie zijn brein malen.

'Ja hoor,' zegt hij dan. 'Kom binnen.'

Terwijl ik achter hem aan naar zijn kantoor loop, valt het me op dat hij er een beetje verfomfaaid uitziet, alsof hij te lang heeft doorgewerkt en dat zijn bruine veertjeshaar piekt.

Ik verzet me tegen de drang het glad te strijken. Dat zou echt ongepast zijn. Trouwens, ik moet mijn kop erbij houden. Ik moet strijdlustig overkomen.

Zijn kamer is warm en uitnodigend, net als de vorige keer. Het koffiebekerkartonnetje ligt nog op zijn bureau, zie ik, en ik voel een steekje verontwaardiging. Wat een gunst. Mooie gunst was dat.

'Zo,' zegt hij als we eenmaal zitten en ik leid uit zijn omzichtige toon af dat hij heel goed weet wat ik kom doen. Het lijkt nog maar vijf minuten geleden dat ik hier met Ryan zat, dolblij dat alles op zijn pootjes terechtkwam. De herinnering stookt mijn woede op en ik haal diep adem.

'Ik wilde alleen even zeggen,' begin ik zo bestraffend mogelijk, 'dat ik vind dat als je een overeenkomst met iemand sluit, je dat in goed vertrouwen moet doen. Meer niet. Je bedoelingen moeten oprecht zijn.'

'Mee eens,' zegt Seb na een korte stilte.

'O, je bent het ermee ééns?' zeg ik sarcastisch.

Ik weet dat sarcasme de laagste vorm van gevatheid is, maar ik heb nooit goed begrepen wat dat inhoudt, en het kan me niet schelen ook. Laag is goed. Laag is prima.

'Ja,' zegt Seb standvastig. 'Mee eens.'

'Nou, ik níét,' kaats ik terug en op hetzelfde moment besef ik dat het fout is. Het komt door hem. Hij brengt me van de wijs. 'Ik bedoel, ik ook,' verbeter ik. 'Ik ben het er wél mee eens. Maar zo heb je Ryan niet behandeld. Wat een schijnvertoning! Alleen omdat hij een man van de wereld is, geef je hem geen kans? Alleen omdat hij ambitie heeft, visie en kennis op het gebied van dingen waar jij niets van weet? Voelde je je zo bedreigd dat je geen manier kon verzinnen om er iets van te maken? Of heeft hij gelijk en was je nooit van plan hem een baan te geven?'

Ik merk dat ik hijg. Ik verwacht dat Seb met een zwak excuus zal komen, maar hij kijkt me aan alsof ik wartaal uitsla.

'Wat?' zegt hij uiteindelijk.

'Hoezo, "wat"?' zeg ik woest. 'Ik heb er alles over gehoord! Ik wéét dat je Ryan hebt uitgesloten van besprekingen. Ik wéét dat de anderen hem om advies vroegen. Ik wéét dat hij alle tekortkomingen in je onderneming zag. Hij heeft charisma en ervaring en dat trok jij niet! Dus stuurde je hem maar de laan uit!'

'O, mijn god,' zegt Seb. 'Jezus.' Hij staat op, harkt met zijn handen door zijn haar, loopt naar het raam en stoot een rare lach uit. 'Oké, waar zal ik beginnen? Weet je wel hoe ontwrichtend Ryan Chalker op dit bedrijf heeft gewerkt? Weet je wel hoe traag, hoe dom… hoe inhoudsloos hij is? Als ik nog één anekdote had moeten aanhoren over een techneut in een zwembad in LA was ik gek geworden!' Hij draait zich vliegensvlug om, met een levendige uitdrukking op zijn gezicht. 'Ik heb hem niet uitgesloten van besprekingen, dat heeft het team gedaan! Ze hebben een petitie bij me ingediend! Hij kletste verdomme maar door!'

'Misschien heb je niet goed geluisterd!' zeg ik afwerend. 'Hij heeft ontzettend veel ervaring…'

'Waarin?' zegt Seb honend. 'Lunchen bij Nobu? Want hij praatte nergens anders over.'

'Oké,' zeg ik nijdig. 'Het is wel duidelijk dat je nooit van plan bent geweest hem een kans te geven. Hij had gelijk. Je hebt niet eens geprobéérd er iets van te maken.'

'Ik heb het niet geprobeerd?' herhaalt Seb verontwaardigd. 'Weet je wat ik heb gedaan? Ik heb hem een mentor gegeven. Ik heb hem advies gegeven. Ik heb hem naar opleidingsdagen gestuurd. Ik heb examens met hem doorgenomen. En wat doet hij? Onze ethiek belachelijk maken. Elke bespreking die hij bijwoont uit de rails laten lopen. Ons allemaal doodgooien met namen, niet één van de opdrachten afmaken die ik hem toevallig wel had gegeven... en met niet één, maar twee van mijn medewerkers de koffer in duiken! Niet één, maar twéé!' Hij grijpt naar zijn haar. 'Het was hier een heksenketel! De een ontdekte het van de ander, er werd gehuild tijdens vergaderingen...' Hij breekt zijn zin af en kijkt me aan. 'Wacht. Je trekt wit weg. Gaat het wel?'

Ik kijk terug, met bonzend hoofd. Zei hij...

Hij zal toch niet... Hij kan toch niet...

'Wa... wat bedoel je?' stamel ik uiteindelijk. 'De koffer in met wie? Wie bedoel je?'

'Het lijkt me niet relevant wie het waren,' zegt Seb, die me verwonderd opneemt. 'Ik heb al te veel gezegd.'

'Ik geloof je niet,' zeg ik met beverige stem. 'Ik geloof het gewoon niet.'

'Je gelóóft me niet? Waarom zou je me in vredesnaam niet...' Seb klinkt verbaasd, maar dan lijkt het hem opeens te dagen. 'O, potverdikkeme. Zijn Ryan en jij... Jullie hebben toch geen...' Hij breekt vertwijfeld zijn zin af. 'Hij zei dat hij single was. Hij heeft tegen iedereen op kantoor gezegd dat hij nog vrij was. Anders had ik nóóit... Het spijt me. Dat was...'

Hij zwijgt weer, alsof hij niet weet wat hij verder moet zeggen en het blijft stil.

Mijn ogen prikken. Mijn blik flitst door de kamer. Ik kan hem niet aankijken. Hij liegt, denk ik. Hij liegt.

Maar ik denk ook: waarom zou hij liegen? Waarom zou hij?

Ik denk terug aan al die keren dat Ryan 'te moe' was voor seks. En hoe begripvol ik was. Ik maakte stoofpot met lamsvlees voor hem, masseerde zijn rug en dacht: gun het wat tijd.

Was ik de grootste, stomste idioot van de wereld? Wilde ik de fameuze Ryan Chalker zo graag hebben dat ik mijn ogen sloot voor de realiteit?

'Mag ik iets vragen?' pers ik er ten slotte uit. 'Gaat het team drie keer per week samen poolen?'

'Drie keer per wéék?' zegt Seb verbaasd. 'Nee! Niet dat ik weet. Hooguit één keer per maand. Hoezo?'

'Zomaar.' Ik slik moeizaam. Ik probeer me te beheersen, ook al stort ik vanbinnen helemaal in. Ryan ging niet poolen. Hij deed het met andere vrouwen. Misschien wel die 'Erica' die hij zo vaak noemde. Hij gaf geen moer om knusheid, intimiteit en huiselijkheid. Ik was twee keer per week een gratis maaltijd en een rugmassage.

Seb zet een pas naar voren. Ik werp een blik op hem en zie een zorgelijk, ernstig gezicht.

'Het spijt me,' zegt hij, 'maar die man is... Hij deugt niet. Naar mijn mening. Hoelang ken je hem al?'

'Mijn hele leven,' kaats ik onbeheerst terug. 'Sinds mijn tiende.'

'Aha.' Zijn gezicht plooit zich in een uitdrukking die ik niet kan duiden.

'Het was maar iets vrijblijvends,' zeg ik snel. 'Het stelde niets voor. Dus.'

Maar het is veel te weinig en het komt veel te laat. Ik zie aan Sebs gezicht dat hij weet dat ik er kapot van ben. Zijn bosogen lopen over van medeleven. Zijn voorhoofd is gerimpeld van medelijden. Het is niet te harden.

'Maar goed. Het is duidelijk dat het in zakelijk opzicht niet werkte tussen jou en Ryan. Jammer. Bedankt dat je het me allemaal hebt uitgelegd.' Ik pak met bevende handen mijn jas en tas.

'Fixie, ik vind het echt rot voor je.' Seb neemt me onderzoekend op. 'Ik wilde niet... Ik had geen idee...'

'Natuurlijk niet!' zeg ik met overslaande stem. 'Dat is ook niet... Ik wilde alleen uitzoeken waar het op werkgebied was misgegaan tussen Ryan en jou. Het was gewoon belangstelling. Je hebt me een gunst verleend en dat is fout gegaan, dus...' Ik krijg een inval. 'Je hebt me een gunst verleend,' herhaal ik bedachtzaam. 'Je hebt Ryan aangenomen. En daar heeft je bedrijf onder geleden. Dus nu ben ik jóú iets schuldig.'

'Doe niet zo mal,' zegt Seb met een kort lachje. 'Je bent me niets schuldig.'

'Wel waar.'

'Niet waar! Fixie, we staan quitte.'

Ik voel dat zijn ogen de mijne zoeken, dat hij alles iets lichter wil maken met zijn glimlach, maar dat is onmogelijk. Ik ben somber en bedroefd en er wellen tranen op in mijn ogen.

Ik pak zonder hem aan te kijken het koffiebekerkartonnetje en een pen van zijn bureau. Onder het *Afgelost* dat ik eerder heb geschreven, krabbel ik iets nieuws:

Je hebt iets van me tegoed en ik zal je nooit terug kunnen betalen. Dus. Sorry daarvoor.

Ik zet mijn handtekening eronder en laat de pen op het bureau vallen.

'Dag,' zeg ik en ik draai me om en loop weg. Ik hoor Seb nog iets zeggen, iets roepen, maar ik blijf niet staan om te luisteren wat hij precies zegt. Ik moet hier weg.

Tegen de tijd dat ik weer in Acton ben, voel ik me afgepeigerd. Ik heb alle formuleringen in gedachten geprobeerd, alle aantijgingen. Ik voel me alsof ik nu al zes ruzies met Ryan achter de rug heb.

Mentaal sla ik de neerbuigende reactie die me te wachten slaat al van me af. Hij zal proberen stomverbaasd te doen, alsof ik bezitterig en onredelijk ben. Hij zal zeggen: Fixie, ik had gezégd dat we niets moesten overhaasten, weet je nog? Bij die gedachte begint mijn hart te bonzen van verontwaardiging. Niets overhaasten is níét hetzelfde als er twee andere bedpartners op na houden. Het is níét hetzelfde.

Als ik bedenk hoe ik zijn versie van alles geloofde, hoe ik alles wat hij zei en deed goedpraatte, begin ik te gloeien van schaamte. Wat was ik stom. Maar hij was zo overtuigend.

Alhoewel?

Of misschien wilde ik hem gewoon geloven, zegt een stemmetje vanbinnen. Misschien sloot ik me af voor alles wat ik niet wilde zien. Pijnlijke inzichten vullen mijn hoofd, het ene na het andere, tot ik mijn ogen dichtdoe om eraan te ontsnappen. Ik kan nu niet aan al mijn fouten denken. Het is wat het is.

Als ik de winkel weer binnen kom vallen, loopt het feest al ten einde. Het personeel is al weg en Hannah ook. Leila zit op een stoel door haar telefoon te scrollen en Jake praat met een man met een grote kinnebak in een roze overhemd, maar ik zie Ryan nergens.

Leila kijkt op. 'O, Fixie,' zegt ze. 'Daar ben je dan.'

'Waar is Ryan?' vraag ik streng en Leila zet grote ogen op van verbazing.

'Heeft hij dat niet gezegd? Heeft hij je niet geappt? Hij is weg.'

'Weg? Waarheen?'

'Hij moest een trein halen. Hij gaat naar zijn neef in... Leicester?' Ze fronst haar wenkbrauwen. 'Zoiets. De Midlands in elk geval. Hij zegt dat er buiten Londen meer kansen voor hem zijn.'

'De Mídlands?' Ik kijkt haar beduusd aan. Dit slaat nergens op. Hij kan niet zomaar wég zijn.

'Ik zei nog tegen hem: "En Fixie dan?", maar hij zei dat jij het wel zou begrijpen en dat jullie het erover hadden gehad en alles.' Leila kijkt me argeloos aan. 'Hij zei dat jij je wel zou redden.'

We hebben het erover gehad? Heeft hij dat gezegd? Maar dat is...

Opeens vind ik het bizar dat ik ooit iets heb geloofd van wat Ryan zei, wat dan ook. Hij is gewoon een liegmachine. Dat is wat hij is en ik heb er helemaal tot vandaag voor nodig gehad om dat door te krijgen.

'Hij was heel depri,' vervolgt Leila spijtig. 'Hij bleef maar zeggen dat hij niets meer in Londen te zoeken had. Hij heeft ons alles verteld over hoe hij zijn baan is kwijtgeraakt. Weet je, die Seb klinkt afschuwelijk.' Ze neemt me op met haar zwartomlijnde hertenogen. 'Jij kent hem, hè?'

Ik beantwoord haar blik. De vraag dringt amper tot me door.

Ik ben nog te verdwaasd. Ryan heeft over alles gelogen en nu is hij weg en kan ik er niet eens meer over ruziën met hem. Mijn opgekropte woede en vernedering kunnen nergens heen, behalve dan terug mijn hart in.

'Wat is hij voor iemand?' dringt Leila aan en ik kom knipperend met mijn ogen terug tot de werkelijkheid. 'Is hij echt zo erg als Ryan zegt? Want hij klinkt als een monster!'

Ik denk terug aan Seb op zijn kantoor. Hoe bezorgd hij naar me keek toen het kwartje viel. Zijn tactvolle woorden. Zijn piekerige veertjeshaar. Hoe erg hij het vond dat hij me van streek had gemaakt. Hoe hij probeerde me op te vrolijken. Hij zei dat we quitte stonden.

Opeens word ik overmand door een wens. Ik wens… Ik wens…

Maar ik kan de gedachte niet afmaken. Ik weet niet goed wat ik wens. Alleen dat het niet zo is als nu.

'Seb?' zeg ik ten slotte en ik adem lang en diep uit. 'Hij is zo erg nog niet. Nee. Hij… hij valt wel mee.'

13

Twee weken later zit mam met tante Karen in Saint-Tropez. Ze stuurt me lange berichten over de jachthaven, de boten en de zon en ik weet dat ik haar fatsoenlijk antwoord moet geven, maar ik kan het niet opbrengen. Zodra ik begin te typen, wil ik alles eruit gooien en dan begin ik mijn telefoon onder te snotteren.

In plaats daarvan stuur ik haar dus maar hopen smileys en emoji's van stralende zonnen en zeilboten om de waarheid te ontduiken. (Misschien zijn emoji's daar juist wel voor uitgevonden en heb ik ze gewoon al die tijd verkeerd gebruikt. Ze bestaan niet om op een leuke manier gedachten over te brengen, ze bestaan om tegen je moeder te liegen.)

Ik heb ook drie berichtjes aan Ryan gestuurd. Het eerste heel waardig en kalm. Het tweede iets minder waardig en minder kalm. Het laatste compleet wanhopig en schaamteloos, een poging om hem de kans te geven te bewijzen dat hij níét zo slecht is als ik denk.

Vervolgens beging ik de nog grotere vergissing ze aan Hannah te laten zien, die vol afgrijzen haar hoofd wegtrok. Ze dreigde mijn telefoon 's nachts als ik sliep af te pakken. Ze zei dat ze een reservesleutel had en dat ze desnoods naar binnen zou komen sluipen. En ik dacht: dat zou ze best eens kunnen doen. Dus hield ik ermee op.

Ryan heeft op geen enkel bericht gereageerd. Hij heeft ook geen voicemail ingesproken, geen e-mail gestuurd en geen boodschap doorgegeven aan de winkel. Ik heb ook geen brief van hem gekregen. (Ik bedoel, natuurlijk zou hij me geen brief sturen, ik heb geen idee waarom ik de postbode heb gevraagd of hij geen enveloppen was kwijtgeraakt.) Maar het geeft niet, want ik heb een sterk karakter en mijn strategie is: gewoon niet meer aan hem denken.

Nou ja, ik denk natuurlijk nog wel aan hem. Af en toe. De naam Ryan speelt soms door mijn hoofd, hoe zou het anders kunnen? Maar ik heb op het moment genoeg andere dingen die me bezighouden. Zoals het feit dat Jake me nog steeds geen kostenplaatje heeft laten zien van het heropeningsfeest, zodat ik nog steeds niet weet hoeveel hij eraan heeft uitgegeven. En het feit dat Nicole gisteravond de Taartclub heeft afgeblazen, zonder het tegen mij te zeggen, omdat ze een mind-body-spiritpraatje in de winkel wilde houden. Ik heb er al vier woeste e-mails over gekregen. En het meest nijpende van allemaal: dat ik Hannah heb beloofd met Tim te praten over de kinderwens. Ze wil dat ik uitzoek waarom hij van gedachten is veranderd en dat ik hem, zo mogelijk, op zijn besluit terug laat komen.

Hem op zijn besluit laten terugkomen? Ik? Hoe zou ik Tim op zijn besluit kunnen laten terugkomen? Hoe moet ik het onderwerp zelfs maar ter sprake brengen? Ik ken Tim al heel lang, maar gezinsuitbreiding is beslist geen standaard gespreksonderwerp voor ons.

Hannah vroeg het echter zo smekend dat ik haar wel moest toezeggen dat ik het zou proberen. Ze zei dat ze hem een keer na het werk zou meenemen naar de winkel en dat ik dan 'een gesprek over baby's met hem moest aanknopen'. Maar het moest wel 'spontaan' overkomen.

'Hij mag niet weten dat ik het met je heb besproken,' zei ze vastbesloten. 'Hij moet denken dat hij uit zichzelf op zijn besluit is teruggekomen. Oké?'

'Eh... goed,' zei ik. 'Natuurlijk. Komt goed.'

Ik dacht dat ik me nog even zou kunnen voorbereiden, maar het is nu een dag later en daar zijn ze al, om halfzes 's middags. Hannah moet Tim hebben overgehaald wat eerder van zijn werk weg te gaan, besef ik. En ze moet zelf ook wat eerder zijn vertrokken. Dit heeft duidelijk hoge prioriteit.

O, god. Dat legt totaal geen druk op me.

'Ha Hannah. Ha Tim!' begroet ik ze zo spontaan mogelijk. 'Wat een verrassing!'

'Hoi Fixie!' zegt Hannah stijfjes. 'Ja, het was een opwelling om hier te komen. Ik ben nog op zoek naar een verjaardagscadeau en zat aan een blender te denken. Ik ga even een kijkje nemen, kun jij met Tim bijkletsen.' En ze beent zonder op of om te kijken de winkel in. Tim en ik zijn alleen. Dit is het startsein.

Kak. Ik had dit moeten oefenen. Wat kan ik in godsnaam over baby's zeggen?

'Dus!' begin ik opgewekt. 'Alles goed, Tim?'

'Ja, dank je,' zegt hij op die vlakke manier van hem. 'En met jou?'

'Ja, prima, helemaal goed.' Ik knik een paar keer terwijl ik mijn hersenen pijnig. 'Eh… baby's zijn geweldig, hè?'

Shit. Dat floepte er zomaar uit.

'Wat?' Tim neemt me achterdochtig op. 'Hoezo?'

'O, zomaar!' zeg ik snel. 'Ik dacht er gewoon aan omdat, eh… er vandaag een baby in de winkel was. Zo'n schatje. En ik dacht: dát is de toekomst. Dát is de nieuwe generatie. Laten we de planeet in topvorm houden, voor de kids.'

Wacht even. Ik heb er op de een of andere manier een milieupraatje van gemaakt.

'Welke kids?' vraagt Tim confuus.

'Kids!' zeg ik radeloos. 'Je weet wel, kids!'

Ik zie Hannah vanachter de blenders naar me gluren. Ze trekt vragend haar wenkbrauwen op en ik neem een besluit. Het heeft geen zin om Tim subtiel aan te pakken. Je moet hem neerknuppelen.

'Hoor eens, Tim,' zeg ik zacht maar streng, 'Hannah wil een baby. Waarom heb je je ineens bedacht? Ze is er helemaal door van streek. En trouwens, ze mag beslist niet weten dat ik dit met je heb besproken.'

Tim klapt prompt dicht. 'Dat zijn mijn zaken,' zegt hij met afgewende blik.

'Het zijn ook Hannahs zaken,' merk ik op. 'Wil je geen gezin? Wil je geen vader worden?'

'Ik weet het niet, oké?' Tims gezicht staat strak en gespannen. Het is wel duidelijk dat ik een gevoelige plek heb geraakt.

'Je zei eerst dat je het wél wilde,' dram ik door. 'Wat heeft je op andere gedachten gebracht? Het moet toch ergens door komen?'

Ik zie een soort emotie over Tims gezicht trekken en wacht ademloos af.

'Ik wist niet wat het allemaal inhield!' barst hij opeens uit. 'Weet jíj wat er bij het krijgen van een kind komt kijken?'

Ik wil de hilarische opmerking maken dat zijn bijdrage niet bepaald een groot offer is, maar voel aan dat het niet het geschikte moment is.

'Wat dan?'

'Het is een nachtmerrie!' zegt hij geteisterd. 'Het houdt nooit op!'

'Waar heb je het over?' vraag ik verbaasd.

'Kinderwagen op zwakke naden controleren. Crèches bekijken. Onderzoek doen naar veiligheid autozitjes. Leesboekjes. Biologische verf. La Maz. Annabel Karmel. Verantwoord speelgoed.'

Terwijl er een stroom aan wartaal uit zijn mond komt, telt hij af op zijn vingers. Even vraag ik me af of hij een zenuwinzinking krijgt.

'Tim,' vraag ik behoedzaam, 'waar héb je het over?'

'Niet aan Hannah vertellen dat ik dit heb gezegd,' zegt hij snel op gedempte toon. 'Beloof het. Ze is gewoon... Het is allemaal... Ik trek het niet.'

Ik sta versteld. Het gesprek is zo ontspoord dat ik met mijn mond vol tanden sta. En daar komt Hannah al aan, met haar blender aan haar borst gedrukt en ze kijkt me verwachtingsvol aan.

'Hoi!' zeg ik met een opgelaten piepstem. 'Dus, Tim en ik zaten wat te kletsen over... dingen...'

Er valt een lange, kriebelige stilte. Ik voel dat zowel Hannah als Tim gespannen probeert iets op me over te brengen.

'Dus!' zeg ik zonder een van beiden aan te kijken. 'Ik sla dit even aan...' Ik neem Hannahs geld aan en overhandig haar de blender. 'Ik... eh... ik bel je nog, oké?'

'Zullen we vanavond samen eten?' vraagt Hannah gretig.

'Ik kan niet.' Ik trek een spijtig gezicht. 'Ik moet naar Leila's verjaardagsborrel bij 6 Folds Place, maar we spreken elkaar nog.' Ik knik. 'We spreken elkaar nog.'

Als Hannah en Tim weg zijn, slaak ik een diepe zucht. Ik moet dit allemaal decoderen. Ik moet bedenken wat ik tegen Hannah ga zeggen. En ik moet opzoeken wat La Maz is. Of was het Le Maaz?

Net als ik het op mijn telefoon wil opzoeken, komt Bob met zijn parka aan uit het kantoortje, klaar om naar huis te gaan, en ik glimlach naar hem.

'Ha Bob. Alles goed? Zijn we nog niet failliet?'

Het is een grapje van mam. Ze zegt het altijd als ze Bob ziet, dus hou ik de traditie in ere.

'Nog net niet!' antwoordt Bob zoals gebruikelijk met een lachje, maar ik zie dat hij met zijn vingers aan zijn manchetten plukt, iets wat hij doet als hij ergens mee zit. 'Ik zat net de facturen van het heropeningsfeest te verwerken,' begint hij. 'Die dj was niet goedkoop, hè?' Hij lacht weer, maar hij klinkt gespannen.

Ik wijs mezelf erop dat Bob de voorzichtigste man ter wereld is en niets weet van dj's, marketing of feesten. Desondanks voel ik ook een steekje angst. Opeens wil ik mijn hart bij hem uitstorten. Ik wil jammeren: Bob, ik weet precies hoe je je voelt! We hadden niet eens een dj nodig! Ik weet niet eens waar dat feest voor was! Er is niets aan de winkel veranderd, de verkoopcijfers zijn niet gestegen, er zijn geen nieuwe klanten... Het was nergens goed voor!

Maar: familie gaat voor.

'Ik denk dat al die marketingtrucjes wel helpen,' zeg ik uiteindelijk. 'Je weet wel. Om jezelf op de kaart te zetten en zo.'

'Aha,' zegt Bob. Zijn zachte bruine ogen vinden de mijne en ik weet zeker dat hij weet hoe de vork in de steel zit, maar daar nooit iets over zou zeggen, omdat hij daar te discreet, loyaal en inschikkelijk voor is.

'Zijn alle rekeningen al binnen?' vraag ik. 'Weten we al wat de totale kosten zijn?'

Mam heeft met het feest ingestemd, zeg ik tegen mezelf. Ik kon het op geen enkele manier tegenhouden. En trouwens, het zal geen probleem vormen. We zullen er niet aan onderdoor gaan. Het was maar een feestje.

'Nog niet,' zegt Bob. 'Nog niet allemaal.'

'Nou, hou me op de hoogte,' zeg ik.

'Uiteraard.' Hij knikt.

Hij loopt weg en ik kijk hem met een zucht na. Nu moet ik me gaan optutten voor Leila's verjaardagsborrel, al is een bezoek aan 6 Folds Place wel het laatste waar ik zin in heb. Ik word al moe bij het idee dat ik me moet omkleden, laat staan dat ik ook nog eens met Jakes bekakte vriendjes moet praten over zeilen (waar ik niets over weet) en modellen van auto's (waar ik niets over weet). Maar ik heb het Leila beloofd en het is zo'n schatje dat ik haar niet teleur kan stellen.

Er zal gelukkig wel gratis drank zijn, fleur ik mezelf op, terwijl ik naar mijn make-uptas reik. Gratis champagne. Of cocktails, misschien. Gezien mijn huidige stemming kan ik wel een cocktail gebruiken.

Het zijn cocktails. Sterke, pittige cocktails met limoen in martiniglazen. Ik pak er gretig een. Maakt niet uit wat het is, ik wil het gewoon achteroverslaan. Ik doe mijn ogen dicht, klok het naar binnen en o, mijn god, heerlijk gewoon. Ik heb de hele dag nog niets gegeten en de alcohol komt aan als een drug.

Tja, het is toch ook een drug? Ha.

Ik doe mijn ogen open en kijk om me heen, zoekend naar iemand om die gedachte mee te delen, maar ik zie niemand die ik wil aanspreken. Leila heeft me hartelijk begroet toen ik aankwam, maar ging toen met twee van haar schoonheidsspecialistevriendinnen naar de wc's. Jake vertelt drie mannen in pak op luide toon over zijn nepdiamantendeal. Er schijnt oponthoud te zijn in Azië.

'Ik bedoel, dat is nou internationaal vrachtverkeer,' hoor ik hem patserig zeggen. 'Dit is de realiteit van de wereldhandel, snap je?'

Ik heb niets bij te dragen over het onderwerp wereldhandel, dus neem ik nog een cocktail. Hier kan ik de hele avond van blijven drinken, denk ik bij elke verrukkelijke slok. Ik gá er ook de hele avond van blijven drinken.

Ons afgehuurde feestterreintje is met koord afgezet, maar er zijn genoeg andere mensen in de club aanwezig, aan tafels en aan de bar. Het zijn geen gasten van Leila, maar leden van 6 Folds Place die een avondje uit zijn. Aan een tafel links van me zit een groepje meiden en ik kijk telkens opzij, want daar zaten wij de vorige keer. Daar zat ik toen Ryan me dat boeket lelies gaf en hij me zoende en toen ik dacht… toen ik echt dacht…

Ik voel een vertrouwde, stekende pijn, wend me af en pak nog een cocktail. Elke ijzige teug verdooft een akelig gevoel. De vernedering. De zelfverwijten. Het ergste is nog wel dat iedereen me had gewaarschuwd. Hannah, mam en zelfs Tim op zijn eigen manier. Ze voelden allemaal aan hoe het echt zat met Ryan, al heeft Hannah de afgelopen ellendige twee weken een paar keer tegen me gezegd dat ze geen idee had dat hij zó'n rotzak was. Niet zó'n rotzak.

Ik weet niet of dat bedoeld was om me op te vrolijken of niet.

Ik drink mijn glas leeg en dan zie ik Nicole opeens naast Jake staan. Ze was me nog niet opgevallen. Ze ziet er adembenemend uit in haar korte witte jurk met franjes en ze zwiept haar nonchalant gestylede haar over haar schouder terwijl ze met een lange man praat. Ik hoor haar zeggen: 'Ja, ik heb toevallig verlatingsangst, snap je? Ik moet goed voor mezelf zorgen.'

Ik kan het niet opbrengen om met haar te praten. Ik kan het niet opbrengen om met Jake te praten. Wat is er mis met mij, dat ik mijn eigen familie niet eens wil spreken? Lichtelijk wanhopig zet ik mijn lege glas neer. Ik pak weer een vol glas en vraag me af of er geen verbod is op het drinken van meer dan drie cocktails. En dan verstijf ik. O, mijn god, o, mijn god. Dit kan niet waar zijn.

Maar het is toch zo. Het is Seb. Hij zit een stukje verderop aan een tafel, met een elegant, subtiel jasje aan. En hij heeft een meisje bij zich. Een lang, zelfverzekerd uitziend blond meisje in een knalgroene kokerjurk met bot afgeknipt haar op schouderlengte en perfect verzorgde nagels. Ze ziet eruit alsof ze tv-presentator zou kunnen zijn. Is dat zijn vriendin? Hoe heet ze ook alweer?

Ik zoek koortsachtig in mijn geheugen en dan weet ik het weer: Briony. Precies. Ze had hem naar een skitrainingsgoeroe gestuurd. En er was een probleempje met een fitnesszaal thuis. Is zij dat?

Seb kijkt op om de aandacht van een ober te trekken en ik duik snel weg achter een groepje vrienden van Jake. Hij mag me niet zien. Wat komt hij hier eigenlijk doen? denk ik bijna verwijtend. Hij had tegen Ryan gezegd dat dit zijn ding niet was. Wat een huichelaar.

Belangrijker: wat moet ik nu doen?

Ik gluur nog eens vanuit mijn schuilplaats naar hem. Hij leunt naar voren, met zijn ellebogen op tafel. Hij praat ernstig, alsof hij echt probeert iets over te brengen. En Briony...

Ze snauwt hem af, dringt het tot me door. Ze ziet er vals uit. God, kon ik maar liplezen. Wat zegt ze?

Nu geeft hij antwoord... Ze valt hem in de rede... Ze hebben ruzie, besef ik verbaasd. Ze hebben echt ruzie! Op de een of andere manier dacht ik dat Seb geen type was voor ruzie en zeker niet midden in een club.

Ik kijk gefascineerd toe. Opeens vertrekt Briony's gezicht. Ze spuugt een hele reeks woorden naar Seb en schuift dan haar stoel naar achteren. Ze zwaait een pashmina om haar schouders en pakt haar tas. Ze ziet er indrukwekkend uit, op een engemonstermanier. Ze is zo gepolijst. Zo statig. Ze vuurt nog een laatste opmerking op Seb af en schrijdt weg en ik laat mijn ingehouden adem ontsnappen. Dat was heftig. En ik was er niet eens bij betrokken.

Mijn brein kolkt van de alcohol. Het licht van de lampen begint wazig te worden en ik dein een beetje. Misschien heb ik die cocktails iets te snel opgedronken. Toch voel ik me weer scherp als ik Seb zie opstaan. Wacht even. Waar gaat hij naartoe? Welke kant loopt hij op?

Shit. Hij loopt deze kant op, richting de bar. Shit.

Oké, snel, ik moet met mijn rug naar hem toe zien te gaan staan. Weg van hem. Dit is cruciaal. Weg. Ik kijk zoekend om me heen en zie Nicole, die in haar eentje staat te telefoneren.

'Drew, ik moet hangen,' hoor ik haar zeggen. Ze verbreekt de verbinding, neemt een slokje uit haar glas en kijkt voor zich. Haar kaak is gespannen, haar ogen zijn tot spleetjes geknepen en ze ziet er heel gestrest uit.

Jemig, denk ik wazig. Heeft ze ruzie met Drew?

'Ha Nicole!' zeg ik terwijl ik naar haar toe zwalk. 'We praten nooit met elkaar. Laten we met elkaar praten. Alles goed?'

Ze kijkt me afwerend aan. 'Natuurlijk,' zegt ze. 'Waarom zou het niet goed met me gaan?'

Typisch Nicole. Ik zou zo graag willen dat ze zich eens openstelde, dat we eens een echt gesprek konden voeren.

Ik werp een blik over mijn schouder. Seb staat bij de bar. Hij bestelt iets. Whisky, zo te zien.

'Weet je, Drew aanbidt je,' zeg ik tegen Nicole. 'Ik weet het zeker. Hij houdt zóveel van je.' Ik spreid mijn armen wijd, wankelend op mijn hakken. 'Zóveel.'

'Je ziet er dronken uit, Fixie.' Ze neemt me wantrouwend op.

'Nee hoor,' verzeker ik haar. 'Absoluut niet. Niet dronken,' voeg ik er voor de duidelijkheid aan toe.

'Je bent écht dronken!' Ze kijkt me met grote ogen aan. 'Hoeveel heb je op?'

'Tien glazen,' zeg ik opstandig en ik neem nog een slok van mijn cocktail. Ik kijk onopvallend over mijn schouder naar Seb. Ik denk verdekt opgesteld te staan, maar tot mijn schrik heeft hij zich van de bar afgewend en kijkt hij me recht aan. Ik zie de verrassing op zijn gezicht en kijk snel weer voor me, met bonzend hart.

Hij heeft me niet herkend, stel ik mezelf gerust. Natuurlijk niet. Dat kan gewoon niet, niet in dat vluchtige moment. Desondanks besluit ik me achter Nicole te verschuilen. Dan krijg ik een geniale ingeving en ga op mijn hurken zitten. Oké, heel goed. Ze onttrekt me volledig aan het zicht. Het is ook nog eens heel comfortabel in deze positie. De zaal draait minder. Het is rustgevend. Er zou meer gehurkt moeten worden op feesten.

'Wat doe jij in godsnaam?' vraagt Nicole boos.

'Sst!' zeg ik. 'Niet bewegen!'

Ik zie Seb niet meer. Ik zie helemaal niets meer, alleen de verspringende lichtjes op Nicoles witte franjejurk. Het is hypnotiserend, helemaal gezien het feit dat mijn brein elke halve minuut een complete omwenteling lijkt te maken.

'Kijk, sushi,' zegt Nicole opeens. 'Ik ga wat halen.' Tot mijn ontsteltenis loopt ze weg en blijf ik onbeschut achter.

'Wacht!' roep ik. 'Nicole! Kom terug!'

Ik probeer overeind te komen, maar het lukt niet. Wat is er mis met mijn knieën? Waarom dóén ze het niet? Stomme knieën. Stomme cocktails.

'Fixie?' klinkt Sebs verbaasde stem en mijn maag verkrampt. Ik dwing mezelf op te kijken. En daar staat hij, vlak voor me, met zijn glas in zijn hand en een verbijsterde uitdrukking op zijn gezicht.

Hij hoeft niet zo verbaasd te kijken. Het is een vrij land.

'O,' zeg ik waardig. 'Ja. Hallo. Ik hurkte hier even.'

'Ik zie het.'

Het blijft stil en ik probeer zo gracieus als een zwaan overeind te komen, maar het zit er niet in.

'Hier.' Hij steekt een hand uit en ik neem hem met tegenzin aan.

'Dank je,' zeg ik beleefd als hij me omhoog heeft geholpen.

'Graag gedaan.'

De stilte tussen ons wordt plotseling gevuld door dreunende muziek van de kleine dansvloer. De dj moet aan zijn set zijn begonnen. Seb ziet er gestrest uit, stel ik vast, maar dat is niet zo gek, vlak nadat Briony hem een veeg uit de pan heeft gegeven, als dat tenminste Briony was.

Waarschijnlijk moet ik nu over koetjes en kalfjes praten, maar daar ben ik nooit zo goed in geweest. In plaats daarvan flap ik er, verwijtender dan ik bedoelde, uit: 'Wat doe je hier? Je zei dat je hier nooit kwam. Je zei dat het je ding niet was.'

Ik weet dat ik vijandig klink, maar daar heb ik alle reden toe. Als iemand zegt dat hij ergens niet komt, moet hij er ook niet komen. En eerlijk gezegd word ik helemaal benauwd en kriebelig bij de aanblik van Seb. Ik heb de afgelopen twee weken zo ontzettend mijn best gedaan om me groot te houden. Ik heb grapjes gemaakt en luchtig gelachen; ik heb iedereen wijsgemaakt dat Ryan en ik nooit vastigheid hebben gewild en dat ik helemaal niet gekwetst ben. Ik heb me zelfs tegenover Hannah zo kranig mogelijk gehouden.

Maar Seb weet het. Hij wéét het. Hij heeft me op mijn kwetsbaarst gezien, met een verslagen gezicht, toen mijn wereld instortte. Daarom kom ik hem liever niet tegen in clubs.

'Ik kom hier meestal ook niet,' zegt Seb, 'en het is mijn ding niet. Dit is een uitzondering. Wat doe jij hier?'

'Drinken,' zeg ik.

'Aha.'

'Mijn verdriet verdrinken.' Ik hef mijn glas naar hem en vervolg: 'We hebben cocktails. Jij mag er ook wel een als je wilt, maar dan moet je wel bij ons gezelschap horen. Wil je erbij komen, als mijn introducé? Ik zou het niet doen als ik jou was. Het wemelt van de makelaars.'

Ik ben me er vaag van bewust dat het ongepast is wat ik zeg, maar ik lijk me niet te kunnen bedwingen. Mijn verstand moet het even afleggen tegen de alcohol, en de alcohol zegt: joepie! Klets maar raak!

'Makelaars, hm?' zegt Seb met trekkende mondhoeken.

'En importeurs van nepdiamanten,' vul ik zorgvuldig articulerend aan. 'Of nee, eentje maar. Mijn broer. Wie had je bij je?' vraag ik. 'Was dat je vriendin?'

'Ja,' zegt hij na een korte stilte. 'Ze heet...'

'Ik weet hoe ze heet,' onderbreek ik hem triomfantelijk. 'Ik heb het opgevangen in de koffietent. Ze heet... Wacht...' Ik doe mijn ogen even dicht en laat de muziek door me heen dreunen. 'Dreinie.'

Oké, dat kwam er verkeerd uit.

'Nee, niet Dreinie,' bedenk ik me. 'Iets anders.'

'Briony,' verbetert Seb, weer met trekkende mondhoeken.

'Bríony.' Ik knik een keer of vijftien. 'Ja. Sorry. Bríony.' Ik denk weer even na en voeg er dan aan toe: 'Je zou haar Krijsie kunnen noemen.'

'Hè?' Seb gaapt me aan.

'Ik heb gezien hoe ze tegen je tekeerging.' Ik trek mijn neus op. 'Ze leek wel...' Opeens weet ik het. 'Ja! Ze leek wel een gemene nieuwslezer.' Ik zet een overdreven tv-stem op. 'Hallo. Dit is het Gemene Nieuws. Jullie zijn allemaal waardeloos en ik veracht jullie.' Ik ben klaar en knipper met mijn ogen naar hem. 'Sorry,' voeg ik eraan toe als ik Seb zijn mond open zien doen. 'Het spijt me ontzettend. Dat was heel erg. Ik neem het terug. Ik moet niet gemeen doen over je vriendin. Ze is vast heel aardig.'

'Nee,' zegt Seb op effen toon. 'Je moet niet gemeen doen over mijn vriendin.'

Ik neem peinzend een slok van mijn cocktail, wenk hem en fluister samenzweerderig in zijn oor: 'Maar ze is niet aardig, hè?'

'Gaan we nu elkaars keuzes op liefdesgebied beoordelen?' zegt Seb met ingehouden woede. 'Wil je dat spelletje echt spelen?'

'Waarom niet?' kaats ik terug.

'Mij best!' Sebs stem wordt luid van drift. 'Ik heb mijn hart tenminste niet aan een bedrieger verpand, verdomme. Ik ben tenminste geen onnozele hals die smoesjes verzint voor een enorme eikel omdat ik op de middelbare school verliefd op hem was.'

'Wát?' Ik snak met zoveel kracht naar adem dat ik bijna omval. 'Hoe wéét je dat?'

'Je zei dat je hem al sinds je tiende kende,' zegt Seb schouderophalend. 'Toevalstreffer.'

Ik voel rancune opkomen. Ik had die vent nooit ook maar een greintje informatie moeten geven. Ik neem een slokje van mijn cocktail, laat het door mijn mond walsen en slik het door. Dan kijk ik hem zo giftig aan als ik kan.

'Ik dacht dat je beleefd was,' zeg ik ijzig. 'Ik had het duidelijk mis.'

'Ik kan wel beleefd zijn.' Hij lijkt het grappig te vinden. 'Als ik wil.'

'En trouwens, ik ben niet onnozel, ik ben goed van vertrouwen.' Ik zwaai woest met mijn glas naar hem om de uitspraak kracht bij te zetten en mors een paar druppels. 'Goed van vertrouwen.'

'Heb je zin om te dansen?' Die zag ik niet aankomen en ik kijk hem wezenloos aan. Misschien heb ik hem niet goed verstaan.

'Dansen?' herhaal ik ten slotte. 'Bedoel je... dánsen?'

'Ik hou van dansen. Wil je met me dansen?'

'Met jou?' Ik neem hem argwanend op.

'Ja,' zegt hij geforceerd geduldig. 'Met mij.'

'O.' Ik neem nog een slok terwijl ik erover nadenk. 'Nee. Dat wil ik niet.'

Dat zal hem leren.

'Dat wil je niet,' zegt Seb na een korte stilte.

'Nee,' zeg ik een tikje opstandig. 'Dat wil ik niet.'

Hij is langer dan ik en als ik naar hem opkijk, lijkt hij een stralenkrans van licht om zijn hoofd te hebben. Zijn haar heeft een gloed en zijn jukbeenderen glanzen en zijn ogen kijken strak in de mijne op een verontrustende manier.

Ik zeg tegen mezelf dat ik mijn blik moet afwenden, maar eerlijk gezegd wil ik dat niet. Ik wil in zijn ogen gezogen worden.

Wat stom is. En verkeerd. Hij hoort bij een andere vrouw, wijs ik mezelf streng terecht. Hij houdt van dreinerige, schreeuwgrage vrouwen van het nieuwslezerstype.

'Maar je bent me nog iets schuldig,' zegt hij en ik knipper verbaasd met mijn ogen als hij het koffiebekerkartonnetje uit de zak van zijn jasje trekt. Hij tikt er een paar keer peinzend tegen en houdt het me dan voor. 'Zie je wel?'

Ik werp een laatdunkende blik op mijn eigen handschrift. 'Er staat niets over dansen.'

'Misschien wil ik dansen.' Hij kijkt me nog steeds strak aan. 'Misschien is dat het enige wat ik wil.'

De muziek dreunt door mijn botten. Het bloed bonst in mijn hoofd. Ik kan mijn voeten niet stilhouden. Hoe langer we het over dansen hebben, hoe meer zin ik krijg om te dansen.

'Ik wil het,' zegt Seb en iets in zijn stem en de manier waarop hij naar me kijkt maakt dat er opeens een siddering door mijn lijf gaat.

'Goed dan,' zeg ik uiteindelijk, alsof ik hem een enorme gunst verleen. 'Oké.'

Hij neemt me mee naar de dansvloer en we komen in beweging. We zeggen geen woord. We glimlachen niet en we kijken niet eens naar iemand anders. We kijken elkaar strak in de ogen en zodra we beginnen, lijken onze lichamen vanzelf synchroon te bewegen.

Ik bedoel, dat is het hem. Hij kan dansen.

Het ene nummer gaat over in het andere en we blijven dansen. Lichteffecten spelen over ons heen en veranderen Sebs gezicht in een veelkleurige werveling. De aanhoudende dreun voelt als een hartslag. Jake en Leila komen de dansvloer op en ik kijk even hun kant op en knik, maar ik kan me niet van Seb losmaken. Ik wil de betovering niet verbreken.

Hoe langer ik dans, hoe meer hij me gaat boeien; de intensiteit van zijn blik, de suggestie van zijn lichaam onder zijn kleding als hij beweegt. Hij is vloeiend en stabiel tegelijk. Sterk en soepel, maar niet overdreven gespierd, niet op zijn omgeving gericht; hij kijkt niet de hele tijd vragend om goedkeuring om zich heen, zoals Ryan zou doen. Seb is gefocust. Hij is oprecht. Alles wat hij doet komt natuurlijk over, zelfs de manier waarop hij het zweet van zijn voorhoofd veegt.

Ik veeg ook het zweet van mijn voorhoofd. Het is echt warm. We dansen nu op Calvin Harris en mijn lippen vormen als vanzelf de woorden 'how deep is your love', telkens weer, met het nummer mee. Ik kan niet ophouden met bewegen, ik kan niet ophouden met reageren op de muziek, maar tegelijkertijd ben ik me ervan bewust dat er iets niet helemaal goed is. De kleuren lopen nog meer door elkaar heen dan ze toch al deden. Ik voel me best duizelig. Ik voel me... niet echt misselijk, maar...

Mijn maag keert zich bijna om. Oké, ik voel me echt raar.

Ik probeer me te verankeren door naar Sebs gezicht te kijken, maar dat versplintert als in een caleidoscoop. Mijn maag komt tegen iets in opstand – heb ik iets verkeerds gegeten? Waarom voel ik me zo...

O, god.

Oké, ik voel me écht niet goed.

Hoewel... maakt het wat uit?

Opeens lijken mijn benen het onder me te begeven, maar ik vind het niet erg om op de dansvloer te liggen. Ik ben niet zo moeilijk. Ik vind het eigenlijk wel lekker om hier onder de lichtshow te liggen. Leila's gezicht doemt boven me op en ik glimlach gelukzalig naar haar.

'Gefeliciteerd met je verjaardag!' zeg ik, maar ze lijkt het niet te verstaan.

'Fixie! O, mijn god, kijk nou toch!'

'Hoi!' Ik probeer vrolijk te zwaaien, maar mijn hand doet het niet.

Waar is mijn hand? O, mijn god, iemand heeft mijn hand gejat.

'Ik weet het niet!' hoor ik Seb boven me zeggen. 'Er was niets aan de hand, ik bedoel, ze had duidelijk een slok op...'

'Fixie!' Leila lijkt van heel ver naar me te roepen. 'Fixie, gaat het? Hoeveel cocktails heb je... O, god, Jake? Jakey? Ik heb hulp nodig hier...'

Als er iets erger is dan wakker worden met een kater, is het wel wakker worden met een kater bij je broer thuis en te horen krijgen dat je de verjaardag van zijn vriendin hebt verpest en dat je hem voor schut hebt gezet ten overstaan van al zijn vrienden.

Mijn hoofd knalt uit elkaar van de pijn, maar ik kan niet eens een paracetamol nemen tot Jake is uitgeraasd. Ten slotte snauwt hij: 'Ik moet naar een afspraak,' alsof dat ook mijn schuld is en loopt met grote passen weg.

'O, Fixie,' zegt Leila, die me een glas water en twee tabletten aanreikt. 'Let maar niet op hem. Het was eigenlijk best grappig. Heb je zin in koffie?'

Ik wankel naar de woonkamer, laat me op de leren bank zakken (die van de Conran Shop? Ik heb geen idee) en staar wezenloos naar de immense tv die Jake vorig jaar heeft gekocht. Het hele appartement is luxe en modern, alles is hightech. Het gebouw heet Grosvenot Heights en het staat in Shepherd's Bush (hij noemt het 'Holland Park-West'). Jake heeft een bod gedaan zodra zijn huidkleurigeslipdeal rond was en ik weet zeker dat hij het heeft uitgekozen omdat 'Grosvenor' chic klinkt.

Leila brengt me een kop koffie, komt naast me zitten in haar zijdeachtige kimono en begint verjaardagskaarten open te maken met haar scherpe nagels.

'Maar het was wel een leuke avond, hè?' zegt ze met haar zachte stem. 'Jakey verwent me, echt waar. Die cocktails waren heerlijk.'

'Praat me niet van cocktails,' zeg ik met een grimas.

'Sorry.' Ze lacht haar klaterende lach, legt de kaart neer die ze net uit de envelop heeft gehaald en kijkt me belangstellend aan.

'Wie was die man?'

'Die man?' Ik probeer wezenloos te kijken.

'Die man, gekkie! Die man met wie je de hele tijd danste. Hij was leuk.' Ze trekt haar wenkbrauwen naar me op. 'Knap.'

'Nou, hij is bezet,' zeg ik snel, voordat ze zich iets in haar hoofd haalt.

'O,' zegt Leila teleurgesteld. 'Jammer. Nou, hij was heel ongerust om je. Hij wilde mee om zeker te weten dat het goed met je ging, maar we zeiden: "Maak je geen zorgen, we zijn familie, we passen wel op haar."'

De manier waarop ze 'we zijn familie' zegt raakt me onverhoeds en ik schiet vol. Ik hou van Leila. Ze is écht familie.

'O, Leila.' Ik sla in een opwelling mijn armen om haar heen. 'Dank je wel. En sorry dat ik het heb verpest voor je.'

'Welnee!' Ze slaat haar knokige armpjes ook om mij heen. 'Als ik iemand iets verwijt, is het Ryan. "Geen wonder!" zei ik tegen Jakey. "Ik zou ook in alle staten zijn als mijn grote liefde zomaar verdween!"'

'Ryan is mijn grote liefde niet,' zeg ik met klem. 'Echt niet.'

'Hij komt wel terug,' zegt Leila wijs en ze geeft een klopje op mijn knie.

Ik moet Leila duidelijk zien te maken dat ik Ryan niet terug wíl, maar dat kan wel even wachten. Ik zak onderuit op het boterzachte leer, met mijn beide handen om mijn koffiekop en kijk in een soort trance naar Leila, die telkens een envelop pakt, hem openhaalt met haar nagel, glimlachend naar de kaart kijkt, hem weglegt en naar de volgende envelop reikt.

'O,' zegt ze opeens. 'Nu ik eraan denk. Hij heeft gevraagd of ik je dit wilde geven.'

'Wie?'

'Die man, suffie!'

Ze geeft me een envelop van 6 Folds Place en ik kijk er stompzinnig naar. In de keuken gaat een timer af en Leila komt overeind.

'Mijn ei is klaar,' zegt ze. 'Wil je ook een ei, Fixie?'

'Nee,' zeg ik snel, want mijn maag draait zich om bij het idee. 'Maar bedankt voor het aanbod.'

Ze loopt de kamer uit en ik maak langzaam de envelop open. Er zit geen briefje in, alleen het koffiebekerkartonnetje. Ik trek het eruit en kijk ernaar. Er staat iets nieuws op, in Sebs handschrift:

Volledig afgelost. Met dank.

En daaronder zijn handtekening.

Terwijl ik zijn woorden lees, word ik opeens overmand door… ja, wat eigenlijk? Ik weet het niet precies. Weemoed? Verlangen? In gedachten keer ik telkens terug naar hoe we gisteren dansten. Het gekleurde licht dat over zijn gezicht speelde, de dreunende muziek. Zijn ogen op de mijne. De klik die we hadden. Ik zou op de een of andere manier daar weer willen zijn, op die plek, bij hem.

Maar laten we realistisch zijn. Dat zit er niet in.

Ik schud mezelf mentaal door elkaar en schuif het koffiebekerkartonnetje terug in de envelop. Het is een aandenken, zeg ik tegen mezelf terwijl ik de flap dichtvouw. Een leuke herinnering. Ik krijg hem nooit meer te zien en waarschijnlijk trouwt hij met Dreinie en dat is… nou ja. Prima. Dat moet hij zelf weten.

'Is het iets leuks?' vraagt Leila, die terugkomt met haar ei en naar de envelop kijkt.

'Nee.' Ik schud met een wrange glimlach mijn hoofd.

'Zal ik het dan maar voor je weggooien?' biedt ze gedienstig aan.

Ze steekt haar hand uit en voordat ik me kan bedwingen roep ik fel: 'Nee!'

Mijn vingers omklemmen de envelop. Ik sta hem niet af. Ik gooi hem niet weg. Ook al slaat het nergens op.

'Ik bedoel… doe geen moeite,' voeg ik eraan toe als ik Leila's geschrokken gezicht zie. 'Ik bewaar hem nog even, denk ik. Voor de zekerheid. Je weet wel.'

'Natuurlijk!' zegt Leila ongedwongen, zonder iets te vragen. 'Kom, deel mijn ei met me, Fixie,' zegt ze en ze komt weer naast me zitten. 'Je moet iets in je maag hebben. En daarna…' Haar ogen twinkelen. 'Daarná gaan we je nagels doen.'

14

Hannahs huis is net een John Lewis-catalogus. Alle meubels komen van John Lewis, en ook het grootste deel van de gordijnen en kussens. De cadeaulijst van haar huwelijk liep voor de ene helft bij John Lewis en voor de andere helft bij Farrs en eigenlijk past het allemaal best goed bij elkaar. Het is allemaal van goede kwaliteit, niets springt er echt uit... Het is heel smaakvol.

En meestal is Hannahs huis een perfecte weerspiegeling van haarzelf. John Lewis is een kalme, geruststellende winkel en Hannah is een kalm, geruststellend mens, maar de Hannah die ik nu tegenover me heb, is daar het tegenovergestelde van. Ze is gespannen. Haar wenkbrauwen zijn gefronst. Ze ijsbeert door haar nette witte keuken, knabbelend op een wortel.

'Hij wil het niet weten,' zegt ze. 'Hij wil het niet weten. Ik heb geprobeerd met hem te praten, maar het is alsof hij, zeg maar, alsof hij het gewoon niet wil weten.'

'Hannah, waarom ga je niet zitten?' zeg ik, want ik word een beetje zenuwachtig van dat geijsbeer van haar, maar ze lijkt me niet eens te horen. Ze gaat op in haar eigen gedachten.

'Ik bedoel, hoe zit het dan met dat "voortbrengen en opvoeden van kinderen"?' zegt ze plotseling. 'Nou?'

'Hè?'

'Dat staat in de catechismus en het is bij ons trouwen aangehaald!' zegt ze ongeduldig. 'Het huwelijk dient, ik citeer, "tot het voortbrengen en opvoeden van kinderen". Dat heb ik tegen Tim gezegd. Ik zei: "Heb je toen even niet opgelet, Tim?"'

'Heb je uit de catechísmus geciteerd?' zeg ik verbijsterd.

'Ik moet toch op de een of andere manier tot hem doordringen? Wat mankéért hem?' Hannah laat zich eindelijk op eèn keukenstoel zakken. 'Zeg nog eens wat hij zei?'

'Hij zei dat hij er helemaal gestrest van raakt,' zeg ik voorzichtig. 'Hij leek een beetje overweldigd. Hij zei dat een kind krijgen een... eh...'

Niet 'nachtmerrie' zeggen.

'Een wat?' dringt Hannah aan.

'Pittig,' zeg ik na een korte stilte. 'Hij dacht dat het pittig zou worden.'

'Nou, dat is ook wel zo, denk ik,' zegt Hannah geagiteerd, 'maar dat is het toch waard?'

'Eh... ik denk het wel.' Ik bijt op mijn onderlip als ik terugdenk aan Tims vertwijfelde gezicht. 'Trouwens, wat is Le Maaz?'

'Wat?'

'Le Maaz. Of La Maz.'

'O, Lamaze,' zegt Hannah. 'Dat is, zeg maar, een babysysteem. Je hebt Lamaze-zwangerschapscursussen, Lamaze-speelgoed...'

'O. En wie is Annabel Karmel?'

'Dat is de pureegoeroe,' zegt Hannah direct. 'Je moet met zes maanden beginnen. In ijsblokjesvormpjes.'

Oké, het gebazel is weer begonnen. IJsblokjesvormpjes? Waar hééft ze het over?

'Hannah,' zeg ik omzichtig, 'je bent nog niet eens zwanger. Waarom heb je het nu al over wat je moet doen als de baby zes maanden is?'

'Ik denk vooruit,' zegt ze alsof het vanzelfsprekend is. 'Je moet voorbereid zijn.'

'Maar niet zó voorbereid. Komt tijd, komt raad, toch?'

'Nee.' Hannah schudt beslist haar hoofd. 'Je moet plannen maken. Je moet je huiswerk doen. Je moet je to-dolijstjes opstellen.'

To-dolijstjes? Meervoud?

'Hoeveel lijstjes heb je?' vraag ik luchtig.

'Zeven.'

'Zéven?' Ik laat mijn koffiekop met een klap op tafel neerkomen. 'Hannah, je kunt geen zeven to-dolijstjes hebben voor een baby die nog niet eens is verwekt! Dat is gestoord!'

'Dat is niet gestoord!' roept ze beledigd uit. 'Je weet dat ik alles graag op orde heb.'

'Laat zien,' zeg ik streng. 'Ik wil die lijsten zien.'

'Mij best,' zegt Hannah na een korte stilte. 'Ik heb ze boven.'

Ik loop achter haar aan de trap op en via haar onberispelijke overloop naar de kamer waarvan ik altijd heb aangenomen dat het de kinderkamer zou worden. We gaan naar binnen en ik sla in een reflex mijn hand voor mijn mond. O, mijn gód.

Het lijkt wel de commandokamer van een rechercheteam. Aan de wand hangt een enorm prikbord vol systeemkaartjes met zinsneden als 'Research babyyoga', 'Tweede naam in geval van jongen' en 'Risico's ruggenprik nagaan'. Ernaast hangen drie dichtbetypte lijsten, de eerste met de kop: *To do – Postnataal*, de tweede met de kop: *To do – Onderwijs* en de derde met *To do – Medisch onderzoek/problemen.*

'Ik bedoel, de echte lijstjes staan op de computer,' zegt Hannah terwijl ze het licht aandoet. 'Dit is extra.'

'De echte lijstjes staan… op de computer?' herhaal ik zwakjes.

Geen wonder dat Tim zich overweldigd voelt. Ík voel me overweldigd. Ik weet niets van kinderen krijgen, maar dít kan niet goed zijn.

'Hannah,' begin ik en dan zwijg ik, want ik weet niet hoe ik verder moet. 'Hannah… waaróm?'

'Waarom wat?' vraagt ze op een vinnige manier die niet bij haar past en ik weet dat ik nu eindelijk vat op haar begin te krijgen. Ik pak haar handen, hou ze stevig vast en wacht tot ze me aankijkt. Ze ziet er moe uit. Gestrest. Mijn sterke, kalme vriendin met haar superbrein ziet er kwetsbaar uit, besef ik. Wanneer heeft ze voor het laatst gelachen?

'Heb je lijstjes gemaakt die doorgaan tot het moment dat de baby het huis uit gaat?' vraag ik plagerig. 'Heb je alle vakanties al uitgestippeld?' Dan snak ik theatraal naar adem. 'O, mijn god, waar gaan jullie de achttiende verjaardag van het kind vieren? Snel! We moeten zaaltjes googelen!'

Er trekt een blos naar Hannahs wangen.

'Je weet dat ik dingen graag in taakjes opsplits,' mompelt ze.

'Dat weet ik, ja.' Ik knik. 'Het is een soort verslaving.'

'Ik ben niet verslááfd,' zegt Hannah gechoqueerd. Ik kan haar gedachten bijna lezen: ik ben een hoogopgeleide vrouw met meubels van John Lewis! Hoe zou ik verslaafd kunnen zijn?

'Een beetje wel,' zeg ik onverschrokken. 'En dit is niet goed voor je. Het is niet goed voor Tim.' Ik laat haar handen los en gebaar om me heen. 'En het is al helemaal niet goed voor de baby, want als je zo doorgaat, komt die er helemaal niet!'

'Het is gewoon... een hele uitdaging.' Hannah, die er afgetobd uitziet, laat zich op het bed zakken. 'Ik snap niet hoe andere mensen dat doen.'

'We doen het al eeuwen,' zeg ik terwijl ik naast haar kom zitten. 'De holbewoners hadden toch ook geen lijstjes?'

'Vast wel,' kaatst Hannah met fonkelende ogen terug. 'Die grottekeningen zijn waarschijnlijk allemaal to-dolijstjes. Eten halen. Mammoet doden. Berenvel looien.'

Ik grinnik en we zijn even stil. Dan kijk ik op.

'Hannah, kén jij eigenlijk wel iemand met een baby?'

'Nou... niet echt,' bekent ze. 'Ik bedoel, een paar mensen van mijn werk hebben kinderen gekregen. Ik heb een keer een baby vastgehouden.'

'Je hebt een keer een baby vastgehouden?' zeg ik ongelovig. 'Is dat alles? Waar heb je dit dan allemaal vandaan?' Ik gebaar naar de systeemkaartjes.

'Internet. En boeken. Echte moeders ontmoeten staat op mijn to-dolijst,' voegt ze er verdedigend aan toe.

'Oké,' zeg ik. 'Nou, Nicole heeft tig vriendinnen met een baby. Als je nou eens een afspraak met een van die vrouwen maakt om haar te vragen hoe het echt is? Misschien kan Tim er ook bij zijn. En dan kunnen jullie allebei nadenken over een báby in plaats van een lijstje.'

'Ja,' zegt Hannah. Ze slaakt een diepe zucht en ik zie haar blik door het kamertje glijden alsof ze het voor het eerst ziet. 'Ja. Dat zou fijn zijn. Dat zou zelfs geweldig zijn. Dank je wel, Fixie. Ik zal Nicole bellen.'

'Ik wil het haar ook wel vragen,' bied ik aan. 'Is dat makkelijker?'

'Nee, ik doe het wel,' zegt Hannah, zoals ik had verwacht, want ze is net als ik: ze knapt het zelf wel op.

'Kom hier.' Ik trek haar naar me toe voor een knuffel. 'Jullie moeten wat relaxter worden. Tim, maar jij ook. En dat lukt wel.'

'En jij?' vraagt Hannah als we ons van elkaar losmaken. 'Ik heb je niet eens gevraagd...'

'O, je weet wel,' kap ik haar snel af. 'Geen nieuws. Over en uit.'

Die diep vernederende avond in 6 Folds Place is bijna twee weken geleden. Ik heb Jake en Leila sinds de ochtend erna niet meer gezien en ik heb niets meer van Ryan gehoord.

'Nou, je weet hoe ik erover denk,' zegt Hannah. En ik knik, want ik weet het en we hebben allebei alles al gezegd.

Ik weet dat Tim van zijn werk op weg naar huis is en ik vermoed dat Hannah met hem wil praten, dus blijf ik niet eten, ook al biedt ze het aan. Als ik naar buiten stap, is de lucht zo ijskoud dat ik naar adem hap. Het is de koudste oktober ooit en ze zeggen dat het gaat sneeuwen.

Greg is er gek op. Hij gaat telkens naar buiten om alwetend naar de grauwe lucht te kijken en 'snowpocalyps' te zeggen. Hij stelt de hele dag door voor dat Farrs dingen moet gaan verkopen als skimutsen, sleeën en urineflessen (urineflessen?) uit de een of andere buitensportcatalogus waar hij gek op is en ik moet telkens nee zeggen.

'De mensen zullen die dingen nodig hebben,' heeft hij al een keer of twintig gezegd. 'Wacht maar af.'

Hoe meer hij me aan mijn kop zeurde, hoe vastbeslotener ik werd: ik zal nooit, maar dan ook nooit een urineflес inkopen. Al komt er echt een 'snowpocalyps', het boeit me niet. Het boeit me niet dat ze bij een echte poolexpeditie zijn gebruikt, ik *wíl* het niet weten.

(Al moet ik bekennen dat ik me wel heb afgevraagd hoe het dan met de vrouwen moet. Ik had het Greg wel kunnen vragen, maar dan had hij me een ongegeneerd en verschrikkelijk antwoord gegeven dat ik nooit meer uit mijn hoofd had kunnen zetten.)

Ik loop vlug door de straten van Hammersmith en als ik bijna bij de metro ben, word ik door Drew gebeld. Ik heb al een poosje niets meer van hem gehoord.

'Drew!' roep ik enthousiast. 'Hoe gaat het?'

'O, wel goed, dank je,' zegt hij afwezig. 'Is Nicole toevallig bij jou?'

'Nee,' zeg ik verbaasd.

'Ik probeer haar namelijk al een tijd te bereiken, maar ze neemt niet op.'

'O,' zeg ik bedachtzaam. 'Nou, misschien doet haar telefoon het niet of zo.'

'Ja, zou kunnen.' Drew zucht en het blijft even stil. Wel een dure stilte, denk ik onwillekeurig, in aanmerking genomen dat hij in Abu Dhabi zit.

'Drew?' vraag ik voorzichtig. 'Is er iets?'

'Nou, eigenlijk wel,' verzucht hij. 'Het zit zo. Nicole zegt steeds dat ze me hier in Abu Dhabi komt opzoeken. Ze belooft dat ze een ticket zal kopen, maar dan doet ze het weer niet. Heeft ze het er met jou over gehad?'

'Nee,' beken ik, 'maar we spreken elkaar niet zo vaak.'

'Ik weet dat ze het heel druk heeft als het gezicht van Farrs en met haar yoga en alles,' zegt hij, 'en dat respecteer ik, Fixie, echt waar. Ik ben trots op haar. Maar toen ik hierheen ging, hadden we afgesproken dat ze snel zou overkomen. Nou, dat is nu maanden geleden!'

'Misschien heeft ze zonder dat ik het weet wel plannen gemaakt,' zeg ik ontwijkend.

'Oké.' Hij zucht. 'Nou, sorry dat ik je ermee heb lastiggevallen.'

Hij verbreekt de verbinding en ik loop peinzend door. Nicole heeft er nooit over gerept dat ze naar Abu Dhabi wilde. Wat best raar is, nu ik erover nadenk. Als ze haar eigen man zo mist, waarom gaat ze hem dan niet opzoeken?

Net als ik mezelf erop wijs dat de relaties van anderen een raadsel voor me zijn en dat het geen zin heeft om erover te speculeren, piept mijn telefoon. Ik kijk naar het scherm in de verwachting een appje van Hannah te zien, of misschien van Drew... maar het is van hem. Van Seb. En het is maar één woord:

Help.

Help?

Ik kijk er verontrust naar en bel hem dan op. Ik blijf de verbindingstoon maar horen en net als ik verwacht de voicemail te krijgen, hoor ik opeens zijn stem in mijn oor.

'O, hallo,' zegt hij verbaasd en een beetje gespannen. 'Ik had niet verwacht dat jij het zou zijn. Zou je... Op dit moment komt het niet zo goed uit...'

'Gaat het wel?' vraag ik verbijsterd. 'Je appte "Help" naar me.'

'Heb ik dat naar jóú gestuurd?' Hij vloekt. 'Neem me niet kwalijk. Het was voor Fred bedoeld, mijn assistent. Ik moet het verkeerde nummer hebben gekozen. Ik hoop dat ik je niet heb gestoord.'

'Natuurlijk niet,' zeg ik met gefronst voorhoofd. 'Helemaal niet.' Ik snap het niet goed. Waarom zou hij 'Help' naar zijn assistent appen? 'Weet je zeker dat het goed met je gaat?' vraag ik in een opwelling.

'Het... Het kan beter,' zegt Seb na een korte stilte en nu hoor ik hem oppervlakkig ademen. 'Ik ben in elkaar geslagen, toevallig. Mijn eigen schuld, had ik maar niet achter de Horizon langs moeten gaan omdat dat korter is. Het is altijd een louche steegje geweest.'

'In elkaar geslagen?' Ik laat mijn telefoon bijna uit mijn handen vallen van ontzetting. 'Ben je… Wat is er gebeurd?'

'Het stelt niets voor,' zegt hij meteen. 'Een paar gasten besloten dat ze mijn portemonnee wilden hebben, meer niet. Ik lijk alleen door mijn enkel te zijn gegaan, ik kan niet lopen en ik ben ver van huis. Gelukkig vonden ze mijn oude telefoon zo afzichtelijk dat ze me die hebben laten houden.'

Hij ligt in een steegje, hij is beroofd en hij maakt grapjes over zijn telefoon. Ik wil glimlachen, maar ik wil ook gillen: neem dit serieus!

'Heb je het alarmnummer gebeld?' vraag ik.

'Het alarmnummer?' herhaalt Seb vol afgrijzen. 'Natuurlijk niet. Doe niet zo raar. Ik moet alleen even naar een ziekenhuis. Fred komt me wel oppikken, hij woont in Southwark, op twee minuten van Bermondsey. Waar ik nu ben,' besluit hij voor de volledigheid.

'Waarom heb je hem dan niet gebeld?' zeg ik bijna agressief van ongerustheid.

'Dat heb ik geprobeerd,' zegt Seb geduldig. 'Daarna heb ik hem geappt, althans dat dacht ik. Als ik hem niet kan bereiken, heb ik nog zat andere collega's en vrienden die me wel willen helpen, dus als je zo vriendelijk zou willen zijn om op te hangen…'

'O!' zeg ik. 'Ja. Natuurlijk. Sorry.'

Alleen wil ik niet ophangen. Het zit me niet lekker. Stel dat hij Fred niet kan bereiken?

'Je moet het alarmnummer bellen,' zeg ik.

'Het alarmnummer is overbelast,' zegt Seb moeizaam. 'Lees je de krant niet? Dat is voor échte noodgevallen. Ik ga niet dood, ik lig niet te bevallen, ik zit niet in een boom. Maar ik zou wel graag mijn assistent willen bereiken, dus ik verbreek de verbinding nu. Tot ziens.'

Hij hangt op en ik kijk met bonzend hart naar mijn scherm terwijl de gedachten door mijn hoofd buitelen.

Nou ja, het is zijn leven.

En hij heeft vast gelijk: hij heeft hopen vrienden die meteen in de auto springen, hem inladen en naar het ziekenhuis brengen. Hij is nu al aan het bellen. Er stapt nu iemand in zijn auto. Het komt allemaal goed.

Niet mee bemoeien, Fixie. Bemoei je er niet mee.

Ik stop mijn telefoon in mijn zak, zucht luid, zet drie stappen en blijf weer staan. Mijn vingers trommelen tegen elkaar. Nu beginnen mijn voeten aan hun pasje: voor-gekruist-achter, voor-gekruist-achter.

Ik kan niet niets doen, ik kan het niet, ik kán het niet.

Ik open snel Google Maps, zoek naar een Horizon in Bermondsey (het blijkt een bioscoop te zijn) en vind de steeg waar Seb in moet liggen. Hook Alley, die moet het zijn. Dan bel ik het alarmnummer en wacht af. Alleen al het intoetsen van het nummer herinnert me aan die keer dat mam bewusteloos was en ik voel de angst weer oplaaien.

'Hallo,' zeg ik zodra ik de meldkamer aan de lijn heb. 'Ik heb een ambulance en de politie nodig. Het adres is Hook Alley in Bermondsey. Er ligt een gewonde die hulp nodig heeft, hij is overvallen en... snel, alstublieft. Zo snel mogelijk.'

Ik word voor mijn gevoel een eeuwigheid aan de lijn gehouden met vragen die ik met geen mogelijkheid kan beantwoorden, maar ten slotte krijg ik te horen dat ik mijn telefoon bij me moet houden en dat de hulpdiensten zijn gewaarschuwd. Ik verbreek de verbinding en hou dan panisch een taxi aan. Ik kan het er niet op wagen de metro te nemen, want daar heb ik geen ontvangst, en ik móét naar Hook Alley.

Zodra we rijden, bel ik Sebs nummer, maar hij is in gesprek. Wat is hij aan het doen? Zich laten redden?

Zou hij woest zijn omdat ik het alarmnummer heb gebeld?

Nou, mij best. Dan is hij maar woest.

De rit naar Bermondsey duurt drie kwartier en ik zit de hele tijd op hete kolen. Als ik bij Hook Alley uit de auto spring, verwacht ik half zwaailichten te zien, maar er is geen ambulance te bekennen. Wel politielint en er hangen wat ramptoeristen rond, ondanks de kou, plus een paar politiemensen die de wacht houden. Terwijl ik erheen loop, krijg ik een afschuwelijk gevoel van naderend onheil.

'Hallo,' zeg ik tegen de eerste de beste politieman, die helemaal in beslag wordt genomen door zijn portofoon. 'Ik heb gebeld, ik was het...' Ik zwijg ademloos, maar deze ene keer komt het niet door Jake, maar door de angst. 'Hoe is het met hem?'

'Neem me niet kwalijk,' zegt de politieman, die me niet lijkt te horen, en hij loopt naar zijn collega. Ik wil niets liever dan onder het lint door duiken, maar ik heb genoeg politieseries gezien om te weten wat er dan gebeurt: de plaats delict raakt vervuild, de rechtbank seponeert de zaak en er is geen gerechtigheid, en de diepbedroefde nabestaanden gaan tegen je tekeer.

Ik blijf dus maar staan, bijna hyperventilerend van de vragen die zich aan me opdringen: waar is hij? Hoe is het met hem? Wat is er gebéúrd?

Opeens dringt het tot me door dat ik in mezelf sta te mompelen en dat een van de omstanders me heeft gehoord. Het is een brede kerel met grijs haar in een enorm gewatteerd jack die er alleen maar lijkt te staan om te kijken.

'Ze hebben hem afgetuigd,' zegt hij met een accent dat me zo sterk aan pap herinnert dat het letterlijk pijn doet. 'Hij was helemaal van de wereld. Hij is afgevoerd op een brancard. Ik heb het gezien.'

Ik schrik zo dat de tranen me in de ogen springen. Van de wereld?

'Maar hij was bij!' zeg ik. 'Ik heb met hem gepraat! Hoe kan hij... Wat is er gebeurd?'

De man haalt zijn schouders op. 'Hij zat ook onder de troep. Ze zullen wel een vuilnisbak over hem heen hebben gekieperd. Beesten zijn het. Als ik het voor het zeggen had, zouden ze hun straf niet ontlopen. Niks voorwaardelijk, om te beginnen,' begint hij met stijgend enthousiasme. 'Niks van dat softe gedoe. Stuur ze allemaal het leger in, dat zal ze leren...'

'Sorry,' onderbreek ik hem radeloos. 'Sorry, maar ik moet echt weten waar hij naartoe is gebracht. Welk ziekenhuis. Hebt u enig idee?'

De mondhoeken van de man trekken. Hij zegt niets, maar zet een paar stappen naar de hoek van de steeg en draait veelbetekenend zijn hoofd. Ik loop achter hem aan, kijk ook opzij... en zie de bovenkant van een gebouw. Duidelijke, verlichte letters tekenen zich af tegen de avondlucht: NEW LONDON HOSPITAL.

Natuurlijk. Wat stom van me.

'Ze zullen hem daar wel heen hebben gebracht, lijkt me,' zegt de man. 'De Spoedeisende Hulp zit aan de achterkant. Je hoeft niet te proberen een taxi te nemen,' voegt hij eraan toe. 'Het is hier allemaal eenrichtingsverkeer. Lopen gaat sneller.'

'Dank u,' hijg ik terwijl ik het al op een rennen zet. 'Heel erg bedankt. Dank u.'

Ik ren hijgend in de kou door de achterafstraten en ik hou pas stil als het voelt alsof mijn hart op springen staat. Dan loop ik een stukje, dan ren ik weer en dan verdwaal ik onder een spoorbrug, maar ten slotte bereik ik de felle lichten en de bedrijvigheid van de Spoedeisende Hulp van het ziekenhuis.

Wanneer ik naar binnen loop, komt de ziekenhuisgeur me al tegemoet. Dan het lawaai. Ik weet dat het altijd druk is op de Spoedeisende Hulp, maar... kolere. Wat een herrie. Veel erger dan toen we met mam naar het ziekenhuis gingen. Het krioelt van de mensen. Alle plastic stoelen zijn bezet en een gozer met een jaap in zijn voorhoofd zit op de vloer. Er brullen een stuk of drie baby's en een man met kots op zijn jas vaart dronken uit tegen zijn... Is die grijze, gespannen vrouw zijn móéder?

Met afgewende blik loop ik naar de balie en wacht voor mijn gevoel een eeuwigheid totdat een kordate vrouw zegt: 'Wat kan ik voor u doen?'

'Dag, ik kom voor Sebastian Marlowe. Is hij hier opgenomen?'

De vrouw typt op haar computer, heft haar hoofd en neemt me achterdochtig op.

'Hij is opgenomen, ja,' zegt ze. 'Hij wordt nu onderzocht.'

'Wat wordt er onderzocht?' vraag ik gespannen. 'Ik bedoel, is hij... Wordt hij...'

'Dat moet u aan een arts vragen,' zegt ze. 'Bent u familie?'

'Ik... Niet echt... maar ik ken hem wel. Ik heb het alarmnummer gebeld.'

'Hmm. Nou, als u wacht, kunt u de arts spreken die... O, u treft het. Lily!'

Ze wenkt een knappe, Aziatisch uitziende arts die het zo druk lijkt te hebben dat ik me eigenlijk schaam om haar op te houden, maar ik moet weten hoe het ervoor staat.

'Hallo, kan ik u helpen?' vraagt ze innemend.

'Sorry dat ik u moet ophouden,' ratel ik. 'Ik kom voor Sebastian Marlowe. Ik heb het alarmnummer gebeld. Ik wil alleen weten of het wel goed komt met hem. Ik bedoel, is hij...'

'Maak u niet ongerust, alstublieft,' onderbreekt ze me vriendelijk. 'Hij is kort na zijn aankomst weer bijgekomen. We maken wel een CT-scan, voor de zekerheid, en een paar röntgenfoto's. Hij is in goede handen en ik raad u aan naar huis te gaan. Morgen wordt hij overgeplaatst naar een afdeling en als u wilt kunt u hem dan opzoeken. Hij mag heel blij zijn dat u het alarmnummer hebt gebeld,' voegt ze eraan toe. 'Goed gedaan.'

Ze glimlacht weer en net als ze wegloopt, schiet me nog iets te binnen. 'Wacht!' roep ik achter haar aan rennend. 'Ben ik de enige die weet dat hij hier is? Weet zijn familie... Weet er wel iemand dat hij hier is?'

Hij heeft geen familie, is me plotseling te binnen geschoten en bij die gedachte krijg ik een brok in mijn keel. Hier ligt hij dan, in elkaar geslagen in het ziekenhuis, zonder familie, moederziel alleen...

'Ik weet vrij zeker dat een van de verpleegkundigen iemand voor hem heeft gebeld,' zegt de arts met een denkrimpel in haar voorhoofd. 'Ze heeft zijn... vriendin gesproken, kan dat?'

Het woord roept me tot de orde. Vriendin.

Ik bedoel, natuurlijk. Zijn vriendin. Dreinie. Hij heeft haar. Zij moet degene zijn die hij wil zien.

'Mooi!' zeg ik iets te opgewekt. 'Fijn. Zijn vriendin. Dat is... Ja. Goh. Dus mijn werk zit erop. Dan... dan ga ik maar naar huis.'

'Zoals ik al zei, morgen gaat hij naar een afdeling,' zegt de arts vriendelijk. 'Waarom komt u dan niet terug?'

Ze kijkt me aan met haar wijze artsenogen en ik krijg het rare gevoel dat ze het doorheeft. Dat ze op de een of andere manier begrijpt dat ik móét weten hoe het met Seb is omdat ik zo'n vreemde, onlosmakelijke band met hem voel. Wat geen relatie is, god, nee, natuurlijk niet. We zijn niet eens bevriend, eigenlijk. Maar het is iets... iets anders. Een hunkering. Iets wat aan mijn hart trekt. De behoefte om bij hem te zijn en te weten dat hij het goed maakt. Hoe moet je zoiets noemen?

Ik knipper met mijn ogen en zie de geduldige blik van de arts weer. Begrijpt ze het echt allemaal?

Of is het projectie van me?

Oké, het is projectie. Ze wil gewoon dat ik opkras. God, Fixie, doe normáál.

'Dank u wel,' zeg ik. 'Heel erg bedankt.' En ik haast me het ziekenhuis uit voordat ik een resistente bacterie kan oplopen.

Hij is gered. Meer hoef ik niet te weten. En Dreinie komt morgen bij hem op bezoek, of zijn vrienden of zo, dus ik hoef zelf niet te gaan. Het zit erop. Klus geklaard.

15

Alleen ben ik de volgende ochtend om vijf uur al klaarwakker en weet ik één ding zeker: ik moet naar hem toe.

Het kan me niet schelen of Briony aan zijn zij zit. Het boeit me niets of een heel leger vrienden me aangaapt en zegt: 'Wie ben jij nou weer?' Het kan me niet eens schelen als zijn collega's naar elkaar smiespelen: 'Dat is die vreselijke griet die Ryan het bedrijf heeft binnengehaald! Ja, dat was zij!'

Om zes uur heb ik in gedachten al tig mogelijke scenario's doorgenomen, het ene nog gênanter dan het andere, maar ik blijf bij mijn besluit. Ik ga. Niemand die me kan tegenhouden. Ik weet dat ik eigenlijk niets met Seb te maken heb. Ik weet dat ik niet eens kan beweren dat hij een vriend van me is. Maar weet je, tot ik hem met eigen ogen heb gezien, kan ik alleen maar politielint, politiemensen en mijn eigen lugubere visioenen voor me zien, waarin hij op een stretcher ligt, op een haar na dood.

Ik app Greg dat er een medische crisis is (waar) en pieker vervolgens twee uur over wat ik mee moet brengen. Bloemen? Houden mannen van bloemen? Ze zeggen het misschien wel, maar is het ook echt waar?

Nee. Ik denk het niet. Ik denk dat mannen in werkelijkheid van bier, dure afstandsbedieningen en voetbalwedstrijden houden, maar die kan ik niet aan een zieke geven.

Bonbons? Snoep?

Maar stel nou dat zijn gezicht kapot is geslagen en hij niet kan eten?

Bij die gedachte verkrampt er iets in mijn maag en ik schud mijn hoofd om mijn ergste angsten te verdrijven. Ik zal hem snel genoeg zien. Dan heb ik het complete plaatje.

Opeens weet ik het: een plant! Planten zijn net zo opbeurend en natuurlijk als bloemen, maar minder tuttig. En een plant gaat langer mee. Er moet ergens op de route een plantenwinkel zitten.

Ik kijk op de website van het ziekenhuis wat de bezoekuren zijn, bel Greg om me ervan te verzekeren dat hij de winkel heeft geopend, kleed me drie keer om, googel plantenwinkels, bespriets mezelf met parfum en kijk dan naar mezelf in de spiegel. Ik heb niets bijzonders aan: gewoon een spijkerbroek en een leuk topje.

Oké, mijn beste spijkerbroek. En mijn mooiste topje. Het is chiffonachtig en een beetje feestelijk, met doorschijnende mouwen, maar niet overdreven, echt niet, het is gewoon… leuk. Het is een leuk topje.

Wat natuurlijk totaal niet belangrijk is. Opeens besef ik beschaamd dat ik al drie minuten naar mijn spiegelbeeld staar en wend me haastig af. Alsof mijn uiterlijk er iets toe doet. Kom op. Tijd om te gaan.

De bloemist die het dichtst bij het ziekenhuis zit heet Plants & Petals en als ik er aankom, stel ik vast dat ze een boete zouden moeten krijgen wegens misleiding. Er zijn helemaal geen planten, alleen bloemen en die zijn voornamelijk van de tuttige roze soort.

'O, hallo,' zeg ik tegen het meisje achter de toonbank. 'Ik zoek een plant. Een simpele plant. Voor een man,' verduidelijk ik. 'Hij moet er mannelijk uitzien. Sterk.'

Ik hoop dat ze zal zeggen: deze kant op, de mannenplanten staan achterin, maar ze wuift gewoon losjes met een hand en zegt: 'Kijk maar rond. De anjers gaan voor de helft van de prijs weg.'

'Ja,' zeg ik lijdzaam, 'maar ik wil geen anjers, ik wil een plant. Een mannenplant.'

Het meisje kijkt me stompzinnig aan, alsof ze geen idee heeft wat een mannenplant is. Ik bedoel, kom op. Mannenplanten zijn vast en zeker een ding. En als dat niet zo is, zou het wel zo moeten zijn.

'Heb je geen yucca's?' vraag ik. 'Of een heel simpele graslelie? Jullie heten Plants & Petals,' voeg ik er bijna verwijtend aan toe. 'Waar zijn alle planten?'

'Ja, we doen eigenlijk niet meer aan planten,' zegt ze schouderophalend. 'Op de orchideeën na. Heel gewild, de orchideeën.'

Ze wijst naar een rij potten op een plank, allemaal met een enkele orchidee erin. Elke prachtige bloem is aan een houten stokje vastgemaakt en ze zien er best cool en minimalistisch uit.

Het zou kunnen dat mannen orchideeën mooi vinden. Ja toch?

'Oké, doe deze dan maar,' zeg ik en ik pak de meest minimalistische orchidee van het stel. Hij heeft maar twee witte bloemen en grote, geschulpte bladeren.

'Is het een cadeautje?' vraagt het meisje, dat al een vel iriserend roze cellofaan pakt. 'U krijgt er een gratis strik bij,' vervolgt ze. 'Roze of paars?'

'Nee, dank je wel!' zeg ik haastig. 'Geen cadeauverpakking. Het is prima zo. Dank je wel. Al wil ik er wel graag een kaartje bij.'

Ik kies de minst opzichtige beterschapsoptie en schrijf:

Beste Seb,
Van harte beterschap.
Fixie

Dan reken ik de orchidee af en spoed me naar het ziekenhuis. Jammer dat ik mijn handschoenen ben vergeten. Het is verdomd koud, al laat de 'snowpocalyps' nog op zich wachten. Als ik bij de ingang van het ziekenhuis aankom, trekt de bries een paar geschulpte orchideeblaadjes mee en ik vervloek mezelf omdat ik niet naar neutraal cellofaan heb gevraagd.

Nou ja, geeft niet. Ik ben er.

Met de orchidee tegen mijn borst gedrukt loop ik naar de balie en kom er ten slotte achter dat Seb in de Nelson-vleugel op de vierde ligt. Als ik in de volle lift omhoog sta, begint mijn hart te bonzen en voelen mijn handen opeens een beetje klam.

Dit is toch wel een goed idee?

'Noah!' roept een vrouw uit. 'Blijf van de bloem van die mevrouw af!'

Ik draai mijn hoofd en zie tot mijn ontzetting een peuter in de armen van zijn moeder, met zijn knuistje triomfantelijk vol orchideeblaadjes.

Kak. Wat heeft hij gedáán? Nu zitten er nog maar een stuk of zes blaadjes aan de plant.

Ik hou de orchidee snel buiten zijn bereik en inspecteer de plant gespannen. Hij kan er nog wel mee door. Hij is gewoon wat minimalistischer geworden. Überminimalistisch.

'Het spijt me ontzettend,' zegt de moeder en nu zie ik pas dat de peuter zijn voet in het gips heeft. Wil ik echt een scène schoppen in een ziekenhuis?

Dus glimlach ik en zeg: 'Geeft niet,' en hou de orchidee met beide armen vast tot we op de vierde aankomen.

Terwijl ik naar de Nelson-vleugel loop, zinkt de moed me in de schoenen. Mijn keel is dichtgeknepen van angst. Mijn tred veert niet meer. *Stel dat... Stel dat hij... O, god, als hij nou...* Er schieten allerlei rampzalige mogelijkheden door mijn hoofd en het liefst zou ik wegrennen en het hele idee uit mijn hoofd zetten, maar op de een of andere manier dwing ik mezelf om door te lopen en een verpleegkundige te vragen waar Sebastian Marlowe ligt. Hij ligt op een kamer met vier bedden en dat van hem staat helemaal achterin. Het wordt volledig afgeschermd door een bedrukt gordijn.

'Klop, klop,' zeg ik een beetje beverig. 'Seb, ben je daar? Ik ben het, Fixie.'

Er komt geen antwoord, dus gluur ik om het gordijn heen en daar ligt hij. Alleen. Hij slaapt.

Ik neem hem zwijgend op. Mijn hart bonst van schrik, maar

komt langzaam tot bedaren. Zijn gezicht is bont en blauw. Er is een stukje haar weggeschoren bij zijn ene slaap en als ik het verband zie, krimp ik in elkaar. Een van zijn enkels is stevig ingepakt, zie ik, maar hij ligt niet aan beademingsapparatuur of zo. Ik slaak een diepe zucht van verlichting. Het komt goed. Hij leeft nog.

Er is nog een reden voor die zucht, besef ik: hij slaapt. Ik hoef niet met hem te praten. Want opeens voel ik me ongelooflijk nerveus en ik weet niet wat ik zou moeten zeggen. Misschien kan ik maar beter die orchidee en het kaartje achterlaten en me dan definitief uit zijn leven terugtrekken. Ja.

Ik sluip om zijn bed heen in een poging geen geluid te maken. Ik zet de kaart tegen de muur en als hij omvalt, probeer ik hem tegen te houden, waardoor mijn hand tegen de karaf water stoot, die begint te wankelen. In stille ontzetting grijp ik de karaf vast, waardoor ik de plastic beker omgooi, shit...

Ik reik wanhopig naar de beker, besef dat ik de orchidee laat vallen en probeer die ook op te vangen. Dan valt de beker met veel gekletter op de vloer en doet Seb zijn ogen open.

Shit.

Hij kijkt een seconde of twintig naar me alsof er niets tot hem doordringt en ik kijk terug, doodsbenauwd, en vraag me af waar ik moet beginnen.

'Je heet Sebastian,' zeg ik ten slotte langzaam en duidelijk.

'Dat weet ik!' zegt hij. Zijn blik dwaalt over het ziekenhuisbed, over zijn gekneusde enkel en ik zie aan zijn gezicht dat het hem begint te dagen. 'Aha,' zegt hij. 'Aha.' Hij zwijgt even en dan vinden zijn ogen de mijne weer. 'Was jij het? Die het alarmnummer heeft gebeld?'

'Ja,' beken ik. 'Dat was ik. Ik weet dat je het niet wilde, maar... Nou ja, ik heb je gewaarschuwd: ik moet altijd dingen fiksen!' Ik lach schel en gekunsteld om te maskeren hoe opgelaten ik me voel. 'Het pakt meestal slecht uit, maar...'

'Dit heeft niet slecht uitgepakt,' zegt hij langzaam. 'Dat had wel gekund, als…' Zijn stem stokt en zijn bosogen worden donker, alsof hij dingen denkt die hij voor zich wil houden.

'Nou, ik heb gebeld.' Ik lach weer zenuwachtig.

'Ja.' Hij richt zijn ogen weer op mij en dan schrikt hij. 'Neem me niet kwalijk!' zegt hij. 'Waar zijn mijn manieren? Ga toch zitten.'

'Dank je,' zeg ik een beetje verlegen en ik ga op de plastic stoel bij het bed zitten. 'O. Dit is voor jou.'

Ik bied hem de orchidee aan, die ik de hele tijd heb vastgehouden, maar als hij hem aanneemt, zie ik tot mijn schrik dat ik mijn hand stevig om de laatste blaadjes geklemd heb gehouden en dat ze allemaal hebben losgelaten.

Ik heb hem in feite een kale tak in een pot gegeven.

'Wauw,' zegt Seb terwijl hij beduusd naar de pot kijkt. 'Wat… mooi.'

En nu blijft hij er ook nog beleefd onder. Ik trek dit niet.

'Deze hoorden eraan te zitten,' zeg ik snel en ik open mijn hand om hem de geplette witte blaadjes te laten zien. 'Het was een orchidee, maar er zijn een paar ongelukjes mee gebeurd. Hij zag er zo uit…'

Ik demonstreer waar de blaadjes horen te zitten, maar ik laat ze telkens vallen en als ik opkijk, zie ik Seb zijn lippen op elkaar klemmen alsof hij zijn best doet om niet te lachen.

'Nee, heel mooi,' zegt hij snel als hij mijn blik vangt. 'Hij wás prachtig. Dat zie ik wel.'

'Misschien groeien ze weer aan,' zeg ik hoopvol, tegen beter weten in.

'Ja, vast wel. Ik zal hem goed water geven.' Hij klopt erop met een afwezige blik en zegt dan droog: 'Je hebt mijn leven gered.'

Ik kijk hem verbouwereerd aan. Ik bedoel, ja, ik heb het alarmnummer gebeld, maar zijn léven gered?

'Dat valt toch wel mee,' zeg ik.

'Je hebt mijn leven gered,' zegt hij nog eens. 'En ik wil je bedanken.'

'Ik heb je leven niet gered,' zeg ik, helemaal in verlegenheid gebracht. 'Echt niet! Ik heb alleen maar... Nou ja. Ik heb één telefoontje gepleegd. Ik vond dat er een dokter naar je moest kijken, meer niet. Het stelde niets voor. Als ik niet had gebeld, had een ander het wel gedaan... Kan ik je een glas water inschenken?'

'Wat ze tegen mij hebben gezegd,' gaat Seb door zonder zich iets aan te trekken van mijn afleidingsmanoeuvre, 'is dat als jij niet had gebeld, misschien niemand me in die steeg had zien liggen. Het schijnt dat ik achter een vuilnisbak lag, onder een hoop afval. Misschien was ik wel niet meer bij bewustzijn gekomen. Het was een van de koudste nachten van het jaar. Onderkoeling. Daar sterven elk jaar mensen aan.' Hij kijkt me weer aan, met een ondoorgrondelijke blik. 'Dus. Mijn leven gered. En wederom: dank je wel.'

'Tja.' Ik voel een tinteling over mijn gezicht trekken. 'Ik heb gewoon... Iedereen zou... Maar wat is er nou gebéúrd?' Ik kan me niet meer bedwingen. 'Het ging redelijk met je. Je praatte. En toen was je opeens buiten westen?'

'Die gasten die me hadden afgetuigd kwamen terug,' zegt Seb met een grimas, alsof hij zich iets herinnert wat hij liever was vergeten. 'Of misschien was het een ander stel. Ik zag het niet aankomen, zoals dat heet. Weg was ik.'

Ik weet niet wat ik moet zeggen. Ik kijk nog eens naar Sebs verwondingen en voel de tranen van woede in mijn ogen springen. Seb is een goeie vent. Niemand zou hem kwaad mogen doen.

'Maar goed, ik sta bij je in het krijt,' besluit Seb met een wrang glimlachje.

'Nee hoor.' Ik glimlach terug, blij dat hij niet meer zo ernstig kijkt.

'Toch wel,' spreekt hij me tegen. 'Al mag God weten hoe ik dít ooit moet goedmaken.'

'Ga iets met me drinken,' zeg ik schouderophalend. 'Ik ben niet zo moeilijk.' Ik heb het nog niet gezegd of ik besef tot mijn schrik hoe het zou kunnen klinken. 'Ik bedoel... Niet dat...' stamel ik wanhopig. 'Niet op die manier. Ik bedoelde...'

‘Ik weet wel wat je bedoelde,’ zegt Seb met pretlichtjes in zijn ogen.

‘Hoe is het met Briony?’ vraag ik snel om duidelijk te maken dat ik weet dat hij een vriendin heeft. ‘Ze zal zo wel komen. Ik ga weg zodra... Ze moet wel heel erg geschrokken zijn.’

‘Briony is voor zaken naar Amsterdam,’ zegt Seb. ‘Ze komt morgen terug.’ Alsof hij mijn gedachten kan lezen, voegt hij eraan toe: ‘We hebben het erover gehad of ze vandaag terug moest vliegen, maar waarom zou ze haar reis voortijdig afbreken? Ik lig hier goed en dat congres is heel belangrijk voor haar.’

‘Ja,’ zeg ik knikkend. ‘Absoluut. Klinkt verstandig.’

Ik ga niet over Dreinie oordelen. Niet.

Maar serieus? Een congres? Terwijl hij bijna dood was?

‘Moet kunnen,’ voeg ik er voor de zekerheid aan toe om duidelijk te maken dat ik niemand iets verwijt. ‘Ik zal water voor je inschenken.’

Terwijl ik Seb het plastic bekertje aangeef, neemt hij me onderzoekend op, wat mij het akelige gevoel geeft dat hij zich al die onbeschofte dingen herinnert die ik die avond in 6 Folds Place over Briony heb gezegd. Snel, ander onderwerp.

‘Maar goed, de politie was ter plaatse,’ zeg ik, ‘dus laten we hopen dat de daders worden gepakt.’

‘Waarschijnlijk niet,’ zegt Seb, ‘maar inderdaad, laten we het hopen.’ Dan verandert zijn gezichtsuitdrukking. ‘Wacht eens, ben je erhéén gegaan? Naar de plek zelf?’

‘O,’ zeg ik van mijn stuk gebracht. Het was niet mijn bedoeling dat te verklappen. ‘Eh... ja. Alleen om te zien of de ambulance wel was gekomen. Het lag op mijn route,’ voeg ik er snel aan toe.

‘Nee, niet waar,’ zegt Seb. Er trekt een emotie over zijn gezicht die ik niet goed kan duiden. ‘Je bent echt mijn beschermengel.’

‘Echt niet! Dus... hoelang moet je hier nog blijven?’

‘Een dag of twee maar,’ zegt Seb. ‘Ze maakten zich vooral zorgen over het hoofdletsel, maar zoals je ziet is er met de bovenkamer niets aan de hand. Alles is compleet in orde.' Hij trekt er een grotesk gezicht bij en ik moet wel giechelen.

Het blijft even stil en we luisteren naar de bezoekers achter het gordijn, die enthousiast door elkaar heen pratend dingen zeggen als: 'Je ziet het amper,' en: 'Het is een litteken van niks,' en: 'Je bent er zo weer bovenop, Geoff!'

'Mijn buurman is ook beroofd,' zegt Seb met een gebaar naar het gordijn en ik krimp in elkaar. 'Weet je, ik ben een gematigd persoon, maar toch voel ik me... Hoe zal ik het zeggen? Wraaklustig.' Hij glimlacht erbij om me te laten merken dat het een grapje is, maar hij zegt het zo droog dat ik weet dat het ergens ook géén grapje is.

'Dat verbaast me niets,' zeg ik luchtig, vastbesloten het gesprek optimistisch te houden. 'Ga je een burgerwacht oprichten?'

'Wie weet,' zegt Seb en hij stoot een blaffend lachje uit. 'Dan zie je me 's avonds in het nieuws in mijn strakke trainingsbroek, gemaskerd en dreigend met... wat? Een loden pijp?'

'Een kandelaar,' opper ik en we lachen allebei weer.

'Ben jij wraaklustig?' vraagt Seb. Hij neemt een slokje water. 'Je lijkt me niet het wrokkige type.'

'Nee, ik denk het niet,' zeg ik na enig nadenken. 'Op één keer na, en dat is nu twee jaar geleden en ik ben nog steeds rancuneus.'

'Vertel,' zegt Seb, wiens ogen geïnteresseerd oplichten.

'Het is een stom verhaal,' zeg ik gegeneerd.

'Ik ben gek op stomme verhalen,' zegt Seb resoluut. 'En ik ben een zieke die behoefte heeft aan afleiding. Vertel op.'

'Nou... goed dan. Twee jaar geleden zette ik een cateringbedrijf op en ik had een meisje voor de administratie. Sarah Bates-Wilson.'

'Ze klinkt als een slecht mens,' zegt Seb gedienstig.

'Mooi. Want dat is ze ook. Ze jatte altijd dingen van mijn bureau. Pennen, weet ik veel. En op een dag leende ze mijn haarborstel.'

'Afgrijselijk!' zegt Seb.

'Hou op!' zeg ik met een lach. 'Ik ben nog niet klaar. Het was een mooie borstel van schildpad en hij hoorde bij een set die ik van mijn vader en moeder had gekregen. Je weet wel. Een borstel, een kam en een spiegel. Het hóórde bij elkaar.'

'En ze heeft je die borstel nooit teruggegeven,' raadt Seb.

'Precies. Eerst zei ze dat ze hem niet had, toen beweerde ze dat ze hem al had teruggegeven... Maar goed, op een dag ben ik naar haar huis gegaan.'

'Vanwege een borstel?'

'Ik moest hem gewoon terughebben!' verdedig ik mezelf. 'Het was een set! Ze woonde op de begane grond, dus ik sloop achterom en keek door haar slaapkamerraam of ik hem kon zien. En ik zag hem op de ladekast liggen!' Mijn stem wordt schril van verontwaardiging.

'En toen?' vraagt Seb.

'Toen belde ik aan en zij deed open in haar pyjama en zei dat ze de borstel niet had en dat ik weg moest gaan. Ik moest dus vertrekken.'

'Nee!' roept Seb oprecht verontwaardigd uit.

'Precies! Dus toen dacht ik: ik maak een foto door het raam, dan kan ik bewijzen dat ze hem heeft, maar tegen de tijd dat ik weer aan de achterkant was, was de borstel weg. Ze moet hem hebben verstopt.'

'Oké, dat is eng,' zegt Seb vol overtuiging. 'Echt eng. Werkte ze nog voor je?'

'Nee, toen niet meer.'

'Gelukkig. Ze klinkt als een psychopaat.'

'Ik zou het niet zo erg hebben gevonden als het geen cadeautje van pap en mam was geweest en omdat pap er niet meer was...' Ik laat de rest in de lucht hangen. 'Zulke dingen wil je niet kwijtraken.'

'Natuurlijk niet.' Sebs ogen worden zacht. 'Ik plaag je maar. Ik zou ook woest zijn geweest. En dat van die set hoef je niet uit te leggen. Wij hadden thuis altijd zo'n prachtig familieverhaal over mijn betovergrootvader, die een antiek schaakspel had. Op een kerstavond werd er een dame gestolen en op haar plaats lag een losgeldbrief.'

'Een losgeldbrief?' Ik kan een giechel niet onderdrukken.

'De eis was twee pond en het geld moest in de staande klok gelegd worden. Ik neem aan dat het destijds een flink bedrag was. De enige mensen in huis waren mijn betovergrootvader, zijn vrouw en hun vier zoons van tussen de twaalf en drieëntwintig. Het had iedereen geweest kunnen zijn.'

'En toen?' vraag ik. Ik hang aan zijn lippen.

'Het schijnt dat mijn betovergrootvader het losgeld heeft betaald, het schaakstuk terugkwam en niemand er ooit nog een woord over heeft gezegd.'

'Hè?' Ik gaap hem aan. 'Oké, dit zou in onze familie zó anders zijn gegaan. Wilde je betovergrootvader niet weten wie het had gedaan? Wilde hij de dader niet te pakken krijgen? Wilde hij niet uitzoeken waaróm hij schaakstukken ontvoerde?'

Seb denkt even na en schudt dan zijn hoofd. 'Ik denk dat hij vooral heel graag zijn dame terug wilde hebben.'

'Wauw,' zeg ik verbijsterd. 'Families zijn echt zo raar...' Ik klap snel mijn mond dicht. 'Sorry.' Ik bijt op mijn onderlip. 'Het spijt me.'

'Wat?'

'Ik weet het van...' Ik slik, zoekend naar woorden. 'Van je familie. Wat er is gebeurd.'

Ik heb geen idee hoe ik het moet zeggen en ik weet dat ik aan het modderen ben, maar Seb maakt het me makkelijk.

'Ik heb pech gehad,' zegt hij op zijn openhartige, eerlijke manier. 'Vette pech. Tenminste, als het op mijn familie aankomt.' Hij ademt uit en ik zie een vluchtig verdriet in zijn ogen. 'Maar zeg alsjeblieft geen sorry.'

Het gordijn schuift opzij en het gezicht van een man van in de twintig gluurt naar binnen.

'Hé, Seb! Gast! Wat hebben ze met je gedáán?'

'Andy!' roept Seb uit en hij begint te stralen.

'O,' zegt Andy als hij mij ziet. 'Sorry dat ik stoor. Ik heb de mannen bij me,' vervolgt hij tegen Seb. 'Jij houdt toch van álle smaken donuts, hè? Want we kregen ruzie in de winkel.'

'Ik moet maar eens gaan,' zeg ik gejaagd.

'Niet van ons,' zegt Andy met een vriendelijke glimlach. 'Neem een donut.'

'Nee, ik moet weg. Maar toch bedankt.'

'Dan laten we jullie even afscheid nemen,' zegt Andy, die zijn hoofd wegtrekt. Ik ga staan.

'Dus… beterschap,' zeg ik tegen Seb. Ik voel me opeens ongemakkelijk.

'Fijn dat je er was.' Zijn ogen krinkelen in een glimlach. 'Bedankt voor alles.' Dan lijkt hij een ingeving te krijgen. 'Hé. Heb je het kartonnetje nog? Want ik moet een nieuwe notitie maken.'

'Nee hoor.' Ik schud lachend mijn hoofd.

'Jawel! Ik wil alle dank die ik verschuldigd ben optekenen. Heb je het nog?'

'Ik dénk het wel,' zeg ik peinzend, alsof ik het niet zeker weet. 'Ik geloof dat hij nog wel ergens ligt. Zal ik anders morgen weer komen?' vervolg ik langs mijn neus weg. 'Om hem te brengen?'

'Ja, leuk.' Hij knikt. 'Graag zelfs. Als je het niet te druk hebt.'

'Natuurlijk niet.' Ik pak mijn tas. 'Nou, tot morgen dan.'

'Met het kartonnetje,' dringt Seb aan.

'Oké dan.' Ik knik en rol met mijn ogen. 'Als ik het kan vinden.'

Natuurlijk kan ik het vinden. Het ligt op mijn toilettafel zodat ik er elke dag naar kan kijken.

De drie mannen die geduldig achter het gordijn staan te wachten glimlachen beleefd naar me en vragen zich zo te zien af wie ik ben. Ik herken er een van Sebs kantoor en hoop uit alle macht dat hij mij niet heeft herkend.

Terwijl ik door de zaal naar de deur loop, hoor ik hoe Seb door zijn vrienden wordt begroet.

'O, mijn god.'

'Man! Ze hebben je flink te grazen genomen.'

'Ja, maar moet je zien hoe zíj eruitzien. Ja toch, Seb?'

Ze klinken zo ongedwongen en liefdevol dat ik er inwendig om glimlach. En in de lift komen alle verhalen boven die ik op internet heb gelezen over hoe Seb zijn bedrijf opbouwde, hoe hij pasta maakte voór zijn medewerkers en hoe hij die geweldige sfeer creëerde die hij daar heeft. Hij had behoefte aan familie, besef ik. En dat is zijn bedrijf voor hem, zijn familie.

De volgende ochtend ben ik weer om vijf uur wakker. Daar moet ik echt eens mee ophouden. Mijn blik flitst meteen naar het koffiebekerkartonnetje, dat op mijn toilettafel ligt, en ik voel gefladder in mijn buik. Het lichte, opgewonden vlindergefladder dat ik niet meer heb gevoeld sinds…

O, god. Sinds Ryan, nu ik erover nadenk. Ik voel me net een puber. Dit is gênant.

Onder de douche spreek ik mezelf streng toe. Die jongen is bezet. Hij doet gewoon aardig, zonder bijbedoelingen. Werkelijk niets duidt erop… Ik bedoel, als er al aanwijzingen zijn dat hij er meer mee bedoelt, dan zijn dat mijn eigen hersenspinsels... En trouwens, hij is bezet. Hij is bezét.

Ik stap onder de douche vandaan, sla een handdoek om me heen en kijk in de spiegel in een poging innerlijke kracht te vinden. Wat ik nu zou moeten doen, is me stilletjes terugtrekken. Ik moet naar het ziekenhuis bellen met een smoes, hem het beste wensen en afscheid nemen. Ik moet zéker niet doorgaan met dit voor-wat-hoort-wat-spelletje dat we lijken te spelen. Het is ongepast en het heeft lang genoeg geduurd. Wat ik moet doen, is er een streep onder zetten. Het kartonnetje weggooien. Doorgaan met mijn leven. Dat zou ik moeten doen.

En terwijl ik in mijn eigen klaarwakkere, opgewonden ogen kijk, weet ik dat dat zo ongeveer het tegendeel is van wat ik ga doen.

Na het ontbijt kleed ik me met zorg aan. Ik kies een jurk die ik laatst in een goedkoop, leuk winkeltje in Acton heb gekocht. Hij is donkerblauw met teckelprint en als ik ernaar kijk, moet ik glimlachen. Ik wilde hem voor een feestje bewaren, maar opeens komt dat zo saai op me over. Waarom zou ik hem nu niet aantrekken? Vandaag? Ik maak me op, app Greg om te vragen of hij de winkel weer open wil doen en reik naar mijn tas.

Dan pak ik het koffiebekerkartonnetje en laat mijn blik over de teksten gaan. Zijn handschrift… het mijne… het zijne… Even aarzel ik. Dan stop ik het bijna tegendraads in mijn tas en ga op pad.

Seb is wakker als ik aankom en begroet me met een glimlach. Hij ziet er al een miljoen keer beter uit dan gisteren. Hij heeft meer kleur op zijn gezicht, al beginnen sommige blauwe plekken afschuwelijk te verkleuren. Hij ziet me ernaar kijken en lacht.

'Geen paniek. Het trekt wel weg.'

'Hoe voel je je?' vraag ik als ik ga zitten.

'Super!' zegt hij. 'Morgen word ik ontslagen. En ik krijg gratis krukken mee, dus het is niet alleen maar ellende. Heb je het koffiebekerkartonnetje bij je?' vraagt hij dan. 'Zeg ja.'

'Ja.' Ik moet wel glimlachen om zijn enthousiasme en ik pak het kartonnetje uit mijn handtas. Seb pakt een pen van het nachtkastje en schrijft zorgvuldig iets op het kartonnetje, waarna hij het grinnikend aan me teruggeeft.

'Je mag het pas lezen als je thuis bent.'

Ik sterf van nieuwsgierigheid, maar stop het kartonnetje gehoorzaam terug in mijn handtas. Dan steek ik mijn hand in mijn linnentas, haal er een platte doos uit en geef hem een beetje nerveus aan Seb.

'Ik heb iets voor je meegebracht, voor het geval je je gaat vervelen. Het is een schaakspel,' voeg ik er oenig aan toe, alsof hij niet kan lezen wat erop staat: SCHAAKSPEL. 'Ik bedoel, het is niets bijzonders, het kostte bijna niks…'

'Wat geweldig.' Seb straalt van blijdschap. 'Dank je wel! Kun jij schaken?'

'Nee,' beken ik. 'Geen idee hoe dat moet.'

'Oké, dan leer ik het je. Laten we deze maar wegleggen,' vervolgt hij met een gebaar naar de kranten waarmee zijn bed bezaaid ligt. 'Een verpleegster is zo vriendelijk geweest ze voor me te bemachtigen, maar op een gegeven moment heb je wel genoeg over ruimtewezens gelezen.'

'Ongelooflijk, hè?' val ik hem bij. Ik lach en begin de kranten op te vouwen. De media staan bol van het nieuws over iemand die gisteravond een UFO in zijn tuin heeft gefilmd.

'Zouden presidenten zodra ze verkozen zijn een toespraak schrijven voor als er ruimtewezens landen?' peinst Seb hardop terwijl hij het schaakspel uitpakt.

'Ja!' roep ik gretig. 'Natuurlijk doen ze dat. En dan oefenen ze voor de spiegel: "Medemensen, op deze historische dag sta ik voor u, nederig maar dapper...'

'Wedden dat Obama een dijk van een toespraak had?' zegt Seb. 'Ik zou bijna willen dat de marsmannetjes waren gekomen, dan had ik hem kunnen horen.' Hij kijkt naar het schaakstuk in zijn hand. 'Oké. Dus, inleiding tot het schaakspel.'

Hij zet alle stukken op hun plaats en begint uit te leggen dat het ene stuk naar voren gaat, het andere diagonaal en weer een ander alle kanten op. En ik doe echt mijn best om op te letten, maar ik word nogal afgeleid door... nou ja, door hem. Door zijn geconcentreerde gezicht. Zijn sterke handen die de stukken verzetten. De passie die hij duidelijk voor het spel voelt. 'Dít is een interessante zet,' zegt hij telkens en ik kan niet toegeven dat ik alles wat hij me heeft verteld alweer vergeten ben.

'Goed,' zegt hij ten slotte. 'Zullen we een potje doen?'

'Ja!' zeg ik, want wat is het ergste dat er kan gebeuren? Dat ik verlies? 'Begin jij maar.'

Seb zet de stukken weer op hun plaats en verzet een pion. Ik doe prompt hetzelfde met een van mijn eigen pionnen. Dan verzet hij iets anders en ik doe dezelfde zet in spiegelbeeld.

'Dus eigenlijk kan ik blijven doen wat jij doet?' vraag ik.

'Nee, nee!' zegt hij hoofdschuddend. 'Je moet experimenteren. Zie je dat paard bijvoorbeeld?' Hij wijst ernaar. 'Dat kan overal naartoe.' Ik pak het paard en hij legt zijn hand op de mijne. 'Het kan daarheen... en daarheen...'

Ik laat hem een beetje ademloos mijn hand boven het bord bewegen, en net als ik wil vragen: 'En de dame?' rammelen de gordijnringen en roept een luide, zelfverzekerde stem: 'Seb!' Ik krijg bijna een hartstilstand.

Daar is ze. Briony.

Ik trek mijn hand zo snel onder die van Seb vandaan dat de schaakstukken in het rond vliegen, en Seb zegt een beetje geagiteerd: 'Briony! Ik dacht dat je pas... Hoi!'

Briony zet een paar passen naar het bed en ik zie haar blik snel over ons heen glijden, waarbij ze alle details in zich opneemt.

'Ik wilde net...' begin ik, maar op hetzelfde moment zegt Seb: 'Dit is Fixie. Degene die het alarmnummer heeft gebeld. Ze heeft me gered.'

'O, ben jíj dat,' zegt Briony en haar hele houding verandert op slag. 'Ontzéttend bedankt. We zijn je zó dankbaar. God, Seb, je gezícht,' vervolgt ze met een afkeurend pruilmondje. 'Worden dat littekens?'

'Nee,' zegt Seb snel, 'ik denk het niet,' en ik zie Briony's gezicht meteen ontspannen.

Was dat waar ze zich zorgen over maakte? Of hij littekens in zijn gezicht zou krijgen?

'Maar dít moeten we snel beter zien te krijgen,' zegt ze met een klopje op zijn enkel. 'Hoe moet het anders met Klosters?'

'Ja!' Seb schudt spijtig zijn hoofd. 'Net die éne keer dat we het goed regelen en op tijd boeken.' Hij kijkt even naar mij. 'Skiën,' verduidelijkt hij.

'Natuurlijk!' Ik knik joviaal.

'Ik heb een kaart voor je,' zegt Briony. Ze geeft hem een wenskaart en hij barst in lachen uit bij het lezen van de tekst. Ik kan niet zien wat er staat. Misschien is het een grapje van hen samen of zo.

Ik word overspoeld door teleurstelling en vervloek mezelf erom. Ik bedoel, wat hoopte ik eigenlijk? Dat ze niet bij elkaar zouden passen? Natuurlijk passen ze bij elkaar. Misschien bekvechten ze weleens, maar ze zijn allebei lang, sportief en geestig en ze zijn zo'n mooi stel zoals je ze soms op straat ziet en dan zeg je: 'Wat een mooi stel.'

'Dus,' zeg ik en ik pak mijn tas. 'Ik moet maar eens gaan...'

'Schaak!' jubelt Briony als haar blik op het bord valt. 'Wat goed!'

'Dat heeft Fixie ook meegebracht,' zegt Seb.

'Wat aardig van je,' zegt Briony. 'Hoe wist ze dat we allebei zo van schaken houden?'

'Toevalstreffer,' zeg ik met een verlegen lachje. 'Maar goed, word maar snel beter, Seb. Doei.'

Ik pak zijn hand even in een raar soort halve handdruk, waarbij ik hem niet aankijk en sta dan op van mijn stoel.

'Nogmaals bedankt, Fixie,' zegt Seb en ik mompel iets onverstaanbaars terug.

'Ja, ontzéttend bedankt,' zegt Briony met haar zelfverzekerde snerpstem. Ze is geen Gemene Nieuwslezer meer, maar een Elegante Hertogin. 'We zijn je allebei ongelóóflijk dankbaar. Ik laat je even uit,' vervolgt ze alsof zij de gastvrouw is, alsof de zaal, het ziekenhuis, nee, álles van haar is.

We lopen samen naar de uitgang van de vleugel. Briony zegt nog eens: 'We zijn je heel dankbaar,' en ik mompel: 'Echt, het was niets.'

Bij de dubbele deuren aangekomen valt haar blik op mijn teckeljurk. 'Dat is een Aura Fortuna, hè?' vraagt ze belangstellend.

'Hè?' zeg ik niet-begrijpend.

'De iconische print,' zegt ze op een toon alsof het vanzelfsprekend is. 'Alleen... horen de teckels geen hoedje op te hebben?' Ze kijkt nog eens goed naar de stof. 'O, wacht. Het is een nepper, hè?'

'Eh... weet ik niet,' zeg ik beduusd. Ik heb nog nooit van Aura Fortuna gehoord. Of van een iconische print. Ik zag die jurk gewoon hangen en ik vond die teckels leuk.

'Hmm,' zegt Briony met een neerbuigend soort medelijden. 'Als je het niet goed kunt doen, doe het dan niet, vind ik eigenlijk.'

Haar woorden zijn een klap in mijn gezicht. Hier heb ik niet van terug.

'Tja,' zeg ik uiteindelijk. 'Nou... leuk je ontmoet te hebben.'

'Insgelijks.' Briony pakt mijn beide handen met een laatste, brede glimlach, waarmee ze duidelijk wil zeggen: en nu wegwezen en wegblijven. 'En zoals ik al zei: ontzettend bedankt. Je hebt het fantastisch gedaan en we zijn je allebei heel dankbaar.'

In de lift naar beneden gloeit mijn gezicht van schaamte, maar tegen de tijd dat ik de ijskoude buitenlucht in stap, kan ik de humor er wel van inzien.

Zo'n beetje.

Ik bedoel, je móét het wel van de grappige kant bekijken, want anders... wat? Anders begin je je mismoedig af te vragen waarom hij bij iemand is die zo'n bord voor haar kop heeft en wat hij in haar ziet en hoe iemand zo bot kan zijn en...

O, god. Nu ben ik het me echt mismoedig aan het afvragen. Kappen nou, Fixie.

Opeens krijg ik een inval en ik pak het koffiebekerkartonnetje. Ik weet dat het maar een suf spelletje is, ik weet dat het niets te betekenen heeft, maar ik kan net zo goed even kijken wat hij heeft geschreven. Ik blijf op de stoep staan, blaas pluimpjes adem de koude lucht in en lees zijn handgeschreven woorden:

Je hebt mijn leven gered, Fixie. Ik kan je onmogelijk terugbetalen, maar weet dat ik je van nu af aan alles verschuldigd ben.

Met zijn handtekening eronder.

Terwijl ik het nog eens lees, hoor ik zijn stem in mijn hoofd en zie ik zijn warme, oprechte glimlach voor me. Mijn ogen beginnen een beetje te prikken. Dan stop ik het kartonnetje weer in mijn tas, schud bijna boos mijn hoofd en loop door. Het is mooi geweest. Wat een stom gedoe. Ik moet het uit mijn hoofd zetten.

16

En dat doe ik. Het lukt me om niet meer aan hem te denken. Althans, meestal. Het is een koud kunstje om me op de winkel te storten nu kerst als een hogesnelheidstrein op ons af komt denderen en Stacey Vijftig-Tinten-Farrs-kerstsokken wil verkopen met een spatel, twee klemmen en een deegroller erin. (Ik wil het niet weten.)

Mam is al bijna drie maanden weg, dringt het op een ochtend met een schok tot me door. Het is al november. Ze zal nu toch wel snel thuiskomen? Ze is gek op de aanloop naar kerst en al onze tradities. Normaal gesproken zouden we nu aan onze Christmas cake beginnen, maar ik wil het niet zonder haar doen, dus heb ik de ingrediënten nog niet eens gekocht.

Op een ochtend, als ik in de winkel naar Nicole kijk die haar spullen opbergt na een vroege ochtendles, voel ik speldenprikjes van frustratie. Ze doet het nog stééds niet goed. De klanten komen zo en ze zet de verkeerde artikelen op de verkeerde toontafels. Laatst moesten we een broodrooster voor vijf pond verkopen omdat zij hem op de vijfpondtafel had gezet. Ik erger me er kapot aan. En het is nog vervelender nu we al onze kerstartikelen hebben uitgestald, want als je er de hele tijd aan zit, gaan ze er afgetrapt uitzien. Het peperkoekhuisje op de tafel voorin staat er al een beetje verzakt bij. We zullen een nieuw huisje moeten maken.

Ik spray wat 'kerstgeur' door de winkel voor de sfeer (vier pond negenennegentig en minstens zo lekker als een duur merk) en orden de uitstalling van feestelijke servetten. Nicole komt mijn kant op met drie yogamatjes en ik wil tegen haar zeggen dat ze wat voorzichtiger moet doen met de artikelen, maar dan zie ik tot mijn verbazing dat ze er nerveus en zorgelijk uitziet. Als ze nu een dier zou zijn, was het een Angsthaas. Ik dacht dat je juist kalm werd van yoga?

'Nicole, gaat het?' vraag ik en ze springt een meter de lucht in.

'O, ja,' zegt ze. 'Ja hoor.'

Maar het is niet waar. Ze leunt tegen de toonbank, bijt op een nagel en ik zie dat haar vingertop rood en afgekloven is. Nicole en ik zijn niet bepaald van die zussen die elkaar hun hartsgeheimen toevertrouwen, of wat dan ook, maar ze ziet er gespannen uit, mam is er niet en ik moet toch íéts zeggen.

'Nicole, wat is er?' vraag ik. 'Kom op. Zeg het maar.'

'Nou, goed dan,' zegt ze schoorvoetend. 'Drew wil dat ik naar Abu Dhabi kom.' Ze gooit de woorden er met beverige stem uit, alsof ze zegt: Drew gaat vreemd. Dan voegt ze eraan toe: 'Hij wil dat ik hem kom ópzoeken.'

'Oké,' zeg ik omzichtig. 'Ik bedoel... dat klinkt toch als een goed idee? Ik heb het er pas nog met hem over gehad, toevallig.'

'Hij heeft me zo ongeveer een ultimatum gesteld!' zegt Nicole perplex. 'Hij had zoiets van: "Nicole, ik ben het zat. Ik moet je zien."'

'Nou, dat is toch niet zo gek? Hij zal je wel missen.'

'Hij is zo vooringenomen,' vervolgt ze alsof ze me niet hoort. 'Hij had zoiets van: "We zijn wel getrouwd, Nicole." En: "Je had beloofd dat je zou komen." Ik zei: "Bekritiséér me niet zo, Drew. Je doet zo negatíéf."'

Ik kijk naar de zorgenrimpels in haar beeldschone voorhoofd. Ik heb me in mijn leven al een miljoen keer afgevraagd hoe het is om Nicole te zijn en nu wordt er een tipje van de sluier voor me opgelicht. Als je je hele leven aanbeden, bewonderd en geprezen wordt, kan een kleine onenigheid al overkomen als kritiek.

'Hij bedoelde het vast niet zo,' zeg ik. 'Hij wil je gewoon zien. Ik vind dat je moet gaan!' voeg ik er bemoedigend aan toe. 'Het is daar vast geweldig. En warm. Ga een week. Of twee weken.'

'Maar hoe moet het dan met mijn yoga?' vraagt Nicole. 'Hoe moet het dan met mijn bedrijf?'

Mijn empathie slaat om in frustratie. Godsamme. Haar bedrijf? Vijf vrouwen op matjes? Hoe moet het dan met je mán? wil ik terugkaatsen. Hoe moet het met je relátie? Hecht je daar geen waarde aan?

Ik adem in om het hardop te zeggen, maar opeens heb ik het lef niet meer. Zo'n relatie hebben we niet. Nicole zou mijn kop eraf kunnen bijten. En trouwens, is het wel het geschikte moment? Greg heeft net de winkel geopend en er komen drie klanten naar binnen.

'Jullie komen er vast wel uit samen,' zeg ik vaag en dan knipper ik verbaasd met mijn ogen, want Jake komt ook binnen, strak in het pak, en hij laat zijn blik met zijn gebruikelijke hautaine misnoegen over de klanten glijden.

'Is Bob er ook?' vraagt hij als hij aan komt lopen en ik krijg een walm aftershave in mijn gezicht.

'Bob? Nee. Ik dacht het niet. Hij komt morgen. Hoezo?'

'Ik heb gisteren geprobeerd hem te bereiken.' Jake fronst zijn voorhoofd. 'Ik dacht: ik kom even langs, want wie weet.'

'Waarom wil je Bob spreken?' zeg ik verbaasd.

'O, iets wat ik in de administratie heb gezien.'

'Wat heb je dan in de administratie gezien?' vraag ik meteen.

'Jezus, Fixie!' zegt hij geërgerd. 'Maakt het iets uit? Gewoon, iets!'

'O,' zeg ik behoedzaam, want ik heb de indruk dat hij niet in de stemming is voor een gesprekje. Hij ziet er vanochtend schrikwekkend uit. Zijn gezicht is bleek en hij heeft paarse wallen onder zijn ogen. En op de een of andere manier lijkt hij rimpeliger.

'Zware avond gehad gisteren?' vraag ik plagerig. Jake grinnikt dan meestal en vertelt me hoeveel flessen champagne erdoor zijn gegaan en wat ze kostten, maar vandaag kijkt hij me woest aan.

'Laat me met rust, oké?'

'Neem me niet kwalijk,' zegt een vriendelijk ogende vrouw die op ons af komt lopen. 'Hebt u manden? Om dingen in te doen?' voegt ze eraan toe. 'Boodschappenmanden,' verduidelijkt ze dan, alsof het woord haar net te binnen is geschoten. 'Begrijpt u wat ik bedoel?'

Jake neemt haar even zwijgend op. Dan loopt hij naar de stapel rode plastic mandjes, pakt er een en biedt hem de vrouw overdreven zorgzaam aan.

'Alstublieft,' zegt hij. 'Ze liggen op die stapel. Die stapel daar, bij de deur meteen als je binnenkomt? Waar je ze goed kunt zien? Die stapel?'

Ik staar hem vol afgrijzen aan. Zo sta je de klanten niet te woord. Pap zou hem vermóórden.

Hij komt er alleen mee weg door zijn geaffecteerde, lijzige manier van praten. De vrouw kijkt hem weifelend aan. Het is duidelijk dat ze zich afvraagt of hij sarcastisch doet of niet, maar dan gunt ze hem het voordeel van de twijfel en zegt blij: 'Dank u wel!'

'Jake, je mag niet...' zeg ik zodra de vrouw weg is. 'Dat was niet... Je had haar kunnen beledigen...'

O, god, ik hakkel weer. Waarom kan ik in het echt niet net zo zelfverzekerd klinken als in mijn hoofd?

'Nou, godsamme,' zegt Jake afwerend. 'Hoe debiel moet je zijn om die manden over het hoofd te zien?'

Hij zet koers naar het kantoortje en ik tel tot tien. Deze keer moet ik hem echt zeggen waar het op staat, hou ik mezelf voor. Hij mag onze relatie met de klanten niet op het spel zetten, al heeft hij nog zo'n bonzend hoofd.

Ik loop naar het kantoortje en doe de deur open in de verwachting Jake aan de telefoon te zien, of ijsberend, of Jake-achtig, maar tot mijn verbazing zit hij op een van de luie stoelen, met zijn hoofd achterover en zijn ogen dicht. Slaapt hij? Hij ziet er hoe dan ook uitgeput uit. Ik stap achteruit, trek de deur geluidloos achter me dicht en loop de winkel weer in.

'Zo, jongedame,' klinkt een strenge stem en als ik opkijk, zie ik een grijsharige vrouw in een tweedjas naar me toe komen. 'Waar zijn alle plastic bewaardozen gebleven?'

'O,' zeg ik. 'Die hebben we nog hoor. Dat gangpad.' Ik wijs het behulpzaam aan, maar de vrouw lijkt niet onder de indruk.

'Daar heb ik al gekeken! Daar ligt niets! Ik wil die grote voor mijn kerstpasteitjes.' Ze kijkt me met priemende ogen aan. 'Waar zijn die?'

'O,' zeg ik nog eens om tijd te rekken.

Jake en ik hebben ruzie gehad over de grote bewaardozen. Hij zei dat ze er lomp en sneu uitzagen en dat ze te veel ruimte innamen. We hebben er dus een paar teruggestuurd en de rest ligt in ons magazijn in Willesden.

'Ik kan ze voor u laten komen,' zeg ik. 'Dan heb ik ze vanmiddag...'

'Daar heb ik niets aan! Ik moet ze nu hebben!' blaft de vrouw gepikeerd. 'Ik ga wel naar Robert Dyas, al is het een eind om.'

Voordat ik nog iets kan zeggen, loopt ze weg en ik word overmand door frustratie. Ik wíst dat we het assortiment niet zo drastisch moesten inkrimpen, ik wíst dat we de nadruk moesten leggen op onze sterke punten...

'Nou, dag dan maar, Fixie,' zegt Nicole, die ronddrentelt en aan spullen zit zonder iets op te merken.

'Wacht even,' zeg ik. 'Jake ligt in het kantoortje te slapen. Hij ziet er slecht uit. Niet zoals na een avondje uit. Erger.'

'Hij zal wel een burn-out hebben,' zegt Nicole wijsgerig. 'Hij moet leren voor zichzelf te zorgen. Hij zou mijn yogacursus moeten volgen.'

'Hmm,' zeg ik sceptisch. 'Ik zie het niet voor me, Jake die yoga doet.'

'Precies! Dát is het probleem,' zegt Nicole op een toon alsof ze alles heeft opgelost. 'Later.'

Ze zeilt weg voordat ik nog iets kan zeggen en ik kijk haar na. Misschien heeft ze gelijk, misschien heeft Jake echt een burn-out. Jake wil altijd méér, zijn hele leven al. Meer geld, meer status, meer spullen voor hem, meer spullen voor Leila... Maar wat is de prijs die hij ervoor betaalt? Zijn gezondheid?

Misschien moet ik met hem gaan praten. Ik wil hem de les lezen over de bewaardozen, maar dit is belangrijker.

Ik zeg tegen de medewerkers dat ze niet in het kantoortje mogen komen en wacht nog een uur. Dan duw ik voorzichtig de deur open en kijk naar Jake. Hij doet zijn ogen een klein stukje open en beantwoordt mijn blik lodderig.

'Hoi,' zeg ik. 'Je was in slaap gevallen. Je zult wel moe zijn geweest.'

Jake wrijft over zijn gezicht, kijkt op zijn horloge en zegt wrevelig: 'Jezus.' Hij trekt zijn telefoon uit zijn zak en begint met een grimas op zijn gezicht door zijn berichten te scrollen.

Er fladderen al een paar raven rond mijn hoofd, want Jake laat soms geen spaan van je heel als je hem iets persoonlijks vraagt, maar ik kan dit niet zomaar laten passeren. Ik moet iets zeggen.

'Jake,' begin ik omzichtig, 'je ziet er doodmoe uit. Werk je niet te hard? Heb je een burn-out?'

Jake kijkt een nanoseconde op van zijn telefoon, schampert: 'Burn-out!' en lacht honend. Dan richt hij zijn blik weer op zijn telefoon en ik zie de spanning over zijn gezicht kruipen. Ik heb Jake nooit als kwetsbaar gezien, maar nu ziet hij er nerveus, overbelast en moe uit, al heeft hij net een dutje gedaan.

'Ben je met te veel deals bezig?' probeer ik het nog eens. 'Wordt het je te veel?'

'Weet je wat mij te veel wordt?' zegt Jake en zijn stem heeft opeens iets vlijmscherps waardoor ik in elkaar krimp. 'Het leven. Gewoon het leven.'

'Nou, waarom doe je het dan niet wat kalmer aan? Waarom ga je er niet even tussenuit?'

Jake laat zijn telefoon zakken en kijkt me zwijgend aan. Zijn gezicht staat gespannen maar zijn blik is ondoorgrondelijk. Ik besef weer dat ik mijn broer niet echt ken.

'Je hebt een goed hart,' zegt hij. 'Dat zei pap altijd over je, weet je nog?'

'Pap?' Ik kijk hem wezenloos aan. 'Nee.'

'Toen je nog klein was. Nicole en ik reden je rond in de kruiwagen en je viel er telkens uit, maar je lachte er altijd om. Je klaagde nooit.'

'De kruiwagen!' Opeens komt de herinnering boven: een oude kruiwagen met rode handvatten op ons miezerige gazon, en ik lach bijna hardop van blijdschap. 'Ja!'

'Je was een snoesje.' Er trekt een glimlach over Jakes gezicht en ik geloof dat ik echte genegenheid zie. En weemoed. Ik glimlach timide terug en hoop dat we nog even zo door kunnen praten, maar Jake wordt alweer in beslag genomen door zijn telefoon. 'Ik moet gaan,' zegt hij en hij gaat staan.

'Wacht even,' zeg ik gretig. 'Kunnen we het nog even over de plastic bewaardozen hebben?'

'Plastic bewaardozen? Godsamme, Fixie.'

Alle zachtheid verdwijnt van zijn gezicht. Hij is weer de korzelige, schampere Jake.

'Wat is er mis met plastic bewaardozen?' repliceer ik voordat ik me kan inhouden, maar Jake rolt alleen maar met zijn ogen.

'Ik heb hier geen tijd voor,' zegt hij en hij beent het kantoortje uit.

Ik kijk hem na, kriebelig van de stress, en net als ik me afvraag hoe het zo mis heeft kunnen gaan, krijg ik een berichtje binnen. Ik trek mijn telefoon uit mijn zak, half verwachtend dat het van Jake is, maar als ik de naam zie, maakt mijn maag een salto. Het is van Seb.

Het ongeluk is nu tien dagen geleden en ik dacht dat ik nooit meer iets van hem zou horen. Ik dacht dat hij aan het herstellen was met Briony aan zijn zij, dat ze samen schaakten en bulderden van het lachen om hun grapjes die verder niemand snapt.

Wat zou hij willen? Ik bedoel, het zal wel niets zijn... Het is vast weer een vergissing...

Mijn vingers vervloekend omdat ze zo trillen open ik het berichtje en lees het.

Hallo, beschermengel. Ik heb een cadeautje voor je om je te bedanken. Heb je vanavond tijd?

Seb

De rest van de dag probeer ik er niet obsessief aan te denken. Het heeft niets te betekenen. Het is niets. We spreken ergens af, hij geeft me een doos bonbons of zo en dan nemen we afscheid. Einde verhaal.

Maar ik kan er niets aan doen: mijn hart bonst. Ik kijk telkens in de spiegel. En ik probeer telkens gevatte opmerkingen te bedenken. Al met al is het een immense opluchting voor me als ik Hannah om een uur of vier de winkel in zie komen. Goddank: afleiding.

'Wat doe jij hier?' vraag ik, waarop Hannah een beetje bloost en zegt: 'We hebben een middag vrijgenomen. We doen wat jij hebt gezegd. Daar zijn ze.'

Ze draait zich om naar de deur en als ik haar blik volg, zie ik eerst Tim binnenkomen en dan een meisje met een baby in een draagdoek. Ik herken haar als een vriendin van Nicole, al weet ik haar naam niet meer. Ze heeft lang, vettig, krullend haar en ze draagt een hoodie vol oranje vlekken.

'Het is dus heel makkelijk met zo'n ding,' zegt het meisje wijzend naar de draagdoek. 'Je kunt de baby overal mee naartoe nemen, zeg maar, overal de borst geven… Hoi Fixie. Ik zoek iets van een afneembaar tafelkleed.'

'Komt voor elkaar!' zeg ik. 'We hebben een hele collectie.'

Ik wijs ze aan en het meisje loopt erheen. Ik draai me snel om naar Hannah.

'Snel…' zeg ik op gedempte toon. 'Snel, hoe heet ze ook alweer?'

'Iona,' zegt Hannah zacht.

'Iona.' Ik knik. 'Ja, natuurlijk.'

'Nicole heeft ons met haar in contact gebracht. We zijn al de hele middag samen. We schaduwen haar. Om te zien hoe het is om een baby te hebben.'

'Wauw!' zeg ik. 'En hoe gaat het?'

‘Het is heel informatief,’ zegt Tim.

‘Héél informatief,’ beaamt Hannah.

Hun stemmen hebben een rare ondertoon, maar ik kan er de vinger niet op leggen. Net als ik door wil vragen, komt Iona terug met een tafelkleed en legt het op de toonbank. Haar baby is aanbiddelijk en we buigen ons om beurten kirrend over hem heen en houden zijn mollige handje vast.

‘Zoals ik al zei,’ zegt Iona tegen Hannah, ‘het ouderschap is een eitje, als je maar met de stroom meedrijft, snap je? Niet stressen. En je hoeft geen wiegje of zo te kopen, dat is onzin. Ik slaap met Blade en zijn twee grote broers in één bed. Dat is natuurlijk.’

‘En je... partner dan?’ vraagt Tim onthutst.

‘Ja, die heeft het maar te pikken,’ zegt Iona met een lach.

‘Aha,’ zegt Hannah, die er net zo onthutst uitziet. ‘Dus wat slapen betreft...’

‘Slapen?’ Iona lacht weer. ‘Dat zit er niet in! Mijn god, slapen! We weten niet eens meer wat dat is, hè, monster? ’s Nachts is het speeltijd! Ik bedoel, hij moet nog steeds iets van, wat zou het zijn, tien keer per nacht aan de borst. Maar hij is pas zeven maanden, dus.’ Ze haalt haar schouders op. ‘We zijn er nog lang niet.’

‘Wauw,’ zegt Hannah bedremmeld. ‘Oké. Weet je, ik had het er een keer over met mijn dokter en hij zei dat slaap heel belangrijk is voor...’

‘Je dokter?’ onderbreekt Iona haar. ‘Een huisarts, zeg maar? Een reguliere arts?’

‘Eh... ja,’ zegt Hannah verwonderd. ‘Natuurlijk.’

‘Ik sta niet eens ingeschreven bij een reguliere arts.’ Iona neemt haar medelijdend op. ‘Mijn beste advies: vertrouw nooit een reguliere arts. Die hebben allemaal een agénda, weet je wel? Ze willen je hun systeem aanpraten. Als je zwanger wordt,’ vervolgt ze, ‘ga dan meteen naar mijn voedingsdeskundige. Ze is gespecialiseerd in babygezondheid. Ze heeft zoiets van: “Waar zijn de mensen mee bézig, baby’s vol medicijnen stoppen?”’

Ik kijk even naar Hannah en Tim. Ze staan er allebei verstijfd bij.

'Maar als de baby dan ziek is?' vraagt Tim uiteindelijk. 'Stel dat de baby medicijnen nodig heeft?'

'Ziek,' zegt Iona en ze tekent aanhalingstekens in de lucht. 'Weet je wel hoeveel baby's er verslaafd zijn aan medicijnen omdat de artsen dat wíllen?'

Ik moet mijn lachen verbijten. Tim ziet eruit alsof hij op ontploffen staat en ik heb Hannahs ogen nog nooit zo groot gezien.

'Oké dan!' zegt Tim. 'Nou, het was heel fijn om de middag met je door te brengen, Iona. Heel erg bedankt dat je tijd voor ons wilde maken.'

'Geen punt,' zegt Iona ontspannen. Ze geeft hem een boks en Hannah een zoen. 'En denk erom… er zíjn geen regels.'

'Behalve in het verkeer,' zegt Tim binnensmonds en ik smoor een giechel.

We kijken Iona allemaal zwijgend na en dan barsten Tim en Hannah allebei los.

'O, mijn gód.'

'Jezus, wat een mafkees.'

'Zo gaan wij het echt niet doen. Echt niet. Nooit.'

'Hoe kun je zo léven?'

'Heb je die keuken gezien? Die troep!'

Ze praten met een gezamenlijke passie, met het vuur van verwante zielen. Eigenlijk is het wel aandoenlijk.

'Hannah, jouw to-dolijstjes zijn een kunstwerk,' zegt Tim plotseling. Hij pakt haar bij de schouders en kijkt naar haar alsof hij opnieuw verliefd op haar is geworden. 'Ze zijn ontzagwekkend. Ik zal alles doen wat erop staat, als je me maar niet dwingt met zes kinderen in een bed te slapen en de medische wetenschap links te laten liggen.'

'Nooit!' zegt Hannah met een lach. 'Al denk ik dat ik er wel iets losser mee zou kunnen omgaan. Ik ben wel een beetje een… Hoe noemde Iona het? Controlgirl. Terwijl ik alleen maar een paar bekers voor haar afwaste,' richt ze zich tot mij. 'Er was letterlijk niet één schone beker in haar keuken.'

'Ik hou van je, controlgirl,' zegt Tim. Hij zoent haar en ik zie Hannahs gezicht een blije, roze blos krijgen.

'Ik ook van jou, controlboy.'

'Oké, goed, knoflookpers,' schakelt Tim abrupt op iets anders over. 'Die mogen we niet vergeten. Ik ga er wel een pakken.'

Hij loopt op die vastberaden manier van hem weg en ik kijk stralend naar Hannah.

'Zo! Dus alles is weer goed? Tim flipt niet meer bij het idee van een kind?'

'Weet je waar hij pas echt op flipte?' repliceert ze. 'Het idee dat iemand haar kinderen Journey, Wisdom en Blade kan noemen.'

Ze vangt mijn blik en krijgt de slappe lach en dan steekt ze mij ook aan. Binnen de kortste keren komen we niet meer bij. Ik was niet van plan het haar te vertellen, maar als we allebei tot bedaren komen, zeg ik opeens: 'Raad eens? Ik heb met die gast afgesproken. Die Ryan een baan had gegeven. Die dat ongeluk heeft gehad. Hij wil me een cadeautje geven om me te bedanken.'

'O, die,' zegt Hannah en ik voel haar argusogen op me. 'Leuk.'

'Ja,' zeg ik zo nonchalant als ik kan. 'Dat lijkt mij ook. Dat had hij niet hoeven doen.'

'Maar het is geen...' Ze aarzelt. 'Hij is bezet, toch?'

'O, absoluut!' zeg ik snel. 'Absoluut.'

Ik zie dat Hannah lichtelijk gefascineerd is, maar niet wil aandringen. 'Waar hebben jullie afgesproken?' vraagt ze en ik lach wrang, want het is echt ironisch.

'Tja, je raadt het nooit.'

17

Ik heb geen idee waarom Seb de ijsbaan op het binnenplein van Somerset House heeft uitgekozen voor onze afspraak. Hij heeft een zere enkel. Hij kan beslist niet schaatsen. Maar dat stelde hij voor, dus dat is waar ik ben. Ik ben een beetje vroeg gekomen om... Nou ja. Gewoon om te kijken en te genieten.

Het moet het kerstigste stukje Londen zijn, deze ijsbaan tussen de voorname, elegante gevels van Somerset House. Een spectaculaire kerstboom torent boven alles uit, muziek dreunt door de lucht en mensen lachen en roepen naar elkaar.

Ik nip van mijn warme chocolademelk, een beetje rillend in de winterse bries en gefascineerd door het ijs. Ik herinner me hoe het voelde om de piste in te glijden om aan een kür te beginnen, helemaal alleen, met mijn kin in de lucht, een bonzend hart en de geur van haarlak in mijn neusgaten. (Mam maakte het altijd te bont met de haarlak.) Ik bedoel, welbeschouwd is het gekkenwerk, proberen te dansen en te springen op twee levensgevaarlijk gladde ijzers, maar als het goed gaat, als je veilig neerkomt na een grote sprong... dan is de kick weergaloos.

Een groepje mensen gaat het ijs op, lachend en duwend en selfies makend, en even later dringt het tot me door dat een van die mensen Briony is. Wat betekent dat Seb er ook moet zijn. Ik draai mijn hoofd, kijk om me heen en dan zie ik hem opeens. Hij zit dik ingepakt in een donkere jas en een geruite sjaal op een stoel naar het schaatsen te kijken. Naast hem staat een paar krukken. Ik loop snel naar hem toe en zwaai om zijn aandacht te trekken.

'Hoi!' zeg ik en hij krijgt een opgetogen glimlach op zijn gezicht.

'Hoi!' zegt hij en hij probeert overeind te komen.

'Doe normaal,' zeg ik. Ik gebaar dat hij moet blijven zitten en hurk naast hem. 'Hoe is het? Je gezicht ziet er stukken beter uit,' voeg ik eraan toe met een blik op zijn wangen en slaap. De zwelling is helemaal weg en hij ziet er weer bijna normaal uit.

'Leuk, dit,' zegt hij met een knikje naar de ijsbaan. 'Schaats jij weleens?'

'Vroeger wel,' zeg ik na een korte stilte.

'Nou, fijn dat je er bent. Het leek me een leuke kerstachtige plek om af te spreken.'

'Absoluut!' zeg ik knikkend.

'Zo gaat-ie goed!' roept Seb naar zijn vrienden, die allemaal naar hem zwaaien. Ik kijk even naar Briony op het ijs. Ze draagt een kort, wit, wijd uitlopend rokje en een bontmuts en ze ziet er waanzinnig goed uit, maar ze schaatst beroerd. Slechter dan gemiddeld zelfs, stel ik vast nadat ik haar een paar minuten kritisch heb gevolgd. Ze zou om te beginnen eens wat minder met haar armen moeten maaien.

Passen haar schaatsen niet goed, of doet ze gewoon aanstellerig? Ik heb het nog niet gedacht of ik besef dat ik de spijker op zijn kop heb geslagen. Ze denkt er niet eens bij na, ze poseert voor haar vrienden en het valt me op dat het bijna allemaal mannen zijn. Ze zijn allemaal goedgekleed en roepen namen als 'Archie!' naar elkaar. Jake zou ze fantastisch vinden.

'Dus, ik wilde je dit op een leuke plek geven,' onderbreekt Seb mijn gedachten. Hij aarzelt, steekt dan zijn hand in een boodschappentas van Tesco en haalt er een pakje uit. Het is niet groot en niet klein, vrij licht, nogal onbestemd. Geen logo of zoiets, maar effen bruin pakpapier. Ik heb geen idee wat het kan zijn.

'Maak open!' zegt Seb. 'Gewoon een bedankje,' voegt hij er achteloos aan toe.

'Nou, dat had je niet moeten doen,' zeg ik terwijl ik met een quasi-afkeurend glimlachje het papier openscheur. 'Dat was echt niet nodig. Maar ik vind het heel…'

De woorden besterven me op de lippen als ik zie wat ik heb uitgepakt. Ik kijk naar het voorwerp in mijn handen en het duizelt me van verbijstering.

'Mijn bórstel?' pers ik er ten slotte uit.

'Veilig en wel,' zegt Seb voldaan. 'Geretourneerd aan de rechtmatige eigenaar.'

Ik draai de borstel om in mijn handen, met een brok in mijn keel. In een flits keer ik terug naar de dag dat ik hem van pap en mam kreeg, op mijn zestiende verjaardag. Hoe hij eruitzag in de geschenkdoos, mooi en nieuw.

'Ik dacht dat ik hem nooit meer zou zien,' zeg ik verbouwereerd. 'Ik dacht dat ik… Wacht.' Ik krijg een inval. 'Hoe? Hoe heb je hem te pakken gekregen?'

'Een goede burgerwacht verklapt niets,' zegt Seb op mysterieuze toon. 'Ik neem dit geheim mee mijn graf in.'

'Nee. Nee.' Ik schud verwoed mijn hoofd. 'Je kunt me dit niet geven, dít…' Ik zwaai met de borstel naar hem, '… zonder het me te vertellen.'

'Oké,' zwicht Seb meteen. 'Eigenlijk popel ik om het te vertellen. Het verhaal begint op het moment dat jij je de naam van de ontvoerder van je haarborstel liet ontvallen,' begint hij op theatrale toon. 'Sarah Bates-Wilson. Ik wist meteen dat ik die snoodaard kon opsporen. Ze woont nog steeds op de begane grond,' voegt hij er op normalere toon aan toe. 'Wat wel zo handig was.'

'Heb je bij haar ingebroken?' Ik gaap hem ontzet aan. 'O, mijn god.' Mijn blik zakt naar zijn voet. 'Maar dat is niet mogelijk!'

'Ik wist dat mijn letsel me zou belemmeren,' vervolgt Seb weer theatraal. 'Zodoende heb ik de hulp van een handlanger ingeroepen: Andy, mijn trouwe rechterhand. We bedachten een list: ik zou bij Sarah B-W aanbellen en haar afleiden met vragen over haar politieke opinies, terwijl Andy om het huis heen sloop. Haar slaapkamerraam stond open, de borstel lag op de ladekast. Het kostte hem slechts luttele seconden om naar binnen te glippen en de borstel te kapen,' besluit hij zwierig.

Ik laat het even zwijgend op me inwerken.

'En als het raam niet open was geweest?'

'Dan hadden we het een andere keer opnieuw geprobeerd. We hadden geluk,' voegt Seb er op normale toon aan toe. 'We kwamen alleen even poolshoogte nemen. Dat we de borstel meteen konden pakken was een onverwachte meevaller.'

'Ik weet het niet.' Ik kijk naar de haarborstel, opeens in dubio. 'Ik bedoel, het is geweldig, maar... je hebt iets strafbaars gedaan.'

'Zij eerst,' merkt Seb op. 'Zij had je borstel gejat.'

'Ja, maar... je hebt iets stráfbaars gedaan!'

Ik ben in het bezit van gestolen goed, besef ik. Shit. Als pap ons iets heeft geleerd, afgezien van 'familie gaat voor', is het wel 'blijf aan de goede kant van de wet'.

'Maar ik heb voor mijn gevoel niets verkeerd gedaan,' zegt Seb zelfverzekerd. 'Denk na, Fixie. Al die ondernemingen die geld mogen wegsluizen om maar geen belasting te hoeven betalen. Al die directieleden die zichzelf met enorme bonussen mogen belonen terwijl hun arbeiders geen cent krijgen. Het is weerzinwekkend allemaal. Ik moet de bak in omdat ik jou je borstel heb terugbezorgd... en zij gaan vrijuit?'

Hij klinkt zo zeker van zijn zaak, zo eerlijk, zo góéd, dat ik me er een beetje geruster op voel.

'De wet heeft het niet altijd bij het rechte eind,' benadrukt hij nog eens. 'Mensen hebben een veel sterker gevoel voor wat deugt in het leven dan juristen.'

'Het recht is krom,' zeg ik. Dat heb ik een keer ergens gehoord, ik weet niet waar het vandaan komt, maar het lijkt hier op zijn plaats.

'Het recht is sláp, als je het mij vraagt,' gaat Seb ertegenin, 'maar dat is een ander verhaal. Of misschien bestaat de politiek uit slappelingen.' Hij grinnikt ontwapenend naar me, met twinkelende groen-bruine ogen. 'Hijs me maar niet op mijn stokpaardje, dan ga je dood van verveling.'

'Ik kijk wel uit!' zeg ik met een lach.

'O, het gebeurt toch,' verzekert hij me. 'Er zijn al veel slachtoffers gevallen.'

'Tja, nou ja... dank je wel,' zeg ik met een liefdevol klopje op de borstel. 'Dank je dat je de wet voor me hebt overtreden.'

'Geen probleem.' Hij grinnikt weer. 'Het was lachen.'

Ik krijg een ingeving en rommel in mijn tas. Ik pak het koffiebekerkartonnetje eruit en Seb lacht goedkeurend. Ik pak mijn pen en begin *Afgelost* te schrijven, maar Seb legt een hand op de mijne.

'Gedeeltelijk afgelost,' zegt hij. 'Alleen gedeeltelijk.'

'Doe niet zo mal.' Ik rol met mijn ogen.

'Nee, ik meen het. Ik ben nog niet eens begónnen met je terug te betalen,' zegt hij en opeens klinkt er ernst door in zijn stem. 'Wat jij hebt gedaan...'

'Ik heb toch gezegd dat het niets voorstelde?'

'Je hebt mijn leven gered,' spreekt Seb me tegen. 'In sommige culturen zou dat een band voor het leven scheppen,' voegt hij er luchtig aan toe. 'Een band voor het leven.'

Ik weet dat het een grapje is, maar mijn maag maakt een stomme salto... en opeens ben ik niet stoer meer. Ik weet geen gevat antwoord. Ik kijk naar hem, naar zijn eerlijke, knappe gezicht en hij zwijgt ook, maar hij is niet te peilen. En net als ik radeloos denk: zeg iets, Fixie, in godsnaam, zeg iets, klinkt er een kreet vanaf het ijs.

'Joehoe!'

We kijken allebei in de richting van het geluid en daar is Briony, die zwaait om Sebs aandacht te trekken. Zodra ze mij ziet, verstrakt haar gezicht.

'Ken je Fixie nog?' roept Seb spontaan.

'Natuurlijk! Hoe gaat het?' zegt Briony met een oogverblindende glimlach en een stem die zo bijtend is dat je er verf mee zou kunnen afbranden.

'Prima!' zeg ik. 'Ik kan maar beter gaan,' vervolg ik in een reflex tegen Seb.

'Niet weggaan! Heb je zin om te schaatsen?' Hij haalt een toegangsbewijs uit zijn zak. 'Ik heb niets aan mijn kaartje, natuurlijk. Kom, schaats een rondje!'

Ik kijk zwijgend naar het kaartje terwijl de gedachten door mijn hoofd buitelen. De muziek dreunt, de lichtjes twinkelen en Seb vraagt me of ik wil schaatsen.

Het is eigenlijk onweerstaanbaar.

'Ja,' zeg ik ten slotte. 'Ja. Ik ga een rondje schaatsen.'

De eerste rondjes zijn alsof ik een oud muziekinstrument tevoorschijn haal, het stem en langzaam de eerste noten speel, gespitst op gebreken en tekortkomingen. Mijn lijf is ouder dan het was, maar het is nog sterk en strak. Mijn spiergeheugen doet het nog. Je kunt niet al die uren trainen en het dan verleren.

Ik scheer over het witte ijs en probeer niet vol verlangen aan mijn oude schaatsen te denken, die thuis hangen, maar het beste te maken van wat ik wél heb: een volle openbare ijsbaan, onwennige schaatsen en ijs dat nat aan het worden is van alle mensen die erop vallen.

Het kan me niet schelen. Ik geniet.

Ik zoef langs Briony, draai me om en zie haar met grote ogen naar me kijken terwijl ik achteruitschaats. Ik draai me weer om, kijk of er genoeg ruimte is en hef een been in een arabesk. Ik ben stram, echt stram, maar mijn been gehoorzaamt toch, al schreeuwt het: wááát? Meen je dat nou? We zouden dit toch niet meer doen?!

Arme benen. Ik sein snel aan ze door: doe dit voor mij, dan krijgen jullie straks een lekker warm bad.

Ik ga naar het midden van het ijs en maak een simpele pirouette. Dan een snellere en spectaculairdere, waarbij ik het trillen van mijn spieren probeer te negeren dat halverwege begint. *Kom op, benen, jullie kunnen het…* Dan durf ik voor het eerst een vluchtige blik op

Seb te werpen. Hij kijkt met open mond van verwondering naar me en ik maak lachend een paar danspassen. Wat voel ik me licht op het ijs, wat voel ik me blij…

En opeens dringt het tot me door: ik geef een voorstelling. Ik bloei op. Omdat ik voor iemand wil optreden.

Alle andere mensen die aan het schaatsen waren, zijn naar de rand van de baan uitgeweken om me de ruimte te geven en ze stoten elkaar aan en applaudisseren. Ik ben me ervan bewust dat de medewerkers in een groepje overleggen en naar me wijzen. Ik weet dat ze me elk moment van de baan af kunnen komen halen. Ik ga geen beslag leggen op het ijs, echt niet, dat zou onbeschoft zijn… maar ik heb nu de ruimte om mijn vleugels uit te slaan. Om te springen. Om een grote sprong te maken.

'Dancing Queen' schalt uit de speakers. Het is niet de muziek waarop ik mijn vrije kür heb gedaan, maar toch beland ik in het vertrouwde patroon van toen. Het deel met het ingewikkelde voetenwerk dat ik misschien wel duizend keer heb gerepeteerd. Mijn voeten voeren het uit zonder dat ik erbij na hoef te denken. En nu ben ik die passage uit en begin ik aan de opbouw naar de sprong. Ik beschrijf krachtiger cirkels, concentreer me en denk aan de rustgevende stem van Jimmy, mijn coach.

Met brandende dijen en bonzend hart bereid ik me voor en terwijl ik me van het ijs losmaak denk ik al: dit is gestoord! Straks breek ik mijn enkel, mijn nek…

Ik tol door de lucht en even ben ik doodsbang. Ik hoor de stilte. Ik voel de ingehouden adem overal om me heen. Ik vang een glimp op van het groepje medewerkers, die allemaal naar me kijken. En dan, als door een wonder, kom ik spatzuiver neer en barst er een applaus los. Mijn standbeen trilt afschuwelijk, mijn enkel voelt als stopverf en elke spier in mijn lichaam protesteert… maar ik heb het gedaan, ik heb een perfecte kür neergezet, alleen veertien jaar te laat. Iedereen klapt en juicht en ik heb me nog nooit van mijn leven zo'n opschepper gevoeld.

Ik heb me ook nog nooit van mijn leven zo lekker gevoeld.

Ik maak een buiginkje naar het publiek en schaats weg, niet in staat de extatische glimlach van mijn gezicht te vegen. 'Dank u wel!' zeg ik keer op keer tegen de mensen die: 'Bravo!' naar me roepen. Als ik bijna bij de uitgang ben, zie ik Briony opeens staan in haar wijde rokje. Ze klemt zich stevig vast aan het hek.

'Leuk geschaatst,' zegt ze, maar haar ogen schieten vuur. 'Ik wist niet dat je zo'n kei was.'

En ik wéét dat ik het niet moet zeggen, ik wéét het... maar ik kan er niets aan doen.

'Tja, ach,' zeg ik en ik werp Briony precies diezelfde medelijdende blik toe die ze op mij wierp in het ziekenhuis. 'Als je het niet goed kunt doen, doe het dan niet, vind ik eigenlijk.'

18

In een onwezenlijke roes breng ik mijn schaatsen terug, trek mijn laarzen aan en ga op zoek naar Seb. Hij ziet me aankomen en klapt en knikt, met een perplexe glimlach op zijn gezicht.

'Goh,' zegt hij als ik bijna bij hem ben. 'Dát had ik niet verwacht.'

'O ja,' zeg ik achteloos. 'Had ik al verteld dat ik vroeger schaatste?' Ik vang zijn blik, we schieten allebei in de lach en dan wrijf ik spijtig over mijn dij. 'Hier moet ik morgen voor boeten.'

'Je mag mijn krukken wel lenen,' zegt Seb en ik grinnik en pak dan de haarborstel.

'Ik ga nu, maar nogmaals bedankt. Je hebt geen idee hoeveel dit voor me betekent.'

'Wat?' klinkt een bekende stem als een misthoorn achter me en als ik omkijk, zie ik Briony naderen. Ze moet het schaatsen hebben opgegeven. Ze grist de borstel uit mijn hand en kijkt er fronsend naar. 'Wat is dit?'

'Het cadeautje waarover ik je heb verteld,' zegt Seb. 'Het bedankje voor Fixie.'

'Toen je "borstel" zei, verwachtte ik iets móóis,' zegt Briony met een vies gezicht. 'Niet dit. Ik bedoel, Seb, waar heb je dat ding vandaan, uit de kringloopwinkel soms?'

Hij heeft haar het verhaal niet verteld, begrijp ik. En net als ik wil uitleggen dat de borstel een sentimentele waarde voor me heeft, valt Seb uit: 'Kun je verdomme niet eens één keer iets aardigs zeggen, Briony?'

Hij lijkt er zelf meteen van te schrikken, alsof hij niet van plan was iets te zeggen en het er zomaar uit floepte.

'Iets aardigs?' slaat Briony terug. 'Hoe kan ik hier iets aardigs over zeggen? Het is een afzichtelijk ding!'

'Niet waar!' zeg ik woest voordat ik me kan bedwingen.

'Nu ga je te ver,' zegt Seb met een wit, strak gezicht. 'Briony, ik vind dat je Fixie je excuses moet aanbieden.'

'Excuses?' herhaalt Briony ongelovig. 'Moet ik háár mijn excuses aanbieden? Ben je gestoord of zo?' Ze komt dichter naar hem toe en kijkt hem hijgend aan, met een rood aangelopen gezicht en eigenlijk ziet ze er beeldschoon uit. 'Zal ik jou eens iets zeggen, Seb? Ik weet niet wíé die meid is, of hóé ze in je leven is gekomen, maar je mag haar hebben. Veel plezier ermee!' Ze maakt een overdreven, sarcastisch gebaar naar ons samen en draait zich op haar hakken om.

Shit. Ze gaat weg. Ze gaat echt weg.

'Het spijt me ontzettend,' zegt Seb terwijl ze wegschrijdt. 'Dat was...'

'Nee, geeft niet,' zeg ik snel.

'Je hebt haar op haar slechtst gezien.' Zijn gezicht betrekt. 'Ze is opvliegend... Maar ze kan heel leuk zijn, heel goed gezelschap. Weet je, ze is ontzettend slim en ze doet veel liefdadigheidswerk via haar baan...'

'Het geeft niet,' zeg ik nog eens om hem te laten ophouden. 'Echt niet.'

Ik weet wat hij doet: hij rechtvaardigt waarom hij met haar samen is. Of wás; ik weet het niet. Maar ik heb echt geen zin om de lijst van Briony's tot nog toe onbelichte goede eigenschappen te horen.

'Dus,' zeg ik na een lange stilte. 'Is dat... Zijn jullie nu...' Ik kan me er niet toe zetten om 'uit elkaar' te zeggen, maar het hangt wel in de lucht.

'Ik geloof dat ik zojuist ben ontslagen,' zegt Seb met een wrange grijns. 'Denk je ook niet?'

'Ja.' Ik bijt op mijn onderlip en voeg er dan aan toe: 'Sorry. Dat kwam door mij.'

'Nee. Nee, nee.' Hij schudt resoluut zijn hoofd. 'Ik was toch wel bij haar weggegaan.'

'O,' zeg ik. Ik probeer neutraal te klinken, want de grootste fout die ik nu kan begaan is Briony afkraken.

We kijken eventjes zwijgend naar de over het ijs wervelende en wankelende schaatsers. Dan haalt Seb diep adem.

'Gek,' zegt hij met een verre blik in zijn ogen. 'Je krijgt een relatie met iemand. En je weet dat die ander tekortkomingen heeft, die heeft iedereen... Maar je raakt er zo aan gewend dat je... dat je het vergeet. Je vergeet dat het ook anders kan. Sorry, ik bazel...'

'Néé,' zeg ik met klem, want wat hij beschrijft, is precies hoe het tussen Ryan en mij was. 'Je vergeeft die ander en je blijft het eindeloos goedpraten en je vergeet...'

'Dat er ook andere mensen zijn,' zegt Seb zacht en als hij me aankijkt, krijg ik opeens een knoop in mijn maag. Andere mensen. Wie bedoelt hij? Mij?

Nee, doe niet zo stom, roep ik mezelf meteen tot de orde. Natuurlijk doelt hij niet op mij. Hij bedoelt waarschijnlijk dat er hopen mensen op Tinder zitten.

'Op Tinder?' flap ik er idioot genoeg uit en er trekt een zweempje van een glimlach over zijn gezicht.

'Ik dacht niet direct aan Tinder.'

Zijn warme groen-bruine ogen dwalen vragend over mijn gezicht en ik kijk weerloos terug. Mijn keel is dichtgeknepen, dus ik kan niets zeggen en mijn gedachten zijn een chaotische warreling: nu komt het, nu komt het... Wacht. Komt het nu?

Opeens piept Sebs telefoon en we kijken allebei in een reflex naar beneden. Ik zie de naam *Briony* op het scherm oplichten en krijg een onbehaaglijk gevoel. Misschien schrijft ze dat het haar spijt en dat ze het goed wil maken.

'Misschien kun je beter...' Ik gebaar onhandig naar het scherm.

'Misschien wil ze... Let maar niet op mij.'

Seb klikt zonder iets te zeggen het bericht aan en leest het. Het is best lang en ik zie veel hoofdletters en uitroeptekens.

'Zo,' zegt hij ten slotte. 'Nou, ik ben ontslagen. Geen twijfel mogelijk.'

'Het spijt me,' zeg ik. 'Echt.'

Ik probeer zo oprecht en spijtig mogelijk over te komen, maar ik vraag me af of het goed lukt, want ik zie pretlichtjes in Sebs ogen. Hij stopt zijn telefoon weg en ik wacht ademloos.

'Dus, wat ik me afvroeg...' zegt hij dan eindelijk. 'Heb je... misschien... zin om een keer met me te gaan eten?'

19

Achtenveertig uur later zit ik met Seb in een Italiaans restaurant en ik weet niet goed hoe ik de afgelopen twee dagen ben doorgekomen. Ik heb in de winkel gewerkt, ik ben met mijn kerstinkopen begonnen en ik heb de kapotte wc gerepareerd (pap heeft ons allemaal de basisprincipes van het loodgieterswerk bijgebracht toen we nog klein waren). Er was niets aan me te zien. Ik leek zelfs relaxed. Maar ik dacht de hele tijd: uit eten met Seb… O, mijn god… Uit eten met Seb… O, mijn god…

Toen sloeg het om en werd ik bang dat ik hem opeens om onverklaarbare redenen niet meer leuk zou vinden. Maar hier zitten we dan eindelijk aan een tafeltje in de gulden gloed van een plafondlamp en ik kan mijn ogen niet van hem afhouden. Seb kijkt me strak in de ogen. En het is zo duidelijk wat we allebei willen dat ik niet snap hoe ik er ooit aan heb kunnen twijfelen. We hebben allebei linguine met mosselen besteld en wat over wijn gekletst en zelfs over het weer, maar het voelde alsof daaronder een andere, woordeloze, veel sterker geladen communicatie plaatsvond.

Als de wijn wordt gebracht, besluit Seb echter duidelijk dat hij wat spraakzamer wil zijn.

'Vertel eens iets over jezelf,' zegt hij als de ober wegloopt. 'Vertel eens over Fixie.' Hij heft zijn glas naar me, we proosten en ik neem een slokje. De wijn is fris, droog en heerlijk en opeens heb ik zin om er veel van te drinken.

'Wat wil je weten?' vraag ik met een lach terwijl ik in gedachten mijn korte, officiële Fixie-Farrs-leven-tot-nu-toeverhaal componeer.

'Alles,' zegt Seb nadrukkelijk. 'Alles. Het is duidelijk dat je een olympisch schaatskampioen bent, om te beginnen. Ze zullen thuis wel heel trots op je zijn.'

En ik weet dat hij het niet met opzet doet, maar hij heeft me nu al geraakt. Hij heeft mijn zere plek gevonden. Schaatsen staat niet in mijn officiële verhaal; meestal censureer ik het meteen weg.

'Zoiets,' zeg ik met een vrolijke glimlach, maar ik weet dat die niet overtuigend is.

'Zoiets,' herhaalt Seb langzaam.

'Laten we het over jou hebben,' stel ik voor en ik zie hem verwerken dat ik hem op afstand hou. Hij neemt een paar slokken wijn. Ik zie de gedachten achter zijn ogen schemeren.

'Ik heb een idee,' zegt hij ten slotte. 'Zullen we eerlijk tegen elkaar zijn? Zullen we elkaar de Dingen vertellen?'

'De Dingen?' zeg ik hem niet-begrijpend na.

'Je snapt me wel.' Hij kijkt me recht aan. 'De Dingen. Datgene wat in je hart leeft, wat je heeft gemaakt tot wie je bent, waar je 's nachts aan denkt. Goed én slecht. Onder ons.'

'O, díé dingen,' zeg ik met een luchtige lach, want opeens ben ik bang om mijn ziel bloot te leggen. Stel dat hij mijn ziel niet leuk vindt? Stel dat hij denkt: tjeezus! Ik had nooit verwacht dat haar ziel er zó uitzag!

'Ja, die dingen.' Hij zet zijn ellebogen op tafel en zijn gezicht heeft die gretige, belangstellende uitdrukking die ik inmiddels van hem gewend ben. 'Wie ís Fixie Farr? Vertel.'

Ik haal dus diep adem... en vertel het hem. Tussen de happen linguine door vertel ik hem over pap. En over de winkel. En over mam. Ik vertel hem over mijn mislukte cateringbedrijf; dat ik mam nooit heb terugbetaald; dat ik me sindsdien een kneus voel. Ik vertel hem iets over het gevoel dat Jake me geeft. (Niet alles. Niet over mijn schaatsval, want ik wil geen schaduw over deze avond werpen. En ik vertel hem al helemaal niet over de raven. Je hebt 'eerlijk' en je hebt 'te veel informatie'.)

Dan vertel ik hem over Ryan en hij luistert beleefd, zonder ook maar één sarcastische opmerking over hem te maken, al zie ik de groeiende weerzin in zijn ogen.

'Ik was op school verliefd op een meisje dat Astrid heette,' zegt hij als ik klaar ben. 'Als zij mijn leven weer binnen was gezeild, was ik ook helemaal hoteldebotel geweest, denk ik. Ik snap het dus wel.'

Ik vertel hem zelfs hoe ik aan de bijnaam Fixie ben gekomen: dat ik op mijn derde rondliep en vastbesloten zei: 'Moet het fiksen. Moet het fiksen.' (Al kon ik nooit uitleggen wat ik dan precies moest fiksen.)

'Hoe heet je dan in het echt?' vraagt Seb.

Ik aarzel en dan zeg ik bijna fluisterend: 'Fawn.' Ik weet dat het mijn naam is, maar Fawn klinkt niet naar mij. Het klinkt naar een dier.

'Fawn?' Seb neemt me taxerend op. 'Nee. Geef mij maar Fixie.'

'Doe alsjeblieft of ik het je nooit heb verteld,' smeek ik hem.

'Ik ben het al vergeten.'

De verlichting in het restaurant is gedimd en het kaarslicht flakkert over onze gezichten. De ober haalt onze borden weg en we bekijken de dessertkaart, zoals dat hoort, maar bestellen alleen koffie. En dan leun ik naar voren.

'Nu jij.'

Hij begint met zijn werk. Hij vertelt me hoe hij zijn bedrijf heeft opgericht en wat een worsteling het was, maar dat het ook leuk was en dat het erom draait de juiste mensen te vinden. Als hij zijn medewerkers beschrijft, loopt hij over van enthousiasme en er straalt iets in zijn ogen wat ik alleen maar liefde kan noemen. Hij vertelt me dat hij niet tegen onrecht en arrogantie kan en dat hij daarom de kant van het ethisch investeren heeft gekozen. Hij geeft me een beknopt college over wat de ergste zonden van directies zijn, naar zijn mening, en hoe ondernemingen geleid zouden móéten worden en dan houdt hij opeens op en zegt: 'Sorry. Saai. Saai.' (Dat was het niet.)

Dan, als we allebei onze koffie ophebben, vertelt hij me iets beheerster over de dood van zijn familieleden. Hij vertelt me dat ze het overlijden van zijn vader allemaal goed te boven kwamen en dachten: nu zit onze pech erop en doorgingen met hun leven, maar toen stierf zijn moeder in zijn studententijd en vervolgens verongelukte zijn broer... Opeens ziet hij dat mijn ogen nat zijn van de tranen en breekt zijn verhaal af.

'Fixie, gebeurd is gebeurd,' zegt hij. Hij pakt mijn hand en geeft er een kneepje in. 'Het is gebeurd. Meer kun je er niet over zeggen.'

'Je zult wel gelijk hebben,' zeg ik na een poosje, 'maar o, Seb...'

'Het gaat goed met me. Echt. Ik ben verdergegaan met mijn leven, ik heb er vrede mee, ik ben blij met wat ik heb... Sorry,' voegt hij eraan toe, alsof hij nu pas merkt waar zijn hand ligt.

'Nee, geeft niet,' zeg ik schor. Ik knipper mijn tranen weg, vastbesloten me te vermannen. Als Seb er zo positief mee om kan gaan, moet ik dat ook kunnen.

Ik geef op mijn beurt een kneepje in zijn hand en hij kijkt me met een soort cryptische, vragende uitdrukking op zijn gezicht aan en dan dringt het opeens met een schok tot me door op welk punt van de avond we zijn beland. We hebben gepraat. We hebben samen een fles wijn opgedronken. We houden elkaars hand vast.

'Dus ik zat te denken,' zeg ik strak naar een punt in de verte kijkend. 'Zal ik, eh... zal ik je naar huis brengen? Je weet wel, met het oog op je enkel en alles. Misschien heb je hulp nodig om, eh... de trap op te komen. Als je een trap hebt. Heb je een trap?'

Mijn nerveuze gewauwel houdt op en ik wacht ademloos op zijn antwoord.

'Ja, ik heb een trap,' zegt Seb. 'En dat zou heel vriendelijk van je zijn.' Zijn ogen vinden de mijne en iets aan zijn gezichtsuitdrukking maakt dat ik het warm krijg vanbinnen.

'Oké.' Ik probeer nonchalant te klinken. 'Mooi.'

Seb wenkt de ober om af te rekenen en werpt me nog eens een blik toe waarvan ik smelt. 'Zullen we gaan?'

We houden een taxi aan, Seb geeft het adres door en tijdens de rit door de verlichte Londense straten in kerstsfeer zeggen we geen van beiden veel. Mijn ademhaling is oppervlakkig; mijn hele lijf staat strak. Ik ben me superbewust van elke beweging die Seb maakt, maar gelukkig is hij niet zo'n gozer die je in de taxi al bespringt. Ik wil dat het iets van ons tweeën is. Ik wil niet dat de chauffeur via de spiegel meekijkt.

Seb woont in een appartementencomplex in Islington dat zo te zien uit de jaren dertig stamt, en als we uit de taxi stappen moet ik wel lachen, want hij heeft gewoon gejokt.

'Er is een hellingbaan, kijk,' wijs ik. 'En een trap.'

'O ja,' zegt Seb knikkend. 'Wat ik bedoelde, was dat het heel vriendelijk zou zijn als je me de hellingbaan op zou willen helpen.'

Hij neemt de hellingbaan zonder mijn hulp en ik loop giechelend achter hem aan, en dan staan we in de lift naar de vierde verdieping, waar hij me door een grijze voordeur loodst.

'Daar zijn we dan,' zegt hij wanneer de deur achter ons dichtvalt. 'Thuis.'

Hij gebaart om zich heen en ik ben me vaag bewust van een lichte houten vloer en witte muren, maar eerlijk gezegd is zijn appartement wel het laatste waarin ik geïnteresseerd ben. Ik sla mijn armen om zijn nek, iets waar ik al de hele avond zin in heb, doe mijn ogen dicht en snuif zijn geur op.

Zijn schouders zitten op de goede hoogte. Hij ruikt lekker. Hij voelt lekker aan. Zijn lippen strijken langs de mijne en ik kerm zacht, want ik wil dit écht heel graag. Beséft hij dat wel? Beséft hij dat?

Ja, natuurlijk beseft hij dat. (Ik zou een tikje aangeschoten kunnen zijn.)

Wanneer zijn mond de mijne echt vindt, zoals het hoort, warm, druk ik me hard tegen hem aan en dan maakt hij een diep, onverstaanbaar geluid.

'Wacht, je enkel,' zeg ik terwijl ik me snel van hem losmaak.

‘Wat heeft mijn enkel ermee te maken?’ vraagt Seb verbaasd.

‘Weet ik niet,’ beken ik met een giechel. ‘Veiligheidsvoorschriften?’

‘Je bent verrukkelijk,’ zegt Seb, die achteroverleunt om me eens goed te bekijken. ‘En zoals je weet ben ik je nog steeds veel verschuldigd. Héél veel.’

Hij kust me in mijn hals en ik voel zijn tanden langs mijn huid strijken. En de gedachte dat we de hele nacht nog voor ons hebben maakt me duizelig van begeerte.

‘Dus… dit is jouw manier om je schuld af te lossen?’ zeg ik kreunend.

‘Dit is mijn manier om op z’n minst een beginnetje te maken,’ zegt hij terwijl hij langzaam mijn blouse openknoopt. ‘Stukje bij beetje. Ik weet dat het even gaat duren… O, mijn god.’ Zijn ogen worden donker bij het zien van mijn borsten. ‘Hoelang ik erover ga doen om de hele schuld af te lossen? Eeuwig, hoop ik.’

‘Ik laat het je wel weten als je er bent,’ prevel ik terwijl hij zijn lippen op mijn sleutelbeen drukt. Ik leg verzaligd mijn hoofd in mijn nek. Ik wil ook niet dat dit ooit ophoudt. ‘Ik laat het je weten.’

De nacht is een waas van seks en slapen en meer seks. Ergens in de vroege uurtjes van de ochtend kijk ik naar hem in het zwakke slaapkamerlicht; naar zijn sterke, soepele gestalte. Zijn rug loopt rond, als de lijnen van een boot. Ik steek mijn hand uit om hem te strelen en net als ik me afvraag of hij wakker is, draait hij zich om en zie ik zijn ogen schitteren.

‘Hou je van zeilen?’ vraag ik dommelig.

‘Nee, maar ik heb wel geroeid vroeger.’

‘Aha.’ Ik knik: het klinkt logisch. Dan vraag ik zonder erbij na te denken: ‘Geloof jij in de ware? Geloof je in het lot?’

Ik verwacht niet dat hij me serieus zal nemen. Ik heb er zelfs vrijwel meteen spijt van dat ik hem zo uit zijn tent probeer te lokken.

Ryan zou zonder echt te luisteren: 'Zeker weten, schat,' hebben gezegd, maar Seb staart zwijgend naar het plafond. Alsof hij erover nadenkt.

'Het rationele deel van mijn brein,' zegt hij ten slotte, 'begrijpt dat alles willekeurig is. Er zijn miljoenen mogelijkheden in het heelal. Dat wij elkaar hebben ontmoet, is maar één van die willekeurige mogelijkheden.'

Hij klinkt zo nuchter dat ik me een beetje teleurgesteld voel, maar dan praat hij door, op dezelfde toon.

'Alleen kan ik me geen wereld voorstellen waarin we elkaar níét waren tegengekomen. Het was voorbestemd. Voel je het dan niet? Je moest Café Allegro binnenlopen. De watermoleculen moesten door het plafond vallen. Het is een grote opeenstapeling van mogelijkheden. Jouw ouders kochten een winkel in Acton. Mijn ouders verhuisden niet naar Frankrijk.'

'Waren ze dat dan van plan?' vraag ik verbaasd.

'Ze overwogen het toen ik acht was. Stel je voor, dan had ik niet eens in dit land gewoond. Alles is op dit moment gericht geweest.' Hij leunt met zijn hoofd op zijn hand en kijkt naar me. Een straal maanlicht valt op zijn jukbeen.

'Precies op dit moment,' zeg ik plagerig.

'Dit exacte moment, ja, hier.'

'Dan is dit best episch,' zeg ik glimlachend en ik maak een gebaar om me heen waarbij ik het dekbed verfrommel. Het lijkt allemaal vrij gewoon voor een episch moment.

Hoewel, wat kan er eigenlijk gedenkwaardiger zijn in het leven dan het bed delen met de persoon van wie je voelt dat hij de ware is? Echt helemaal goed? Terwijl ik het denk, word ik opeens een beetje duizelig, bijna bang. Want hij ís de ware voor me. Dat is hij. Dat is hij echt.

'Dus… dit is het dan?' zeg ik luchtig. 'Hier stevende het allemaal op af? Beter wordt het niet?'

'Jawel. Het wordt alleen maar beter.' Hij trekt me naar zich toe en zijn mond zoekt naar de overgang tussen mijn hals en schouder; zijn lijf is warm en veilig. 'Het wordt alleen nog maar beter.'

20

Het licht schijnt door mijn oogleden, ik voel een mond die zacht de mijne kust en dan kijk ik verdwaasd op in Sebs gezicht.

Seb… O, mijn god… Alles komt tegelijk terug in mijn ongelovige, dolblije brein.

'Sorry,' zegt hij. 'Ik wist niet hoe laat je wilde opstaan…'

'O,' zeg ik en ik wrijf de slaap uit mijn ogen. 'Nee. Ik… Dank je. Hoe laat is het eigenlijk?'

'Acht uur.'

'O.' Ik denk even na, pluk mijn telefoon uit de hoop kleren op de vloer en app Greg dat hij de winkel moet openen.

'Oké.' Ik zak weer terug op de kussens. 'Ik kan spijbelen.'

'Ik ook,' bekent Seb. 'Ik heb naar kantoor gebeld om te zeggen dat ik later kom. Ik wilde niet hoeven haasten.' Hij gaat op het bed zitten en kijkt op me neer. 'Ik wil nu even nergens heen.'

We kijken elkaar een poosje zwijgend aan. De herinneringen aan vannacht flitsen door mijn hoofd en, daar ben ik vrij zeker van, ook door het zijne. Alsof hij mijn gedachten kan lezen reikt hij naar het koffiebekerkartonnetje, dat vergeten op de vloer ligt.

We hebben er gisteravond wat op gekrabbeld. Het was een beetje een ding. Het was leuk.

'Hoe gaat het met de aflossing van mijn schuld?' zegt hij terwijl hij zijn vinger over de notities laat glijden. 'Ik kan het hier niet goed uit afleiden…'

'O, je doet het heel goed.' Ik grinnik naar hem. 'Je hebt me een paar gunsten verleend, weet je nog?'

'Ik denk dat we in dat opzicht wel quitte staan.' Hij leest een krabbel, zet grote ogen op en kijkt me dan aan. 'Mevrouw Farr, u bent stout.'

'Dat moet jij zeggen!' Ik gris het koffiebekerkartonnetje uit zijn hand en doe alsof ik gechoqueerd ben door wat ik lees. 'Dit is voor boven de achttien.' Ik wijs naar zijn laatste notitie. 'En ik begrijp niet eens wat dát inhoudt...'

'Ik zal het demonstreren.' Zijn ogen twinkelen naar me. 'Later. Ontbijt?'

Terwijl ik achter hem aan de slaapkamer uit loop, kijk ik nieuwsgierig om me heen. Ik heb gisteren weinig van zijn appartement gezien. Er is een grote woonkamer met een keuken opzij, waar Seb nu de waterkoker laat vollopen. De vloer is van hout, er hangt moderne kunst aan de muren en er staan twee lage, grijs vilten banken. Het is indrukwekkend. Het is cool. Al lijkt het gek genoeg niet echt bij hem te passen.

Het is hier niet zo sfeervol als op zijn kantoor, besef ik opeens. Zijn kantoor staat vol met boeken en siervoorwerpen en het heeft karakter, maar dit ziet er een beetje triest uit. Een beetje hotelkamerachtig. Het enige persoonlijke is een reusachtige stapel tijdschriften tegen een van de muren en dan bedoel ik ook echt reusachtig. Het zijn zelfs meerdere stapels, langs bijna de hele breedte van de muur, en ze zijn allemaal minstens een meter hoog.

Ik drentel erheen en zie dat sommige tijdschriften nog in het plastic zitten. De meeste zelfs, en ze gaan allemaal over muziek: *Total Guitar*, *Vintage Rock*, *Country Music.* Sommige zien er oud uit, maar de nieuwste zijn van afgelopen week. Speelt hij gitaar? Dat heeft hij helemaal niet verteld.

'Kopje thee?' Seb pakt een theekopje. 'Of heb je liever koffie?'

'Nee, thee is goed.' Ik beantwoord zijn glimlach. 'Dank je. Wat woon je hier mooi! Chic hoor!'

Opeens bedenk ik dat hij waarschijnlijk geld of zo heeft geerfd toen zijn moeder stierf. Shit. Het is waarschijnlijk heel tactloos van me om te zeggen dat hij mooi woont.

'Dus... muziek!' schakel ik snel op iets anders over. Ik wijs naar de stapels tijdschriften. 'Dat wist ik helemaal niet.'

'O, nee.' Seb volgt mijn blik. 'Die zijn niet van mij. James was de muziekfanaat. Mijn broer.'

'O,' zeg ik na een korte stilte. 'Natuurlijk.' Ik heb geen idee hoe het verder moet met dit gesprek, want ik zit vol vragen, maar ik durf ze niet hardop te stellen. *Waarom heb je al die tijdschriften nog steeds hier liggen? Waarom heb je nog steeds een abonnement op tijdschriften die je toch niet leest? Is dat niet een beetje... raar?*

'Ik zou die abonnementen misschien beter kunnen opzeggen,' zegt Seb kalm. 'Dat ga ik ook doen, binnenkort.'

'O,' zeg ik weer en hij klinkt zo relaxed dat ik ook ontspan. Het is maar een eigenaardigheidje van hem. We hebben allemaal wel iets geks.

'Ik weet dat jij een professionele kok bent,' onderbreekt Seb mijn gedachten, 'dus ik durf het bijna niet aan te bieden, maar ik zou flensjes voor je kunnen bakken, als je wilt. Of wafels, misschien?'

'Wafels?' zeg ik, onder de indruk. 'Zelfgebakken wafels?'

'Ik hou van koken. Al moet ik misschien wel even boodschappen halen...'

'Nee,' zeg ik gedecideerd. 'We eten gewoon wat je in huis hebt. Geroosterd brood. Of niets. Alleen thee is ook goed.'

We roosteren brood en nemen het mee naar bed. Het ontbijt leidt tot meer seks en daarna liggen we zonder iets te zeggen in elkaars armen. En ik wil hier nooit meer weg.

'Het kan niet,' kreun ik ten slotte. 'Ik kan niet blijven. Ik moet gaan.'

'Ik ook,' verzucht Seb.

'En ik moet eerst naar huis om schone kleren aan te trekken,' dringt het tot mijn schrik tot me door. 'Ik móét opstaan.'

Ik douche even snel en terwijl Seb in de badkamer is, kleed ik me aan en loop door zijn appartement. Ik zie dat hij goede keukenmessen heeft, dus kennelijk houdt hij echt van koken. Ik bekijk zijn dvd's. Daarna loop ik de gang in en daar zie ik nog een deur. Ik kan de verleiding niet weerstaan om de kruk te proberen, maar de deur gaat niet open. De kamer is afgesloten.

Ik voel me op slag schuldig, een indringer, omdat ik zelfs maar heb geprobeerd die kamer in te gaan en ik haast me terug naar de woonkamer. Wanneer Seb tevoorschijn komt, met zijn haar nog nat en de geur van Molton Brown-douchegel om zich heen, vraag ik achteloos: 'Hoe groot is dit appartement eigenlijk?'

'Dit is het wel zo'n beetje,' zegt Seb en hij gebaart naar de grote ruimte. 'Wat je ziet.'

'Aha.' Ik knik, maar ik voel een knoop van spanning in mijn borst. Waarom zegt hij niets over die andere kamer?

En ik weet dat ik het erbij moet laten, dat het me niets aangaat... maar dat kan ik gewoon niet. Ik kan ook niets laten rusten.

'Mooie grote woonkamer voor een appartement met maar één slaapkamer,' zeg ik beleefd. 'Hij is echt immens!'

'O, nou ja, er is nog een kamer,' zegt Seb na een korte stilte. 'Die was van James.'

Hij werpt me een snelle glimlach toe en ik krimp meelevend in elkaar, want ik had het al geraden. Opeens herinner ik me dat eerste telefoongesprek dat ik opving in de koffietent. Briony wilde een fitnessruimte maken in een van de kamers, toch? Dat moet die kamer zijn geweest.

'Het is zwaar,' zeg ik vriendelijk. 'Ik weet nog dat mijn moeder de spullen van mijn vader wegdeed.'

'Ja,' zegt Seb vrijblijvend en hij lijkt dicht te klappen. Nu heb ik er spijt van dat ik erover ben begonnen, net nu alles zo vrolijk en volmaakt was.

'Nou... dank je wel,' zeg ik luchtiger. 'Bedankt voor mijn borstel. Bedankt voor het etentje. Bedankt voor...' Ik hoef de zin niet af te maken. Hij weet wel wat ik bedoel.

'Nee, jíj bedankt.' Seb komt naar me toe, zoent mijn haar, speelt ermee en wikkelt een lok om zijn vingers. 'Ik heb altijd al iets met een olympische schaatster willen hebben,' voegt hij eraan toe. 'Je bent best sexy op het ijs, had ik dat al gezegd?'

'Ik had niet zo moeten opscheppen,' zeg ik hoofdschuddend. 'Ik heb er nu spijt van. Het was onbeschoft tegenover Briony.'

'Jíj hebt spijt?' zegt Seb ongelovig. 'Jij hoeft géén spijt te hebben als het om haar gaat.' Hij draait zich om zodat we samen voor een enorme wandspiegel komen te staan en kijkt naar mijn spiegelbeeld, met schitterende ogen en zijn kin op mijn hoofd. 'Wie ís dit meisje is en hóé is ze in mijn leven is gekomen?' vraagt hij met een stalen gezicht en ik moet wel glimlachen.

'Geen idee,' zeg ik op dezelfde effen toon. 'Het is een mysterie.'

Het is stil en Sebs gezicht wordt ernstiger.

'Je bent toch in mijn leven?' vraagt hij.

'Ja,' zeg ik en mijn stem hapert opeens. 'Ik hoop het.'

'Nou, ik ook.' Hij streelt mijn haar en zijn ogen krinkelen naar de mijne in de spiegel. En op dit moment is zijn leven de enige plek waar ik wil zijn.

21

De dagen worden een week, dan twee weken... en het voelt alsof ik altijd al in Sebs leven ben geweest. Ik slaap elke nacht bij hem en wip af en toe naar huis om kleren te halen. Ik kom amper nog thuis. Ik ben me amper bewust van de buitenwereld. Ik ben in de ban van Seb. Van zijn lichaam en zijn geest. Zijn stem en zijn lach. Zijn aanraking 's ochtends; zijn ademhaling 's nachts.

Als ik niet bij hem ben, verlang ik naar hem. Al het andere is naar de achtergrond verdwenen. Alle problemen die ik had lijken een beetje wazig. Afgezien van Seb lijkt niets nog echt belangrijk.

Ik glimlach naar klanten die artikelen op de verkeerde plek terugleggen. Ik lach als Stacey te laat op haar werk komt. Ik vind Gregs rare trekjes komisch. Waarom zou hij klanten bij het afrekenen níét laten zien dat hij hypermobiele duimen heeft? De wereld is een heerlijk oord. Ik spijbel af en toe, soms een ochtendje of een middag, om Seb van zijn werk te halen, om voor hem te koken of nog een heerlijk halfuurtje langer met hem in bed te blijven liggen.

Hoe beter ik hem leer kennen, hoe leuker ik hem ga vinden. Hij denkt rechtlijnig. Zijn kijk op het leven is ironisch maar optimistisch. We hebben uren gepraat, maar ik ben niet één keer in elkaar gekrompen, ik heb niet één keer mijn wenkbrauwen gefronst of gedacht: wát? Veel mannen lijken geweldig, tot je erachter komt wat er in hun hoofd omgaat, en dan ga je er als een haas vandoor en hijg je in gedachten: o, mijn god, dat was op het nippertje! Maar ik heb Sebs brein nu twee weken verkend en ben niet op knoestige knopen van woede of muren van arrogantie gestuit. Hij heeft me evenmin smakeloze grappen verteld in de verwachting dat ik over de grond zou rollen van het lachen.

Het enige struikelblok, echt het énige, zijn de spullen van zijn broer. De kamer van zijn broer. Die hele situatie. Ik heb een paar keer aangeboden hem te helpen de tijdschriften uit te zoeken, maar hij wimpelde me af. Ik heb James' kamer een paar keer in het voorbijgaan genoemd, maar dan begon hij over iets anders.

Op een dag toen Seb weg was, heb ik de sleutel gepakt (die is niet verstopt, maar hangt aan een haakje in de keuken) en heel snel de deur opengemaakt en een kijkje genomen.

Ik denk dat ik me een nette slaapkamer had voorgesteld met hier en daar een aandenken. Ik had me níét voorgesteld wat ik te zien kreeg: een wanordelijke, stoffige puinhoop van een kamer met een pc die nog aanstond met een screensaver op het scherm en een verschrompeld klokhuis op het bureau, een afvalbak die uitpuilde van de lege waterflesjes en een verfomfaaid dekbed dat eruitzag alsof het niet meer was aangeraakt sinds…

Toen besefte ik het. Het was ook niet meer aangeraakt sinds dat moment.

Ik bleef even roerloos staan, terwijl de gedachten door mijn hoofd krioelden. Toen sloot ik de deur weer af en hing de sleutel terug in de keuken. Ik herinnerde me Sebs resoluut kalme, bijna opgewekte manier van doen toen hij over zijn familie vertelde. De woorden die hij zei, bijna als een mantra: 'Het gaat goed met me. Echt. Ik ben verdergegaan met mijn leven, ik heb er vrede mee.'

Vrede? Met een afgesloten, stoffige kamer waar al twee jaar niemand meer is geweest?

Die avond verzamelde ik moed en zei voorzichtig: 'Seb, over je broer. Je zei dat je vrede had met… wat er is gebeurd.'

'Dat is ook zo,' zei hij zo overtuigend dat iedereen erin zou trappen, behalve een meisje dat niets kan laten rusten.

'Ja. Super!' Ik aarzelde en dwong mezelf toen door te gaan. 'Ik bedoel, misschien moet je die tijdschriften toch eens opruimen. En die kamer… blijft die voor eeuwig op slot?'

Seb zweeg even, met zijn rug naar me toe, maar toen keek hij met een zonnige glimlach over zijn schouder.

'Ik weet het. Ik ga het ook doen. Het stelt niet zoveel voor, ik ben er gewoon nog niet aan toegekomen. Maar belangrijker: wat gaan we bij deze vis eten?'

Het stelt niet zoveel voor?

Ergens had ik zin om te blijven aandringen, maar een stemmetje vanbinnen met meer verstand zei dat ik het hier voorlopig bij moest laten. Ik schakelde dus over op de salade en ik zag Seb ontspannen.

Nu ik hem beter ken, weet ik dat hij iets over zich krijgt als je over zijn broer praat. Hij raakt niet echt gestrest, maar hij wordt wel waakzaam, als een gespannen hond die gevaar ruikt. En het breekt mijn hart een beetje, maar ik weet dat als ik dit niet heel voorzichtig aanpak, ik alles kan bederven.

Voor het eerst in mijn leven storm ik er dus niet op af. Ik probeer het níét allemaal meteen te fiksen. Ik wacht het juiste moment af. Het is niet te harden, maar ik doe het.

En dit is het enige wat me dwarszit. Afgezien daarvan zit ik in een bubbel van verdwaasde, verwonderde gelukzaligheid. Elke ochtend als ik wakker word, voelt het als het tegenovergestelde van het besef dat je naar de tandarts moet. Ik besef dat ik níét naar de tandarts hoef, maar dat ik wél de beste gozer van de wereld naast me heb liggen. Dat is het enige wat telt.

Tot ik op een ochtend in de winkel kom en een waarschuwing krijg van mijn elektronische agenda: *Familieberaad*. Het dringt met een schok tot me door dat het die avond is. Ik kijk naar de melding, knipper met mijn ogen, kom terug in de werkelijkheid en kijk om me heen alsof ik de winkel voor het eerst zie. Shit. Ik heb lopen slapen. Ik had dingen willen voorbereiden voor dit beraad. Ik heb me laten meeslepen, ik was niet meer gefocust. Ik heb alles laten sloffen.

Ik denk schuldbewust aan mam. Ik heb gisteren een oproep van haar gemist en ik wilde terugbellen, maar ik heb het niet gedaan. Ik kies snel haar nummer en krijg de voicemail.

'Ha mam!' zeg ik. 'Met Fixie, ik bel even terug, hoop dat het goed met je gaat... Wij maken het goed... Ik probeer het snel weer. Pas goed op jezelf, kus.'

Ik ga haar nog niet over Seb vertellen. En zeker niet op haar voicemail.

Terwijl ik mijn code invoer in de kassa, vervloek ik mezelf. Ik had van alles willen doen voor dit familieberaad. Om te beginnen had ik alle e-mails van Bob willen lezen. Hij stuurt ons regelmatig een financieel verslagje en ik wilde al die informatie achter de hand hebben. Ik was van plan de websites van concurrenten te bekijken. Ik was van plan de exacte verkoopcijfers van al Jakes nieuwe artikelen op te vragen,

Ik sta gefrustreerd in mezelf te grommen als Morag naar me toe komt. Ze strijkt nerveus haar haar achter haar oor.

'Fixie,' zegt ze. 'Kan ik je even spreken voor we opengaan?'

'O,' zeg ik. 'Ja, natuurlijk!'

Ik kijk haar aan, maar ze zegt niet meteen iets. Ze kijkt naar een punt achter mijn schouder en loopt rood aan.

'Ik heb op andere banen gesolliciteerd,' zegt ze ten slotte. 'Ik heb een aanbod gekregen van die grote huishoudelijke winkel in Kew. Suttons. En ik denk dat ik het doe.'

Ik ben een halve minuut sprakeloos.

Wil Morag wég?

'Morag...' stamel ik ten slotte. Ik ben zo onthutst dat ik geen woorden kan vinden.

'Het is niet ideaal.' Haar mond staat strak, alsof ze probeert niet te laten merken dat ze van streek is. 'Je weet dat ik dol ben op Farrs. Dat wéét je, Fixie. Maar...' Ze maakt haar zin niet af en ik hoor een miljoen onuitgesproken woorden in dat 'maar'.

'Kun je me uitleggen waarom...' Ik wrijf over mijn gezicht en probeer rustig te blijven ademen, maar nu de eerste schrik is gezakt, komt de paniek opzetten. Ik kan Morag niet kwijtraken, het kán gewoon niet. 'Kun je me vertellen wat je belangrijkste redenen zijn?'

'O, Fixie, schat, je weet wat de redenen zijn.' Ze ademt beverig uit. 'De winkel is veranderd. De helft van de toontafels is weg, ik weet niet meer wat we eigenlijk verkopen, alle klanten klagen...' Ze schudt haar hoofd. 'De kerstkoekjespromotiedag was een fiasco! We hadden gewoon niet genoeg voorraad!'

'Ik weet het,' zeg ik met een pijnlijke flits van herkenning. 'Jake wilde die nieuwe neonlampen promoten.'

Ik wil niet eens aan die neonlampen denken. Jake heeft ons ermee overvallen en we hebben er maar één verkocht en die is alweer teruggebracht.

'Tja, nou ja.' Ik zie aan Morags gezicht hoe zij erover denkt. 'En ik heb de Taartclub net voor de derde keer moeten afblazen...'

'Voor de dérde keer?' zeg ik verbaasd. 'Wacht, hier ben ik helemaal niet van op de hoogte. Waar komt dat door?'

'Door Nicole, natuurlijk! Het komt altijd door Nicole. Deze keer was het een mindfulnesssessie. Nou, ik zeg alleen maar: komen haar "mindfulness"-vriendinnen ooit ook maar een garde kopen? Nou?' Morag heeft rode koontjes gekregen en opeens zie ik hoe boos en beledigd ze is en hoe ik al slaapwandelend een complete ramp over mezelf heb afgeroepen.

Mam, denk ik plotseling. Wat zal mam hiervan zeggen? En mijn maag verkrampt van angst, vermengd met woede op mezelf.

'Morag,' zeg ik radeloos. 'We houden van je. Niet weggaan, alsjeblieft.'

'Suttons heeft me een vaste plek toegezegd voor de Taartclub,' zegt Morag zonder me aan te kijken. 'Ze willen het uitbouwen, drankjes serveren, live internetevenementen doen, wat dat dan ook zijn... Ik wíl niet weg,' zegt ze met overslaande stem, zo overstuur is ze, 'dat willen we geen van allen, maar...'

'Geen van allen?' herhaal ik stompzinnig. 'Wat...'

'Alle leden van de Taartclub willen met me mee. Ze gaan naar de evenementen bij Suttons. Het is niet al te ver weg.'

Er valt een kriebelige stilte. De onderliggende boodschap is duidelijk: ze gaan al hun inkopen ook bij Suttons doen.

Angst knijpt mijn keel dicht. Mam heeft ons de winkel toevertrouwd en wij raken onze beste medewerker kwijt, plus onze belangrijkste klanten. En ik weet dat mam ons allemaal de leiding heeft gegeven, maar toch voel ik me verantwoordelijk. Ik slik een paar keer en probeer mijn gedachten te ordenen.

'Je hebt nog geen ja gezegd tegen Suttons?'

'Ik heb gezegd dat ik erover na moet denken.' Nu kijkt ze me eindelijk aan en haar ogen staan verdrietig, maar vastbesloten. 'Maar Fixie, er valt weinig na te denken.'

'Morag, laat me dit oplossen.' Mijn woorden buitelen over elkaar heen. 'Alsjeblieft. Laat me ten minste met een voorstel komen. Geef me achtenveertig uur om... om alles op een rijtje te zetten.'

'Goed dan,' zegt Morag en ze geeft me een klopje op mijn arm voordat ze wegloopt, maar ik heb wel door dat ze niet van gedachten is veranderd.

De rest van de ochtend stormt het in mijn binnenste. Ik help de klanten vriendelijk, maar vanbinnen kolk ik. Ik blijf maar denken: hoe heb ik het zo ver kunnen laten komen? Ik kijk telkens om me heen en probeer de winkel door mams ogen te zien. En als het lukt, lopen de rillingen me over de rug. De winkel ziet er verkeerd uit. Het is Farrs niet meer.

Ik ga Nicole er vanavond op aanspreken. En Jake ook. Ik ga een paar eisen stellen. Die tuinlantaarns moeten weg. We moeten al onze toontafels terugzetten. Nicole moet eens beseffen dat we geen yogacentrum zijn, maar een winkel. Ik zal streng zijn, onvermurwbaar...

Maar, o, god.

Terwijl ik het me voorneem, weet ik al dat ik mezelf teleur ga stellen. Mijn stem zal bibberen. Ik ga stotteren en blozen. De raven zullen klapwieken en ik zal instorten.

In een opwelling loop ik naar het kantoortje en bel Seb. Zodra hij opneemt, steek ik van wal.

'Seb, ik weet me geen raad. Ik moet Jake en Nicole vanavond de les lezen, maar het lukt me nooit. Ik word altijd zo nerveus dat ik geen woord kan uitbrengen, maar ik móét het zeggen...'

Ik maak mijn zin niet af, in het besef dat ik niet eens weet wat ik van hem wil, ik moet het gewoon aan hem kwijt.

'Hé!' zegt Seb rustig. 'Fixie, maak je geen zorgen. Je kunt het.' En hij klinkt zo zeker van zijn zaak dat mijn zelfvertrouwen weer omhoogschiet. Misschien kan ik het echt. 'Zal ik naar je toe komen voor de lunch? Een broodje eten, het bespreken?'

Het was niet in me opgekomen dat nog niemand bij Farrs Seb heeft ontmoet. Als hij de winkel in komt lopen in zijn mooie jas en me zoent waar iedereen bij staat, ben ik me ervan bewust dat al het personeel ons op een totaal onprofessionele manier aangaapt en ik voel me tegen wil en dank trots. Hij ziet er echt knap uit, met zijn gezicht dat rood is van de kou.

'Zo, dus dit is Farrs,' zegt hij om zich heen kijkend. 'Fantastisch!'

Ik wil zeggen: nee, dat is het niet, de omzet loopt terug en dat is allemaal mijn schuld. Maar dat kan wel wachten tot de lunch.

'Hallo, welkom bij Farrs,' zegt Stacey, die opeens bij ons staat en met haar wimpers naar Seb fladdert. 'Kan ik iets voor je... doen?'

Ik verberg een steekje frustratie. Stacey mag geen suggestieve stilte laten vallen voor het woord 'doen'. Dat heb ik al vaker tegen haar gezegd. En heeft ze nou haar bovenste knoopjes opengemaakt?

'Nee hoor,' zegt Seb met een glimlach. 'Dank je wel.'

'Grappig verhaal,' zegt Greg, die naar voren stapt en Seb met zijn bolle ogen opneemt. 'Fixie bracht ooit een vriendje mee hierheen en hij wilde stoer doen met de messen en toen hakte hij zijn vinger eraf.'

Er valt een perplexe stilte. Ik kijk naar Seb en zie dat hij probeert te bedenken wat hij hierop kan zeggen.

O, god, hoe kan ik zelfs maar bij mijn verstand blijven als Morag vertrekt?

'Zo grappig is dat verhaal niet, hè, Greg?' zeg ik zo relaxed mogelijk terwijl ik hem met blikken probeer te doden. 'En het was maar een klein plakje. Hij hoefde amper naar het ziekenhuis.'

'Nou, we hebben er anders wel om gelachen,' zegt Greg schouderophalend. 'Het was geen blijvertje,' vervolgt hij tegen Seb. 'Ik weet niet eens meer hoe hij heette. O, wacht, toch wel: Matthew McConnell.'

'Oké!' roep ik schril. 'Nou, we moeten maar eens gaan, tot later iedereen...'

Ik grijp Seb bij zijn arm, drijf hem de winkel uit en durf pas weer te ademen als we veilig buiten staan. 'Sorry,' zeg ik. 'Sórry.'

'Doe niet zo gek.' Zijn ogen krinkelen. 'Ze zijn super.'

'Ze zijn allemaal geschift.'

'Ze geven om je. Dat vind ik leuk.' Hij geeft een kneepje in mijn hand. 'Kom, ik trakteer je op een lunch.'

Tegenover Farrs zit een broodjeszaak en het is te koud om ons verder de straat in te wagen, dus duiken we daar naar binnen en gaan aan een piepklein tafeltje achterin zitten, waar niemand ons kan afluisteren.

'Oké.' We gaan zitten met onze panini's en Seb steekt zijn handen op. 'Je moet het heft in handen nemen, volgens mij is dat een goed idee. Wat is het probleem?'

'Jake vooral,' zeg ik terneergeslagen. 'Hij is gewoon... Ik ben gewoon... Hij doet iets met me. Ik moet heel overtuigend zijn en ik ben bang dat als puntje bij paaltje komt, het me niet gaat lukken.' Ik trek een hoekje van mijn panini en knabbel erop.

'Oké,' zegt Seb. 'Even terugspoelen. Waarom maakt Jake je zo nerveus, en hoe?'

Zo te zien wil hij het echt weten en ik ben het zat om maar het halve verhaal te vertellen, dus deze keer ga ik helemaal terug naar onze kindertijd, naar Jakes persoonlijkheid en mijn gevoel van minderwaardigheid ten opzichte van mijn broer en zus. Ik vertel dat mijn schaatsen al mams aandacht opslokte, dat mijn mislukte bedrijf mams geld opslokte en hoe rot ik me over die dingen voelde.

En dan vertel ik hoe ik me vandaag voel. Het schuldgevoel. Het gevoel dat ik tekortschiet. Mijn beverige stem. De raven die rond mijn hoofd fladderen.

Seb luistert zwijgend. Af en toe krimpt hij in elkaar, maar hij onderbreekt me niet.

'Ik héb ideeën,' besluit ik radeloos. 'Ik héb argumenten. Ik zie ze voor me alsof ze in een tekstballonnetje staan, maar ik kan ze er niet uit krijgen.'

Seb fronst peinzend zijn wenkbrauwen. Dan kijkt hij me recht aan en zegt: 'Je bent te zachtaardig. Je moet dwars door dat ballonnetje heen prikken. Ben je kwaad op je broer?'

'Ja,' zeg ik na een korte stilte, 'maar ik voel me ook schuldig. Ik bedoel, hij kan echt aardig zijn als hij wil...'

'Dat was de vraag niet,' kapt Seb me af. 'Ben je kwáád op hem?'

'Ja,' geef ik toe. 'Ja, dat ben ik. Ik ben kwaad.'

'Nou, gebruik die woede dan.' Hij leunt met een geanimeerd gezicht naar voren. 'Voel je woede. Stomp je een weg uit die ballon als een... een ninja.'

'Een ninja?' Ik kan een lach niet bedwingen.

'Ja! Je hebt de woorden, je hebt de ideeën, dat weet ik zeker. Je bent slim en dynamisch en in wezen de beste persoon die ik ken, en eerlijk gezegd maakt het me woest dat je broer je zo'n rotgevoel bezorgt. Ik heb hem maar kort gezien, maar...'

Seb glimlacht, maar zijn kaakspieren staan strak en zijn hand heeft zich rond zijn panini tot een vuist gebald.

'Oké, dan zal ik een ninja zijn.' Ik roer in mijn koffie, kijk naar de draaikolk en probeer er wat kracht uit te putten. 'Maar ik word er zo zenuwachtig van. Hoe doe jij dat?'

'Hoe doe ik wat?' vraagt Seb verbaasd.

'Jij spreekt op aandeelhoudersvergaderingen en er wordt naar je geschreeuwd en het lijkt je niets te doen.'

'Ik geloof dat ik in gedachten hou waarom ik het doe,' zegt Seb bedachtzaam. 'Voor wie ik het doe. Wie ik vertegenwoordig. Ik spreek namens mensen die zelf geen stem hebben en dat inspireert me. Dat geeft me kracht.'

Hij bijt in zijn panini en knikt naar me. 'Eet,' zegt hij. 'Ninja's moeten kracht hebben.'

Ik neem een hap van mijn panini en al kauwend voel ik een ruggengraat in me groeien. Ik ga het opnemen voor mam. Zij is degene namens wie ik spreek. Zij is degene die momenteel geen stem heeft. En dat zal míj kracht geven.

De rest van de lunch praten we over ditjes en datjes, maar bij het afscheid pakt Seb me bij mijn bovenarmen en kijkt me recht aan.

'Ninja Fixie,' zegt hij. 'Je kunt het.'

Hij geeft me een zoen en loopt weg, pluimpjes adem uitblazend in de winterlucht, en ik zeg vastberaden tegen mezelf: ik kan dit, ik kan dit. Ik kan het.

Ik loop de hele middag met mijn kin in de lucht. Mijn besluit staat vast. Ik ga het doen. Ik ga zeggen wat ik op mijn hart heb.

Ik blijf tot na sluitingstijd, dwaal langs de toontafels als alle anderen al weg zijn en herinner me hoe enorm de winkel leek toen ik er als klein meisje kwam. Ik herinner me dat ik me in het kantoortje in kartonnen dozen verstopte en dat pap me dan 'vond'. Ik herinner me dat de uitstapjes naar de opslag het opwindendste avontuur van de wereld waren. Ik herinner me dat ik op mijn zevende een bord brak en dat ik doodsbenauwd was en probeerde het met plakband te repareren… tot mam me vond, in elkaar gedoken achter een toontafel, en me naar zich toe trok voor een knuffel.

Deze plek is mijn leven.

Ik hoor een geluid bij de deur, kijk verbaasd op en zie Bob binnenkomen, dik ingepakt tegen de kou in zijn eeuwige beige parka, plus een sjaal en een wollen muts.

'Fixie!' roept hij uit. 'Ik hoopte al dat je er nog zou zijn. Ik heb mijn trui hier gisteren laten liggen.' Hij klakt met zijn tong om zijn eigen vergeetachtigheid. 'Ik ga vanavond naar mijn zus en het was een verjaardagscadeautje van haar, dus ik wil hem natuurlijk aan. We geven elkaar altijd een trui van Marks & Spencer,' voegt hij eraan toe. 'Dan zit je altijd goed, hè?'

'Ja,' beaam ik. 'Dan zit je altijd goed.'

Ik wacht tot hij zijn trui uit het kantoortje heeft gepakt en dan, als hij naar me toe komt lopen, zeg ik in een opwelling: 'Bob, zitten we veilig?'

'Veilig?' Bob kijkt in een reflex om zich heen, alsof ik bedoelde: Bob, kunnen we elk moment worden aangevallen?

'Veilig,' herhaal ik. 'In financieel opzicht. Ik weet dat je me vaak genoeg cijfers stuurt, maar ik heb niet altijd... Ik bedoel, de laatste weken...' Ik doe er zwakjes het zwijgen toe omdat ik de waarheid niet wil zeggen, die is: ik had het te druk met mijn nieuwe liefde om naar cijfers te kijken.

Bob zuigt zijn wangen vol lucht en blaast uit alsof hij niet goed weet wat hij moet zeggen en ik krijg opeens een gevoel van naderend onheil.

'Het gaat,' zegt hij. 'Het valt mee. Het is geen ramp.'

Het is geen ramp?

Ik kijk hem aan en probeer er niet zo verslagen uit te zien als ik me voel. Ik had op iets beters gehoopt dan 'het is geen ramp'.

'De verkoop gaat slechter dan vorig jaar, dat kan geen mens ontkennen, maar het is nog geen kerst, dus er is nog van alles mogelijk. Ik weet zeker dat je nog allerlei troeven achter de hand hebt,' voegt Bob er bemoedigend aan toe en door zijn optimisme gloei ik van schaamte. 'Wat we echt nodig hebben,' vervolgt hij alsof hij nu tot de kern van de zaak komt, 'is een beetje een opleving.'

We moeten een beetje een opleving hebben. Hoe komen we aan een opleving?

'Bedankt, Bob.' Ik probeer opgewekt te klinken, alsof je mij niet klein krijgt met zorgwekkend nieuws. 'Super. Goed om te weten. Dus. We gaan… eraan werken.'

'Maar wat ik me wél afvroeg…' Bob zet een paar passen naar me toe, met een vreemde uitdrukking op zijn gezicht die ik niet goed kan inschatten. 'Die leningen die we verstrekken. Blijven we dat doen?'

'Wat voor leningen?'

'Die leningen aan Jake.'

De grond zakt onder mijn voeten weg.

'Wat voor… leningen aan Jake?' pers ik er luchtig uit. 'Ik weet niet… ik geloof niet dat ik daarvan op de hoogte ben.'

'Aha,' zegt Bob na een korte stilte. 'Ik vroeg het me al af. Ik heb drie keer geld naar hem overgemaakt sinds het vertrek van je moeder. Tamelijk grote bedragen.' Bob lacht gegeneerd, maar zijn ogen staan zorgelijk. 'Ik weet dat je moeder toestemming heeft gegeven voor de eerste, maar die laatste twee keer heb ik Jake op zijn woord geloofd.'

'Je hebt Jake op zijn woord geloofd?' herhaal ik verbijsterd.

'Nou ja, je oom Ned bevestigde het en zei dat ik je moeder er niet mee moest lastigvallen. Daar was hij heel stellig in. En het gaat me natuurlijk niets aan, het is een familiekwestie, het is niet aan mij om…' Hij zet een stap achteruit en kijkt naar het plafond alsof hij zijn positie wil benadrukken, wil benadrukken dat hij geen familie is. 'Maar zoals ik al zei is het támelijk veel geld, dus dacht ik dat jij ook wel op de hoogte zou zijn, Fixie.'

Ik kan niets uitbrengen. Het voelt alsof mijn hoofd op springen staat. Jake leent geld van de zaak zonder het zelfs maar tegen mam te zeggen? Opeens herinner ik me die keer dat hij de winkel in kwam en naar Bob vroeg, zonder me te vertellen waarom. Dat hij obsessief bezig was met zijn telefoon. Ik weet nog dat ik dacht dat hij altijd maar méér wil, Jake. Ik vroeg me af waar hij het allemaal van betaalde. Nou, dat is me nu wel duidelijk.

'Alleen is er niets gezegd over afbetaling, zeg maar,' vervolgt Bob. Zijn stem lijkt van heel ver weg te komen. 'Als dit elke maand zo doorgaat, slaat dat nogal een gat in de boeken. En als je moeder de winkel echt zou willen verkopen, dan... Tja. Het is niet de gunstigste tijd om zoveel geld kwijt te raken. Hoewel het me niets aangaat, zoals ik al zei.'

Nu kijkt hij eindelijk van het plafond naar mij. Ik ken Bob al heel lang en ik weet wat zijn vriendelijke ogen zeggen. Ze zeggen: dit deugt niet. Ze zeggen: doe iets.

'Juist,' breng ik moeizaam uit. 'Nou... dank je wel, Bob. Dank je.' Ik loop weg, krijg een inval en draai me weer om. 'Waarom wilde oom Ned mam niet lastigvallen?'

'O...' Bobs ogen glijden weer naar het plafond. 'Je oom heeft graag het gevoel dat hij de macht heeft, denk ik. Zo zijn sommige mensen.'

Het is zo'n gewaagde uitspraak uit Bobs mond, zo'n gebrek aan loyaliteit, dat ik hem verbaasd aankijk.

'Hij heeft geholpen met het huurcontract,' zeg ik op de automatische piloot, want dat zeggen we altijd over oom Ned. 'Hij heeft gunstige voorwaarden voor ons bedongen.'

Het blijft lang stil. Ik zie een soort rimpeling op Bobs gezicht, alsof hij probeert iets achter te houden. O, mijn god.

'Niet dan?' fluister ik.

'Je moeder was geroerd toen je oom zich ermee bemoeide,' zegt Bob uiteindelijk. 'Ze zei steeds: "O, die Ned, hij is zo'n rots!" Dat wilde ik niet bederven.' Zijn zachtmoedige ogen vinden de mijne en hij glimlacht. 'Ik ben erg op je moeder gesteld.'

Het voelt alsof er een aardverschuiving in mijn hoofd plaatsvindt.

'Bob,' zeg ik bot. 'Vertel me de waarheid: wie heeft dat huurcontract echt rondgemaakt?'

'Je oom heeft een paar keer gebeld,' zegt Bob na een korte stilte.

'Dat had hij beter niet kunnen doen.' Hij lacht goedmoedig bij de herinnering. 'Door zijn bemoeienis was het bijna spaak gelopen, eerlijk gezegd. Hij beledigde de mevrouw van het verhuurkantoor.'

'Dus jíj bent degene die die geweldige deal voor ons heeft gesloten.'

'Het waren gunstige voorwaarden, ja,' zegt Bob met een miniem vleugje trots. 'Het was het minste wat ik voor je vader kon doen.'

Ik wrijf over mijn hoofd en opeens kan ik wel janken. 'Bob… ik weet niet wat ik zeggen moet.'

'Je hoeft niets te zeggen,' zegt Bob op zijn zachtaardige manier. 'Ik was blij dat ik kon helpen. Mocht je je moeder nog spreken,' voegt hij eraan toe, 'doe haar dan de groeten van me.'

Ik kijk hem na als hij de winkel uit loopt op zijn piepende zolen. Ergens zou ik achter hem aan willen rennen en hem smeken om meer goede raad, maar hij heeft al meer dan genoeg gedaan. Hij heeft zijn nek uitgestoken. Nu is het míjn beurt om mijn nek uit te steken. Maar in welke richting?

Mijn brein kookt over van de nieuwe informatie. Van ongerustheid. Van besluiteloosheid. Ten slotte kies ik mams nummer, hang op en bel opnieuw. Níét om Jake te verklikken, maar omdat ik de feiten moet kennen. Wat is er aan de hand?

'Hallo! Fixie?' neemt een vrolijke, vertrouwde stem op. 'Ben jij dat, schat?'

'Hallo tante Karen,' zeg ik zo kalm en relaxed mogelijk. 'Is mam er toevallig?'

'O, snoes, die slaapt als een blok. Ze is niet zo lekker. Ze heeft een virus opgelopen of zo. Waarschijnlijk is dat uitstapje naar Granada haar te veel geworden. We zijn gisteravond pas teruggekomen. O, Fixie, het was zo mooi! Dat mozaïekwerk!'

'Hoe is het met mam?' vraag ik ongerust. 'Gaat het wel goed?'

'Ik ga morgen met haar naar de dokter,' zegt tante Karen geruststellend. 'Als ze haar geen medicijnen geven, weet ik wel waar ik ze spotgoedkoop kan krijgen. Hoor eens, kind, ik probeer je moeder over te halen de kerstdagen bij mij door te brengen. Dat vind je toch niet erg? Jullie zijn allemaal volwassen. Jullie zullen het wel druk hebben met je eigen dingen!'

Ik kijk beteuterd naar mijn telefoon. Kerst zonder mam? Zonder mám?

Ik ben er steeds van uitgegaan dat ze tegen die tijd wel weer thuis zou zijn. Die gedachte heb ik altijd in mijn achterhoofd gehouden, als een anker: mam komt terug naar huis.

'O,' zeg ik. Ik probeer niet zo hol te klinken als ik me voel. 'Tja... ach. Mam moet doen wat ze zelf wil.'

'Dat zei ik dus ook!' kraait tante Karen triomfantelijk. 'Ik zei: "Relax jij nou toch, Joanne! Ik kook wel en we drinken overal Baileys bij!"'

'Nou, geef haar een zoen van me,' zeg ik geforceerd vrolijk. 'Ik hoop dat ze gauw weer beter is. Hou me op de hoogte. En laat het weten als we iets kunnen doen.'

'Natuurlijk,' zegt tante Karen opbeurend. 'En maken jullie het allemaal goed? Jake? Nicole?'

'Ja, prima.'

'O, en hoe gaat het met de winkel?' voegt ze eraan toe. 'Ik weet dat je moeder ernaar zal vragen. Ze zal zeggen: "Heb je niet naar de winkel gevraagd, Karen? Hoe kun je nou vergeten naar de winkel te vragen?" Ze is zo dol op die winkel alsof het haar kindje is!'

Tante Karen schatert van het lachen en ik kijk om me heen in de winkel waar mam zo dol op is en voel me nog holler.

'Het gaat... uitstekend!' zeg ik. 'Helemaal goed.'

'Mooi zo. Nou, pas goed op jezelf, Fixie!'

'Jij ook,' zeg ik. Ik verbreek de verbinding met het gevoel dat ik altijd heb na een gesprekje met tante Karen: alsof er plotseling een tornado is overgetrokken.

Die route is dus afgesloten. Ik ga mam niet lastigvallen over Jake, niet nu ze ziek is. Ik zal dit zelf moeten opknappen.

Kom op, Fixie. Kom óp.

Ik zie mijn eigen weerspiegeling in de etalageruit en in een opwelling schop ik als een kickbokser in de lucht. Dan doe ik het nog eens, en nog eens, terwijl ik naar voren manoeuvreer, licht hijgend van de inspanning. Mijn kin steekt uit, ik heb een felle blik en ik zal er wel idioot uitzien… maar dat boeit me niet. Ik voel me bij elke trap sterker. Ik kan dit.

Ninja Fixie. Kom maar op.

22

Oom Ned heeft weer een tafel in een chic restaurant gereserveerd voor ons familieberaad, deze keer aan Piccadilly Circus. Op weg erheen loop ik door een overdekt winkelcentrum om even uit de ijzige kou te zijn en ik word meteen overspoeld door warmte, licht en de geur van kaneel. De marmeren vloer van de passage staat vol tijdelijke kraampjes met geurkaarsen en kerstartikelen. Kerstliedjes schallen uit de geluidsinstallatie. Er loopt een manshoge sneeuwpop rond die kinderen aan het lachen maakt. Het is allemaal heel feestelijk, alleen is mijn stemming dat niet. Ik ben geagiteerd en kwaad.

Ik loop stevig door en intussen repeteer ik wat ik tegen Jake ga zeggen, zonder in te gaan op aanbiedingen van smoothies en massagestoelen. Dan bereikt een bekende stem mijn oren en blijf ik als aan de grond genageld staan. Nee.

Onmogelijk.

'Ik ben visagist,' zegt hij. 'En jij hebt een heel interessant gezicht, wist je dat?'

Ik draai me langzaam om... en daar staat hij. Ryan Chalker. Nog net zo knap als altijd, helemaal in het zwart gekleed, naast een kraampje vol potjes gezichtscrème.

Ik verwacht overweldigd te worden door de oude vertrouwde reactie. Ik verwacht dat mijn adem oppervlakkig wordt en mijn hart een duik maakt, maar de ban is verbroken. Na al die jaren is de ban eindelijk verbroken. Ik zie alleen een opportunist met een glad gezicht. Hij praat tegen een chagrijnig uitziende vrouw in een parka en ik zie dat hij tot haar doordringt.

'Je doet me denken aan dat model dat ik opmaakte voor een tijdschriftreportage,' zegt hij schaamteloos en ik hap verontwaardigd naar adem. Sinds wanneer heeft Ryan als visagist voor tijdschriftreportages gewerkt?

'Echt?' Ik zie de vrouw opbloeien onder zijn complimenten.

'Je hebt een prachtige huid,' verzekert hij haar. 'Maar dat vertelt je man je natuurlijk al elke dag.'

God, hij is goed. Natuurlijk zegt die man nooit een woord tegen het mens, en nu is ze als was in Ryans handen.

'Wie doet je wenkbrauwen?' vraagt hij nu.

'Ik,' bekent ze.

'Néé.' Ryan zet grote ogen op. 'Ze zijn prachtig! Laat er niemand anders aan zitten. Ben je de vijfendertig al gepasseerd?'

'Een stukje.' De vrouw bloost.

Ik bedoel, ze is een jaar of vijftig. Dat zie ik zelfs.

'Een klein stukje,' zegt Ryan gedecideerd. 'Dus zeg eens, schat, gebruik je oogcrème?'

'Soms.' Ze wendt ontwijkend haar blik af. 'Zo nu en dan.'

'Sóms?' Ryan lijkt het verschrikkelijk te vinden. 'Schat, je moet goed voor je huid zorgen. Het kan me niet schelen welk merk je koopt, maar ga oogcrème gebruiken, goed? Doe het voor mij. Ik geef je een gratis monster...' Hij draait snel een potje open. 'Mag ik dit bij je opbrengen? Vind je dat goed?'

Hij smeert wat smurrie op het gezicht van de vrouw en houdt haar dan zwierig een spiegel voor. 'Zie je dat? Zíé je de transformatie? En dat is na één keer! Het is niet chirurgisch, maar het is chirurgisch.'

Het is niet chirurgisch, maar het is chirurgisch? Is het niet strafbaar om zoiets te zeggen?

Mijn nekharen gaan ervan overeind staan. Die vrouw is totaal niet getransformeerd, maar ze kijkt als gebiologeerd naar zichzelf. Ik weet niet wat Ryan doet met invalshoeken, belichting of domweg de kracht van suggestie, maar het werkt.

'En vandaag geven we twee potjes voor de prijs van één,' zegt hij soepel. 'Weet je wat een ooglidcorrectie kost? Duizenden ponden. Dit is nog geen tiende van de prijs.'

Hij laat de vrouw een prijslijst zien en ze trekt wit weg.

'Weet je wat?' vervolgt Ryan prompt op gedempte toon. 'Het mag eigenlijk niet, maar alleen voor jou doe ik er nog eens tien procent af. Ik kom ermee in de problemen, maar... hé. Het is Kerstmis.'

'Echt?' De vrouw kijkt zo vol vertrouwen naar hem op dat ik er niet meer tegen kan.

'Hallo daar!' zeg ik opgewekt terwijl ik op ze afstap en wanneer Ryan een sprongetje maakt van schrik, grinnik ik inwendig.

'O, hallo,' zegt de vrouw ontstemd.

'Neem me niet kwalijk dat ik stoor, maar ik zou het niet doen als ik u was,' zeg ik vriendelijk. 'Ik heb een keer oogcrème gekocht bij een kraampje in een winkelcentrum en toen kwam ik onder de bulten te zitten. Die aardige man wil u vast wel monstertjes meegeven om thuis te proberen. Misschien kunt u met een vriendin overleggen voordat u zoveel geld uitgeeft?' Ik glimlach poeslief naar Ryan. 'Lijkt dat u ook niet verstandiger, meneer? Met al uw ervaring als "visagist"?'

'Trouwens, ik moet weg,' zegt de vrouw zenuwachtig. 'Toch bedankt,' zegt ze over haar schouder tegen Ryan terwijl ze zich weghaast.

'"Visagist"?' zeg ik op vernietigende toon tegen Ryan. 'Je bent een slecht mens.'

Ryan neemt me taxerend op en dan legt hij zijn hoofd in zijn nek en schatert het uit.

'Fixie,' zegt hij. 'Wat ben je toch gewetensvol. Door jou ga ik me een beter mens voelen.' Hij glimlacht naar me en zijn ogen zijn nog net zo fabelachtig blauw als altijd.

Ooit zou die glimlach mijn hart op hol hebben gebracht. Mijn twijfel zou als sneeuw voor de zon zijn verdwenen; ik zou me weer in zijn armen hebben gestort. Maar vandaag niet.

'Nou, ik ga me door jou een slechter mens voelen,' zeg ik ijzig en Ryan schatert weer.

'Ik heb je gemist,' zegt hij en ik kijk hem ongelovig aan. Hij heeft me gemíst? Opeens voel ik de razende drang om tegen hem te gillen, om hem te slaan, om hem te laten lijden.

Maar die drang trekt vrijwel meteen weer weg. Ryan is een pathologische leugenaar, weet ik nu. Hij zal alles tegen iedereen zeggen om zich uit de nesten te werken. De waarheid telt niet, integriteit telt niet, liefde speelt helemaal geen rol. Ik kan net zo goed een rotsblok uitfoeteren. Hij zal toch nooit veranderen.

Ik ben alleen blij dat de magie er niet meer is. Ik ben van hem bevrijd. Dat werd verdomme tijd ook.

'Ik ga niet "tot ziens" zeggen,' deel ik hem beleefd mee, 'want ik wil je nooit meer zien. Vaarwel.'

Terwijl ik wegloop, hoor ik hem weer lachen, alleen klinkt het nu een beetje krampachtig. Ik vraag me vluchtig af of zijn ogen iets van spijt of inzicht verraden, maar ik vind het echt de moeite niet waard om om te kijken.

Dan bereik ik met bonzend hart de ingang van het restaurant, want de confrontatie met Ryan aangaan was weliswaar een opwarmertje, maar dit is het echte werk.

De gastheer brengt me naar onze tafel, waar oom Ned op een bankje hangt met iets in zijn hand wat verdacht veel op een gin-tonic lijkt. Jake heeft er ook een en Nicole heeft een glas waar alleen maar champagne in kan zitten.

'Fixie!' begroet oom Ned me. 'Ga zitten. Neem een drankje, kind.' Zijn gezicht is bijna net zo rood als het pluche waarop hij zit. Is hij vroeg begonnen? Kijkend naar de rood aangelopen gezichten vraag ik me af: zijn ze allemáál vroeg begonnen? Jake heeft bloeddoorlopen ogen, valt me op, met nog steeds die wallen eronder.

'Wat nou?' zegt hij afwerend als hij mijn blik voelt. 'O, trouwens, ik heb goed nieuws voor je. Ryan is weer in Londen.'

'Ik heb hem net gezien,' zeg ik kortaf terwijl ik ga zitten. 'En dat is geen goed nieuws.'

'Zo, die Porterhouse-steak lijkt me wel wat,' zegt oom Ned turend naar de grote, in leer gebonden kaart.

Dat wil ik wel geloven, denk ik, maar ik dwing mezelf kalm te blijven. Ik ben een ninja en ik maak langzaam en geconcentreerd een inschatting van mijn tegenstanders voordat ik toesla.

'Wilt u iets drinken?' vraagt een ober me.

'Nee, dank u,' zeg ik beleefd en pas als hij weg is, voeg ik eraan toe: 'Ik weiger hier geld van Farrs aan uit te geven. Dit is volkomen ongepast. Volkómen ongepast,' herhaal ik voor de nadruk en ik wijs met een priemende vinger naar de dure drankjes van de anderen.

'Hè?' zegt Nicole wezenloos.

'Ongepast?' sputtert oom Ned.

'Wat bereiken we hier eigenlijk, behalve dan dat we geld uitgeven?' Ik kijk van de een naar de ander. 'Niets.'

'Wacht even.' Oom Ned loopt paars aan. 'Ik schenk jullie vrijelijk mijn tijd en advies...'

'Wéét u eigenlijk wel hoe het ervoor staat met onze verkoop?' kap ik hem af en ik laat mijn blik over de gezichten glijden. 'Weet iemand van jullie dat wel? Nee, maar toch zitten jullie hier allemaal maar cocktails en biefstuk te bestellen. Ik noem het klaploperij, het staat me tegen en ik doe er niet aan mee.'

Jake gaapt me verbijsterd aan. 'Wat krijgen we nou?' roept hij uit. 'Wat beziélt jou?'

Nicole krijg een ingeving. 'Het is haar nieuwe vriendje,' zegt ze. 'Dat moet het zijn. Hij heeft haar opgestookt.'

'Wat voor nieuw vriendje?' Jake draait zijn hoofd haar kant op.

'Sebastian nogwat. Die gast die Ryans baas was? Ze woont zo ongeveer bij hem.'

'Heb jij iets met hém?' zegt Jake ongelovig. 'Die investeerder?'

'Dat doet er niet toe,' zeg ik kortaf. 'Ik heb een paar andere dingen te melden.'

Mijn woorden zweven in een tekstballon, zoals altijd, allemaal netjes gerangschikt. Kom op, ninja Fixie. Zeg het.

Ik haal diep adem en bega dan de vergissing naar Jake te kijken. Zijn gezicht staat zo agressief dat ik de oude gevoelens even boven voel komen. *Ontoereikend. Schuldig. Minderwaardig. Waardeloos.*

Maar ik moet door die gevoelens heen stompen. Kom op, Fixie, kom op.

'Nicole, je moet al je yogalessen annuleren,' zeg ik resoluut. 'Ze werken ontwrichtend en ze trekken geen nieuwe klanten aan, maar zorgen juist voor problemen. Het is einde oefening en ik ga de winkel opnieuw inrichten, op míjn manier.'

Pow.

'Ontwrichtend?' herhaalt Nicole gepikeerd.

'Ja, ontwrichtend. En Jake, ik heb een vraag voor je.' Ik kijk hem aan en dwing mijn stem beheerst te klinken. 'Waarom leen je zoveel geld van Farrs, wanneer betaal je het terug en waarom is het niet gemeld tijdens het vorige beraad?'

Bam.

Ik zie de schrik in Jakes ogen oplichten, maar hij is vrijwel meteen weer zijn schampere zelf.

'Het is een onderhandse lening,' zegt hij lijzig en hij neemt een slokje uit zijn glas. 'Maak je toch niet zo druk, Fixie.'

'Ik wist niet dat we leningen konden afsluiten,' zegt Nicole geïnteresseerd. 'Cool.'

'Dat kan ook niet!' Ik schreeuw nu bijna. 'Waarom is het eigenlijk nodig dat je geld leent van Farrs, Jake?' vervolg ik iets kalmer en diplomatieker. 'Wat is er aan de hand? Waarom heb je niet gewoon tegen ons gezégd dat dit speelde? En waarom verzwijg je het voor mam?'

Ik leun naar voren en probeer door te dringen tot de man die ik pas heb gezien. De man die met respect en genegenheid tegen me praatte, de man die als een echte broer voelde.

Maar die Jake is weg. De Jake die ervoor in de plaats is gekomen wil me niet eens aankijken.

'Er "speelt" niets,' zegt hij met een stem waar het sarcasme van afdruipt. 'Mijn deal heeft vertraging opgelopen in Azië. Het is gewoon een cashflowdingetje.' Hij zegt het achteloos, maar ik zie dat zijn vingers verkrampen om de menukaart en dat er een adertje in zijn slaap begint te kloppen. 'Je bent eigenlijk heel naïef, Fixie. Weet je ook maar íéts van mondiale exportdeals? Nou dan. Neem dus maar van mij aan dat er niets is om je druk over te maken. Goed, gaan we nog bestellen?'

'Ja,' zegt oom Ned nadrukkelijk.

Is dat het enige waar ze aan kunnen denken? Eten? Ik zie op slag af van mijn voornemen kalm te blijven. Ik ga zo hard als ik kan van me afbijten

'Jullie zijn allemaal profiteurs!' bijt ik ze toe. 'Het enige wat jullie boeit, is hoeveel duur eten je naar binnen kunt werken. Een Porterhouse-steak? Van…' Ik pak de kaart om het na te kijken. 'Van dertig pond? Dit is mams zaak! Geen gratis geld!'

'En dit is een zakendiner!' zegt Jake.

'Voor jou is de zaak een lachertje!' repliceer ik. 'Je geeft er niets om! En hoe vaak bent u in de winkel geweest sinds mams vertrek, oom Ned? Eén keer misschien?'

'Na alles wat ik voor jullie heb gedaan!' briest oom Ned. 'Na de dood van jullie vader…'

'O, dat is waar ook, toen hebt u over ons huurcontract onderhandeld,' onderbreek ik hem met een bijtend sarcasme. 'Is dat echt zo, oom Ned? Of zat Bob erachter?'

'Ik ben nog nooit van mijn leven zó beledigd!' Oom Neds stem beeft van woede. Hij zet zijn glas met een klap op tafel en werpt me een boze blik toe. 'Ik hoef hier niet te zijn hoor. Ik doneer mijn tijd, gewoon uit de goedheid van mijn hart, gewoon omdat jullie moeder me dat heeft gevraagd, omdat elke organisatie een heer des huizes nodig heeft…'

'Wij niet,' onderbreek ik hem. 'Mam had het mis. We hoeven geen heer des huizes.' En ik kijk hem zwijgend aan met een stalen blik.

Kapow.

'Ik ga!' zegt oom Ned, die met wiebelende onderkinnen overeind komt. 'Ik pik dit niet langer. Ik ben nog nóóit zo beledigd,' prevelt hij op weg naar de uitgang. 'Nog nóóit.'

'O, mijn god,' zegt Nicole, die hem nakijkt. 'Nu zul je het krijgen, Fixie.'

'Kom maar op,' zeg ik zonder een greintje spijt.

'Fixie, dimmen,' zegt Jake, die nu echt woest is. 'Je zet jezelf en ons voor schut.'

'Niet waar. Ik wil alleen een paar antwoorden. Waaróm leen je zoveel geld, Jake? Waar is het voor? Wanneer betaal je het terug? Wat heb je precies tegen mam gezegd?'

'Godallemachtig!' roept Jake uit, alsof ik kokende thee over hem heen heb gegooid. 'Waarom bijt je je daar zo in vast? Op een dag is de zaak toch van ons. Wat maakt het uit?'

'Mam wil de zaak misschien verkopen! Het is haar pensioenfonds! Dat moeten we veiligstellen!' Ik kijk naar Nicole. 'Wist jíj dat Jake al dat geld aan de zaak onttrok?'

'Nee,' zegt Nicole schouderophalend. 'Ik bedoel, dat is, zeg maar...'

'Het is een onderhandse lening, zoals ik al zei,' zegt Jake afgemeten, en hij neemt nog een teug uit zijn glas. 'Het is volkomen normaal.'

'Maar waarom kun je niet naar de bank?' hou ik vol. 'Waarom moet je Farrs steeds plunderen? Ik bedoel, één keertje snap ik nog, maar dríé keer?'

Een moment lang ziet Jake eruit alsof hij me wil slaan, bijna. Maar dan bedwingt hij zich en slaagt er zelfs in verbeten naar me te glimlachen, al vonken zijn ogen van woede.

'Jij snapt echt helemaal niets, hè?' zegt hij. 'Arme, naïeve kleine Fixie. Neem iets te drinken. Kalmeer.'

'Nee, dank je.' Ik kijk hem effen aan. 'Ik drink geen veel te dure cocktails op kosten van mam. En ik ben je "kleine Fixie" niet. Als je er niet normaal over wilt praten, ga ik weg. Maar ik ben nog niet klaar,' besluit ik van de een aan de ander kijkend. 'Dit is nog niet afgelopen.'

Bam. Kapow. Knars.

Ik been briesend het restaurant uit. De adrenaline giert door mijn lijf. Ik weet niet goed wat ik moet denken. Heb ik wel iets bereikt, behalve dan dat ik oom Ned heb beledigd en mezelf voor joker heb gezet? Was dat een succes of een mislukking?

Op de stoep blijf ik even staan met de ijzige wind in mijn gezicht en probeer mijn warrige gedachten op een rijtje te zetten en te bedenken wat ik nu ga doen. Naar Seb gaan ligt het meest voor de hand. Iets eten. Tot rust komen. Ik heb mijn zegje gedaan, wat kan ik verder nog doen?

Maar om de een of andere reden kom ik niet in beweging. En langzaam dringt het tot me door dat mijn vingers trommelen. Mijn voeten zijn hun dansje begonnen: voor-gekruist-achter, voor-gekruist-achter.

Er is iets niet pluis. Wat is er niet pluis?

Het is Jake, besef ik opeens. Zijn gespannen gezicht. Dat kloppende adertje in zijn slaap. Zijn onverholen woede. Hoe hij me afscheepte, telkens weer.

Ik ben het wel gewend dat Jake geërgerd en sarcastisch tegen me doet, maar ik heb hem nog nooit als een in het nauw gedreven tijger gezien. Hij deed ontwijkend. Hij was gestrest. Achter de oplaaiende woede, dringt het tot me door, zag ik angst doorschemeren.

Een akelig gevoel bekruipt me. Ik denk even na en dan pak ik mijn telefoon.

'O, hallo,' zeg ik als er wordt opgenomen. 'Leila, ben jij het?'

Als Leila de voordeur opendoet, slaat de schrik me om het hart. Ze lijkt gekrompen en ook zij heeft wallen onder haar ogen.

'Ha Leila!' Ik omhels haar hartelijk en durf te zweren dat ze minstens drie kilo is afgevallen. 'Dat is lang geleden! Ik had gewoon zin om mijn nagels te laten doen.'

'Ik dacht dat je uit eten was met Jakey?' zegt ze gespannen langs me heen kijkend alsof ze verwacht Jake ook te zien.

'Ik heb ze maar gelaten,' zeg ik gladjes. 'Je weet hoe ze zijn. Zes flessen wijn de man.'

'Ik heb tegen Jake gezégd dat hij moet stoppen met drinken,' zegt Leila. Haar gezicht wordt nog tobberiger en ik voel paniek opkomen, want dit voelt helemaal niet goed. Ik loop met Leila mee naar de woonkamer en blijf stokstijf staan als ik de grote lege muur voor me zie, waar op vier punten schroefgaten in zitten.

'Waar is de tv gebleven?' flap ik eruit voordat ik me kan bedwingen. 'Hebben jullie een nieuwe besteld?'

Ik heb het nog niet gezegd of ik krijg een afschuwelijk vermoeden.

'Weg,' zegt Leila na een korte stilte. Ze pakt een plastic kom van de salontafel en gebaart naar de bank. 'Ga zitten. Ik ga warm water pakken.'

'Gewoon "weg"?'

'Hij is meegenomen.' Ze werpt me een glimlach toe, maar ik trap er niet in. 'Het geeft niet, ik kan alle soaps op mijn laptop zien.'

Ik ga behoedzaam zitten en kijk om me heen in Jakes flitsende appartement, een en al leer en glas en dure tijdschriften. Het leek altijd het toppunt van succes, deze flat. Nu lijkt het allemaal een beetje... precair.

Leila gaat zitten en zegt dat ik mijn handen in de kom met water moet weken. Ik neem haar onderzoekend op. Ze ziet er gespannen uit. Fragiel, bijna. Ik wil haar niet van streek maken door haar met vragen te bestoken, maar ik moet het weten. Ik móét het weten.

'Leila,' vraag ik zo kalm als ik kan, 'zit Jake in de problemen?'

Leila geeft heel lang geen antwoord. Ze wast mijn handen, met ritmische bewegingen en een verre blik in haar ogen. Dan kijkt ze op.

'O, Fixie,' zegt ze met bevende stem en de droefheid in haar enorme ogen maakt me plotseling angstig. 'Natuurlijk zit hij in de problemen, maar hij wil het niet toegeven. Hij wil er niet over praten. Ik vang alleen hier en daar iets op. Als ik hem vraag wat er aan de hand is, wordt hij zo boos...' Ze vervolgt iets kalmer: 'Wil je je rechterhand op de handdoek leggen?'

Ze begint aan mijn nagelriemen en ik zeg: 'Hij heeft geld van Farrs gepakt.'

'Gepakt?' Leila's ogen worden nog groter. 'Gestolen?'

'Nee, niet gestolen,' stel ik haar snel gerust. 'Gewoon geleend. Ik snap alleen niet waarom dat nodig is.'

'Hij kan geen financiering krijgen.' Leila doopt met trillende handen mijn vingers in de kom. 'Dat is het enige waar hij over kan praten, financiering regelen. Wil je je andere hand op de handdoek leggen?'

'Maar ik dacht dat het allemaal zo goed ging? Ik dacht dat hij iets deed met kunstmatige diamanten?'

Leila schrikt. Haar handen gaan nog erger trillen en ze knippert snel met haar ogen.

'Wil je dat ik je nagels knip of zal ik ze vijlen?' vraagt ze met overslaande stem.

'Eh... maakt niet uit. Kies jij maar.'

Ik wacht terwijl ze haar manicure-instrumenten pakt en ze behoedzaam op de handdoek uitstalt, netjes op een rij, alsof ze probeert de wereld te ordenen. Dan kijkt ze me eindelijk aan.

'Hij weet niet dat ik dit weet,' zegt ze bijna fluisterend, 'maar die diamanten waren een zwendel.'

'Een zwendel?'

Leila knikt en we kijken elkaar even woordeloos aan. In gedachten ga ik na wat een zwendel zou kunnen inhouden. Hoeveel schade er kan zijn aangericht. Hoe vernederend het kan zijn geweest.

'Heeft het hem...' Ik kan het niet eens hardop uitspreken.

'Hopen geld,' zegt ze met verstikte stem. 'Hij zit diep in de nesten, maar hij wil het niet inzien, hij wil niet ophouden met geld uitgeven, mensen op lunches trakteren, poenerig doen...' Haar ogen vullen zich met tranen en ik kijk haar ontzet aan. 'O. We hebben nog geen kleur voor je uitgekozen. Ik heb een prachtige nieuwe ambertint. Ik denk dat die je heel goed zou staan.'

Ze trekt haar koffertje met nagellak op haar knie en er drupt een traan op.

'O, Leila...' Ik leg een hand op haar arm, maar ze glimlacht stralend naar me.

'Of lila,' zegt ze terwijl ze het deksel optilt. 'Bij die mooie donkere ogen van je. Of klassiek rood?'

'Leila...' Ik geef een kneepje in haar arm. 'Hij boft maar met jou.'

'O, ik doe niets,' zegt Leila, die haar ogen bet. 'Ik doe gewoon mijn nagels en hou me gedeisd. Meer niet. Nagels. Dat is mijn leven. Ik begríjp nagels,' vervolgt ze en ze kijkt opeens bevlogen op. 'Ik begrijp hoe ik mijn geld verdien. Ik doe jouw nagels, jij betaalt mij. Dat is duidelijk. Maar wat Jakey doet...'

'Ja, wat dóét hij eigenlijk?' vraag ik, want ik heb het me vaak afgevraagd. 'Ik bedoel, die MBA-opleiding, natuurlijk...'

'O, daar is hij maanden geleden al mee gestopt,' zegt Leila. 'Hij zei dat de docenten allemaal waardeloos waren.'

Ik zou geschokt moeten zijn, maar op de een of andere manier raakt het me niet. Niet nu.

'Hij praat alsof hij er nog steeds mee bezig is,' zeg ik. 'Mam denkt dat hij er nog mee bezig is. Wij allemaal.'

'Ik weet het.' Leila bijt op haar onderlip. 'Ik heb tegen hem gezegd: "Jakey, je moet het tegen je familie zeggen."'

Hij studeert dus niet meer, maar hij heeft niet aangeboden meer in de winkel te doen, stel ik stilletjes vast. Toch heeft hij al dat geld van de winkel geleend.

'Maar wat dóét hij dan de hele dag?' dring ik aan. 'Hoe verdient hij de kost?'

'Hij heeft veel verdiend aan die huidkleurige slipjes,' zegt Leila met nerveus gefronste wenkbrauwen. 'Dat was een goede deal. Het was een goed product. Ik draag ze zelf!' vervolgt ze, en even leeft ze op. 'Maar sindsdien...' Haar stem sterft weg.

'Maar dat is twee jaar geleden.' Ik kijk haar verbaasd aan. 'Heeft hij sindsdien geen deals meer gesloten? Ik dacht...'

Jake praat alsof hij tig deals heeft gesloten, de ene nog winstgevender dan de andere. Hij laat steeds dingen vallen over 'export' en 'mijn nieuwste project' en deals die 'in de pijplijn' zitten. We hebben nooit aan zijn woorden getwijfeld; we hebben alleen maar geïmponeerd geluisterd.

Leila heeft nog steeds geen antwoord gegeven. Ze reddert met flesjes topcoat.

'Nou?' dring ik aan. 'Leila?'

'Volgens mij niet,' fluistert ze ten slotte. 'Hij luncht alleen maar met mensen. Dat snap ik dus niet. Hoe kun je geld verdienen met lunchen?' zegt ze verbijsterd. 'Ik heb liever werk dat ik kan zíén.' Ze klopt op haar manicurekoffertje. 'Ik heb liever wérk. Dus, als je me je rechterhand weer wilt geven...' vervolgt ze met haar manicurestem.

Ik kijk zwijgend toe hoe ze mijn nagels vijlt. De ritmische bewegingen van de vijl zijn hypnotiserend en sussend. Het is geruststellend. Voor ons allebei, vermoed ik.

'Ik wist dat hij gestrest was,' zeg ik na een tijdje, 'maar ik had geen idee...'

'Hij is gesloten,' zegt Leila. 'Hij vertelt mij niet eens alles. Hij wil dat iedereen denkt dat hij...' Ze lijkt even naar woorden te zoeken. 'Een held is. Een wereldveroveraar.'

'Ik dacht dat hij misschien een burn-out had door te veel werkdruk.'

'Juist niet!' zegt Leila met een stem die het midden houdt tussen een snik en een lach. 'Hij heeft juist niet genoeg werk! Er zijn geen inkomsten! Niets om de hypotheek van te betalen!'

'Maar toch blijf je bij hem?' flap ik eruit voordat ik er erg in heb. Leila houdt even op met vijlen en ik ben bang dat ik haar heb gekwetst, maar als ze opkijkt, is haar blik alleen maar weemoedig.

'Jake is goed voor me. Ik ga hem niet in de steek laten nu hij...' Ze aarzelt en haar ogen worden iets doffer. 'Ik weet dat sommige mensen hem een beetje... té vinden. Maar hij heeft ook een zachtere kant hoor.'

'Weet ik,' zeg ik knikkend.

'Jakey praat over het leven. Hij heeft interessante ideeën. Hij is geestig. Hij wil dingen dóén, snap je? Sommige mannen willen nooit iets doen, nergens naartoe.'

'Daar heeft Jake nooit last van gehad,' zeg ik wrang en Leila glimlacht, wrijft de tranen uit haar ogen en gaat door met vijlen.

Als allebei mijn handen gedaan zijn, dept ze ze droog en begint een basecoat aan te brengen.

'Heb je al een kleur gekozen?' vraagt ze en ik wijs in het wilde weg naar de lila nagellak. 'Goede keus!' zegt Leila en ze draait het flesje open. We zijn nu allebei kalm en vredig en ik wil de sfeer liever niet bederven, maar ik moet nog één ding vragen.

'Dus wat gaat Jake nu doen?'

Leila blaast beverig uit en kijkt knipperend met haar ogen naar het flesje nagellak.

'Ergens geld vandaan zien te halen,' zegt ze uiteindelijk. 'Ik zei tegen hem: "Jakey, zoek een baan! Een báán!" Maar je weet hoe hij is...'

'Waar zou hij geld vandaan moeten zien te halen?' zeg ik botweg.

Leila's spichtige armen en schouders gaan langzaam omhoog in het meest moedeloze gebaar dat ik ooit heb gezien. We zwijgen allebei een paar seconden, want wat kunnen we zeggen? Dan klaren Leila's ogen op.

'Ik zou een iriserend laagje op het lila kunnen aanbrengen,' zegt ze. 'Ik heb een fantastisch nieuw product, zal ik het je laten zien?'

Ik weet wat verdringing is. Ze reikt met een bevende hand naar het flesje. Haar blik is vaag en ik besluit dat we het lang genoeg over Jake hebben gehad.

'Dat klinkt geweldig,' zeg ik zo hartelijk als ik kan. 'Leila, je bent briljant.'

En ze is ook echt briljant. Op weg naar Seb kijk ik telkens naar mijn onberispelijke, iriserende lila nagels en denk: ik zou Leila elke week mijn nagels moeten laten doen.

Maar dat neemt maar iets van vijf procent van mijn hersenen in beslag. De rest denkt aan Jakes boze bravoure. En Leila's doffe ogen. En die kale muur met boorgaten erin. Al mijn adrenaline van eerder is weggeëbd, zodat ik nu vlakker ben dan ik in tijden ben geweest. Ik voel me bleek en verwassen en gespannen.

Seb buzt me naar binnen en ik neem de lift naar boven. Hij staat me al op te wachten, met zijn voordeur wijd open.

'En, is het gelukt?' vraagt hij meteen met een geanimeerde, verwachtingsvolle uitdrukking op zijn gezicht. 'Ben je ninja Fixie geweest?'

Ik kijk hem even aan terwijl ik in gedachten terugkeer naar het restaurant. Ja, ik ben assertief geweest. Ik heb gezegd wat ik dacht. Ik ben ninja Fixie geweest. Maar dat lijkt nu allemaal in het niet te vallen bij wat ik over Jake aan de weet ben gekomen.

'Ja!' zeg ik. 'Min of meer. Oom Ned was beledigd. Hij is weggestormd.'

'Uitstekend!' Seb glimlacht breed. 'Een aandeelhoudersvergadering is pas goed als er iemand kwaad wegloopt. Kom op, ga zitten en relax. Je ziet er bekaf uit.' Hij zoent me en troont me mee naar binnen, en ik loop achter hem aan terwijl ik in gedachten de hele avond nog probeer te verwerken.

Opeens schiet me iets te binnen. 'O, je raadt het nooit,' zeg ik. 'Ik heb Ryan gezien.'

'Rýan?' herhaalt Seb. Zijn hele gezicht verstrakt en ik heb er meteen spijt van dat ik het heb verteld.

'Een nanoseconde maar,' zeg ik snel. 'Maar ik heb hém in elk geval op zijn nummer gezet.'

'Goed zo,' zegt Seb na een korte stilte. 'Ik ben blij dat te horen. Een goede avond dus?'

Ik plof neer op een stoel aan zijn keukentafel en voel mijn laatste restje energie wegsijpelen. 'Nou, nee, eigenlijk niet. Het was verschrikkelijk.'

Ik vecht tegen de plotselinge aandrang om in tranen uit te barsten. Ik denk dat het uitgestelde shock is. Shock om Jakes agressie tegenover mij. Shock om de waarheid die erachter ligt.

'Verschrikkelijk?' Seb reikt me een glas wijn aan. 'Hoezo?'

'Dank je,' zeg ik. 'Het is... Nou ja, het is Jake.'

'Wat is er met Jake?'

Ik aarzel, nip van mijn wijn en probeer te bedenken wat ik moet zeggen. Ik mag me niet laten ontvallen dat Jake schulden heeft. Leila heeft het me in vertrouwen verteld en hij is familie. Misschien is het niet zo erg als ze denkt en... Ik mag het gewoon niet doorvertellen, zelfs niet aan Seb.

'Hij heeft een paar probleempjes,' zeg ik uiteindelijk. 'Met zijn werk. Het is allemaal heel zorgwekkend.'

'Hmm,' zegt Seb omzichtig. 'Maar dat is toch zíjn probleem? Niet het jouwe?'

'Maar mam is erbij betrokken,' zeg ik wanhopig. 'Ik moet iets doen, maar ik weet niet wat...' Ik wrijf over mijn gezicht. 'Het is allemaal nog erger dan ik dacht.'

'O, schatje toch.' Seb neemt me bezorgd op en reikt dan naar een bord op het aanrecht. 'Neem wat fudge.'

Ik kijk ongelovig naar de kruimelige, heerlijk uitziende blokjes. 'Is dat zélfgemaakte fudge?'

'Ik dacht dat je misschien zin in iets lekkers zou hebben als je terugkwam. Ik maak graag fudge,' voegt Seb er schouderophalend aan toe. 'Het is geen kunst. Ik doe het al sinds mijn zevende.'

Ik pak een blokje en stop het in mijn mond en het is als een explosie van troost. Zoete, machtige, totale verwennerij.

'Dank je,' zeg ik na een paar momenten kauwen. 'Dank je wel dat je fudge voor me hebt gemaakt.'

'Tja, jij hebt mijn leven gered,' zegt Seb met een blik op het koffiebekerkartonnetje, dat uit mijn tas piept. 'Fudge maken is wel het minste wat ik terug kan doen.' Hij werpt me een plagerige glimlach toe, maar deze keer glimlach ik niet terug. Ik weet niet waarom, maar zijn woorden hebben een gevoelige plek geraakt. Ik kan niet lachen. Ik kan geen grapjes maken. Ik vind het koffiebekerkartonnetje niet meer leuk of grappig, ik vind het irritant.

Als ik mijn blokje fudge opheb, zeg ik zonder hem aan te kijken: 'Blijven we hier tot in lengte van dagen mee doorgaan?'

'Waarmee?' vraagt Seb niet-begrijpend.

'Voor wat hoort wat. Ik sta bij jou in het krijt. Jij bij mij. Had je ook fudge voor me gemaakt als ik je leven niet had gered?'

'Natuurlijk!' Seb lacht geschrokken. 'Het is maar een grapje!'

'Nou, misschien zie ik de grap er niet meer van in,' zeg ik met mijn blik nog steeds op het tafelblad gericht. 'Houdt het dan nooit op? Jij doet iets voor mij en ik doe iets voor jou? Heen en weer. Uitrekenen wat we elkaar schuldig zijn en we kunnen maar beter betalen, want anders?'

Ik ga steeds sneller praten en mijn gezicht begint te gloeien. Het voelt alsof ik met mezelf op de loop ga.

'Fixie,' zegt Seb, 'waar heb je het over?'

'Dat weet ik niet precies,' zeg ik verdrietig, 'maar ik had liever gehad dat je gewoon had gezegd: "Ik heb fudge voor je gemaakt." Einde verhaal.'

'Ik vind dat je doordrijft,' zegt Seb een tikje wrevelig. 'Vrienden doen altijd dingen voor elkaar.'

'Misschien wel, maar ze houden de stand niet bij. Ze maken geen opsomming. Ze maken er geen spreadsheet van.'

'Godsamme, wie heeft er een spreadsheet gemaakt?' roept Seb boos uit.

'Wat is dít dan?' Ik ga staan, pak het kartonnetje uit mijn tas en zwaai ermee.

'Jezus!' Seb klinkt gekwetst. 'Ik dacht dat het léúk was.'

'Nou, ik ook,' zeg ik beverig, 'maar zo voelt het niet meer.'

'Waarom niet?' vraagt hij bijna ziedend.

'Omdat ik van je wil houden!'

De woorden floepen eruit voordat ik ze kan inslikken en ik hou mijn adem in. Ik zou snel willen zeggen dat ik het niet meende, maar dat zou gelogen zijn. Want ik meende het wel. Dus sta ik daar maar, zwaar ademend en met een kop als een boei.

'Nou, ik wil ook van jou houden,' zegt Seb na een voor mijn gevoel eindeloze stilte. 'Is daar iets mis mee?'

Mijn maag verkrampt. We hebben het nog nooit over 'houden van' gehad en nu hebben we het allebei gezegd. Sebs ogen vinden de mijne, grenzeloos liefdevol en warm, en ik weet dat dit mijn teken is om me in zijn armen te storten en de rest te vergeten... maar ik kan het niet. Ik moet mijn punt maken.

'Híér is iets mis mee!' Ik wijs wanhopig naar het kartonnetje. 'Liefde is geen transactie! Het gaat er niet om wat je voor elkaar kunt doen.' Ik kijk hem aan, snakkend naar zijn begrip. 'Liefde betekent dat niemand iemand iets schuldig is.'

'Nou, dat is ook zo!'

'Niet waar! Zelfs als ik dit wegdoe...' Ik stop het kartonnetje weer in mijn tas en tik tegen mijn hoofd. 'Dan zit het nog hier!'

We zwijgen allebei even. De lucht tussen ons in knettert van de spanning. Ik heb het gevoel dat onze liefde aan de andere kant van een onzichtbare muur zit en dat we geen van beiden weten hoe we erbij moeten komen.

'Fixie, wat wil je nou van me?' zegt Seb ten slotte een beetje moedeloos en ik slik terwijl de gedachten door mijn hoofd razen.

'Ik zou willen dat we weer terug konden naar die koffietent,' zeg ik uiteindelijk. 'Dat we elkaar zouden ontmoeten. En jij zou zeggen: "Hallo, ik ben Sebastian." En ik zou zeggen: "Hallo, ik ben Fixie."

En er zouden geen gunsten zijn, geen schulden of schuldbekentenissen of lijstjes of wat dan ook.'

'Tja. Hmm.' Seb haalt met een strak gezicht zijn schouders op. 'Je kunt niet terug in de tijd om het leven op een andere manier over te doen. Zo werkt het niet.'

'Dat wéét ik.' Ik voel irritatie opkomen. 'Ik zei het maar. Je vroeg erom.'

'Neem nog wat fudge,' zegt Seb beleefd, maar met een ondertoon. 'Er kleven absoluut geen schulden of verplichtingen aan.'

'Dank je,' zeg ik net zo sarcastisch als hij.

Hij houdt me het bord voor en ik pak een blokje en dan zwijgen we allebei even, tot Seb opeens inademt om iets te zeggen. Er trekt iets over zijn gezicht wat ik niet kan duiden.

'Denk jij echt dat liefde geen transactie is?' vraagt hij. 'Is dat wat je vindt? Dan heb ik een vraag voor je. Waarom loop je je het vuur uit de sloffen om maar continu te veel voor je familie te doen?'

'Hè?' Ik stoot een geschrokken, ongelovige lach uit. 'Dat doe ik helemaal niet!'

'Is het uit liefde?' vervolgt hij onverstoorbaar. 'Of omdat je het gevoel hebt dat je ze iets verplicht bent? Of is het uit schuldgevoel? Want dat is een schadelijke, risicovolle schuld waar geen eind aan komt en daar moet je vanaf zien te komen.'

Alles wat hij zegt komt aan, maar dat kan ik niet toegeven.

'Ik dóé niet te veel voor mijn familie.' Ik kijk hem kwaad aan.

'Ik hoor alleen maar wat je voor je moeder kunt doen, voor je familie, voor de zaak. Je werkt harder dan wie ook. Jij ruimt de rotzooi van de anderen op. Je broer heeft problemen en jij wilt ze oplossen! Waarom zou je? Laat hem het zelf uitzoeken!'

Ik kan er niets aan doen, ik begin mijn stekels op te zetten. Als iemand mijn familie aanvalt, verdedig ik die. Zo zit ik in elkaar.

'Je zou het toch niet begrijpen,' zeg ik met gespannen stem.

'Omdat ik geen familie heb?' kaatst hij terug, net zo gespannen, en ik knipper geschrokken met mijn ogen.

'Nee! Natuurlijk niet! Ik bedoelde alleen… We zijn heel hecht. We hebben een motto…'

'Weet ik,' onderbreekt hij me. 'Familie gaat voor. Wanneer heeft de familie jóú eens laten voorgaan, Fixie?'

Ik kijk hem aan. Mijn gezicht prikt. Het voelt alsof hij al mijn diepste, pijnlijkste gevoelens stuk voor stuk tevoorschijn haalt en tegen het licht houdt om ze te bekritiseren en het doet píjn. Ik wil dat hij ermee ophoudt.

'Mijn familie mag dan een herinnering zijn,' zegt Seb, 'maar wát ik me herinner is dat liefde niet hetzelfde is als iedereen de vloer met je laten aanvegen. De liefde kan hard zijn. Soms móét de liefde hard zijn.'

'Je vindt dat ik over me heen laat lopen?' vraag ik zwaar ademend.

'Dat heb ik niet gezegd. Maar ik vind dat je je eens wat minder druk moet maken om wat je anderen verplicht bent en wat meer om wat je aan jezelf verplicht bent.'

Ik weet dat het waar is wat hij zegt, maar tegelijkertijd ga ik me zo stom voelen door zijn woorden. Wat een oen ben ik. En ik trek het niet.

'Dus moet ik dan maar gewoon niets meer om ze geven?' sla ik terug.

'Daar gaat het niet om!' zegt hij fel. 'Maar je moet ook om jezelf geven! Je moet sterk zijn. Laat niet toe dat ze je een schuldgevoel bezorgen. Probeer ze… weet ik veel. Probeer je voor ze af te sluiten.'

'O, op die manier.' Ik hoor de vijandige woorden uit mijn mond stromen voordat ik ze kan tegenhouden. 'Eitje. Me voor mijn familie afsluiten. Zoals jij je voor je broer afsluit? Deur dicht, sleutel omdraaien en de andere kant op kijken? Dat je een prullenbak vol flessen niet ziet, wil niet zeggen dat hij er niet is.'

Er valt een monumentale, verschrikkelijke stilte. Seb kijkt alsof ik hem heb neergeknuppeld.

'Hoe weet jij dat?' vraagt hij ten slotte en zijn stem klinkt toon- en zielloos.

'Het spijt me.' Ik wrijf over mijn gezicht. 'Ik... ik heb de sleutel gepakt. Ik heb gekeken.'

Het is alsof de wereld instort. Ik zet een stap naar voren, bereid het bij te leggen, maar Seb reageert niet. Zijn gezicht is bleek en afstandelijk, alsof ik er niet eens ben. Ik kijk naar het bord met fudge en besef opeens dat als hij het al sinds zijn zevende maakt, hij het waarschijnlijk ook met zijn broer maakte.

'Seb...'

'Het geeft niet,' zegt hij, maar hij kijkt naar me alsof ik een vreemde ben. 'Het geeft echt niet. Echt.'

'Het geeft wel.'

'Het geeft niet,' zegt hij nog eens. 'Laten we het er niet meer over hebben.'

Zijn gezicht is helemaal gesloten en zijn stem heeft geen enkele warmte meer. Ik voel me alsof ik in de ban ben gedaan.

'Je hoeft niet zo naar me te kijken,' val ik afwerend uit.

'Hoe dan?'

'Alsof het mijn bedoeling was je pijn te doen. Dat was het niet.'

'Je hebt achter mijn rug om in de kamer van mijn overleden broer geneusd,' zegt hij op onverzoenlijke toon. 'Wat was je bedoeling dán?'

'Ik heb niet "geneusd"!' zeg ik vol afgrijzen, al fluistert een stemmetje vanbinnen: jawel, je hebt wél geneusd. 'Seb,' begin ik nog eens in een poging hem te bereiken, 'ik weet dat het gevoelig ligt, ik weet dat het verschrikkelijk voor je is geweest, maar ik weet zeker dat James...'

'Je hebt geen idee!' valt hij me woedend in de rede en dan wacht hij even tot hij zijn zelfbeheersing terug heeft. 'Jij weet helemaal niets van James. Niets.'

Zijn blik is zo vijandig dat de tranen me in de ogen springen. Ik heb een rotdag achter de rug en ik kwam hier troost zoeken, maar in plaats daarvan heb ik het verpest. Ik had geen inbreuk mogen maken op Sebs privacy. Ik had het er niet uit mogen flappen. Maar kan hij het me niet vergeven?

'Het lijkt alsof we geen van beiden iets kunnen zeggen zonder de ander te kwetsen,' zeg ik met beverige stem. 'Misschien kan ik beter gaan.'

Ik hunker er zo naar dat Sebs gezicht weer zacht wordt, dat hij me in zijn armen neemt, dat we zeshonderd keer sorry tegen elkaar zeggen en dat we het dan goedmaken in bed.

Maar dat gebeurt niet. Seb zwijgt even en zegt dan: 'Wat jij wilt.'

Ik raap dus met trillende handen mijn spullen bij elkaar, oppervlakkig ademend. En ik ga.

In de metro naar huis zit ik verdoofd naar mijn vervormde weerspiegeling in het raam te kijken. Ik kan niet bevatten wat er zojuist is gebeurd; hoe we zo snel zo ver hebben kunnen gaan, op zo'n nare manier. En pas als ik thuis ben, in mijn eigen slaapkamer, druk ik mijn gezicht in mijn kussen en begin te huilen.

23

Ik word wakker met barstende koppijn en maar één gedachte: Seb. Ik moet Seb spreken. Alles van de vorige avond spookt door mijn hoofd met een intensiteit alsof het vijf minuten geleden is gebeurd. Ik kan er nog steeds niet bij hoe het zó heeft kunnen ontsporen. Ik moet met hem praten, mijn excuses aanbieden. We moeten dit goedmaken.

Het was maar een ruzietje, stel ik mezelf gerust. Alle stellen bekvechten. We waren allebei moe en gestrest en we hebben dingen gezegd die we niet meenden. We kunnen dit fiksen. Ik pak mijn telefoon en stuur hem een berichtje:

Is het weer goed?

Dat laat ik mijn hoofd weer op het kussen vallen en staar naar het plafond in een poging mijn hoofdpijn te genezen. Ik heb een boek in Nicoles kamer zien liggen met de titel *Mediteer je gezond*, maar wat moet je doen als je hoofd te veel pijn doet om te mediteren?

Ik probeer me op een strand te concentreren, maar het enige strand dat ik voor me kan zien is droog en verzengend en het doet nogal postapocalyptisch aan, met verblindend wit zand, steile kliffen en een gier die probeert mijn ogen uit te pikken terwijl hij in mijn oor snerpt. Uiteindelijk sta ik dus maar op, sla mijn badjas om me heen en wankel de trap af op zoek naar aspirine. Ik besluit het medicineer-je-gezondregime te volgen, alleen voor vanochtend. Als ik op de onderste tree sta, krijg ik een berichtje binnen. Mijn hart slaat een slag over van de zenuwen. Het is van Seb.

Ik weet het niet, jij?

Ik kijk er met bonzende slapen naar. Ik weet niet hoe ik moet antwoorden. Als ik 'ja' zeg, klink ik dan niet te zelfgenoegzaam? Ik ga natuurlijk geen 'nee' antwoorden. Wat ik eigenlijk wil antwoorden is: ik weet het niet, jij? maar dan is het net alsof ik hem nadoe.

Het belangrijkste is dat hij heeft gereageerd, zeg ik tegen mezelf. Binnen twee minuten. Hij denkt dus ook aan mij. En misschien is het wel zo verstandig om niet meteen terug te appen, maar hem later te bellen, alleen móét ik nu eerst aspirine hebben…

Ik duw de keukendeur open en krijg bijna een hartverzakking. Ryan zit aan de keukentafel cornflakes naar binnen te werken.

'Wat doe jíj hier?' Ik klamp me vast aan de deurpost.

'Morgen.' Hij werpt me een verblindende glimlach toe, maar ik glimlach niet terug,

'Wat dóé je hier?' probeer ik nog eens. 'Wat… Hoe…' Ik heb het gevoel dat ik misschien gek aan het worden ben. Maakt Ryan deel uit van mijn postapocalyptische fantasie? Heb ik hem opgeroepen om mezelf te kwellen?

'Jake heeft me een sleutel gegeven. Ik mocht in zijn oude kamer slapen, zei hij.' Ryan knipoogt suggestief. 'Hij zei dat jij er niet was, anders was ik wel even bij je langsgewipt.'

'Je bent een walgelijk mannetje.' Ik kijk hem kwaad aan. 'Ik wil je hier niet hebben.'

'Geef me een kans!' zegt Ryan met een gebaar naar zijn ontbijt. 'Ik heb het nog niet op! Al zijn die cornflakes best goor,' voegt hij er met opgetrokken neus aan toe.

'Ze zijn van Nicole,' zeg ik. 'Het zijn speltvlokken.'

Randdebiel, wil ik eraan toevoegen, kun je de doos niet lezen? Maar dan zou ik een gesprek met hem beginnen, terwijl ik nooit meer contact met hem wil hebben, nooit.

'Spelt,' zegt hij peinzend terwijl hij zijn laatste hap neemt. 'O, vandaar.'

'Ga weg,' zeg ik streng. 'Onmiddellijk.'

'Dus, hoe is het met je?' Hij leunt achterover en laat zijn blik over me heen glijden op een manier die me vroeger tot een plasje op de vloer had laten smelten. 'Ik hoopte dat je me zou bellen.'

Hij hoopte dat ik hem zou bellen? Er dienen zich een stuk of vijf woeste weerwoorden aan en ik doe mijn mond al open, maar dan hou ik me in. Niet happen, Fixie. Daar is hij op uit.

'Ga weg,' herhaal ik. 'Ga gewoon.'

'Ik ga al!' Hij steekt lachend zijn handen op. 'Als je eerst koffie voor me zet.'

Koffie voor hem zetten? Meent hij dat nou?

'Ga! Weg! Opzouten!'

'O, ik heb wat kauwgom uit je tas gepakt,' vervolgt hij wijzend naar mijn shopper, die aan een stoel hangt. 'Dat vind je toch niet erg?'

'Wég!' zeg ik en nu ben ik echt ziedend. Ik kijk verwilderd om me heen, zie de bezem tegen de muur staan en pak hem. 'Weg! Eruit!' Ik prik naar hem in een poging hem weg te krijgen. 'Eruit!'

'Fixie, je bent hilarisch,' zegt Ryan, die eindelijk opstaat. 'Tot gauw, schat.'

Schat? Dat is de druppel.

Ik hef de bezem als een lans en storm met een strijdkreet op hem af. Hij maakt een sprongetje van schrik en vlucht dan half lopend, half rennend voor mij en mijn bezem uit de gang in.

'Weg!' gil ik. 'En waag het niet ooit nog terug te komen! Dit huis is verboden terrein voor jou!'

'Je ziet er goed uit, Fixie,' zegt hij terwijl ik hem de deur door duw. 'Ik bel je.'

'Niet doen! Nooit!'

Ik sla de deur dicht. Dan leun ik er hijgend tegenaan en schiet in de lach bij de herinnering aan zijn gezicht toen ik hem te lijf ging. Hij flipte echt.

Als ik ben uitgehijgd, ga ik terug naar de keuken, neem een aspirientje, ga zitten en laat alle gebeurtenissen van de vorige avond door mijn hoofd spelen. Leila, huilend boven haar manicurekoffertje.

Oom Ned, sputterend van woede. Morag, denk ik opeens. O, god, ik moet zorgen dat Morag blijft. En Jake… en hoe zou het met mam zijn?

Ik zit nog steeds aan de keukentafel, in een soort trance, als de deur opengaat en Jake binnen komt zetten. Ik gaap hem aan met het gevoel dat dit een droom moet zijn. Eerst Ryan, nu Jake? Hij is net zo chic gekleed als anders, in een mooi maatpak met een stropdas, maar zijn gezicht is angstaanjagend. Hij ziet er afgetobd en bleek uit en zijn kin steekt kwaad naar voren, alsof hij de hele wereld in elkaar wil slaan.

'Waar is Ryan?' zegt hij.

'Weg.' Ik ga niet toegeven dat ik hem eruit heb gezet, want Jake ziet eruit alsof hij zin heeft om iemand ervan langs te geven, en die iemand zou ik kunnen zijn. 'Dus als je hem wilde zien…'

'Nee,' kapt hij me af. Hij loopt met grote stappen naar het raam en ik kijk zwijgend toe. Zijn hele lichaam beweegt trekkerig, valt me op. Hij haalt een bevende hand door zijn haar en dan draait hij zich naar me om en kijkt me alleen maar aan en ik weet wat hij bedoelt. Hij bedoelt: je weet ervan.

'Ik ben gisteren bij Leila geweest,' zeg ik om open kaart te spelen.

Hij knikt kort. 'Dat heeft ze me verteld.'

'Jake…'

'Het is allemaal gelul, verdomme. Het is allemaal…' Hij breekt zuchtend zijn zin af. Opeens herinner ik me hoe hij dat blikje over straat schopte als tiener, scheldend op alles en iedereen.

'Jake…' Ik doe mijn ogen even dicht en probeer mijn gedachten te ordenen, het restje van mijn hoofdpijn weg te krijgen. 'Hoe erg ís het eigenlijk?'

Jake geeft niet meteen antwoord. Hij schenkt zichzelf een glas water in, legt zijn hoofd in zijn nek en slaat het in één teug achterover. Ik kijk naar hem, gefascineerd door zijn op en neer wippende adamsappel, benieuwd naar wat hij in vredesnaam zal antwoorden.

'Dat wil je niet weten,' zegt hij uiteindelijk.

'Misschien juist wel! Jake, misschien is dat het probleem juist... dat je zulke dingen niet deelt!' Mijn woorden buitelen over elkaar heen, zo graag wil ik helpen. 'Wij zijn je familie. We zijn er voor je. We zullen je helpen, koste wat kost. Misschien moet je naar een schuldhulpverlener, misschien moet je in therapie...'

'Ik heb geen behoefte aan therapíé,' slaat hij terug en ik bijt op mijn onderlip. 'Ik moet géld hebben.'

'Je ziet er afgepeigerd uit,' zeg ik met een grimas. 'Zo te zien heb je vooral slaap nodig.'

'Slaap!' Hij lacht blaffend en ik zie dat adertje op zijn voorhoofd weer kloppen. Alles wat ik zeg maakt hem boos, maar ik kan niet ophouden.

'Waarom ga je niet even liggen?' stel ik voorzichtig voor. 'Dan ga ik soep maken. En dan gaan we ervoor zitten en maken we een plan.'

Een fractie van een seconde lijkt het alsof hij ja wil zeggen. Ik zie een flits van een ver weggestopte emotie over zijn gezicht schieten en krijg het gevoel dat ik iets heb bereikt, maar vrijwel op hetzelfde moment is het weer voorbij. Hij is weer op zijn hoede en ijsbeert door de keuken.

'Ik hoef geen soep en geen plan, of dat soort gezeik. Poen moet ik hebben.' Hij draait zich weer naar me om en kijkt me indringend en gespannen aan. 'Dus dit is wat jij gaat doen. Jij gaat naar je rijke vriendje en regelt geld voor me. Of een nieuwe zakenpartner. Zie maar.'

'Wát?' Ik ben zo geschokt dat ik in de lach schiet. 'Dat kan ik niet maken!'

'Het moet, voor mij.'

'Jake, dat kan ik niet doen.'

'Het moet,' herhaalt hij onvermurwbaar. 'Als ik niet snel ergens geld vandaan haal, moet ik naar de gasten die je benen breken.'

Ik word overweldigd door angst en de raven klapwieken harder dan ooit, maar ik sta mezelf niet toe te zwichten. Liefde is hard. Dat zei Seb. Sluit je voor hem af.

'Er moet een andere oplossing zijn.'

'Ik heb alles al geprobeerd!' barst hij uit. 'Weet je wat iedere zakenman nodig heeft, Fixie? Een beetje geluk. Een kruimeltje geluk. Nou, jij hebt iets met die Seb en dat is mijn kruimeltje geluk.'

'Seb en ik hebben ruzie,' ga ik ertegenin. 'Ik weet niet eens of we nog wel samen zijn.'

'Maar hij staat toch bij je in het krijt?' slaat Jake prompt terug. 'Jij had zijn leven toch gered of zoiets? Leila heeft het me allemaal verteld,' voegt hij eraan toe en ik vervloek mezelf omdat ik gisteren mijn mond voorbij heb gepraat over Seb terwijl Leila mijn topcoat aanbracht.

'Hij is niet rijk,' zeg ik. 'Echt niet. Hij beheert geld, meer niet. Hij is niet zo'n patser, hij is anders dan die miljonairsvriendjes van jou.'

'Hij kan over geld beschikken,' zegt Jake. 'Hij heeft connecties. En ik ben ten einde raad.' Hij komt op me af en brengt zijn gezicht vlak bij het mijne. 'Familie gaat voor, Fixie. Doe dit voor me. Of wil je een wig in de familie drijven?'

'Hoe bedoel je, "een wig in de familie"?' vraag ik ontzet.

'Als je dit niet voor me doet, is het einde verhaal,' zegt hij hatelijk. 'Dan ligt de familie uit elkaar. Of wil je soms toekijken hoe je eigen broer verzuipt? Denk je dat we daarna nog de gezellige familie kunnen spelen?'

Hij draait zich met een ruk om en ik laat mijn ingehouden adem ontsnappen, met tollend hoofd en bijna in tranen. Ik weet wat Seb heeft gezegd: liefde is hard. Maar ik ben niet hard genoeg. Ik kan me niet afsluiten voor Jakes uitstraling, voor zijn agressie.

Opeens hoor ik mams stem in mijn hoofd: als je maar zorgt dat we de winkel niet kwijtraken, Fixie. En zorg dat de familie niet verdeeld raakt. Ik heb het haar beloofd. Ik wees naar de uitschuiftafel in de eetkamer en zei: 'Als je terugkomt, gaan we weer om die tafel zitten om het te vieren. Het zal super gaan met de winkel en wij zullen een gelukkige familie zijn.'

Ik word overspoeld door wanhoop. Ik heb op alle fronten gefaald. Morag dreigt weg te gaan. De winkel staat er wankel voor. En nu gaat Jake een wig in de familie drijven. Hij zal Nicole tegen me opzetten. Mam zal bij thuiskomst verdeelde, strijdende facties aantreffen en ze zal er kapot van zijn.

Ik kan niet streng zijn. Niet zó streng. Ik kan het gewoon niet.

En trouwens, wat vraagt Jake nu helemaal? Hij wil alleen maar dat ik Seb om hulp vraag. Het is het eind van de wereld niet.

'Goed dan,' prevel ik ten slotte.

'Wat, doe je het voor me?' Jakes gezicht klaart op.

Bij wijze van antwoord pak ik mijn telefoon en stel een bericht op aan Seb: *Mag ik naar je toe komen? Lunchtijd?*

Ik verzend het en krijg vrijwel direct antwoord: *Natuurlijk!*

'Oké, afspraak gemaakt,' zeg ik terwijl ik mijn telefoon neerleg. 'Ik ga met hem lunchen.'

'Yes!' zegt Jake en hij stompt energiek in de lucht. 'Fixie, je bent een baas.'

'Ik kan niets belóven,' zeg ik, want dat wil ik duidelijk hebben. 'Ik kan niets belóven. Ik kan hem alleen maar om hulp vragen.'

'O, hij helpt je wel,' zegt Jake, die zijn zelfverzekerde, stoere houding weer terug lijkt te hebben. 'Hij helpt je wel, Fixie.'

Op weg naar mijn werk kijk ik telkens naar Sebs berichtje op mijn telefoon en probeer het te interpreteren. Het is maar één woord – *Natuurlijk!* – maar volgens mij kan ik er veel uit afleiden. Hij klinkt happig. Hij heeft een uitroepteken gebruikt, wat niet nodig was. Hij klinkt niet boos. Of… toch wel?

Ik probeer me voor te stellen dat hij met een boos, dreigend gezicht 'Natuurlijk!' zegt, maar dat lukt niet. Ik dénk dat hij me graag wil zien. Ik hoop het maar. En natuurlijk moeten we het over gisteravond hebben, en ik zal mijn excuses aanbieden omdat ik in de kamer van zijn broer heb gekeken, en het zou even netelig kunnen worden… maar we komen er wel uit.

Toch?

Uiteindelijk stop ik mijn telefoon weg. Ik kan niet blijven speculeren, ik word er gek van. Ik loop de winkel in en de eerste die ik zie is Morag, aan de andere kant. Ze leest Stacey de les over iets, ik hoor niet precies wat, maar ze wijst naar een toontafel en ik voel opeens een golf liefde voor haar. Ze is van plan weg te gaan, maar toch neemt ze de tijd om dat te doen? Ze houdt nog van Farrs, ik weet het zeker.

Er klinkt een piep uit mijn zak en ik denk: *Seb?*, en trek mijn telefoon weer tevoorschijn, maar het is een bericht van mam.

Sorry dat ik je ben misgelopen, Fixie, voel me veel beter vandaag. Hopelijk alles oké. Liefs, mam xxx

Ik kijk op naar Morag, die nu naar een steelpan gebaart, en lees mams woorden nog eens: *Hopelijk alles oké.*

Ik hoop het ook. Ik hoop het echt.

Als Morag is uitgepraat, zwaai ik om haar aandacht te trekken en als ze bijna bij me is, zeg ik: 'Morag, heb je even?'

Ik neem haar mee naar het kantoortje. Het is een warboel in mijn hoofd. Ik weet niet wat ik moet zeggen of waar ik moet beginnen, maar ik weet wel dat ik haar dringend moet zien te bereiken. Ik moet het tij keren.

'Morag...' begin ik zodra we met een kop thee achter de dichte deur zitten. 'Het is een beetje een zootje sinds mam naar Spanje is vertrokken.'

'Ja, kind,' zegt Morag op haar nuchtere, onopgesmukte manier. 'Dat klopt.'

'Maar dat ga ik veranderen. We stoppen met yoga, we geven de Taartclub prioriteit, we gaan het assortiment veranderen...'

'Mooi,' zegt Morag. 'Want dat is nodig.'

'Ik wil nog eens naar onze webwinkel kijken. En we hebben een grote opleving voor kerst nodig. We moeten het anders doen. We kúnnen het anders doen.'

'Ja,' zegt Morag. 'Ik denk dat jullie dat kunnen.'

Jullie. Niet we.

Is ze in gedachten al weg?

Het blijft even stil en ik neem een slokje thee en vraag me af wat ik nog moet zeggen. Wat is Morag toch verstandig, denk ik kijkend naar haar praktische handen met de transparante nagellak. Ze kent de klanten. Ze weet hoe je moet inkopen. Ze weet hoe je prijzen moet calculeren. Zíj is degene die al die tijd met me om de tafel had moeten zitten om samen te beslissen. Niet Nicole. Niet Jake. Niet oom Ned.

'Morag, als we je kunnen overhalen bij ons te blijven,' zeg ik voordat ik het goed en wel besef, 'wil ik je graag in de directie hebben.'

Ik heb er helemaal niet bij stilgestaan, maar zodra ik de woorden heb uitgesproken, weet ik dat het klopt. Morag maakt deze winkel tot wat die is. Ze zou er een aandeel in moeten hebben.

'In de directie?' Morag kijkt me geschrokken aan.

'We hebben je een lange tijd niet genoeg gewaardeerd,' zeg ik. 'En dat spijt me. Morag, blijf alsjeblieft.'

'Je koopt me dus om,' zegt ze prompt.

'Nee.' Ik schud verwoed mijn hoofd. 'Dat is in elk geval niet de bedoeling. Het is een blijk van erkenning. Voor alles wat je doet.'

'In de directie,' zegt Morag peinzend, alsof ze aan het idee probeert te wennen. Dan neemt ze me wantrouwend op. 'Is je moeder het hiermee eens? Je moeder hecht veel waarde aan familie. Ik ben geen familie.'

Familie gaat voor, speelt het door mijn hoofd. Familie gaat voor, verdomme. Ik zeg niet dat pap het mis had, dat zal ik nooit zeggen, maar misschien begin ik 'familie' anders te zien. Niet alleen de mensen met wie je je genen deelt zijn familie, maar ook degenen met wie je loyaliteit, vriendschap en respect deelt. De mensen die je lief zijn.

'Jij hoort bij de Farrs-familie,' zeg ik. 'En daar gaat het om.'

'Fixie, je hebt mijn vraag niet beantwoord,' zegt Morag streng en ik denk: daarom hebben we haar nodig; ze laat zich niet foppen. 'Weet je moeder zelfs maar dat je me dit aanbiedt?'

'Ik heb het mam niet gevraagd, maar dat hoeft ook niet.' Ik kijk

Morag vastbesloten aan. 'Ik weet dat ze het ermee eens is.'

Ik ben nog nooit van mijn leven zo zeker van iets geweest. Ik wéét dat ik het juiste doe. Mam heeft mij opgedragen deze winkel te beschermen en dat doe ik nu.

'Nou, ik zal erover nadenken,' zegt Morag en ze drinkt haar thee op. 'Ik kan maar beter teruggaan naar de winkel.'

En ze is zo kalm, zo onverstoorbaar, zo indrukwekkend, dat ik de hele terugweg naar de kassa duim en denk: blijf alsjeblieft, blijf alsjeblieft, blijf alsjeblieft.

Ik denk dat ze blijft.

Om de een of andere reden krijgen we die ochtend een groep Japanse toeristen in de winkel, op zoek naar souvenirs met de vlag van het Verenigd Koninkrijk erop. Morag, Stacey en ik verkopen twaalf mokken, zestien kussenhoezen en een kalender, terwijl Greg pogingen doet om 'Japans' te spreken, want hij heeft wat woordjes opgepikt uit mangastrips, al lijkt geen van de toeristen er iets van te verstaan.

'Wat zéí je nou?' vraag ik zodra ze allemaal vertrokken zijn.

'Ik weet het niet precies,' bekent hij. 'Sterf, denk ik.'

'Sterf?' Ik kijk hem verbluft aan. 'Je zei "sterf" in het Japans?'

'Ik twijfel,' zegt hij na een korte denkpauze. 'Het kan ook "kop eraf" zijn geweest.'

'"Kop eraf?' herhaal ik vol afgrijzen. 'Jij hebt een groep klanten begroet met "kop eraf"?'

'Ze begrepen het toch niet,' mengt Stacey zich in het gesprek. 'Ze dachten gewoon dat hij een halvegare was. Hoe gaat het met je vriendje, Fixie?' stapt ze naadloos over en ze knippert met haar ogen naar me.

'O,' zeg ik uit mijn evenwicht gebracht. 'Hij is, eh… Ja.'

Je kunt het Stacey wel toevertrouwen mij te overvallen. Ik ontwijk haar nieuwsgierige blik (Greg lijkt het ook best boeiend te vinden) en kijk op mijn horloge.

'Mooi,' vervolg ik kordaat. 'Ik moet nu weg. En, nieuwe regel,' voeg ik er op weg naar mijn jas over mijn schouder aan toe: 'Wie "kop eraf" tegen een klant zegt, wordt op staande voet ontslagen.'

'Dat is niet eerlijk,' hoor ik Greg achter mijn rug morren. 'Stel dat het in een normaal gesprek ter sprake komt?'

'Een normaal gesprek?' zegt Stacey spottend. 'Wat ben jij voor zieke geest, Greg? Ik heb zelfs nog nooit "kop eraf" gezegd.'

'Zonet!' zegt Greg triomfantelijk. 'Nu heb je het gezegd!'

Ik glimlach tegen wil en dank en bijt op mijn onderlip. Het is misschien een beetje een disfunctioneel stel... maar ik ben gek op onze medewerkers.

Seb en ik hebben niet echt een tijd afgesproken, dus als ik de winkel uit loop, app ik hem:

Ik kom nu naar je toe, oké?

Hij stuurt vrijwel onmiddellijk een reactie terug:

Prima.

Ik stel een volgend berichtje op: *Super, tot zo*, en terwijl ik aarzel of ik er een zoen bij zal zetten, krijg ik nog een bericht binnen. Het is weer van Seb en als ik het lees, schrik ik me kapot.

Waarom wil je me zien?

Ik ben zo perplex dat ik stokstijf op de stoep blijf staan. Waarom wil ik hem zien?

Waarom?

Ik weet even niet wat ik erop terug moet zeggen. Wat bedoelt hij in vredesnaam? Is het niet overduidelijk waarom ik hem wil zien? Jakes verzoek voorleggen is wel het laatste waar ik me druk om maak. Ik wil Seb zien. Ik wil mijn armen om hem heen slaan. Ik wil tegen hem zeggen hoe erg het me spijt dat ik een grens heb overschreden. Ik wil tegen hem zeggen dat ik heb geprobeerd zijn advies op te volgen, dat ik echt mijn best heb gedaan om Jake met harde hand aan te pakken, maar dat ik me soms gewoon niet sterk genoeg voel.

Ik verlang naar hem. Meer niet. Ik verlang naar hem.

Ik loop door en probeer mijn gedachten op een rijtje te zetten, te bedenken wat ik ga zeggen, en intussen raak ik steeds meer over mijn toeren. *Waarom wil je me zien?* Dat is niet echt een vriendelijke vraag. Geen we-maken-het-goed-met-een-zoenvraag. Wil hij het niet goedmaken met een zoen?

Dan dringt het tot me door en opeens voel ik me leeg, bang en een beetje stom. Heb ik het allemaal verkeerd begrepen? Ben ik er ten onrechte van uitgegaan...

O, god. Ziet hij het allemaal anders dan ik?

Is het uit?

Bij die gedachte schiet er een ondraaglijke pijn door me heen. Uit. Het kan niet uit zijn. Ik kan niet zonder hem. Ik doe mijn ogen dicht, probeer geconcentreerd adem te halen en wens uit alle macht dat het niet waar is. Het mag niet waar zijn. Dit kan hij niet willen. Maar waarom zou hij anders zo'n vormelijk, afstandelijk bericht sturen?

Ik lees de woorden nog eens: *Waarom wil je me zien?* Het is gewoon kwetsend. Waar is de intimiteit? Waar is de genegenheid? We zijn toch geen zakenpartners?

Mijn hoofd bonst en ik ben bang dat ik moet huilen, maar dat ga ik niet doen. Ik ben ninja Fixie. Ik ben keihard. Als hij zakelijk wil, kan hij zakelijk krijgen.

Ik typ een nieuw bericht. Mijn duimen raken de letters zo driftig dat ik steeds fouten maak, maar het kan me niet schelen. Ik moet iets van mijn pijn de vrije loop laten.

Ik wil je iets zakelijks vragen.

Ik verzend het bericht en wacht ademloos. Hij is niet de enige die kwetsende berichten kan sturen. Ik kan ook afstandelijk en vormelijk doen. Even later piept mijn telefoon: *Goed.*

Ik staar naar het enkele woord en voel weer een dolk in mijn hart. Waarom doet hij zo? Waarom heeft hij ons opgegeven? We hebben gisteravond ruziegemaakt. Ruzie. Stellen maken ruzie. Wil hij echt alles weggooien omdat ik één stomme fout heb gemaakt?

Ik scrol door mijn telefoon en lees alle berichtjes die we vandaag hebben uitgewisseld. Ik snap het gewoon niet. Vanochtend klonk hij nog oké. Niet echt opgetogen, maar ook niet kil. Hij klonk alsof hij me wilde zien.

Nu klinkt hij daarentegen kil en afstandelijk en niet als de Seb die ik ken, laat staan de Seb op wie ik verliefd ben. Wat is er gebeurd? Waarom?

Maar zolang ik hier bewegingloos blijf staan, krijg ik zeker geen antwoord op die vragen. Ik dwing mezelf uiteindelijk dus door te lopen, met loodzware voeten. Ik had me heel erg op onze afspraak verheugd, maar nu zie ik er als een berg tegen op.

Ik kom bij het gebouw aan, Seb begroet me persoonlijk bij de lift en ik weet meteen: het is erger dan ik verwachtte.

'Zo,' zegt hij. 'Hallo.' Hij steekt zijn hand uit, maar zoent me niet. Zijn gezicht staat strak. Zijn ogen zijn donker en onheilspellend en kijken telkens langs me heen. Ik geef hem een hand, met een onwezenlijk gevoel.

'Hallo,' zeg ik. 'Fijn dat ik mocht komen.'

'Geen probleem.'

Hij laat me zijn kantoor in alsof ik een vreemde ben en vraagt beleefd of ik koffie wil. Zijn lichaamstaal is de hele tijd afschuwelijk: hij beweegt zich stijf en gespannen, houdt afstand en draait zich zodra het kan van me af. En ik denk steeds: is dit een grap? Gedragen we ons echt zo? Maar het lijkt geen grap.

Terwijl ik wacht tot hij terugkomt met mijn koffie, kijk ik om me heen in zijn kantoor. Het heeft zoveel meer persoonlijkheid dan zijn appartement. Het is veel huiselijker, met al die boeken en foto's en het kleurige vloerkleed.

Dit ís zijn huis, dringt het opeens tot me door. Dus zijn appartement is… wat?

Een wachtkamer. Het woord dient zich ongevraagd aan. Zijn appartement is een wachtkamer. Leeg, onbemind en tussen twee werelden in. En opeens wil ik dit dolgraag met hem bespreken, maar hoe kan dat als we allebei zo strak staan als twee katten vlak voor een gevecht?

Hij komt terug met twee mokken en ik kijk op in de hoop dat het nu misschien wat relaxter wordt, maar hij ziet er zo mogelijk nog ontoeschietelijker uit dan eerst.

'Wat kan ik voor je doen?' zegt hij terwijl hij gaat zitten en de pijn laait weer op. Prima. Als hij het zo wil spelen, dan spelen we het zo.

'Ik ben hier om je hulp te vragen,' zeg ik. 'Niet voor mezelf, voor iemand anders. Voor...'

'Ja, ik kan wel raden wie,' onderbreekt hij me.

Hij klinkt zo vijandig dat ik in elkaar krimp. Hij ziet eruit alsof hij overborrelt van verontwaardiging. Haat zelfs. Oké, ik wéét dat hij heeft gezegd dat ik harder moest zijn voor Jake. Ik wéét dat ik het omgekeerde doe van wat hij me heeft aangeraden door hierheen te komen om te vragen of hij hem wil helpen. Maar moet hij echt zo uit de hoogte doen?

'Ik verwacht niet dat je het begrijpt,' zeg ik.

'Nee. Eerlijk gezegd begrijp ik er niets van.'

'Nou, ik ben gewoon niet zo sterk als jij dacht,' snauw ik wanhopig. 'Sorry.'

'O, je hoeft je niet te verontschuldigen hoor.' Zijn ogen staan zo hard en onverzoenlijk dat ik ervan schrik. 'Het is jouw leven. Je mag doen wat je wilt.'

Doen wat ik wil? Hoe kan hij zoiets zéggen?

'Seb...' Ik kijk hem aan en voel de hete tranen achter mijn ogen. 'Hoor eens, ik weet dat je boos bent. Ik weet dat ik je heb gekwetst en het spijt me, maar geef me een kans om uit te leggen waarom ik hier ben.'

'O, echt?' kaatst hij terug, zo sarcastisch dat ik naar adem snak. 'Ik heb een beter idee, Fixie. Laten we het er niet over hebben. Wat wil je van me? Geld?'

Ik kijk hem gekrenkt aan. Géld? Ik wil repliceren: doe niet zo mal, ik wil alleen advies voor Jake of misschien een doorverwijzing naar iemand, of een knuffel zou ook al fijn zijn... maar er knapt iets in me. Als we niet van elkaar houden, waarom aarzel ik dan nog?

'Tja, je bent me nog iets schuldig.' Ik smijt de woorden met een klap tussen ons in en Sebs gezicht staat op slag strak en een beetje eng.

We zwijgen allebei even. De spanning is om te snijden. Het voelt alsof ik in een nachtmerrie zit en wakker moet worden. Ik moet opnieuw beginnen. Andere dingen zeggen. Het anders laten lopen.

Maar dat kan ik niet. Dit is het echte leven.

'Ja, ik ben je iets schuldig,' zegt Seb uiteindelijk met een stem die de zijne niet is. 'Hoeveel wil je? Wacht, dan pak ik mijn chequeboek.'

Hij komt zonder naar me te kijken van zijn stoel, loopt naar een kantoorkast en rommelt in een la onderin. Ik kijk bewegingloos naar hem, slap van ellende. Ik heb bereikt waarvoor ik was gekomen. Waarom voel ik me dan zo leeg?

Wat doe ik hier eigenlijk? Waar ben ik mee bézig?

In een poging mijn greep niet te verliezen, wijs ik mezelf op de feiten: Jake. Schuld. Familie.

Alleen lijken de feiten een ander pad in mijn hoofd te kiezen nu ik hier zit. Ik beredeneer het op een nieuwe manier. Stel dat Seb Jake een zak met geld geeft. Wat dan? Wat heb ik dan bereikt? Hij geeft het toch alleen maar uit aan een hoop dure lunches, hij vertelt ons een hoop kul over 'deals' en dan zijn we weer terug bij af.

Terwijl Seb laden opent en sluit, word ik duizelig van verwarring. Ik heb het gevoel dat ik nergens meer vat op heb. Ik weet niet meer waarom het me een goed idee leek om hierheen te gaan. Ik heb geen plan. Ik heb niets. Alleen het besef dat ik elke kans om met Seb samen te zijn heb verpest.

Ik voel een pijnscheut die zo hevig is dat ik mijn hoofd in mijn handen laat zakken. Gedachten dienen zich zo lukraak aan dat ik het niet meer bij kan houden. *Familie gaat voor. Liefde is hard. Sluit je ervoor af.* Dat zei Seb tegen me: sluit je ervoor af. Maar hoe kan ik me afsluiten voor Jake? Hij zei dat hij een wig in de familie zou drijven. Hij leek het te menen. En ik hou van mijn familie, van iedereen, ondanks alles…

En dan weet ik het ineens, in een flits.

Liefde. Het gaat allemaal om liefde.

Liefde is niet je voor iemand afsluiten, maar het tegendeel. Als je van iemand houdt, stel je je voor hem open. Je sluit je niet af, je gaat het gesprek aan.

Wanneer heb ik voor het laatst echt met Jake gepraat? Of mam? Hij laat ons niet toe. Hij slaat ons van zich af met zijn dure auto's en bekakte accent; met zijn leugens en dreigementen. Maar wie is hij echt, diep vanbinnen?

Mijn hoofd lijkt op springen te staan. Het is me allemaal glashelder. Ik moet niet minder van Jake houden, maar juist méér. Wij allemaal. Ik. Mam. Leila. Hij heeft die harde, onvoorwaardelijke liefde nodig die inhoudt dat we hem écht helpen orde op zaken te stellen.

Harde liefde. De hardste liefde. De liefdevolste liefde die er is.

'Oké,' hoor ik Seb zeggen en als ik opkijk, zit hij weer aan zijn bureau. 'Wat ben ik je schuldig?'

Een bundel zonlicht valt door het raam en vangt zijn ogen, die weer glanzend groen-bruin kleuren. Ik kijk naar zijn gezicht en denk onwillekeurig: ik hou van jou. Maar wat heb ik daar nu nog aan?

'Niets.' Ik pak mijn tas. 'Ik hoef bij nader inzien toch geen geld te hebben. Of hulp. Dank je. Sorry dat ik je lastig heb gevallen.'

'Dat is het andere uiterste,' zegt Seb uitdrukkingsloos.

'Tja, nou ja. Ik ben tot een inzicht gekomen. En toevallig heb jij me daarbij geholpen.' Mijn stem wordt onvast en ik schraap mijn keel. 'Dus… dank je wel.'

'O ja?' zegt Seb met een onverbiddelijke onverschilligheid.

'Ja. Dankzij jou.' Zijn gezichtsuitdrukking zou niet ontmoedigender kunnen zijn, maar ik dwing mezelf door te gaan. 'Toen je het over harde liefde had. Je hebt me geholpen in te zien dat als je echt van iemand houdt, je hem niet gewoon wat geld toeschuift. Je helpt hem degene te worden die hij moet zijn. En dát is onvoorwaardelijke liefde.'

Ik kijk hem aan, snakkend naar een reactie, een beetje warmte, wat dan ook...

'Onvoorwaardelijke liefde,' herhaalt Seb ten slotte met een vreemde stem. Zijn ogen staan dof, alsof ik hem een klap heb gegeven. 'Nou, ik ben blij dat je daar helemaal zelf achter bent gekomen, maar ik heb een drukke dag vandaag. Dus.' Hij schuift zijn stoel naar achteren alsof hij het gesprek wil afsluiten.

Ik kijk naar hem. Ik krijg geen lucht. Is dat het? Is dat zijn reactie?

'Waarom ben je niet blijer?' Mijn woorden floepen eruit voordat ik ze kan tegenhouden en tot mijn ontzetting rollen er twee tranen over mijn wangen. 'Ik heb naar je geluisterd! Ik heb je advies ter harte genomen!'

'Ik ben blij,' zegt hij. 'Ik ben superblij. Succes met je project. Tot ziens,' voegt hij eraan toe terwijl hij gaat staan en ik kom ook overeind, trillend op mijn benen.

'Tot ziens,' bauw ik hem met een zielig sarcasme na. 'Leuk je gekend te hebben.'

Ik loop versuft weg en voel nieuwe tranen opwellen. Mijn blik valt op het koffiebekerkartonnetje op een plank... en het voelt alsof ik iets over het hoofd zie.

Maar ik ben te erg van streek om erbij stil te staan of aan iets anders te denken dan het feit dat Seb naar me keek alsof ik een vreemde voor hem was. Alles is nog erger geworden dan het al was. En ik snáp het gewoon niet.

24

Als ik bij de winkel aankom staat Jake buiten te wachten, gespannen en in elkaar gedoken, als een slang die op het punt staat toe te slaan.

'En?' vraagt hij terwijl hij op me afloopt. 'En? En?'

Ik haal diep adem om mijn zenuwen te overwinnen, om de raven te vergeten. Onvoorwaardelijke liefde, hou ik mezelf voor. Ik kan dit. Als ik eerlijk ben en recht uit mijn hart spreek, dring ik misschien tot hem door.

'Ik heb geen geld voor je,' zeg ik.

'Lekker is dat.' Jake wendt zich met een moordlustige blik van me af. 'Super, verdomme.'

'Ik heb geen geld voor je,' vervolg ik met radeloze, bevende stem, 'omdat je geen geld meer zou moeten lenen. Je werkt je alleen maar dieper in de nesten. Jake, kun je je leven niet een beetje veranderen?' Hij staat tegen de winkel geleund en ik loop naar hem toe en kijk ernstig naar zijn gezicht in de hoop zijn blik te vangen. 'Kun je niet ophouden mensen op dure lunches te trakteren? Ophouden achter deals van triljoenen ponden aan te jagen die toch nooit doorgaan? Probeer eens echt werk te vinden. Werk dat iets oplevert. Zou dat je niet gelukkiger maken?'

Ik kijk naar hem op met een hoop die meteen vervliegt. Als ik dacht dat ik tot hem door kon dringen, was ik een debiel. Hij ziet er niet uit als een nieuw mens. Hij jubelt niet: mijn god, je hebt helemaal gelijk. Hij slaat niet warm en gemeend zijn armen om me heen me de woorden: dank je wel. Ik zie nu precies hoe het zit.

'Krijg de klere, Fixie,' grauwt hij, en dan loopt hij stampvoetend weg. Mijn hart klopt in mijn keel en de raven slaan met hun vleugels tegen mijn hoofd. Ergens zou ik achter hem aan willen lopen, mijn verontschuldigingen willen aanbieden, door het stof willen kruipen. Maar mijn verstand weet wel beter. Ik moet voet bij stuk houden. Dit is nog maar het eerste stadium.

Ik wacht tot hij de hoek om is, pak mijn telefoon en typ een berichtje.

Hoi Leila. Kunnen we praten? Fixie xxx

Ik verzend het, adem dan lang en diep uit en schud Jakes stem uit mijn oren. Meer kan ik voorlopig niet doen. Ik heb andere dingen aan mijn hoofd.

De rest van de dag werk ik aan plannen voor de winkel. Plannen die we nú kunnen uitvoeren. Tegen sluitingstijd heb ik een doorgerekende lijst gemaakt van kerstpromoties, kortingen, evenementen en uitverkopen. Ik heb nieuwe voorraad besteld. Ik heb een nieuwe indeling voor de voorkant van de winkel bedacht. Ik heb niets aan Jake, Nicole of oom Ned gevraagd. Ik heb de beslissingen helemaal alleen genomen, al heb ik me soms afgevraagd wat mam ergens van zou vinden en Morag een paar keer geraadpleegd. Verder niemand. Ik heb hier het roer in handen. Ik, Fixie.

Ik kom uitgeput thuis en zie Nicole in de deuropening van de keuken geleund staan, opgaand in haar telefoon, zoals altijd.

Ze kijkt even op. 'O, hoi Fixie,' zegt ze. 'God, wat was Jake woest op je gisteren.'

'Weet ik,' zeg ik kortaf. 'En ik was niet erg onder de indruk van hem, dus we staan quitte.'

Ik wacht op een volgende opmerking over gisteravond, maar ze tuurt met gefronst voorhoofd naar haar scherm.

'Ik ben zo gestrest,' verzucht ze. 'Ik ben zo, zeg maar... Mijn hormonen zijn helemaal in de war. Ik moet naar een dokter.'

'Waarom ben je gestrest?' vraag ik zuiver uit beleefdheid.

'Het komt door Drew. Hij heeft een ticket voor de drieëntwintigste voor me geboekt. Hij heeft zoiets van: je móét naar Abu Dhabi komen.' Ze knippert met haar ogen naar me. 'Hij heeft er gewoon, zeg maar, voor betááld.'

'Wat is daar mis mee?'

'Het is zo passief-agressief!' Ze spert haar ogen open. 'Het is zo bazig! Hij weet dat ik gestrest ben, maar toch doet hij het. Het is net...' Ze maakt haar zin niet af, zoals gewoonlijk, en ik voel ergernis opkomen.

'Ik dacht dat je gestrest was omdat je je man miste,' merk ik op. 'Hij heeft een ticket voor je gekocht zodat je naar hem toe kunt, dan zou je nu toch juist mínder gestrest moeten zijn?'

'Je snapt het niet.' Nicole werpt me een verwijtende blik toe. 'God, ik snak naar koffie. Zet eens koffie voor me, Fixie.'

Ik tel tot drie en zeg dan heel duidelijk: 'Doe het zelf.'

'Hè?' Nicole kijkt me verbaasd aan.

'We hebben een espressoapparaat.' Ik gebaar ernaar. 'Doe het zelf.'

'O, maar je weet toch dat ik dat niet kan?' zegt Nicole prompt, alsof het een natuurwet is.

'Leer het dan,' zeg ik. 'Ik help je wel.'

'Mijn hoofd staat niet naar zulke dingen,' zegt Nicole met opgetrokken neus. 'Als ik zoiets probeer te leren, krijg ik iets van een mentale blokkade, zeg maar? Toe nou, Fixie. Jij bent zo goed met het espressoapparaat.'

Iets aan haar lome, zweverige stem, die klinkt alsof ze overal recht op heeft, maakt dat ik opeens over de rooie ga.

'Zeg niet dat ik zo goed ben in dingen waar je zelf geen zin in hebt!' gil ik tegen haar en ze kijkt verbaasd op. 'Doe niet alsof je iets niet kunt om eronderuit te komen!'

'Hè?' Nicole gaapt me aan alsof ze me nog nooit iets heeft horen zeggen en niet eens wist dat ik een stem hád. Wat ze misschien ook echt niet wist.

'Je kunt best leren met dat apparaat om te gaan! Natuurlijk kun je dat. Je wilt het gewoon niet! Je loopt voor alles weg, Nicole! Alles! Inclusief je eigen man!'

Shit. Dat floepte eruit voordat ik er erg in had.

'Waar héb je het over?' Nicoles hand fladdert afwerend naar haar mond en ik voel mijn gezicht gloeien. Dat ging te ver. Hoewel?

Ik slik een paar keer terwijl ik als een razende nadenk. Ik kan terugkrabbelen. Zeggen dat het me spijt. Het hierbij laten. Maar ik ben niet in de stemming om terug te krabbelen, te zeggen dat het me spijt of het erbij te laten. Misschien is het tijd dat we het soort zusjes worden dat mam altijd wilde. Het soort dat echt iets inhoudelijks over elkaars leven weet.

'Ik weet dat het me niets aangaat,' zeg ik iets kalmer, 'maar je belt nooit met hem. Het lijkt je niets te doen als hij ziek is. En je wilt hem niet in Abu Dhabi opzoeken. Nicole... hóú je eigenlijk wel van Drew?'

Er valt een loodzware stilte. Nicoles beeldschone gezicht is van me afgewend, maar ik zie iets straks bij haar mondhoek. Haar vingers spelen nerveus met de kwastjes aan haar ceintuur en ik zie haar afgekloven nagels. Dan draait ze haar hoofd eindelijk mijn kant op en tot mijn schrik heeft ze betraande ogen.

'Ik weet het niet,' fluistert ze. 'Ik weet het niet. Ik wéét het gewoon niet, verdomme.'

'Oké,' zeg ik. Ik probeer niet te laten merken hoe ik hiervan schrik. 'Nou... hield je van hem toen je met hem trouwde?'

'Ik wéét het niet,' zegt Nicole radeloos. 'Ik dacht het wel, maar misschien heb ik de fout van mijn leven gemaakt. Niet tegen mam zeggen,' voegt ze er snel aan toe. Ze klinkt precies zoals die keer toen ze vijftien was en ik haar lurkend aan een fles wodka betrapte en ik lach snuivend.

'Ik dacht dat je gek werd van verlatingsangst,' zeg ik en Nicole spert haar neusgaten open.

'Ik ben toevallig heel gestrest, ja,' zegt ze, weer haar eigen, hooghartige zelf. 'Mijn yogadocente zegt dat ze zich veel zorgen om me maakt.'

Ik rol met mijn ogen. Het zal Nicole altijd aan zelfspot ontbreken, maar ze klinkt in elk geval iets oprechter.

'Waar is het dan misgegaan?' vraag ik. 'Je leek zo gelukkig op je bruiloft.'

'De bruiloft was super.' Nicoles blik wordt zacht bij de herinnering. 'En de huwelijksreis was super. Maar daarna had ik zoiets van: is dit alles? Er was niets meer om plannen voor te maken, snap je? Alle spanning was eraf. Het was, ik weet niet, zo vlak.'

'Had je niet met Drew mee kunnen gaan naar Abu Dhabi?' opper ik. 'Had je daar geen plannen voor kunnen maken? Waarom ben je eigenlijk niet meegegaan? Zeg nou niet dat ze daar geen yoga hebben.'

'Ik schoot in de stress,' bekent Nicole na een korte stilte. 'We hadden een paar keer ruzie gehad en toen dacht ik: Drew en ik samen als expats in een flatje in Abu Dhabi, in ons eentje? Stel dat het allemaal in de soep loopt? Stel dat we ruzie krijgen? Het leek me makkelijker om hier te blijven. Je weet wel. Het zou…' Ze maakt haar zin weer eens niet af.

'Je dacht dat het makkelijker was om je man maar helemaal niet meer te zien dan om een paar keer ruzie met hem te maken.' Ik kijk haar strak aan. 'Ja. Dat klinkt logisch.'

'Het was stressvol!' zegt Nicole defensief. 'Ik dacht: ik zit het hier wel uit en dan komt het op de een of andere manier vanzelf goed.'

'Het komt niet goed met een relatie als je je kop in het zand steekt!' roep ik vertwijfeld uit. 'Relaties zijn altijd stressvol! In alle relaties wordt geruzied! Hóú je van hem?'

Het blijft lang stil. Nicole windt een lok haar om haar vingers en kijkt me niet aan.

'Soms denk ik van wel,' zegt ze uiteindelijk, 'maar soms als ik naar hem kijk, denk ik…' Ze deinst veelzeggend terug. 'Maar ik bedoel, ik heb hem niet meer gezien sinds, nou ja, heel lang…'

Ik wacht op de rest… en besef dat ze klaar is. Zelfs naar Nicoles maatstaven is het een vrij vaag antwoord.

'Nicole, je moet naar Abu Dhabi,' zeg ik kordaat. 'Misschien kom je er dan achter of je van Drew houdt of niet.'

'Hmm,' zegt Nicole weifelend. 'Misschien.'

'Het móét,' zeg ik met klem. 'Jullie moeten tijd met elkaar doorbrengen. Je moet dit onder ogen zien. Anders weet je niet eens of je getrouwd wilt zijn of niet.'

'Misschien. Maar stel dat ik erheen ga en...' Nicole breekt haar zin af op die irritante manier van haar, maar deze ene keer weet ik wat ze bedoelt. Ze bedoelt: stel dat ik erachter kom dat ik niet van Drew hou? En het lijkt haar van streek te maken.

Ik bedoel, eerlijk is eerlijk, het zou mij ook van streek maken.

'Ik denk dat je rekening moet houden met die mogelijkheid,' zeg ik met een sympathie die ik nog nooit voor Nicole heb gevoeld. 'Ik bedoel, wat wilde je anders doen? Had je eigenlijk wel een plan?'

'Ik weet het niet! Ik dacht...' Ze aarzelt en bijt op haar nagels. 'Ik dacht dat Drew daar misschien een ander zou leren kennen en dat ik dan zelf geen beslissing meer hoefde te nemen.' En dit is zo belachelijk dat ik nu echt in lachen uitbarst.

Nicoles gezicht betrekt op slag, alsof ze niet weet of ze beledigd moet zijn of niet, maar dan verschijnt er een glimlach op haar gezicht. En ik glimlach terug. Ik heb het gevoel dat wij tweeën voor het eerst in ons leven contact hebben. We waren altijd net zo'n schakeling die niet werkte en op het punt stond weggegooid te worden, maar nu flakkert het lampje. Er is hoop.

'Als je er iets aan hebt: ik vind Drew een prima vent,' zeg ik. 'Maar dat doet er eigenlijk niet toe. Waar het om gaat, is of hij de ware is. Voor jou.'

'Tja, weet je, of we blijven getrouwd, of we gaan scheiden,' zegt Nicole met een zeldzaam gevoel voor humor. 'Altijd prijs.' Ze trekt zo'n wrang gezicht dat ik wel moet glimlachen. En nu dit contact tussen ons is gelegd, voel ik de drang om alles te zeggen wat ik kwijt moet, heel snel.

'Nicole, ik moet je nog iets zeggen,' ratel ik. 'Het gaat over iets anders, maar het is belangrijk. Ik meende het echt, gisteren. Je móét stoppen met die yogalessen. We moeten de winkel weer op de rails zien te krijgen. Anders gaat Morag weg en dan gaat Farrs failliet en dan raken we het huis kwijt en wil mam nooit meer een woord tegen ons zeggen.'

'Je overdrijft altijd zo, Fixie.' Nicole doet mijn woorden af door met haar ogen te rollen.

'Ik overdrijf niet! We zitten echt in de problemen! Bob heeft het zelf gezegd,' voeg ik er voor de zekerheid aan toe. 'Gisteren.'

Het is een leugentje om bestwil: Bob heeft niet echt gezegd dat we in de problemen zitten, maar iedereen heeft respect voor Bob. Nicole schrikt er inderdaad van.

'Heeft Bob gezegd dat we in de problemen zitten?'

'Ja.'

'Wat zei hij dan precies?'

'Hij zei...' Ik kruis mijn vingers achter mijn rug. 'Hij zei: "Jullie zitten in de problemen." En het is waar!' probeer ik tot haar door te dringen. 'Het komt erop neer dat we een zootje van de winkel hebben gemaakt sinds mam is vertrokken en dat we het weer in orde moeten maken.'

'Ik heb er geen zootje van gemaakt,' pareert Nicole op haar gebruikelijke arrogante toon. 'Heb je de Instagramaccount gezien?' Ze schudt haar haar over haar schouder en kijkt naar haar weerspiegeling in een glazen kastdeurtje. 'Die is getransforméérd. Iedereen zegt het. De beelden zijn geweldig.'

'Ja, maar het zijn alleen maar foto's van jou!' sla ik radeloos terug. 'En de enige comments zijn verzoekjes om een date met jou!'

'Het heeft onze naamsbekendheid vergroot,' zegt Nicole meteen, maar ze klinkt afwerend en ik weet dat ik tot haar doordring.

'We moeten een grote kerstopleving hebben,' zeg ik. 'Ik barst van de ideeën, maar je moet me helpen. Je moet me echte, praktische hulp in de winkel bieden.'

'O, ik kan niet,' zegt ze snel. 'Ik ben er niet. Ik ga naar Abu Dhabi.'

Gelooft ze het zélf?

'Je gaat de drieëntwintigste pas weg.' Ik werp haar een meedogenloze blik toe. 'Tot dat moment heb je tijd. En je gaat me helpen. Op mijn manier. Oké? Je bent het aan Farrs verschuldigd,' voeg ik eraan toe als ik haar zie inademen. 'Je bent het aan mam verschuldigd. Aan míj.'

Nicole zwijgt even, met samengeknepen ogen. Ik kijk naar haar, zonder met mijn ogen te knipperen, in het besef dat het waarschijnlijk de eerste keer is dat ik ooit voor mezelf ben opgekomen tegenover haar.

'Goed dan,' zegt ze ten slotte verongelijkt. 'Alleen ga ik niet lopen sjouwen. Mijn yogadocente zegt dat ik geen zware dingen mag tillen. Ik heb uitzonderlijk tengere armen.'

'Ik hou het in gedachten,' zeg ik met mijn blik ten hemel gewend. 'Mag ik je dan nu voorstellen aan je nieuwe beste vriend, het espressoapparaat?'

Nicole werpt me een verbolgen blik toe, loopt naar het espressoapparaat en kijkt er sceptisch naar. 'Wat ingewíkkeld,' zegt ze uiteindelijk.

'Ja,' beaam ik. 'En?'

Nicole steekt een vinger uit, raakt het schermpje aan en schrikt als het oplicht. Dan draait ze zich met een wantrouwig gezicht naar me om.

'Je bent veranderd, Fixie,' zegt ze.

'Ja.' Ik knik laconiek. 'Ja, dat klopt.'

'Hoe is het met je nieuwe vriendje?' vraagt ze dan. Ik zie dat haar een lichtje opgaat, alsof dit alles zou kunnen verklaren.

'Slecht,' zeg ik bondig. 'Het is uit.'

'O.' Nicole trekt een meelevend gezicht. 'Shit. Dat heeft niet lang geduurd.'

'Nee. Tja,' zeg ik schouderophalend.

We kijken elkaar zwijgend aan en het voelt alsof we meer gemeen hebben dan ooit. We leerden allebei iemand kennen, we werden verliefd en het leek allemaal op rolletjes te lopen. Tot het misging.

Het wordt wazig voor mijn ogen. Ik krijg een brok in mijn keel. Ik knipper verwoed mijn tranen weg, maar Nicole heeft het al gezien. Ze kijkt me uitdrukkingsloos aan... en steekt dan opeens haar armen uit. Ik begrijp heel even niet wat ze wil... en dan snap ik het. Mijn oren worden warm en ik loop bijna verlegen op haar af.

Ze slaat haar armen om me heen, hete tranen vallen uit mijn ogen op haar schouder en ik zucht alsof ik mijn adem heel lang heb ingehouden. Het moet jaren geleden zijn dat mijn grote zus me voor het laatst een knuffel gaf. Ze ruikt naar een Nicolerig parfum en haar oorbellen tinkelen zacht terwijl ze me op mijn rug klopt.

'Maak een kop koffie voor me,' probeert ze me over te halen als we ons van elkaar losmaken. 'Ah, toe?'

'Nee!' Of ik wil of niet, ik schiet verontwaardigd in de lach, met de tranen nog in mijn stem. 'Ik doe het niet! Je moet het zelf leren!'

Het kost me ruim een halfuur om het haar bij te brengen. God, wat maakt ze me gefrustreerd. Haar brein glijdt gewoon weg als het iets ziet wat het niet leuk vindt. Maar dan houdt ze eindelijk een latte vast en kijkt er trots naar.

'Zie je wel?' zeg ik. 'Dan kun je hierna leren hoe je de broodrooster moet ontvochtigen.'

'De broodrooster ontvochtigen?' herhaalt Nicole vol afgrijzen en ik verbijt een giechel. Net als ik tegen haar wil zeggen dat ik het maar heb verzonnen om haar te stangen, krijg ik een berichtje binnen.

Hoi. Jake is bloedchagrijnig. Wat is er gebeurd? Heb je even? Leila xxx

Ik denk opeens niet meer aan het espressoapparaat, aan Nicole, aan makkelijke problemen, zoals het schoonmaken van de melkopschuimer... maar aan Jake. Ik zie zijn kille, boze ogen weer voor me en ik krijg een knoop in mijn maag van de zenuwen.

Ik typ snel een antwoord aan Leila:

Ik bel je zo xxx

Ik verstuur het berichtje en kijk naar het scherm. Ik weet wat ik vind dat er moet gebeuren. En ik wil ook dat het gebeurt, maar ik zie er als een berg tegen op. Ik kan het niet alleen.

'Nicole,' zeg ik ten slotte. 'Er is nog iets.'

'Ja?' Ze kijkt weer naar het espressoapparaat. 'Wacht, maakt hij nou een macchiato?'

'Er is nog iets waarmee je me moet helpen. Iets groots.' Ik wacht tot ze me aankijkt en zeg dan: 'Het gaat om Jake.'

Het kost ons twee dagen om het allemaal te regelen. Ongeveer de helft van die tijd is nodig om alles aan Nicole uit te leggen, die meteen begint met: 'Nee, echt, Fixie. Moet je je met álles bemoeien?'

Maar dan gaat ze met Leila praten en ziet Jakes muur waar de tv altijd hing. Vervolgens overleggen we met Bob in het kantoortje; hij laat ons zien hoeveel geld Jake van de rekening van de winkel heeft afgeschreven... en zelfs Nicole lijkt even op te schrikken uit haar gebruikelijke bubbel.

'Maar wat dóét hij ermee?' zegt ze terwijl ze in de kopieën bladert die Bob voor ons heeft gemaakt. 'Het kan toch niet allemaal in die zwendel zijn gestopt?' voegt ze er met een gepijnigd gezicht aan toe, want daar heb ik haar al over verteld.

'Je weet wel,' zeg ik schouderophalend. 'Jake-dingen. Netwerken. Als je het hem vroeg, zou hij zeggen dat hij contacten onderhield of de weg vrijmaakte voor deals of zo, maar je kunt de weg niet eeuwig blijven vrijmaken. Je moet de deal een keer binnenhalen.'

'En waarom heeft mam die eerste lening eigenlijk goedgekeurd?' Nicole kijkt vragend naar Bob.

Bob kijkt om zich heen alsof hij bang is dat we worden afgeluisterd en neemt een slokje van zijn instantkoffie met drie klontjes suiker. (We hebben een koffiezetapparaat, maar hij heeft liever instant.)

'Het zit zo,' zegt hij op verontschuldigende toon. 'Jullie moeder heeft altijd een zwak gehad voor Jake. Niemand is volmaakt en hij is haar zwakke plek en dat weet ze. Ze zegt: "O, Bob, ik zou het niet moeten doen," maar ze kan het niet helpen. Ze heeft hem vaak genoeg uit de brand geholpen, door de jaren heen. Ik vroeg me al af of jullie ervan wisten,' voegt hij eraan toe terwijl hij naar een koekje reikt. 'Maar jullie zijn nu allemaal onderdeel van het bedrijf, bij wijze van spreken.'

Heeft ze hem gered? Heeft ze Jáke gered?

Ik gaap Bob aan. Het duizelt me. Ik voel me een beetje slapjes. Ik heb me al die tijd kapot geschaamd omdat ík degene was die mams geld had opgemaakt. Ík was degene die had gefaald. Jake bezorgde me een schuldgevoel en ik voelde me minderwaardig omdat hij alles op eigen kracht had gedaan, zonder hulp, zakelijk genie dat hij was.

Maar zo zat het dus niet, hè? Het was allemaal gelogen.

Tenminste... Ik roep mezelf tot de orde en denk als een razende na. Klopt dat wel? Heeft iemand ooit echt tegen me gelogen? Of nam ik domweg aan dat het zo zat?

Ik verwacht dat ik kwaad op mam zal worden, maar dat gebeurt niet. Ik kan het haar niet kwalijk nemen. Het is haar geld. Ik kan niet eens boos op Jake zijn. Ik voel me alleen een beetje treurig, want hoeveel tijd heb ik wel niet verspild door mezelf met Jake te vergelijken? En hoe volkomen zinloos was dat?

'Wat jullie oom Ned betreft, ik denk dat Jake hem zand in de ogen heeft gestrooid,' zegt Bob peinzend. 'Ik vermoed dat Jake met grote woorden smeet, dat ze hun gin dronken en dat Ned geen vragen stelde. Maar weet je, als je verantwoordelijk bent voor het geld van een ander moet je wel vragen durven stellen. Maakt niet uit of je dom overkomt.' Opeens komt er een zeldzame glimlach op zijn gezicht. 'Ik ben nooit bang om dom over te komen. "Gewoon vragen," zeg ik altijd. Vragen kan geen kwaad.'

'Jij bent nooit dom, Bob,' zeg ik hartelijk. 'Je bent een held.'

'O, nou ja,' zegt hij verlegen. 'Dat is te veel eer. Ik doe gewoon mijn werk.'

'Oké, nou, Fixie, je hebt gelijk,' zegt Nicole, die de kopieën neerlegt. 'Zoals gewoonlijk.' Ze grinnikt naar me en ik grinnik terug en neem me voor er niets van te zeggen dat ze vanochtend een puinhoop van de keuken heeft gemaakt.

De volgende middag zijn we er helemaal klaar voor en om zes uur staan we alle drie op de stoep van Grosvenor Heights te wachten: Leila, Nicole en ik, op een rij, onder de verlichting van de dure luifel, en ik ril een beetje van de kou. En van de zenuwen. Jake heeft Leila geappt dat hij onderweg is; hij kan er nu elk moment zijn. Ik kijk naar de anderen en zie dat Nicoles kaken op elkaar geklemd zijn. Leila ziet er eerlijk gezegd doodsbang uit, maar ze zet in elk geval door. Ze is sterker dan ze lijkt, Leila.

En dan komt hij opeens onze kant op, zijn blik op zijn telefoon gericht, en we verstijven alle drie. Als hij ons ziet, vertrekt zijn gezicht van schrik en versnelt hij zijn pas.

'Wat is er aan de hand?' vraagt hij als hij bijna bij ons is. 'Wat doen jullie hier allemaal? Is er iets met mam?'

'Nee,' zegt Nicole. 'Met jou.'

'Hè?' Jake kijkt van de een naar de ander. Hij heeft zijn arm laten zakken en zijn telefoon bungelt in zijn hand. 'Waar heb je het over?'

Nicole en ik kijken naar Leila, die naar voren stapt, bevend maar dapper. 'Jakey, we gaan hier weg. We gaan de flat verhuren. We kunnen het niet meer betalen.'

Jakes ogen worden donker. 'Je maakt een grapje.' Hij kijkt naar Nicole en mij. 'Ze maakt een grapje. Ze is gek geworden, toch?'

'Mijn vader en ik hebben een nieuwe tv aan de muur gehangen,' gaat Leila resoluut verder. 'Een goedkope. Het ziet er oké uit. Over een uur komt de makelaar met een werkend stel kijken. Morgen komen er nog drie kijkers. Als we de juiste prijs vragen, zijn we het zo kwijt volgens de makelaar.'

Jakes gezicht is bijna rubberachtig van schrik. Hij kijkt perplex naar Leila en doet dan zichtbaar moeite om zich te vermannen.

'Wat een gelul,' zegt hij terwijl hij zich langs haar heen wringt.

'Pardon, zou je me er even door kunnen laten, zodat ik mijn eigen huis in kan?'

'Ik heb een nieuw slot op de voordeur laten zetten,' roept Leila hem na en Jake draait zich langzaam om.

'Wát heb je gedaan?' vraagt hij op dreigende toon.

'Ik heb een nieuw slot op de voordeur laten zetten. Gewoon... voor de duidelijkheid.'

'Heb je me uit mijn eigen huis getrapt? Dat kun je niet máken!' brult hij woest en Leila ziet eruit alsof ze op instorten staat.

'Nou, toch wel,' zeg ik en ik sla een arm om Leila heen. 'Jake, je kunt zo niet doorgaan.'

'Wat doen jullie tweeën hier eigenlijk, verdomme?' valt hij als een getergde tijger naar ons uit.

'Wij zijn hier voor de morele steun,' zegt Nicole. '"Als je het snel wilt doen, doe het dan alleen,"' vervolgt ze wijs, met een blik op mij. '"Als je het goed wilt doen, doe het dan samen."'

Ik wil wedden dat ze dat van een kussenhoes heeft, maar ik knik dankbaar naar haar. Het probleem met die spreuken van Nicole is dat ze soms best goed zijn. Vooral het houten bordje dat ze me gisteren heeft gegeven: JE BENT STERKER DAN JE DENKT. Ik heb er al veel naar gekeken en het geeft me écht het gevoel dat ik sterker ben.

'Jakey, heb je nog inkomsten?' vraagt Leila, die nerveus met haar handen wringt. 'Écht geld?'

'Ik heb... ik heb een hoop potentiële deals,' zegt Jake ontwijkend. 'Een gast in Northampton die in de wijn zit. Ik heb ijzertjes in het vuur...'

'Je hebt geen ijzertjes in het vuur,' onderbreekt Leila hem mistroostig. 'Die heb je niet.'

Een straat verderop loeit een politiesirene, we zwijgen allemaal even en opeens moet ik aan Ryan denken. Jake lijkt te veel op Ryan. Alsof hij nog steeds probeert Ryan te zíjn. Zoals het altijd is geweest, al sinds hun tienertijd. Met grote namen strooien en stoerdoenerij. Het komt door Ryan dat Jake het normaal is gaan vinden om als een miljonair te leven. Goed, Jake is altijd ambitieus geweest, hij heeft altijd rijk willen worden, maar toch was het beter geweest als hij Ryan nooit had gekend. Als we hem geen van beiden ooit hadden gekend.

'Mijn vader brengt me zo naar huis,' zegt Leila, die haar kin naar voren steekt. Haar dunne benen zijn in skinny jeans gestoken, aan haar voeten draagt ze laarzen met hoge hakken en haar nagels zijn iriserende kunstwerkjes. Ze ziet er zo waardig uit dat ik haar wel kan zoenen. 'Al je spullen liggen in het busje. Pap heeft gezegd dat we wel een tijdje bij hem mogen komen wonen.'

'Jullie hebben mijn spúllen weggehaald?' zegt Jake ongelovig, alsof hij weer een klap krijgt.

'We verhuren de flat, Jake,' zegt Leila alsof ze het aan een oerstom iemand uitlegt. 'Ik moest wel.'

'Alles goed, lieverd? Ik moest het busje verplaatsen; die rottige parkeerwachten ook.' We kijken allemaal op bij het horen van de barse stem van Leila's vader, Tony. Ik heb hem een paar keer gezien; hij heeft een bouwbedrijf in Northwood. Hij is een grote, sterke man met eelt op zijn handen en hij laat zijn blik met nauwelijks verborgen minachting over Jakes chique pak glijden. Ik weet niet of ze wel ooit goed met elkaar hebben kunnen opschieten. 'Als je in de problemen zit, kan ik een baan in de bouw voor je regelen,' vervolgt hij kortaf tegen Jake. 'Je bent ongeschoold, dus je krijgt het minimumloon.'

'Dank je wel, pap,' zegt Leila. Ze richt haar ogen als koplampen op Jake en ik zie wat ze seint: zeg dank je wel tegen mijn vader.

'Dank je wel, Tony,' zegt Jake, die klinkt alsof hij in de woorden stikt.

'Tja. Hmm.' Tony beent weg en Leila wankelt op haar hakken achter hem aan.

'Pap, wacht. Ik kom eraan. Wacht even.' Ze draait zich weer om naar Jake op haar klepperhakken. Haar fijne trekken stralen een kracht uit die haar gezicht nog mooier maakt dan het toch al is. 'We wachten tien minuten in het busje, goed? Je kunt met ons mee of we kunnen je spullen ergens anders naartoe brengen, maar als je met me meegaat, moet je het ook echt willen. Je moet het zelf wíllen, Jakey. Jij en ik...' Haar stem trilt opeens. 'We kunnen er iets van maken. Het gaat er niet om of je me dure spullen geeft, of je een held bent of naar hoeveel clubs we gaan. Het gaat erom dat jij en ik plannen maken en samen van ons leven genieten en... en dat we wij zijn. Maar dan moet je wel wíj willen zijn, Jakey.' Ze wijst met een slanke vinger van hem naar zichzelf. 'Je moet óns willen zijn.'

Ze is uitgesproken en zwijgt ademloos. Dan maakt ze rechtsomkeert en haast zich naar haar vader, die haar een arm geeft en met haar de hoek omslaat. Ik moet me inhouden om niet te roepen: bravo, Leila!

Ik waag een blik op Jake... en ik schrik. Hij lijkt wel ziek. Hij is op zijn hurken gezakt, zijn hoofd is gebogen en zijn schouders schokken. Dan kijkt hij eindelijk op. Hij huilt niet, maar het scheelt weinig.

'Jullie hebben verdomme tegen mij samengespannen,' zegt hij met gesmoorde stem. 'Jullie zijn famílie.'

'Dat is precies de reden dat we tegen je hebben samengespannen,' zeg ik. 'Omdát we familie zijn. Omdát we om je geven.'

Ik heb altijd gehunkerd naar het zonlicht van Jakes goedkeuring, maar nu voel ik een ander soort gloed. De overtuiging dat we hier goed aan doen.

'Dus, wat, vind je dat ik in de bóúw moet gaan werken?' zegt hij met een bozige, verdrietige blik op mij. 'Denk je zo over me?'

'Waarom zou je niet in de bouw werken?' stuif ik op, plotseling kwaad. 'Wie denk je dat je bént? Jake, hou eens op met proberen deftig te doen. Wees trots op waar je vandaan komt. Leila heeft gelijk, je moet jezelf willen zijn. En jij bent Jake Farr. Wees daar trots op.'

Jake staart voor zich uit alsof hij me niet heeft gehoord.

'Trots zijn dat ik Jake Farr ben,' zegt hij uiteindelijk met holle stem. 'Waar moet ik dan trots op zijn? Ik heb niets.'

Hij slaat zijn handen weer voor zijn gezicht, diep ongelukkig, en opeens herinner ik me hoe ontroostbaar ik was toen Farr's Food failliet ging. Het verdriet dat ik voelde als ik naar mijn groene schorten onder het bed keek. Het voelde alsof het leven nooit meer leuk zou worden.

Maar misschien heb ik nog geboft, valt me dan opeens in. We krijgen allemaal met een soort mislukking te maken in ons leven en ik heb de mijne al vroeg gehad. Ik ben weer opgekrabbeld. Ik heb geleerd dat mislukken niet betekent dat je een mislukking bént; het betekent alleen dat je ook maar een mens bent.

'Je hebt Leila, die fantástisch is,' zeg ik vol vuur. 'Je hebt ons. En je hebt Farrs.' Ik kan de verleiding van een steekje onder water niet weerstaan en voeg eraan toe: 'Níét De Notting Hill Familiedeli, maar Farrs.'

Jake verroert zich niet en ik hurk naast hem neer en probeer te bedenken hoe ik tot hem door zou kunnen dringen.

'Pap was zo trots op je, Jake,' zeg ik iets vriendelijker. 'Hij gaf niets om status of dure pakken of meer geld verdienen dan een ander. Weet je nog wat hij altijd zei? "Na een dag eerlijk werk slaap je de slaap der rechtvaardigen."'

'Ik slaap al weken amper,' zegt Jake na een korte stilte. Hij draait zijn hoofd en ik weet niet of het door de lichtval komt, maar hij heeft er nog nooit zo afgetobd uitgezien.

'O, slaap is cruciaal,' zegt Nicole prompt. 'Crúciaal. Ik slaap ook niet zo goed, weet je, en het is heel slecht voor me. Ik heb wel wat etherische oliën voor je,' biedt ze aan.

'Kijk eens aan,' zeg ik tegen Jake. 'Etherische oliën. Als dat niet helpt...' Ik probeer de spanning te breken en ik dénk dat zijn ene mondhoek trekt. Een beetje maar. 'Denk je dat het nu lukt je schulden af te betalen?' vraag ik, weer ernstig.

'Ja,' zegt Jake met afgewende blik. 'Zo ongeveer. Alleen heb ik dan niets meer over om zaken mee te doen.' Ik voel aan dat hij het verschrikkelijk vindt om zijn financiën met zijn kleine zusje te bespreken, maar beseft dat hij geen keus heeft.

'Dan valt het eigenlijk nog mee,' zeg ik schouderophalend. 'Je hebt alleen geld van Farrs geleend en dat kun je makkelijk terugbetalen.'

'Hoe dan?' vraagt Jake alsof hij denkt dat ik hem in de maling neem. 'Hoe moet ik dat dan doen?'

'Door ervoor te werken,' zeg ik eenvoudigweg. 'Door te bikkelen.'

Terwijl ik het zeg, dringt er opeens iets vreemds tot me door. Mijn stem klinkt vast. Mijn woorden zijn duidelijk. En er fladderen geen raven om mijn hoofd.

Misschien zijn ze weggevlogen.

25

Jake heeft peperkoekdienst. Hij staat tien uur per dag verkleed als peperkoekmannetje voor Farrs te roepen: 'Kom toch binnen! Peperkoekhuisjes bij Farrs! Kerstversiering bij Farrs! Uitsteekvormpjes bij Farrs! Ho ho ho!' Hij deelt flyers, stukjes peperkoek om te proeven en waardebonnen voor speciale aanbiedingen uit.

Het was niet de bedoeling dat hij het de hele dag zou doen; mijn oorspronkelijke plan was dat we het om de beurt zouden doen. Maar toen we een rooster probeerden op te stellen tijdens een personeelsvergadering en iedereen door elkaar heen gilde over de tijden, zei Jake opeens: 'Oké, genoeg. Ik ben het peperkoekmannetje. Basta.'

We keken hem allemaal met grote ogen aan en ik zei: 'De hele dag?'

Waarop hij met een stalen gezicht zei: 'Altijd nog beter dan de hele dag met jullie in de winkel rondhangen.' En na een korte stilte (toen we er zeker van waren dat hij een grapje maakte) lachten we allemaal.

Nu Jake wat relaxter is, nu hij niet meer achter de miljoenen aan jaagt en gewoon elke dag bij Farrs werkt, is hij eigenlijk best vrolijk. Hij is geestig. Stacey en hij zijn aan elkaar gewaagd en Greg probeert hem telkens over te halen een Mixed Martial Arts-groep voor het personeel op te zetten, met twee leden: hijzelf en Jake. (Bob wilde niet meedoen.)

'Dus eigenlijk wil je me aftuigen, Greg,' zei Jake uiteindelijk en Gregs ogen puilden nog verder uit en hij zei dat dat een volkómen verkeerde interpretatie was van alle vaardigheden en artisticiteit van MMA. Jake gaf mij intussen een knipoog.

Wat zijn peperkoekmannetjesvaardigheden betreft, die blijken geweldig te zijn! De actie werkt beter dan ik had durven dromen: de peperkoekhuisjes vliegen de schappen uit, samen met al het bakgerei voor de kerstdagen. Morag, ons nieuwe directielid, is er op een avond met me voor gaan zitten en toen hebben we het hele assortiment vernieuwd. We hebben puur op ons gevoel een paar feestartikelen ingekocht en die liepen beter dan verwacht. De mengkom met peperkoekmannetjesmotief is al uitverkocht voordat hij goed en wel in de schappen staat en de versie met hulst is bijna net zo populair. We hebben zelfs wachtlijsten moeten aanleggen.

Er zijn drie weken voorbijgegaan sinds Bobs sombere constatering en zelfs hij knipperde verbaasd met zijn ogen toen hij afgelopen zaterdag naar de winkel kwam. Het gonsde van de bedrijvigheid. Jake riep: 'Koop nu een peperkoekhuisje! Kerstpapier drie rollen voor de prijs van twee!' Nicole hielp Morag met de kerststukjes die de kinderen konden maken terwijl hun ouders in de winkel rondkeken. Er klonk een vrolijk geroezemoes en de kassa's rinkelden onophoudelijk. We weten pas in januari hoe het is uitgepakt, maar het ziet er goed uit. Het ziet er beter uit.

Eerlijk is eerlijk: Nicole en Jake hebben zich allebei uit de naad gewerkt. We hebben zoveel extra koopavonden gehouden als we konden, met verschillende thema's en acties. Het was uitputtend en we hebben onze prioriteiten moeten stellen. Het huis is een zootje, de keuken is een zwijnenstal, we hebben nog niet eens aan ons eigen kerstfeest gedácht en we lopen allemaal op ons tandvlees... maar het is het waard.

Jake is er gisteren zelfs in geslaagd beleefd te doen tegen de klanten tijdens onze allereerste Seniorenavond. Hij deed alsof hij verrukt was toen hij mijn schattige schuifelende klant van de bruine mok terugzag, die Stanley bleek te heten. Hij deed ook übercharmant tegen Sheila én tegen Sheila's moeder van achtennegentig, die wel een keer of vijf tegen Jake heeft gezegd dat hij zo'n lekker ding was en dat ze altijd al een toyboy had willen hebben.

Morag heeft er nog nooit zo blij uitgezien; ze heeft nu helemaal de vrije hand en maakt hopen plannen voor het komende jaar. Ik heb er zelf ook een paar. Ik ga een keer per maand kooklessen aan onze klanten geven. Ik noem het de Maaltijdclub, want dat past bij de Taartclub, en ik ben al bezig met de menu's. Ik heb me zelfs afgevraagd of ik misschien niet weer een beetje catering kon gaan doen, voor klanten, voor erbij. Ik bedoel, waarom niet? Opeens lijkt alles mogelijk.

Intussen staat de Instagramaccount van Farrs niet meer vol foto's van Nicole, maar vol foto's van klanten, taarten en – mijn idee – artikelen van Farrs op gekke plekken in Londen, zoals een blender in een telefooncel en een snijplank die boven op een rode brievenbus balanceert. Vanessa heeft zelfs een foto gepost van een puddingvorm op haar rechtersstoel in de rechtbank.

Ik loop naar buiten met een kop thee voor Jake, die me begroet met de woorden: 'Nog vijf dagen tot Kerstmis! Ho ho ho!' We hebben er met het personeel over gediscussieerd of een peperkoekmannetje wel 'Ho ho ho!' mocht zeggen, want Greg beweerde dat de Kerstman er het alleenrecht op had, maar ik vond 'Ho ho ho!' wel feestelijk en vrolijk klinken. En tegenwoordig lijkt mijn stem de doorslag te geven. (Op dat punt wilde Stacey ook meedoen en ze vond een peperkoekvrouwtjeskostuum op internet. O, mijn god. Volslagen ongepast. Ze was ook onderkoeld geraakt als ze daar in haar jarretelgordel was gaan staan.)

'Kijk eens, peperkoekmannetje,' zeg ik en ik geef Jake zijn thee.

'Peperkoekgást,' verbetert Jake me, zoals altijd, en ik rol met mijn ogen naar hem. Ik vind 'peperkoekgast' niet kerstachtig klinken, maar als hij in zijn eigen hoofd de peperkoekgast wil zijn, moet hij dat vooral zelf weten.

'O, ik moest iets doorgeven van Leila,' vervolgt hij. 'Iedereen is uitgenodigd voor de borrel op kerstavond. Om zes uur, zelf drank meebrengen.'

De Jake van een jaar geleden zou nooit een drank-meebrengenfeest willen geven. Hij zou flink uitpakken, champagne serveren en opscheppen over de hapjes. Hij is een ander mens geworden. Nederiger, maar ook relaxter, alsof hij de schijn niet meer hoeft op te houden. Zijn ogen staan niet meer gespannen. Hij lacht vaker. Ik denk dat Leila's vader vrij streng voor Jake is en hij heeft al een paar keer gezegd dat Leila en hij misschien beter bij ons kunnen komen wonen.

Maar ik vind het juist goed zo. Ik vind dat Leila's vader precies is wat Jake op dit moment nodig heeft.

'Leuk,' zeg ik. 'Zeg maar tegen Leila dat ik kom.'

'Ze zei, als je iemand mee wilt nemen...' Jake doet er omzichtig het zwijgen toe en kijkt me vragend aan.

'Nee.' Ik dwing mezelf te glimlachen. 'Ik kom alleen.'

Ik heb Jake niet in vertrouwen genomen wat betreft Seb; zó anders gaan we nou ook weer niet met elkaar om. Maar aan zijn gezicht te zien heeft Leila hem alles al verteld.

Hij weet dus dat ik iets met Seb heb gehad... en toen op de een of andere manier niet meer. Hij weet vast hoe kapot ik ervan ben geweest. Wat hij niet kan weten, is dat ik die laatste paar dagen in gedachten keer op keer heb doorgenomen, bijna obsessief, en dat ik nog steeds niet kan begrijpen hoe het zo mis heeft kunnen gaan.

Wat is er gebéúrd? Het ene moment waren Seb en ik gelukkig, het andere schreeuwden we tegen elkaar, konden we elkaar niet eens meer in de ogen kijken. Allemaal in een mum van tijd. En als ik het over kon doen, als ik het maar over kon doen...

Nee, zeg ik woedend tegen mezelf. Zo mag je niet denken. Seb heeft het zelf gezegd: je kunt niet terug in de tijd om het leven op een andere manier over te doen.

Ik pak een stukje peperkoek uit Jakes mand, peuzel het op en probeer me te vermannen, maar het valt niet mee. De gedachte aan

Seb, aan hoe het had kunnen zijn, is zo pijnlijk dat ik bijna geen lucht krijg.

Daarom probeer ik er niet aan te denken. Maar ik kan er niets aan doen.

Hij is weer terug bij Briony. Wat me niet had mogen verbazen, maar dat deed het toch. Ik ontdekte het toen ik een paar weken geleden op Facebook keek. Ze had een foto gepost waarop ze allebei in de lens lachten met het bijschrift: 'Weer samen na een bliepje, alles weer goed!'

En mijn hart stortte zo'n beetje in.

Het was dat bliepje.

Ik voelde me geen bliepje. Ik voelde me meer dan een bliepje. Maar daar staat het, zwart-op-wit: bliepje. En er is weinig kans dat ik Seb ooit nog zal tegenkomen, want Londen is een grote stad, dus dat was het dan. Einde verhaal. Ik zal nooit weten waarom het fout is gegaan tussen ons. Hoe iemand je eerst gelukkiger kan maken dan je ooit bent geweest en dan verdrietiger.

'Fixie?' onderbreekt Jakes stem mijn gepeins en ik besef dat mijn vochtige ogen me verraden.

'O. Ja. De avond voor kerst! Dat wordt leuk!' zeg ik. Mijn stem is een beetje schril en ik knipper als een gek met mijn ogen. 'Al heb ik nog geen kerstinkopen gedaan. Weet jij wat je wilt hebben?'

We praten nog wat en dan loop ik de vertrouwde, kleurige drukte van de winkel weer in. Morag heeft een nieuwe leverancier van picknickspullen gevonden en net als we allebei 'oeh' en 'aah' roepend de catalogus bekijken, waarin artikelen met narcissenmotief staan die ideaal zijn voor het voorjaar, hoor ik een afschuwelijk bekende stem toeteren: 'Word ik nog geholpen?'

Mijn maag maakt een duikvlucht. Even kan ik me niet eens bewegen van afgrijzen en dan draai ik heel langzaam mijn hoofd, al weet ik precies wie ik te zien ga krijgen.

Ze is het. Dreinie.

Ze ziet er spectaculair uit in een witte kabeltrui met col, daaroverheen een gilet van nepbont en glimmende rijlaarzen aan haar voeten. Haar huid straalt van het nepbruin, haar zwarte spijkerbroek zit als gegoten en haar haar glanst onder de lampen.

'O, hai, ik was vergeten dat dit jouw winkel was,' zegt ze lijzig terwijl ze me voldaan van top tot teen opneemt.

Ze is het niet vergeten. Ik weet wat dit is, dit is haar wraak voor het schaatsen.

'Welkom bij Farrs,' zeg ik. Ik voel me net een robot. 'Wat kan ik voor je doen?'

'O, dat weet ik nog niet precies,' zegt ze achteloos. 'Ik ga gewoon al je spulletjes bekijken. Ik heb nog niet eens aan kerst gedácht. Seb kan fantastisch koken en het is de eerste keer dat we kerst helemaal alleen met z'n tweetjes doorbrengen... dus er staat wel druk op!' Ze lacht vrolijk. 'Al is Seb echt een schatje; hij zegt telkens dat hij de hele maaltijd verzorgt. Hij is een engel.' Haar ogen glijden naar de mijne. 'Zoals je weet.'

Zoals ik weet. Wil ze me nou opzettelijk kwellen? O, wacht, natuurlijk wil ze dat.

'Stacey,' roep ik met hese stem, want ik vind dit echt heel zwaar. 'Zou je... deze klant...'

Maar mijn stem komt niet boven het rumoer uit. Stacey kijkt niet op of om.

'Dus, ik ga nu éíndelijk bij hem intrekken,' zegt Briony alsof we een gezellig meidenpraatje bij een kop koffie houden. 'Dat werd tijd ook! Ik zei tegen hem: "Seb, we zijn een stel! Laten we ons dan ook zo gedrágen!" En hij was het ermee eens. Hij had zoiets van: "Ik ben de afgelopen weken een beetje uit mijn doen geweest. Ik weet niet wat me bezielde." En op tweede kerstdag vertrekken we dus naar Klosters, je weet wel. Alles is weer als vanouds.'

'O,' pers ik eruit. Mijn hoofd bonst, het voelt alsof ik moet overgeven, maar ik dwing mijn lippen een glimlach te vormen.

'Ha Lucia!' Briony zwaait opeens naar een meisje in een donkerblauwe jas met net zulk glanzend blond haar als zijzelf. Ik weet vrij zeker dat ik haar hier eerder heb gezien. Ze geven elkaar een zoen en Lucia laat Briony opgewekt haar mandje zien.

'Ik ga hier helemaal los,' zegt ze. 'Ik vind het hier gewéldig. Ik kom voor vershoudfolie en ik ga weg met tien tassen vol. Maar waarom wilde je eigenlijk hier afspreken?' voegt ze er verwonderd aan toe. 'Ik ken deze winkel alleen omdat ik hier in de buurt woon.'

'O, ik had er gewoon van gehoord,' zegt Briony. Haar ogen flitsen even naar de mijne en dan weer weg.

'Als ik iets voor jullie kan doen, zeggen jullie het maar,' zeg ik, nog steeds met mijn strakke, vriendelijke glimlach en dan draai ik me om.

Ik weet dat ik beter weg kan lopen, maar ik kan het niet opbrengen. Ik ga naar het dichtstbijzijnde schap en begin doelloos een rij eierdopjes te herschikken terwijl ik mijn oren spits om het gesprek op te vangen.

'Je had Seb mee moeten nemen,' zegt Lucia terwijl ze de dienschalen bekijkt. 'Hij is toch de echte kok? Jij boft maar.'

'O, hij is geweldig,' neuzelt Briony. 'Ik krijg aldoor ontbijt op bed van hem. Ik kom dertig kilo aan!'

Ze praat veel harder dan nodig is en ik weet dat ik weg moet lopen; ik moet mezelf dit besparen. Alleen weigeren mijn benen te gehoorzamen.

'O, nou, wacht maar tot je je fitnessruimte thuis hebt,' zegt Lucia soepel. 'Jullie worden superstrak allebei! Trouwens, ik kan je bij nader inzien toch komen helpen die kamer uit te ruimen. De verhuizers komen morgen om tien uur, hè? Hebben ze dozen bij zich?'

Mijn hand verstijft boven een eierdop. Verhuizers? Gaan ze die tweede slaapkamer dan eindelijk uitruimen? Is Briony erin geslaagd tot Seb door te dringen? Heeft ze meer tact dan ik had gedacht? Is zij geslaagd waar ik faalde? Ik voel tegen wil en dank een steekje afgunst, wat niet mooi van me is. Als Sebastian verdergaat met zijn leven is dat goed, aan wie dat ook maar te danken is.

'O, oké,' zegt Briony een beetje wrevelig. 'Ja hoor. Dus, zullen we wat rondkijken?' Ze lijkt weg te willen lopen, maar Lucia merkt het niet.

'Absoluut,' antwoordt ze afwezig terwijl ze een van de dienschalen pakt. 'Dus, wordt het nou een loopband of een crosstrainer? Want er schijnt een nieuw soort crosstrainer te zijn...'

Lucia babbelt door, maar ik word bestormd door vragen en gedachten. Hoe heeft Seb zich ermee verzoend dat die kamer wordt uitgeruimd? Hoe voelt hij zich? Ik moet het weten, ook al moet ik het van Briony horen.

'Pardon,' flap ik eruit terwijl ik me naar Briony omdraai. 'Sorry, maar ik ving toevallig jullie gesprek op. Gaat het wel met Seb? Heeft hij... alles een plekje kunnen geven?'

Lucia's gezichtsuitdrukking is kostelijk.

'Kénnen jullie elkaar?' roept ze uit.

'Ik ken Seb,' zeg ik snel en ik richt me weer tot Briony. 'Dus hij... hij vindt het goed? Dat de kamer van zijn broer wordt leeggehaald?'

'Hij heeft er toch geen idee van?' zegt Lucia verbaasd. 'Daar gaat het toch om? Dat het al gebeurd is als hij thuiskomt?'

'Heeft hij geen idéé?' herhaal ik ontzet. Briony's wangen worden iets roder, maar ze steekt haar kin tartend naar voren.

'Wat moet ik anders?' zegt ze. 'Die kamer is gewoon een gezondheidsrisico!'

'Zelf zal hij het nooit doen,' valt Lucia haar bij, op een toon alsof ze er alles van weet. 'Briony bewijst hem een dienst. Soms moet je hard zijn voor iemands eigen bestwil, weet je. Ik heb een keer drie sjofele oude broeken van mijn man het huis uit moeten smokkelen,' voegt ze er vrolijk aan toe. 'Drie! Ik heb ze letterlijk in een vuilniszak verstopt, anders had hij ze nooit weggedaan!'

Ik heb er geen woorden voor. Ik sidder van ontzetting. Ik kan wel gillen: denk je dat dit ook maar enigszins te vergelijken is met drie sjofele oude broeken? Heeft Briony je wel verteld hoe het echt zit?

'Uiteindelijk zal hij me er dankbaar voor zijn,' zegt Briony, nog steeds met die uitdagende ondertoon. 'Zachte heelmeesters maken stinkende wonden. Er zit niets anders op.'

Hoe kan ze zo harteloos zijn? Ik stel me voor dat Seb bij thuiskomst de kamer van zijn broer leeg aantreft, zonder enige waarschuwing. Ik stel me voor hoe hij daar staat, hoe het bloed uit zijn eerlijke, warme gezicht wegtrekt... en ik kan het niet verdragen. Het voelt alsof ik zelf een korte, scherpe schok krijgt. Alleen is hij niet kort en scherp, maar diep en verwoestend en die pijn is nooit meer ongedaan te maken.

En nu, terwijl ik naar Briony's mooie, egoïstische gezicht kijk, beginnen mijn vingers te trommelen zoals ze nog nooit hebben getrommeld. Mijn voeten jeuken. Ik hoor een raar gegons in mijn hoofd. Spanning welt in me op. Ik weet dat het mijn probleem niet is. Ik weet dat hij niet bij mij hoort. Ik weet dat het hun zaak is. Maar ik kán me niet afzijdig houden. Ik kán het niet.

'O,' breng ik ten slotte zo onverschillig mogelijk uit. 'Moet kunnen. Goed van je. Trouwens... ik moet nu gaan. Sorry, het schiet me ineens te binnen dat ik een... afspraak heb. Veel plezier in de winkel. Stacey!' roep ik weer, maar nu zo snerpend dat ze zich wel omdraait.

'Hoi,' zegt ze terwijl ze aan komt slenteren. Ze neemt Briony en Lucia van top tot teen op.

'Wil je deze klanten een rondleiding geven? Ze willen de hele winkel zien. De héle winkel,' voeg ik er nadrukkelijk aan toe en ik zie aan Staceys scherpe blik dat ze de boodschap begrijpt.

'Doen we. Laten we met het glaswerk beginnen, dat is áchter in de zaak...' zegt ze en ze neemt ze mee.

Ik gris mijn jas vanachter de kassa vandaan, pak mijn tas en haast me naar buiten, de winterse straat in, waar ik bijna tegen peperkoek-Jake opbots.

'Jake,' zeg ik hijgend. 'Ik moet weg. Neem het van me over. Alsjeblieft?'

'Goed,' zegt hij verbaasd. 'Ga maar. Doe wat je moet doen.' Hij aarzelt even en vraagt dan: 'Gaat het?'

'Natuurlijk gaat het, waarom zou het niet gaan?' repliceer ik, en Jake kijkt me raar aan.

'Nou, je huilt.'

Huil ik? Ik steek geschrokken een hand op en voel de natte tranen over mijn wangen biggelen.

'Betrapt.' Ik slaag erin te grinniken en wrijf over mijn gezicht. 'Het gaat niet echt, maar ik moet... ik moet dit gewoon doen.'

Jake steekt zijn peperkoekwant uit en knijpt hard in mijn schouder.

'Ga ervoor,' zegt hij. En ik knik dankbaar, draai me om en zet het op een rennen.

De reis duurt zowel te lang als te kort. Misselijk van de zenuwen kom ik bij Sebs kantoor aan, maar de gedachte dat Briony het pijnlijkste deel van Sebs leven overhoop wil halen maakt me nog misselijker, dus verman ik me en loop naar binnen.

'Hallo,' zeg ik zonder verdere plichtplegingen tegen de receptioniste, 'ik moet Seb spreken. Het is dringend.'

Ze moet iets aan mijn gezicht zien, want ze aarzelt even, staat dan op en klopt op zijn deur. Binnen dertig seconden komt hij naar buiten. En mijn benen worden slap, want ik kan dit niet aan. Ik dacht dat ik het kon, maar ik kan het niet.

Ik hoopte dat ik, zodra ik hem zag, zou denken: o, zo fantastisch is hij nou ook weer niet, maar het tegendeel is waar. Hij is nog net zo lang, sterk en knap als altijd en zijn bosogen kijken argwanend in de mijne. Ik krijg datzelfde gekke idee als toen ik hem voor het eerst in de koffietent zag: ik ken jou.

Maar ik ken hem helemaal niet. Anders zou ik wel weten hoe het komt dat we nu twee houterige vreemden voor elkaar zijn. Voelde hij niet wat ik voelde? Voelde hij de blijdschap niet? Wat is er tussen ons gebeurd, wat is er gebéúrd?

Het duizelt me van ellende, van de vragen... maar op de een of andere manier dwing ik mezelf mijn hoofd erbij te houden. Ik kan mezelf niet blijven kwellen. Hij heeft Briony. Het is afgelopen. Het is voorbij. Je kunt niet terug in de tijd om het leven op een andere manier over te doen.

Trouwens, ik ben hier niet voor ons. Ik ben hier voor hem.

'Hoi Seb,' zeg ik. Mijn stem trilt, maar ik ga vastbesloten door. 'Er is iets... Kan ik je even spreken?'

'Natuurlijk,' zegt Seb na een korte stilte. 'Kom binnen.'

Hij laat me zijn kamer in, ik ga zitten en het blijft even stil.

'Gaat het... Hoe gaat het met je?' vraagt Seb, en aan de manier waarop hij zit, kaarsrecht, zijn handen op zijn bureau, met de vingertoppen stevig tegen elkaar aan gedrukt, zie ik dat hij uit zijn evenwicht is gebracht.

'Goed, dank je. En met jou?'

'Ja, goed.'

'Fijn.'

De lucht tussen ons in doet ijl aan. Onze woorden zijn ijl. Ik weet niet hoe het verder moet, hoe ik het onderwerp ter sprake moet brengen, maar het moet, het is een tikkende tijdbom, dus uiteindelijk gooi ik er maar uit: 'James.'

'Wát?' Seb schrikt alsof ik kokend water over hem heen heb gegooid.

'Je... je hebt me nooit over James verteld.'

Misschien kan Seb me over zijn broer vertellen en kunnen we op die manier op het onderwerp komen, denk ik, maar het werkt averechts. Sebs lichaamstaal knettert onmiddellijk van de spanning.

'Over hem vertéld? Waarom zou ik je over hem vertellen?'

'Nee!' krabbel ik terug. 'Niet nodig. Ik bedoelde gewoon...' Ik wrijf over mijn neus, zoekend naar een andere invalshoek. 'Je zegt altijd dat je verder bent gegaan met je leven, dat je zijn dood hebt verwerkt en dat je er vrede mee hebt.'

'Ja,' zegt Seb met gevaarlijk vlakke stem. 'Dat heb ik. Dat klopt. Wat wil je daarmee zeggen?'

'Je zegt dat zijn kamer uitruimen niet zo'n punt is. Je zegt dat je er gewoon niet aan toe bent gekomen. Maar ik vroeg me af…' Ik slik een paar keer. 'Ik vroeg me gewoon af… of het misschien niet uiteindelijk tóch een punt is. En of je er hulp bij zou willen. Dat is alles. Dat is wat ik… Dat was het.'

Er valt een verschrikkelijke stilte. Seb ziet eruit alsof hij een vulkaan is die elk moment kan uitbarsten en ik kijk naar hem, gespannen en bang voor wat er komen gaat.

'Jij kunt niets laten rusten, hè?' barst hij ten slotte uit in een explosie van woede. 'Je moet alles "fiksen". Jezus, ik snap nu wel hoe je aan je naam komt. Nee, ik hoef geen hulp, *thankyouverymuch*. Ik weet dat je handen altijd jeukten om die kamer aan te pakken, maar die kamer redt zich wel zonder dat jij of iemand anders zich ermee bemoeit. Ik haal hem leeg als ík het er de tijd voor vind, op míjn manier. Wil je nu alsjeblieft opsodemieteren?'

Hij beeft van woede en zijn stem dondert door de kamer. Hij ziet er zo intimiderend uit dat ik in een reflex opspring. Mijn knieën knikken, maar hij moet het weten. Dat moet.

'Ze gaat je kamer uitruimen,' zeg ik radeloos. 'Dreinie. Ze gaat er een fitnessruimte van maken. Ze heeft een afspraak met een verhuisbedrijf gemaakt. Ze komen morgenochtend om tien uur en ze zegt dat ze alles wil weggooien.'

Als Seb daarnet op een borrelende vulkaan leek, is hij nu een put. Hij is leeg. Hol.

'Nee,' zegt hij alsof hij mijn woorden niet kan bevatten.

'Ja. Ze was in de winkel. Ze heeft het me verteld.'

'Ze… ze zou nooit…' Maar hij klinkt onzeker. Zijn ogen vinden de mijne en de vijandigheid is weg; ik zie paniek opkomen in zijn blik. Kinderlijke paniek. En ik voel de tranen weer opwellen, want beséft ze het dan niet?

'Ik weet dat je weer bij Briony bent,' zeg ik snel met gesmoorde, beverige stem en mijn blik strak op de vloer gericht. 'Ik weet dat jullie gelukkig zijn samen. Ik ben er niet op uit jullie uit elkaar te drijven, echt niet. En je hebt gelijk, ik moet me er niet mee bemoeien. Ik probeer alles te fiksen en dat is mijn stomme valkuil en het spijt me echt. Ik moest er gewoon niet aan denken dat je bij thuiskomst...' Ik slik moeizaam, niet in staat het hardop te zeggen. 'Ik vond gewoon dat je het moest weten.'

Ik durf eindelijk op te kijken en zie dat Seb uit het raam kijkt, met zijn kaken op elkaar geklemd en zijn blik op oneindig.

'Ja,' zegt hij toonloos en ik weet niet wat hij bedoelt, maar durf er niet naar te vragen. Hij slaat zijn armen om zijn lichaam alsof hij zichzelf wil sussen en ik snak ernaar om naar hem toe te gaan, om hem te sussen...

Maar zo mag ik niet denken. Hij hééft al iemand. Briony is zijn vriendin. Ik ben het bliepje.

Ik sta roerloos naar hem te kijken, op benen die al iets steviger aanvoelen, al durf ik amper adem te halen. Ik probeer me voor te stellen wat er door hem heen gaat. Ik heb geen haast. De tijd lijkt stil te staan.

Dan draait hij ten slotte zijn hoofd, laat zijn adem hoorbaar ontsnappen en haalt een hand door zijn haar. 'Misschien is het tijd dat ik de kamer van mijn broer eens uitruim,' zegt hij beverig. 'Vandaag nog. Vanmiddag.'

Ik schrik me kapot, maar probeer er niets van te laten merken. 'O,' zeg ik. 'Ja. Ik bedoel... ja. Dat is een goed... Ja.'

Het is weer stil. Mijn gebalde vuisten hangen langs mijn zij en mijn gedachten draaien onzeker in kringetjes rond. Ik mag niet... Ik mag niet aanbieden... Na alles wat hij heeft gezegd kan ik me écht niet opdringen...

O, god, het is sterker dan ik. Ik kan me niet bedwingen.

'Zou je...' begin ik terwijl ik zenuwachtig heen en weer schuifel. 'Nee. Ik zou niet eens... Ik bedoel...' Ik schraap mijn keel. 'Zou je het fijn vinden... Nee, natuurlijk niet,' onderbreek ik mezelf. 'Sorry.'

'Ja, graag.' Sebs stem overvalt me en als hij me aankijkt, zijn zijn ogen zo donker en weerloos dat ik naar adem hap. 'Ja. Graag. Heel fijn.'

Ik heb Sebs broer, James, nooit gekend en ik zal hem ook nooit kennen, maar als we samen in zijn kamer zitten en elkaar dingen aanreiken om ze uit te zoeken, krijg ik wel een indruk van hem. In sommige opzichten was hij net als Seb, maar dan onvoorspelbaarder. Hij werkte vanuit huis als grafisch ontwerper en hij was supergetalenteerd. Uit het weinige dat Seb over hem zegt leid ik af dat hij flink chagrijnig kon zijn als zijn werk niet lekker liep, maar dat hij ook de beste grappen kon maken.

Alles wat ik aanraak zegt me iets over hem. Zijn haastige, amper leesbare handschrift, de notities die hij aan zichzelf schreef. Zijn zakken winegums, op een hoop in de onderste la van zijn bureau. Tekeningetjes die hij gedachteloos met een fineliner op kopieerpapier maakte. Bij het zien van een portret van Seb hou ik mijn adem in, zo sober en raak is het.

'Dit moet je bewaren,' zeg ik. 'Je zou het moeten inlijsten.' En Seb knikt zwijgend en legt het portret op de Bewaarstapel. We hebben een Bewaarstapel voor de dingen die hij in elk geval wil houden (notities, tekeningen, James' stokoude knuffelbeer). En een Wegstapel voor de dingen waarvan hij zeker weet dat hij ze wil wegdoen (sokken, oude rekeningen, al die lege waterflesjes).

Dan zijn er nog de dingen waar hij besluiteloos naar blijft kijken. Ik zie het aan zijn gezicht: alleen de gedachte dat hij de knoop moet doorhakken is al overweldigend. Die spullen gaan we inpakken, dan kan hij er over een paar maanden nog eens naar kijken om te zien hoe hij er dan over denkt.

Zo deed mam het ook. Na paps overlijden nam ze om de paar maanden een lading spullen door. En elke keer moest ze een beetje huilen, maar voelde ze zich ook iets sterker. Ze hoefde zich niet te haasten. En dat hoeft Seb ook niet.

De rest van de wereld is naar de achtergrond verdwenen. Er is alleen nog deze kamer, waar stofjes in de lucht dansen en de geur van vroeger hangt. We hebben allebei rode ogen. We reiken allebei af en toe naar een tissue. Seb was de eerste die voor de bijl ging, toen hij een foto van James en hem vond die hij nog nooit had gezien. Een enorme, hartverscheurende snik ontsnapte uit zijn keel en toen bood hij snel zijn verontschuldigingen aan en snikte weer. Op dat moment sprongen de tranen mij ook in de ogen en bood ik snel mijn verontschuldigingen aan. En hij bood zijn verontschuldigingen aan omdat hij me van streek had gemaakt. Tot ik ten slotte een hand op zijn arm legde en zei: 'Zullen we maar stoppen met sorry zeggen?'

Dus toen hielden we ermee op.

Nu leun ik even achterover, haal diep adem en hark met mijn handen door mijn haar.

'Ik geloof dat we het meeste hebben gehad. We hebben het in elk geval, nou ja, gesorteerd. Behalve de tijdschriften...'

'Ja.' Sebs gezicht vertrekt even. 'Die tijdschriften. Bij het oud papier, denk ik.'

'Zou je ze misschien ook kunnen verkopen? Aan een soort... archief?'

Ik vraag niet of hij de abonnementen gaat opzeggen. Ik ben er vrij zeker van dat ik het antwoord wel weet.

'We moeten grote tassen hebben, of zoiets,' vervolg ik kijkend naar de bergen spullen.

'Er zit een winkel om de hoek,' zegt Seb knikkend. 'Daar hebben ze van die geruite tassen.'

'Je had naar Farrs moeten komen,' zeg ik op de automatische piloot. 'We hebben heel mooie grote tassen met geweldige prints...' Ik breek mijn zin af en glimlach verlegen. 'Sorry. Ik ben en blijf verkoper.'

Seb beantwoordt mijn glimlach. Dan krijgt hij opeens een frons in zijn voorhoofd. 'Fixie,' zegt hij, alsof de situatie nu pas tot hem doordringt. 'Je hebt genoeg gedaan. Je hebt vast nog andere dingen te doen. Het is een drukke tijd voor je.'

'Kom op,' zeg ik. 'We gaan die tassen halen. Dan ga ik.'

Eenmaal buiten, in de koude, verkwikkende lucht, lopen we moeiteloos in de maat, zij aan zij.

'Nou... dank je wel,' zegt Seb na een paar minuten. 'Ontzettend bedankt. Wat jij vandaag hebt gedaan, overstijgt alles.'

'Doe niet zo gek,' zeg ik meteen. 'Ik wilde het zelf. Als...' Ik aarzel. 'Als goede vriendin.'

'Als goede vriendin,' herhaalt Seb na een korte stilte. 'Ja.'

We lopen nog even door en komen in een winkelstraat met overal lichtjes en slingers. Een kinderkoor zingt kerstliedjes en we blijven even staan luisteren. Dan, tegen een achtergrond van klingelingeling, zegt Seb, die strak voor zich kijkt: 'Zo, hoe gaat het met de onvoorwaardelijke liefde?'

Mijn maag maakt een salto. In gedachten ben ik weer op zijn kantoor, bij die afschuwelijke ruzie die we hadden over Jake. Is dát waar hij over is gevallen? Dat ik weiger mijn broer op te geven? Dat ik zijn raad in de wind heb geslagen en mijn familie heb gesteund?

'Goed,' zeg ik.

'Mooi,' antwoordt hij, maar zijn stem klinkt gespannen en als ik opzijkijk, zie ik dat hij een pokerface heeft opgezet.

Ik voel de spanning tussen ons weer opkomen en ik moet er iets aan doen, want wat er met Jake en mij en met de hele familie is gebeurd, is iets positiefs. Het is góéd.

'Mensen kunnen veranderen hoor,' zeg ik iets emotioneler dan mijn bedoeling was en ik zie Sebs kaaklijn trekken alsof hij het liever niet hoort, maar dan draait hij zijn hoofd en kijkt me aan, zijn gezicht roze en blauw in de gloed van de kerstverlichting.

'Zeker weten. En ik ben blij voor je.' Zijn gezicht plooit zich in een emotie die ik niet kan duiden en even lijken zijn ogen weer vochtig te worden. 'Je bent... je bent een bijzondere vrouw.' Hij pakt mijn handen en houdt ze stevig vast. Ik beantwoord zijn blik ademloos, met ogen die ook prikken. Ik kan er niets aan doen, ik verdrink in zijn ogen.

Dan zwijgt het koor en wordt er hier en daar geapplaudisseerd en we lijken allebei terug te keren naar de werkelijkheid.

'Dus.' Seb glimlacht wrang naar me en laat mijn handen los. En opeens kan ik zijn nabijheid niet meer verdragen. Ik kan het niet meer aan om zijn gulle, dappere gezicht te zien, zijn bosogen, zijn álles... en te weten dat ik het allemaal niet kan krijgen.

'Dus,' zeg ik een beetje bars. 'Ik moet eigenlijk nog een paar dingen doen. Ik moet maar eens...'

'Natuurlijk,' zegt Seb prompt, op iets formelere toon en hij zet zelfs een stap achteruit alsof hij afstand tussen ons wil scheppen. 'Natuurlijk. Je hebt al veel te veel gedaan. Duizendmaal dank.'

'Het was niets.'

'Het was niet niets,' zegt hij hoofdschuddend. 'Je hebt... Ik geloof dat ik niet besefte...' Hij kijkt me recht in de ogen. 'Nu kan ik verder met mijn leven.'

'Nou, mooi. Dat wil ik ook graag.' Ik glimlach vrolijk om de pijn te verdoezelen die ik als een tsunami op me af voel komen. 'Veel succes met alles. Met Briony en in het algemeen en... alles.'

Je kunt niet lang vrolijk blijven glimlachen naar de man die je hart in bewaring heeft, maar van een ander houdt. Mijn lippen beginnen al te trillen.

'Nou... tot ziens dan maar,' zeg ik en net als ik wegloop, roept Seb me opeens na.

'Wacht!'

Ik kijk om, zie hem zijn hand in zijn zak steken en op de een of andere manier ben ik niet verbaasd wanneer hij er het koffiebekerkartonnetje uit haalt.

Ik zet een stap naar hem toe en daar staan we dan, op straat, er samen naar te kijken. De oorspronkelijke schuldbekentenis. Het is nu verfrommeld en gekreukt, de woorden zijn onduidelijk en doorgelopen op plekken waar we er wijn op hebben gemorst in bed. En opeens herinner ik me het moment waarop hij het aan me gaf.

'Stom ding.' Ik probeer te lachen.

'Ja.' Seb knikt, opeens ernstig. 'Klopt. Want als ik echt alle redenen opschreef waarom ik bij je in het krijt sta, zouden ze een heel boek vullen.'

Zijn woorden overrompelen me en ik ben een moment sprakeloos.

'Welnee,' zeg ik ten slotte in een poging luchtig te doen, maar het lukt niet echt.

'Wel waar. Je weet dat het waar is.'

'Nou… dat geldt ook voor mij.' Mijn keel wordt opeens dichtgeknepen. 'Ik ben jou ook veel verschuldigd.'

'Maar we houden de stand niet meer bij.'

'Nee, dat doen we niet meer.'

Ik neem het koffiebekerkartonnetje van hem over, kijk naar onze door elkaar lopende krabbels en voel zo'n sterk verdriet dat ik het niet kan verdragen. Dan, in een opwelling, begin ik te scheuren. Eén keer doormidden. Twee keer doormidden. Ik moet vrij veel kracht zetten om het karton te scheuren, dat sterker is dan het eruitziet, maar uiteindelijk heb ik het versnipperd en kijk ik op.

'Het is klaar,' zeg ik en Seb knikt met zo'n wrange, droeve uitdrukking op zijn gezicht dat ik weer wil huilen, maar dat lijkt me geen goed idee.

'Klaar,' herhaalt hij.

Ik laat mijn blik een laatste keer over zijn gezicht glijden. Dan haal ik diep adem, alsof ik kopje-onder ga, draai me om en loop snel weg. In het voorbijgaan gooi ik de snippers in een afvalbak.

26

Soms geeft het leven je wat je nodig hebt. Soms geeft het je wat je niet nodig hebt. Wat ik nu écht niet kan gebruiken in mijn leven is Ryan Chalker, maar zodra ik Farrs in het vizier krijg, zie ik hem op de stoep met Jake staan praten.

Fijn. Verdomme, echt... geweldig.

Ik voel me zo beurs dat ik eigenlijk niemand onder ogen kan komen, laat staan hem. Maar ik kan niet wegrennen, ik moet de winkel in. Wat betekent dat ik gedwongen ben zijn kant op te lopen, met mijn kaken zo stijf mogelijk op elkaar geklemd. Ik vind het jammer dat mijn gezicht zo vlekkerig is van de tranen die ik heb weggeveegd, maar ik denk ook: dan heb ik maar een vlekkerig gezicht, wat dan nog, het is mijn eigen gezicht, rot op.

Ik zet me schrap voor een lullige opmerking, maar als ik dichterbij kom, hoor ik tot mijn verbazing dat hij ruzie lijkt te hebben met Jake.

'Dat zit er niet in,' zegt Jake. 'Nee. Ik ben aan het werk.' Hij gebaart naar zijn peperkoekmannetjespak.

'Het is maar twee dagen!' zegt Ryan smalend. 'Je kunt makkelijk twee dagen vrij nemen. De vlucht kost, nou ja, niets, en het wordt lachen. Jij en ik, losgaan net als vroeger. Ik betaal de drank,' voegt hij er met een knipoog aan toe.

Ik heb Ryan nog nooit zo zien vleien en even lijkt Jake bijna te zwichten. Ik zie de oude gretigheid op zijn gezicht verschijnen.

Maar dan klapt het dicht. 'Ik ben aan het werk,' herhaalt hij koppig. 'En ik heb geen geld voor een reisje naar Praag. Het zit er dus niet in, zoals ik al zei.'

'Godsamme, Jake! Wat heb jij opeens?' Dan ziet Ryan mij. 'Hoi Fixie,' vervolgt hij schaamteloos, alsof ik hem de laatste keer dat we elkaar zagen niet letterlijk het huis uit heb geveegd.

'Niets,' zegt Jake effen. 'Maar mijn werk gaat nu even voor.'

'Werk!' Ryan lacht zo honend dat ik in elkaar krimp. 'Wat, je verkleden als peperkoekmannetje? Weet je wel hoe sneu je eruitziet, maat?'

Ik kijk hem woest aan. Hoe dúrft hij langs te komen en mijn familie te beledigen?

'Moet je niet eens terug naar Hollywood, Ryan?' zeg ik poeslief. 'Wil Tom Cruise niet met je lunchen bij Nobu?' Ryan kijkt me vol afkeer aan en ik kijk koel terug. 'Je verspert de stoep. Dus of je komt binnen en koopt iets, of je loopt door.'

'Ja, ga nou maar gewoon,' zegt Jake. 'Ga weg, Ryan. We zijn je zat.'

'O, jullie zijn me zat!' schimpt Ryan meteen, met weer die honende lach.

'Ja,' zegt Jake onwrikbaar. 'Spuugzat.'

Ryan kijkt zwijgend van Jakes gezicht naar het mijne en weer terug. Ik heb me nog nooit zo solidair gevoeld met mijn broer. Ryans ogen knipperen onzeker terwijl hij ons opneemt en heel even heb ik medelijden met hem. Heel even maar.

'Nou, zoek het dan maar lekker uit,' grauwt hij uiteindelijk, en dan draait hij zich om en loopt met grote passen weg.

'Vrolijk kerstfeest!' roept Jake hem na. 'Ik hoop dat de Kerstman lief voor je is!'

'De Kerstman gaat níét lief voor hem zijn,' zeg ik en mijn pijn en spanning komen naar buiten in de vorm van de slappe lach. 'Ben je gek? De Kerstman geeft hem een knolraap en een brok steenkool.'

'Hij verdient niet eens een knolraap. Weet je nog dat pap een keer een knolraap in mijn kerstsok had gestopt?' vervolgt Jake opeens nostalgisch. 'Ik was een jaar of elf. Hij vond dat ik eens aan het schrikken gemaakt moest worden. Het speelgoed lag in de hoek van de kamer en ik had het niet meteen gezien, dus dacht ik dat dat alles was. Een knolraap.'

'Dat herinner ik me niet meer.' Ik kijk hem ongelovig aan. 'En schrok je ook echt?'

'O, zeker.' Jake grinnikt. 'Ik kreeg bijna een hartverzakking. Pap dacht dat ik er wat rustiger van zou worden.' Hij zwijgt even en voegt er dan met een soort spijtige fonkeling in zijn ogen aan toe: 'Daar bleek meer dan een knolraap voor nodig te zijn. Ik bleef een etterbakje.'

'Zo erg was je niet,' zeg ik spontaan.

'O, jawel. Ik was een rotzak. Die keer dat ik je aanviel over het schaatsen? Dat was echt niet leuk van me.' Hij aarzelt. 'Maar ik bedoel, je wilde er toch al mee stoppen, hè?'

Ik ben zo perplex dat ik niet meteen iets terug kan zeggen. Ik wilde er toch al mee stoppen? Heeft hij het al die tijd zo goedgepraat? Heeft hij wel enig idee... Mijn borst brandt van alles wat ik zou kunnen zeggen, alle beschuldigingen die ik hem naar zijn hoofd zou kunnen slingeren.

Maar... waarom zou ik? Het is gebeurd. Er is niets meer aan te doen. Wat moeten we dan, een scorebord bijhouden van wie wat heeft gedaan, wanneer?

'O, tja,' weet ik uit te brengen. 'Stel je voor hoeveel erger je had kúnnen zijn.' En Jake glimlacht naar me zoals hij wel vaker doet tegenwoordig: alsof hij zich moet inspannen om een goede band te hebben met zijn familie, nog wat moet oefenen. Dan draait hij zich om en kijkt de straat in, waar Ryan nog net zichtbaar is.

'Wat een zak,' zegt hij laconiek en ik knik.

'Je hebt hem in elk geval afgeschud.'

We kijken allebei zwijgend naar Ryan tot hij eindelijk uit het zicht is verdwenen. Ryan, die ons allebei heeft verblind met zijn charme, die ons allebei op het verkeerde pad heeft gebracht. Ik weet zeker dat we allebei in gedachten ons leven terugspoelen en ons afvragen hoe het had kunnen lopen als Ryan er geen rol in had gespeeld.

Maar wat kun je nog meer aan die fouten doen, behalve je voornemen ze nooit meer te maken en verder te gaan met je leven?

'Ik vraag me af wat pap van ons zou vinden,' verbreekt Jake de stilte plotseling. 'Nu. Als hij ons kon zien.'

Zijn stem klinkt nonchalant, maar in zijn ogen zie ik dat hij het zich echt afvraagt. Dat het ertoe doet.

Nou ja, natuurlijk doet het ertoe. Jake vond het altijd heel belangrijk wat pap van hem vond, zelfs als hij tekeerging. We vonden het allemaal belangrijk.

'Ik hoop dat hij zou beseffen dat we ons best doen,' zeg ik na enig nadenken. Ik kijk in een opwelling omhoog en fluister: 'Pap, we doen ons best, oké?'

'Hij zegt: "Nee, dat doe je niet, het is een zootje in het magazijn en waar is de Engelse drop gebleven?"' antwoordt Jake met een stalen gezicht en ik schiet in de lach.

'Ik moet gaan,' zeg ik. 'Het magazijn is echt een zootje.'

'Hannah is binnen,' zegt Jake met een knikje naar de winkel. 'Kerstinkopen doen.'

Opeens word ik overspoeld door liefde voor Hannah. Ze is de trouwste vriendin van de wereld. Het assortiment van Farrs moet haar hele familie de keel wel uithangen, maar ze steunt ons elk jaar weer. Ze zet haar inkoopsessie bij Farrs zelfs in haar agenda.

'Dank je,' zeg ik en ik leg mijn hand op zijn arm. 'Zorg dat je het niet te koud krijgt buiten.'

'O, ik red me wel,' zegt Jake en hij zwaait met zijn bundel flyers. 'Kom binnen,' roept hij met een knipoog naar mij. 'Peperkoekhuisjes bij Farrs! Kerstversiering bij Farrs! Ho ho ho!'

In de winkel tref ik Hannah aan, die haar mandje vol aardewerken deegrollers met peperkoekmannetjes erop laadt.

'Ik sta op de wachtlijst voor zo'n beslagkom,' begroet ze me zonder enige inleiding. 'Morag zegt dat ze morgen binnenkomen, klopt dat?'

Ze ziet er de laatste tijd stralend uit, ook al is ze nog niet in verwachting (ik zou het als eerste horen, na haar moeder en Tim). Tim en zij zijn 'opnieuw begonnen', zoals ze het zelf noemt, ze zijn echt dolgelukkig en ze heeft al haar to-dolijstjes weggegooid.

Of ze in elk geval ergens diep weggestopt. Op dat punt doet ze een beetje geheimzinnig.

'Dus, waar zat je?' vraagt ze. 'Jake zei dat je opeens was weggerend.'

Ik kan even niets terugzeggen. Ik ga haar alles vertellen, natuurlijk doe ik dat, maar niet in deze vrolijke kerstdrukte.

'Er was gewoon... iets,' zeg ik. 'Ik zat bij Seb.'

'Séb?' Haar ogen lichten vragend op en ik schud mijn hoofd.

'Nee. Nee. Niet op die manier. Ik vertel het je later nog wel. Goed, wat heb je nog meer nodig?' Ik zet een vrolijke kerstinkopenglimlach op. En net als ze me de lijst op haar telefoon laat zien, tikt er iemand op mijn schouder.

'Hé, Fixie, je hebt iets laten vallen.' Het is Jake in zijn peperkoekpak en hij reikt me mijn sjaal aan.

'O, dank je,' zeg ik en ik wikkel hem weer om mijn nek. 'Ik lette zeker even niet op door Ryan.'

'Rýan?' vraagt Hannah gechoqueerd. 'Was hij dat buiten? Ik dácht al dat ik hem zag, maar toen dacht ik: nee, dat kan hem niet zijn, dat zou hij niet durven...'

'Hij kent geen schaamte,' zeg ik. 'Geen greintje.'

'Hij is een zak,' herhaalt Jake met kracht. 'Weet je, Fixie, dat wilde ik je nog vertellen, je gelooft je oren niet, maar hij is nota bene naar je vent toe gegaan om hem om geld te vragen.'

'Hè?' zeg ik met opgetrokken wenkbrauwen, want ik kan hem niet volgen.

'Je weet wel, hoe heet-ie, Seb. Ryan is dus naar zijn kantoor gegaan en heeft geprobeerd hem zo gek te krijgen dat hij in het een of andere zwendeltje investeerde. De man die hem had ontslágen. Dat geloof je toch niet?'

'Waar haalt hij het lef vandaan!' roept Hannah uit. 'Weet je, ik geloof echt dat er een steekje loszit bij die gast. Een andere verklaring is er niet.'

Er gonst iets in mijn hoofd. Dit slaat nergens op. Is Ryan naar Seb toe gegaan? Waarom heeft Seb daar niets van gezegd?

'Sorry,' zeg ik, kortaf in mijn drang dit helder te krijgen. 'Sorry, leg het nog eens uit, wat heeft Ryan precies gedaan? Wanneer was dat?'

'Een week of drie geleden?' vraagt Jake zich hardop af, met een denkrimpel in zijn voorhoofd. Dan worden zijn ogen groot. 'Nee, ik weet het precies: het was de dag nadat hij in mams huis had overnacht. Hij ging er meteen 's ochtends heen. Hij wilde dat ik mee zou gaan, maar ik zei dat hij dat wel kon vergeten. Ik wist wel dat Seb hem eruit zou gooien.'

Ryan is bij Seb geweest. Maar Seb heeft er niets over tegen mij gezegd. Waarom niet?

Omdat hij dacht dat ik het al wist?

Maar waarom...

Wacht even. O, god. Nee. Néé. Sebs korzeligheid... Sebs gekwetste, holle ogen...

De radertjes in mijn hoofd draaien op volle toeren. De tandwieltjes grijpen in elkaar en er ontstaat een verschrikkelijk, rampzalig beeld. Ryan was vlak voor mij bij Seb geweest. Hij had hem om geld gevraagd. Seb dacht dus waarschijnlijk... Mijn maag keert zich bijna om van afgrijzen. Dacht Seb toen ik hem om geld kwam vragen dat het voor Rýan was?

Nee. Dat zou hij toch nooit denken?

Ik denk terug aan Sebs strakke, gespannen gezicht. Hoe hij daarnet keek toen hij vroeg hoe het met de 'onvoorwaardelijke liefde' ging. En nu word ik bijna duizelig. Het is glashelder. Seb denkt dat ik terug ben gegaan naar Ryan. Hij denkt dat ik van Ryan hou. Ik hoor mijn eigen opgewekte stem op zijn kantoor zeggen: 'Als je echt van iemand houdt, schuif je hem niet gewoon wat geld toe. Je helpt hem degene te worden die hij moet zijn.' Seb had geen idee dat ik het over Jake had. Ik had hem nooit verteld dat Jake schulden had. Dus dacht hij…

Maar hoe kon hij in hemelsnaam geloven dat ik weer bij Ryan was? Hóé dan?

'Fixie, gaat het wel?' Hannah neemt me bezorgd op.

'Ik… Misschien moet ik even een kop thee zetten,' hakkel ik.

'Je ziet er verschrikkelijk uit,' zegt Jake botweg. 'Ik zou een whisky nemen als ik jou was.'

'Oké, kom mee.' Hannah pakt me bij de arm en loopt met me naar achter. Daar is Nicole een doos met kerstversiering aan het uitpakken en ze kijkt verbaasd op als ze ons ziet binnenkomen. Hannah doet de deur dicht, zet de waterkoker aan en zegt: 'Fixie, ik weet dat je over je toeren bent en je hoeft me niet alles te vertellen, maar…'

Ik snak naar adem. 'Het koffiebekerkartonnetje,' zeg ik dwars door haar heen, want het is me ineens in een laatste, afschuwelijke openbaring duidelijk geworden. Zó is het gegaan.

Ik herinner me dat ik het koffiebekerkartonnetje die verschrikkelijke dag in Sebs kantoor zag liggen en niet goed begreep wat het daar deed. Ik dacht dat het in mijn tas zat en ik vond het al zo vreemd.

Destijds besteedde ik er geen aandacht aan; het leek bijzaak. Alleen was het de sleutel tot alles. Ryan moet het kartonnetje eruit hebben gehaald. Het hebben gebruikt. Ermee naar Seb hebben gezwaaid. God mag weten wat voor leugens hij heeft verteld, maar wat hij ook heeft gezegd, het overtuigde Seb ervan dat Ryan en ik weer bij elkaar waren.

Het bloed bonst in mijn oren terwijl ik me voorstel hoe Ryan, de door de wol geverfde, ziekelijke leugenaar, een walgelijk verhaal opdist. Ik herinner me zijn gladde stem die ochtend: 'O, ik heb wat kauwgom uit je tas gepakt. Dat vind je toch niet erg?' Maar hij heeft het niet bij kauwgom gelaten.

Hij is een gemeen, afschuwelijk, door en door slecht mens. Ik tril over mijn hele lichaam van woede op Ryan, woede op mezelf...

'Fixie?' Hannah is geknield voor me gaan zitten en heeft mijn handen gepakt. 'Fixie, ik begin ongerust te worden. Wat is er gebéúrd?'

Ik kijk naar haar lieve, vertrouwde gezicht en kan me niet meer groothouden. Ik weet dat het druk is op de winkelvloer. Ik weet dat het nog maar vijf dagen is tot kerst. Ik weet dat ik dit even zou moeten parkeren, maar het is te groot. Het brandt een gat in me.

Ik haal dus diep adem en vertel Nicole en haar alles. Ik begin bij het begin, bij die eerste kennismaking in de koffietent, al weten ze daar al iets van, want dat geeft me het gevoel dat ik nog érgens de regie over heb, al is het maar mijn eigen verhaal.

Het duurt even en al die tijd kun je een speld horen vallen. Als ik aankom bij mijn nieuwe theorie over Ryan roepen ze synchroon vol afgrijzen: 'Nee!' en ondanks alles glimlach ik, als een boer die kiespijn heeft.

'Dus, wat ga je nu doen?' vraagt Hannah, die altijd praktisch en toekomstgericht is en al een pen uit haar tas heeft gepakt.

'Ik zou het hem vertellen,' zegt Nicole.

'Je móét het hem vertellen,' valt Hannah haar bij.

'Ga naar hem toe...'

'Leg uit dat het een misverstand was...'

'Maar hij is bezet!' zeg ik vertwijfeld. 'Hij heeft al iemand! Ik pak geen man af van een andere vrouw, dat doe ik gewoon niet. Zo zijn de regels. Vrouwen moeten solidair zijn.'

Het blijft stil en ik neem een slokje van mijn thee, die lauw is geworden, maar nog steeds troost biedt.

'Maar stel dat die andere vrouw een trut van hier tot Tokio is?' zegt Hannah ten slotte langs haar neus weg. 'Volgens mij gelden de regels dan niet.'

'Ze is geen trut.' Ik vind het ongelooflijk dat ik voor Dreinie in de bres spring, maar het is nu eenmaal zo. 'Niet van hier tot Tokio, in elk geval. Ze is slim en ze maakt hem aan het lachen en ze gaan samen skiën...'

'O, goh, skíën,' zegt Hannah sardonisch. 'Fixie, iedereen kan met iedereen skiën! Seb en jij hebben iets heel bijzonders. En dat mag je je niet laten ontglippen.'

'Ik weet het niet.' Ik probeer me voor te stellen dat ik Seb opbel, dat ik probeer erover te beginnen… en de angst slaat me om het hart. Stel dat ik het mis heb? Stel dat hij tig andere redenen heeft om niet bij mij te willen zijn?

'Ik moet weer aan het werk,' verander ik van onderwerp. 'Dit is niet eerlijk ten opzichte van de anderen. Op vrijdagmiddag is het altijd een gekkenhuis.'

'Oké,' zegt Hannah en ze komt overeind. 'Maar je moet wel íéts doen.'

'Misschien.' Ik bijt op mijn onderlip. 'Ik weet het niet. Ik moet erover nadenken. Echt goed nadenken.'

'Oké, ga vanavond naar huis,' zegt Hannah gedecideerd. 'Neem een lekker lang, rustgevend bad. Denk er heel goed over na.' Ze wacht even. 'En bel hem dan op.'

Ik zet mijn kop neer en ga staan. Op hetzelfde moment krijg ik een berichtje binnen en mijn borst verkrampt van hoop.

'Is het van hem?' vraagt Nicole meteen.

'Kijk snel!' zegt Hannah. 'Ik wil er alles om verwedden dat het van hem is.'

'Ik had al zo'n paranormaal voorgevoel dat hij zou appen,' zegt Nicole knikkend. 'Ik voelde het gewoon.'

'Ik weet zeker dat het niet van hem is,' zeg ik terwijl ik mijn telefoon met bevende vingers uit mijn zak trek. 'Het is vast niet… Inderdaad, zie je wel, het is mam.'

Ik open het bericht… en schrik me wild. Heel even kan ik niet meer aan Seb denken. Ik staar ongelovig naar de woorden. Ik weet niet of ik het wel kan bevatten.

'Wat?' vraagt Nicole. 'Wat zegt ze?'

Ik hou zwijgend de telefoon omhoog zodat iedereen het berichtje kan lezen:

Ik kom met kerst toch naar huis! Ik kan niet wachten om jullie te zien! Ik kom zondagochtend op tijd voor de lunch aan! Veel liefs, mam xxx

'Het huis,' fluistert Nicole vol afgrijzen.

'De keuken.' Ik slik.

'De winkel.' En we zetten grote ogen op nu de situatie in volle hevigheid tot ons doordringt.

'Kerst.'

27

Het is zondagochtend tien uur, ik heb ongeveer tweeënhalf uur geslapen en ik ben kapot, maar ik heb dit onder controle. Ik heb dit helemaal onder controle.

Toen we vrijdagavond thuiskwamen, hebben we met z'n allen het huis aangepakt: Nicole, Jake, Leila, die erop stond haar kruimeldief mee te brengen, en ik. Jake deed de badkamer en de wc en petje af: hij bood het zelf aan. Ik deed de keuken. Nicole hield zich bezig met stof afnemen en stofzuigen en ze heeft níét gezegd dat ze de stofzuiger niet snapte. (Al deed ze wel haar mond open toen ik vroeg: 'Wil je de trap met de kierenborstel doen?' Maar ze klapte hem weer dicht en even later zag ik haar 'kierenborstel' googelen.)

Zaterdag was een topdag voor de winkel, met twee evenementen en een constante stroom klanten. We gingen pas om tien uur dicht, waarna ik erop stond dat we zouden blijven om te controleren of er geen lege plekken in de schappen waren, of slordige toontafels of reclameborden die er niet op hun best uitzagen.

Vanmiddag moeten we er weer heen, maar intussen opent Morag de winkel en maken wij de lunch klaar. Ik heb het menu samengesteld, Nicole heeft gisteren boodschappen gedaan en nu snijdt ze broccoli terwijl Jake volkorenkoekjes verkruimelt voor de bodem van de cheesecake en Leila de tafel dekt. We hebben allemaal groene Farr's Food-schorten om, wat Jakes idee was. We zien eruit als een team. We vóélen ons een team.

'Oké.' Ik zet mijn lamsstoofschotel terug in de oven. 'We lopen op schema. De tafel ziet er schitterend uit, Leila,' roep ik door het doorgeefluik naar de eetkamer.

'De cava staat koud,' zegt Jake met een blik in de koelkast en ik werp een liefdevolle blik op zijn rug, want niet al te lang geleden had hij niet dood gevonden willen worden met een glas cava.

Het is gek, maar ik kan het steeds beter vinden met Jake. Ik kénde hem niet echt, maar eigenlijk lijken we best veel op elkaar. We zijn slagvaardig als het op de winkel aankomt. We hebben hetzelfde soort ideeën. We denken groot.

Wat volgens mij altijd al zo was, maar Jake dacht vroeger alleen groot voor zichzelf.

'Dus, hoever zijn we?' zeg ik en ik kijk op mijn to-dolijstje (ik ben niet voor niets Hannahs beste vriendin). 'Knabbels, check. Lam, check. Broccoli bijna gaar, aardappels opgezet...' Ik kijk op mijn telefoon. '"Nog drie kwartier," zegt mam. Oké, wat nog meer?'

'Fixie.' Leila komt de keuken in en neemt me gespannen op. 'Waarom ga je niet even zitten?'

'Nergens voor nodig.'

'Hoe vóél je je?' vraagt ze tactvol.

Nicole heeft de hele familie op de hoogte gesteld van de toestand met Seb. Wat betekent dat om de vijf minuten iemand me vraagt of het wel goed gaat, of ik wil 'praten' of wat ik ga doen. Zelfs Jake vroeg gisteravond of ik niet wilde 'praten' en toen ik 'Nee, dank je' zei, vertelde hij me nog eens een uur lang wat een klootzak die Ryan wel niet was. Waar ik niet echt van opknapte, maar hij misschien wel.

Dus nee, ik wil niet 'praten' en ik wéét niet wat ik ga doen. Seb en Briony uit elkaar drijven? Hem voor het blok zetten en maar zien of hij me nog wil? Allerlei dingen veronderstellen die niet waar hoeven te zijn?

Als ik er alleen al aan denk, krijg ik pijn in mijn hoofd en in mijn hart en eigenlijk overal. Ik ga er dus niet aan denken, in elk geval niet vandaag. Ik ga mam een perfecte thuiskomst bezorgen, dát ga ik doen.

'Alleen de koffie nog,' zegt Nicole, die opkijkt van het apparaat. 'De bonen zijn op.'

'Op?' Ik kijk haar verbouwereerd aan. 'Hoe kunnen ze nou op zijn? Gisteren zat het apparaat nog halfvol.'

'Kweenie.' Nicole haalt haar schouders op op die vage manier die haar handelsmerk is. 'Maar er staat: "Bonen bijvullen."'

Godsamme.

Ik loop naar het espressoapparaat en kijk er ontstemd naar. Ik weet zeker dat er gisteren nog genoeg bonen in zaten.

'Hij heeft kuren,' zegt Nicole, die mijn blik volgt. 'Je weet wel. Hij wil aandacht. Maar het geeft niet, Café Allegro is open. Er kan wel iemand bonen gaan kopen.'

'Ik kan nu niet weg,' zegt Jake, die opkijkt van de cheesecake. 'Leila doet het wel.'

'Jakey, je weet dat ik mijn teen heb gestoten,' zegt Leila gekwetst. 'Je weet dat hij helemaal dik is.'

'Nicole, ga jij maar,' commandeer ik, maar Nicole trekt een beledigd gezicht.

'Ik kan niet!' zegt ze. 'Ik ga zo met Drew bellen. We hebben een tijd afgesproken. God, Fixie, je kunt ook zelf gaan hoor. Het is maar tien minuten lopen.'

'Ik dacht dat jij was veránderd?' Ik kijk haar kwaad aan. 'Prima, ik ga zelf wel.'

'Neem een kop koffie als je er toch bent!' roept Nicole sussend. 'Geen haast!'

Ik loop verongelijkt naar buiten, met mijn tas over mijn schouder. Waarom moet ík bonen gaan kopen? Ik ben ook altijd de klos.

Maar onder het lopen zakt mijn woede en word ik blij om de frisse lucht; dankbaar dat ik er even uit ben. Het zijn een paar heftige dagen geweest en ik werd vanochtend met bonkend hart wakker. Het maakt me niet nerveus dat mam terugkomt, niet echt, maar...

Goed dan. Misschien ben ik toch nerveus. Ik wil niet dat ze teleurgesteld is in ons.

Als ik de hoek omsla en op Café Allegro afloop, begint mijn hart weer te bonzen, maar niet vanwege mam. Ik heb hier een paar keer koffiegedronken sinds het uit is met Seb en het is altijd weer even moeilijk. Nu begin ik me aan mezelf te ergeren. Ga ik me altíjd zo voelen bij Café Allegro? Ga ik elke seconde van onze kennismaking weer doornemen? De laptop… het instortende plafond… het koffiebekerkartonnetje…

Het is belachelijk, zeg ik streng tegen mezelf terwijl ik de deur openduw. Ik kom hier voor koffiebonen. Ik ga niet eens aan hem dénken. Er zitten een paar mensen koffie te drinken, maar er staat geen rij. Ik loop regelrecht naar de toonbank, bestel de bonen en een cappuccino om mee te nemen en draai me om.

En alles lijkt te deinen.

Wat…

Hoe bestáát het?!

Hij zit op dezelfde stoel bij het raam. Hij werkt op zijn laptop. En er is een stoel vrij tegenover hem. Alsof hij mijn blik op zich voelt, kijkt Seb op en ik zie alles in zijn ogen wat ik wil zien.

Ik weet niet wat voor magie hem hierheen heeft gebracht. Mijn brein laat me in de steek; ik snap het niet. Maar hij is hier. En zijn ogen vertellen me dat hij van me houdt.

Bijna niet in staat te ademen loop ik naar zijn tafeltje en ga zitten. Seb kijkt niet meer op van zijn laptop, maar typt door en ik kijk uit het raam alsof ik hem niet ken.

Je kunt niet terug in de tijd om het leven op een andere manier over te doen.

Nou, misschien toch wel.

Sebs telefoon bromt en ik kijk toe, gespannen als een kat, terwijl hij het gesprek aanneemt. Ik voel me zo strak, zo opgedraaid dat ik wel kan gillen. Ik moet dit goed doen. Wíj moeten dit goed doen.

'O, hallo Fred. Ja, met mij.' Seb luistert even naar de stem aan de andere kant en gaat dan staan.

'Neem me niet kwalijk,' zegt hij beleefd tegen mij, alsof hij me niet kent. 'Ik ga even naar buiten om te telefoneren. Zou jij even op mijn laptop willen letten?'

'Ja hoor,' pers ik eruit. Mijn stem weigert dienst. Ik zie hem tussen de tafels door lopen, alweer in gesprek. 'Dank je, maat. Ja,' zegt hij.

Hij blijft buiten staan, precies zoals die eerste keer en ik neem een slokje van mijn cappuccino, maar ik proef er niets van. Al mijn zintuigen staan op scherp. Nu zou het plafond moeten instorten, maar het is gerepareerd; ik heb de werklieden vorige maand bezig gezien. Het is anders, alles is anders.

Seb komt weer binnen en ik zit niet druipend van het water met zijn laptop in mijn armen; die staat nog veilig op tafel. Toch blijft hij staan voordat hij bij zijn stoel is en hij kijkt me aan alsof er een aardschok is geweest.

Of misschien nog bezig is.

'Hallo,' zegt hij. 'Ik ben Sebastian.'

'Ik ben Fixie,' zeg ik.

'Bedankt dat je op mijn laptop hebt gepast.'

En nu zou hij moeten zeggen: ik sta bij je in het krijt, en zouden we de onvermijdelijke weg moeten volgen naar schreeuwen en tranen en uit elkaar gaan... maar deze keer komen de woorden niet. Het enige wat volgt is zijn warme blik. Vol liefde en een beetje vragend.

'Graag gedaan,' zeg ik. Hij knikt en ik voel dat we allebei opgelucht ademhalen.

We hebben het voor elkaar. We hebben het anders overgedaan.

'Mag ik je een kop koffie aanbieden?' zegt hij, nog steeds überbeleefd. 'Of thee? Een sapje?'

'Ik moet eigenlijk weg,' zeg ik, want zo staat het in mijn script. 'Ik heb een familiebijeenkomst.' Sebs gezicht betrekt en ik zie twijfel bij hem opkomen. Héél even laat ik hem in de rats zitten... maar dan voeg ik er met een aarzelende glimlach aan toe: 'Heb je zin om mee te gaan?'

Mam ziet er fantastisch uit. Ik bedoel, echt fantástisch. Ze is niet alleen bruin en fit, met een nieuw rood truitje en bungelende oorbellen met parels, ze zit weer vol leven. Ze is energiek. We komen om haar taxi heen staan, ze slaakt een vreugdekreet en knuffelt ons allemaal, telkens weer, en dan slepen we haar bagage het huis in terwijl zij ons vertelt hoe kerst er in Spanje aan toegaat en dat tante Karen van plan was kreeft te serveren.

'Ik had me er al helemaal op ingesteld,' zegt ze. 'Echt waar. Maar toen, weet je wat het was? Op een avond zat ik *White Christmas* te kijken en het greep me zo aan! De tranen sprongen me in de ogen en ik keek je tante aan en ze zei: "Je wilt naar huis, hè?" En ik zei: "O, Karen." En de volgende dag heb ik een ticket gekocht. Ik kon kerst niet ergens anders vieren dan thuis, ik kon het gewoon niet. Ik móést hier zijn, bij jullie allemaal, Jake, Nicole en Fixie, en Leila natuurlijk, en...' Haar blik valt op Seb en ze kijkt verbaasd, alsof ze hem voor het eerst ziet. O ja, dat is natuurlijk ook zo, dringt het tot me door.

'O,' zeg ik snel. 'Eh... dit is Seb.'

'Seb!' roept mam uit alsof ze het de hele tijd al wist, of ze gewoon even niet op zijn naam kon komen. 'O, wat heerlijk om weer thuis te zijn. Wat zien jullie er allemaal goed uit en het huis is zo mooi...'

Ze heeft iets van tante Karens levenslust overgenomen, stel ik vast terwijl we met zijn allen naar de keuken gaan, en dat is geen slechte zaak.

'Heb je honger?' vraag ik.

'Wil je koffie?' biedt Nicole aan. 'Ik kan een macchiato voor je maken, een latte, een cappuccino...'

'Ik trek de cava open,' zegt Jake resoluut. 'We hebben iets te vieren.'

'We hebben iets te vieren,' zegt Seb ook en hij trekt me een stukje achteruit de gang in. Zijn lippen strijken even langs de mijne. 'Ik heb zó'n zin in je,' zegt hij in mijn oor en ik verlang ook meteen naar hem.

‘Later,’ zeg ik zachtjes terug en ik glimlach breed.

We kijken elkaar een poosje zwijgend aan. Het voelt alsof ik helemaal opga in zijn bosogen en ik kan het niet opbrengen me los te rukken… tot we allebei schrikken van een plotseling gekletter in de keuken.

‘Kom mee,’ zeg ik een beetje hees. ‘We moeten naar de anderen toe.’

Als we de keuken in komen, zie ik dat Leila Nicole opgewonden in haar zij port… en mijn verlangen wordt meteen overstemd door de hoop dat ze me niet ál te erg in verlegenheid zullen brengen tijdens de lunch. Leila heeft me al helemaal van mijn stuk gebracht door: ‘Daar komen ze! Ze zijn samen! Jeej!’ te roepen toen we daarstraks binnenkwamen.

Vervolgens kreeg ik het hele verhaal te horen. Seb was niet op magische wijze in Café Allegro beland, maar door tussenkomst van Nicole en Hannah. Zij hebben vrijdagavond stiekem contact opgenomen met Seb en hem een paar essentiële feiten verteld. Hannah schijnt een telefonische vergadering op touw te hebben gezet om het te bespreken, wat echt iets voor haar is. Ze schijnt ook keihard aan Seb te hebben gevraagd: ‘Wat bezielde je om terug te gaan naar Briony?’ Waarop Seb antwoordde: ‘Liever iets dan niets.’ Waarop Hannah zei: ‘Nee! Fout!’ alsof hij een beginneling was in haar team.

Ik bedoel, achteraf gezien had ik graag meegedaan aan dat gesprek.

Het was Hannahs idee om onze ontmoeting van vandaag te regelen en Nicole verzon de list van het bonenreservoir. Ik bedoel, nou vraag ik je: sinds wanneer is ze zó praktisch?

‘Dus, kan ik iets doen?’ vraag ik iets te bruusk. ‘We wilden net…’

‘Weten we toch,’ zegt Leila en opeens borrelt er een lach bij haar op. Dan wordt haar gezicht weer ernstig. ‘Fixie, laat me…’ Ze brengt snel mijn haar in model, geeft dan een klopje op mijn hoofd en werpt me zo’n lieve glimlach van haar toe. ‘Zo. Dat is beter!’

'Hoe is het met Drew?' vraagt mam terwijl Jake de glazen cava uitdeelt. Nicole wordt een beetje rood.

'Nou, mam, dat moet ik je eigenlijk nog vertellen. Ik ben er niet met de feestdagen. Ik ga naar Drew in Abu Dhabi. Ik vlieg er morgen heen.'

Mam neemt Nicole met argusogen op, alsof ze bedacht is op problemen, maar dan ontspant haar gezicht.

'Goed idee, Nicole,' zegt ze. 'Heel fijn, schat.'

'Nou, op jou, mam,' zegt Jake en hij heft zijn glas. 'Welkom terug!'

We nemen allemaal een slokje en dan zegt mam: 'Op júllie, schatten. Jullie allemaal. Jullie hebben het heel goed gedaan. Het huis is om door een ringetje te halen en alles loopt op rolletjes. De winkel ziet er tiptop uit! Morag heeft me een paar foto's van jou als peperkoekmannetje gestuurd, Jake.' Ze glimlacht naar hem. 'En wat een goed idee, die activiteiten voor kinderen...'

'De omzetcijfers zijn ook niet slecht,' zeg ik enthousiast. 'Vorige week hebben we meer winst gemaakt dan vorig jaar in dezelfde week.'

Ik heb Bob gisteren wat cijfers voor me op een rijtje laten zetten en toen hij ze me gaf, glimlachte hij. Hij glimlachte warempel.

'Mam,' vervolg ik een beetje nerveus, want ik wil het achter de rug hebben. 'Ik moet je nog iets vertellen. Ik heb Morag in de directie opgenomen.'

Ik wilde het haar al eerder vertellen, maar eerst was ze ziek, toen had ik andere dingen aan mijn hoofd en tegen die tijd dacht ik: ik kan het beter persoonlijk vertellen. Al denk ik nu: nee, dat is juist sléchter, ik had haar beter midden in de nacht een mailtje kunnen sturen.

'Weet ik, lieverd.' Mam geeft een warm klopje op mijn hand. 'Je had het niet beter kunnen doen. Ik had het zelf moeten bedenken. Je hebt een frisse wind door de winkel laten waaien.' Dan kijkt ze om zich heen en zegt: 'Jullie allemaal, trouwens. Ik had jaren eerder weg moeten gaan! En heeft oom Ned goed geholpen?' vervolgt ze argeloos en er valt zo'n geladen stilte dat ik bang ben dat ik zal ontploffen.

Ik popel om mam alles te vertellen. Ik wil dat ze weet hoe oom Ned echt is en hoe het met Bob zit... en de rest. Eigenlijk wil ik dat ze ninja mam wordt en oom Ned definitief de laan uit stuurt.

Maar niet nu. Dat is iets voor een andere keer.

'Op Farrs!' roept Jake uit alsof hij de vraag niet eens heeft gehoord en hij heft zijn glas weer.

We klinken nog eens en Seb zegt vol overtuiging: 'De beste winkel van Europa!'

'En op jou, Jake,' zegt mam en ze kijkt hem aan. 'Dank je wel dat jij mij hebt vervangen als hoofd van de familie, dat je iedereen bij elkaar hebt gehouden, dat je te hulp bent geschoten toen de winkel je nodig had...' Jake onderbreekt haar door een hand op haar arm te leggen.

'Hoe graag ik ook met de eer wil strijken,' zegt hij met zijn vertrouwde lijzige stem, 'ik heb de nieuwe, hinderlijke gewoonte om eerlijk te zijn. En de waarheid is... dat je Fixie moet bedanken.'

Het wordt stil en ik kijk hem verbijsterd aan.

'Fixie?' zegt mam van haar stuk gebracht.

'Fixie heeft de familie aangevoerd en bij elkaar gehouden tijdens je afwezigheid,' zegt Jake. 'Er was van alles aan de hand en... nou ja... Fixie heeft het opgelost.'

'Fixie was het hoofd van de familie,' beaamt Nicole. 'Zij heeft ons allemaal in het gareel gekregen. Zij was de baas.'

'Ba-zíg,' verbetert Jake droog en Leila laat een nerveuze giechel ontsnappen, maar bedwingt zich dan snel.

'Aha.' Mam kijkt van de een naar de ander alsof ze ons met andere ogen ziet. 'Nou... op Fixie dan maar.'

'Op Fixie.' Jake heft zijn glas. 'Voor alles.' Hij kijkt me ernstig aan en ik knik naar hem, niet in staat iets te zeggen, met een kop als een boei.

'Fixie,' zegt Nicole knikkend en ook zij heft haar glas. 'Goed gedaan.'

Dan heb ik eindelijk mijn stem terug. 'Je kent me toch?' zeg ik. 'Ik moet altijd alles fiksen. Dat is mijn valkuil...' Ik zie Seb nee schudden, met een warme, liefdevolle blik en breek mijn zin af.

'Dat is je kracht,' zegt hij. 'Dat maakt je tot wie je bent. Hou nooit op met dingen fiksen.'

'Je móét dingen voor ons fiksen!' valt Nicole hem bij. 'Behalve het espressoapparaat,' voegt ze er dan aan toe. 'Dat regel ik wel.'

'Op Fixie,' zegt Leila enthousiast en Seb heft zijn glas terwijl ik zijn andere hand stevig vasthoud.

'Op Fixie,' zegt hij. 'Op Fixie Farr.'

'Goh,' zeg ik beduusd. 'Heel erg bedankt en... en... laten we gaan lunchen.'

Mam gaat zich even opfrissen, wij schieten in cateringmodus en een paar minuten later serveren we een lamsstoofschotel met gepofte aardappelen, broccoli en dat knapperige brood waar mam zo dol op is.

'Wacht,' zeg ik als ze gaat zitten en Jake wijn begint in te schenken. 'Wacht. We hebben niet genoeg stoelen. Ik snap niet...' Ik kijk niet-begrijpend om me heen en besef dan dat het komt doordat Seb erbij is. Er is iemand bij gekomen.

'Zal ik die stoel nemen?' stelt Seb voor. Hij wijst naar paps lege stoel met de armleuningen en ik verstrak in een reflex.

'Nee, die gebruiken we nooit. Daar zat pap. Maar het geeft niet, we halen wel een stoel uit de keuken...'

'Ga jij daar maar zitten, Fixie,' zegt Nicole opeens en ik gaap haar aan, verbijsterd dat ze het zelfs maar durft te opperen. 'Waarom ook niet? Dat vind je toch wel goed, mam?'

We kijken allemaal van paps stoel naar mam en ik zie haar dubben. Ze kijkt ons aan en haar vreemde oorbellen zwaaien heen en weer. Ik kan bijna zien wat ze denkt: alles is anders geworden.

'Ja,' zegt ze dan bedachtzaam. 'Ik denk dat het tijd wordt om die stoel weer in gebruik te nemen. Fixie, schat, ga jij daar maar zitten.'

'Maar...' hakkel ik. Paps stoel? De stoel aan het hoofd van de tafel. Ik?

'Toe maar,' zegt Jake met een knikje naar de stoel. 'Ga zitten, anders neem ik hem. Echt, je verdient het,' voegt hij er vriendelijk aan toe.

'Ik zal een extra plaats dekken,' zegt Leila snel. 'Het is zo gebeurd.'

Terwijl Nicole de broccoli doorgeeft en Seb water inschenkt, waag ik me naar de grote, zware stoel. Als ik hem onder de tafel uit trek, herinner ik me pap op die stoel. Zijn gezag. En heel even denk ik: ik kan hier niet gaan zitten, dat verdien ik niet... maar dan kijk ik op en vang Sebs blik. Hij knikt bijna onmerkbaar naar me en opeens herinner ik me de woorden die hij in zijn woede naar mijn hoofd slingerde: maak je eens wat minder druk om wat je anderen verplicht bent en wat meer om wat je aan jezelf verplicht bent.

Hij mag dan boos zijn geweest, hij had wel gelijk.

Ik ben dit aan mezelf verplicht. Ik ben het aan mezelf verplicht.

Ik ga op mijn plek zitten, schuif de stoel met meer zelfvertrouwen naar voren, schud het servet uit dat Leila net voor me neerlegt en glimlach dankbaar naar haar. Dan kijk ik met een soort voldoening naar de gezichten van de mensen die me zo dierbaar zijn. Dan zijn we maar niet stijlvol. Dan zijn we maar niet rijk. We hebben niet alle antwoorden en weten niet precies waar we naartoe gaan, maar wij redden ons wel, als familie. Met ons komt het wel goed.

Dankwoord

Ik sta bij heel veel mensen in het krijt.

Francesca van Transworld; Kara en Susan van Penguin Random House in New York en al mijn andere fantastische uitgevers overal ter wereld.

Julia en Becky, Jess, Debbie en Sharon en het hele waanzinnige Team Kinsella, met een speciaal bedankje aan Richard Ogle.

Mijn onvermoeibare agenten Araminta, Marina, Kim, Nicki en Sam en iedereen bij LAW en ILA.

Mijn schrijversvrienden voor de cocktails en de wijze raad, vooral Jojo, Jenny, Lisa, Kirsty, Linda, Joanna, Tom en The Board.

De uiterst behulpzame eigenaars en medewerkers van Harts of Stur, een prachtige familiezaak waar ik regelmatig kom en die me de inspiratie gaf om mijn eigen familiebedrijf te scheppen: Farrs.

Mijn familie: ik ben jullie iets van elftig miljard schuldig.

En ten slotte: die anonieme Amerikaanse man die me ooit in een Starbucks vroeg of ik even op zijn laptop wilde letten en daarmee meteen mijn verbeelding op hol liet slaan…

Die heeft beslist iets van me tegoed.